老团长与新房客

韩今·著

韩今文学作品集

江苏凤凰文艺出版社
JIANGSU PHOENIX LITERATURE AND ART PUBLISHING, LTD

图书在版编目（CIP）数据

老团长与新房客 ：韩今文学作品集 / 韩今著. -- 南京 ：江苏凤凰文艺出版社，2019.2

ISBN 978-7-5594-3170-7

Ⅰ. ①老… Ⅱ. ①韩… Ⅲ. ①中国文学－当代文学－作品综合集 Ⅳ. ①I217.2

中国版本图书馆CIP数据核字（2019）第008070号

书　　名：老团长与新房客 ：韩今文学作品集

著　　者：韩　今
责任编辑：孙金荣
装帧设计：南京百纳艺术设计中心
出版发行：江苏凤凰文艺出版社
出版社地址：南京市中央路165号，邮编：210009
出版社网址：http://www.jswenyi.com
印　　刷：保定市铭泰达印刷有限公司
开　　本：889毫米×1194毫米　1/32
印　　张：13.125
字　　数：320千字
版　　次：2020年9月第2次印刷
标准书号：ISBN 978-7-5594-3170-7
定　　价：68.00元

目录

序

上编·小说

下编 · 散文

往事如歌

生活浪花

旅途风景

后记

序一

为这份执着与从容喝彩

顾永林

（一）

一直做着作家梦的韩今要出书了，书名叫《老团长与新房客》，那是他的文学作品集。

韩今，1951年3月出生于南京，1970年毕业于南京外国语学校，1980年代起，先后在南京师范大学、南京大学和东南大学等高校读过书，其中，通过南京师范大学中文系夜大学三年系统的学习，韩今获得了自己的第一张大学文凭。

2015年暑期，韩今与他当年夜大的百多位同学一起回到南师大，聚集在母校麾下，成立南师夜大中文系校友会，那个时候，我正好在南师大做专职的校友工作，得以结识这个令我敬重的群体，其中包括韩今。

这几年，自媒体上不时有对五零后、六零后群体的赞美，说这一代人受过劳苦，挨过饥饿，经过彷徨，有过失望，作过美梦，有过理想，看到过原始社会的痕迹，经历过封建残余的侵袭，见证了社会主义的伟大，亲历过由贫困向小康以及科技进步最快、社会变化最大、生活方式变化最显著的全过程。假如说，这种评价不免失之于宽的话，用在韩今身上倒是恰如其分的。

与同时代的知识青年一样，韩今的经历十分丰富，从青年工人起步，到团委书记、生产科长、中型国企厂长，担任市委办公厅秘书、工交部处长、市工交系统思想政治工作研究会秘书长、市经委处长、市国防科技工业协会秘书长，从事过政策研究，做过党务工作，既长期扎根基层一线，又富有机关工作经验，无论哪样，都干得像模像样。这样的人生阅历本就令人艳羡，偏偏韩今还喜欢写作，早年还梦想着做个专业作家。

不知是遗传基因优异，还是善于保健养身，早已年过花甲的韩今，如今依然英姿挺拔，目光炯炯，举手投足间流露出的那份淡定与超然，无声地诠释着“腹有诗书气自华”的内涵。

已经退休的韩今，除了少许的社会工作，生活轻松自在，平日里听听音乐，拉拉二胡，读读闲书，学学外语，做做家务，带带外孙女，走走江湖，看看世界，正所谓胜似闲庭信步，却在一众夜大同学撺掇下，再度举笔重拾作家之梦。

（二）

于韩今而言，先是不缺积累，又少了许多羁绊，一旦提笔创作，无论回忆过往，还是展示当下，每每文思泉涌，得心应手，不紧不慢中，笔下人物形象常有出乎预料的矛盾冲突，而当“一片乌云来，一阵风儿刮，眼看着山边就要把雨下”时，又总能烟消云散，雨过天晴；起承转合里，那些看似平常的故事却不无蒙太奇的光影效果，异常地摄人心魄，又异常地清奇迤逦。随便翻开韩今的作品，读者目之所及，处处感受浓郁的生活气息以及纵深的时代画卷：南京的树，南京的路，曾经的小火车，当年的地震棚，过世的老父，年迈的老母，南京人的调动，南京城的变迁，南京人的恩怨，杏花嫂、新房客、锅巴哥、护工黄姐，还有斜杠90后，那是文字的记录，更是历史的截图。

短短几年，遵循自定的“千字文，身边事，正能量”九字方针，韩今陆续写作了百十多篇文章，其中近90篇先后在《北京青年报》、《扬子晚报》、《南京日报》、《金陵晚报》、《现代快报》以及《银潮》杂志、《华人时刊》等报刊公开发表，收到良好的反响。一位作家同学表示，韩今的文章“真实地反映了当代的现实生活，符合党和国家的倡导，满满的正能量，给人温暖和激励，好看、耐看”。本次出版的文集包含105篇文章，除了4篇是创作于上世纪七十年代后期的小说外，其余则是近年撰写的小小说和散文，题材包含过往经历的回忆、现时社会的百态、游览访问的散记。字里行间，呈现着现代中国城市的社会断面，颂扬了黎民百姓中的真善美，也蕴含着一个平民作家的责任与担当。

纵览韩今作品，很容易发现他的独特之处：题材广泛却又相对集中，摄掠面广却又取舍清晰。生活为他提供了太多的素材，因为不是专业作家，他没有太多的条框束缚，也由此得以从容选材，将笔墨更多地泼洒在自己所熟悉的生活领域，有话时说，有感时发，写自己熟悉的，写自己感动的，不打诳语，不做赘述，游刃有余间，让读者循着他的笔端，或起伏跌宕，或静听凝思。

短篇小说《龙腾虎跃》创作于1977年，彼时，文革虽已结束，但政治生态依旧，在韩今的描述里，读者见识了那个年代民众的心理特征、感情倾向和道德评判；第二年创作的另一个短篇小说《老团长查岗》，塑造了一位老共产党员清正廉洁的光辉形象，揭示出当年社会尤其是知识青年对党员干部的素质要求和人格理想，假如以此反观当下的社情民意，不难发现，中国社会民众的价值取向是一脉相承的，这个从一个侧面显示了韩今作品的历史价值；小说《推理大王》从真实感人的故事中，在出其不意的反转中，描绘了一位小人物的大情怀，赞颂了当年社会里的好人好事，寄托着作者对人间真情与善良的呼唤；而《三宝拜师记》则用艺术手法，巧妙塑造了三个人物形象，通过故事的叙述和情节的铺陈，散发出改革开放前夕国有企业内部固有的积极向上的正能量。从现当代文学史的角度分析，以上作品无不奏响着相应年代文学作品的主旋律。

（三）

懂点文学创作知识的人都知道，除了勤奋，除了积累，写作还需要一点天赋，比如语言，可以华丽，可以朴实无华，但不能缺少原有的活力，看看韩今的“天赋”——那篇《“金银铜铁锡”的故事》，除了展示浓郁的南京地方色彩，在描绘二弟年幼时的聪明顽皮时，韩今写了“打弹子，斗鸡子，逮蛐蛐，都是头子”，言语之间，南京味十足。

不过，所谓的天赋，往往在用着时方能显现，而且某些“天赋”也是慢慢发掘渐渐显露的。退休以后的韩今，与众多同龄人似乎并无二致，偏偏他又重拾写作之乐，写他身边的事，写他熟悉的人，既真实可信，又生动可爱，积累多了，便很可观。

由此看来，真实是写作之要，尤其是散文，形散神不散之中，故事要真，感情更要真，一件原本十分简单的生活琐事能用三言两语写好写活，除了文通句顺，语言优美，更要写出真情、写出细腻，在这一点上，韩今无疑是高手，比如他的《三代球迷》、《在养老院当义工》、《卖车记》、《图书馆的故事》以及描写自己同学的《“哆来咪”》等多篇散文，内中的故事都不惊天动地，都难轰轰烈烈，却又都能引人入胜，欲罢不能。

当然，还是那句话，故事来源于生活，生活永远是创作之源。看韩今的“旅途风景”，我们很能直观地领会生活与创作的关系。无论是《在德国喝啤酒》，还是在《古北水镇登长城》，无论是《布拉格黄金巷的邂逅》，还是《不寻常的飞行》遭遇，在他笔下，我们看到的不仅有美景，更有美的生活、美的心情，这就让旅游回归到找乐子、发现美的本原。而《北美四十天》的48篇日记和欧洲行十六天的《笔记》，让常人在羡慕他自在自乐的同时，进一步领教他豁达与淡定的人生态度，更让年轻一辈见识他理性思考背后的家国情怀。

如果说，每个年代都有各自的文化符号与文化特色的话，那么韩今所经历的中国现代史上这几十年的历史则更为丰富、更为复杂。尽管无论当年还是当下，都不缺少有关这段历史的文字描述，但随着时间的推移和社会的更迭，相关的记载必将越来越理性，也必将越来越枯燥，越来越缺少真情实感，从这个意义上来说，作者以一个过来人的亲身体验、以一个社会中坚的责任与担当，为我们还原和展示了过去和现在多个年代特别的生活场景和生动的历史画面，善莫大焉。

文学常识告诉我们，文学欣赏是读者的能动与创造活动，只要有阅读，文学作品就离不开二度创作，据此，真诚期待读者朋友结合自己的审美经验，通过自己的感悟和想象去丰富发展韩今作品的艺术内涵。这是本篇序言的立意，也应该是作者的心愿。

（作者为南京师范大学新闻与传播学院党委书记）

序一

当作家既很开心，也会恼心！

钟锐

今年夏日的一天，正当我在电脑前，对着搁在视屏下方的三角形立体座右铭牌“畅享‘写作着’的快感”时，突然接到一个电话。那里面的声音既熟悉又陌生：“姚老师，我是韩今呀，当年，是您在《江苏文艺》上编发了我的小说《龙腾虎跃》啊！还记得我吗？”

听到“韩今”这个名字，我的脑海里顿时浮现出一个高挑而帅气的小伙子形象来。

是的，那是1974年10月，我从家乡海门县文化馆借调到《雨花》杂志前身《江苏文艺》编辑部参与复刊的筹备工作。1975年初，随着《江苏文艺》杂志第一期面世，我也正式调入该刊担任文学编辑。正是在此期间，我从稿子堆中发现了南京印刷机械厂一位名叫韩今的青年工人作者。不久，他便在1976年3月出刊的那期《江苏文艺》上发表了小说处女作。

1977年秋天，编辑部准备在徐州旗山煤矿举办一期创作学习班。我觉得韩今的文学基础不错，有培养前途，便向领导推荐，安排他去参加这期创作学习班。谁知打电话到他的厂里，那位厂长认为写作是分外事，死活不同意。我只得带着单位介绍信，亲自跑到厂里，当面去做这位厂长的工作。我夸韩今是个难得的人才，并说：“将来你们厂里真的出了位作家，也有你厂长培养的一份功劳啊！你的脸上不是也很光彩吗？”厂长被我说动了，当场笑着点头，表示同意。

后来，就在徐州那个创作学习班上，韩今构思并写成了短篇小说《龙腾虎跃》，刊登在1978年第3期《江苏文艺》上。该文写出了工人群众在粉碎“四人帮”后，思想大解放，开展劳动竞赛的高涨热情。几个人物形象也较生动、活泼，富有个性。当然，在这过程中，我也帮助出点子，想办法，尽了一位编辑应尽的责任和义务。

不想，韩今从此尊我为师，相互之间结下深厚的师生情谊。记得1978年5月，韩今在《人民日报》副刊发表了歌颂一位老领导深入基层，廉洁奉公，从小事做起的短篇小说《老团长查岗》。他开心得不得了，在第一时间就打电话告诉了我，让我一起与他分享他的快乐。我在为他的迅速进步感到由衷高兴的同时，特别关照他要戒骄戒躁，继续前进！

之后，韩今的来稿突然稀少起来，我有些纳闷。经打听，才知他因为突出的写作才能已被领导看中并提拔、重用，逐步升迁，又经过南师大夜大中文的学习和南京大学经济管理专业的培训，很快便进入南京市委办公厅，当了市委领导秘书，赫然走上从政之路，当然无暇顾及写作了，我们之间也便断了音讯。

1989年，我离开工作了二十多年的《雨花》杂志赴省作协办公室任职，直到新世纪正式退休十多年之后，在《扬子晚报》副刊上接二连三地读到韩今的散文小品，我正为他重新提笔写作而感到暗暗高兴之时，突然接到他的电话。这才知，原来通过他的一位南师夜大同学，也是我的一位省作协同事获悉了我的电话号码，主动与我联系并找上门来。

师生分别整整四十年后重聚，十分高兴。韩今介绍他当年如何在我的帮助鼓励下走上文学之路，为实现作家梦而奋斗，后因工作关系不得不暂时搁置写作，直到退休后才重拾旧梦的经历。他还随身带来了他的一本厚厚的剪报作品，想出本文学作品选集，并请我为他编选和作序。

我当然乐意。当晚便开始认真翻看韩今那本作品剪报集，并试着为他的书稿做了些编选、结集方面的案头工作。

仔细拜读韩今的作品，我觉得，起码有下列三大特色——

首先，注重塑造各种人物形象，这是韩今小说作品的一大特色。

马克思主义经典作家向来强调文学作品要“塑造典型环境中的典型性格”，要写出“这一个”。高尔基更是明确指出：“文学是人学”。我国四大古典名著正是因为塑造了一个个栩栩如生的人物形象才赢得广大读者的喜爱并成为百读不厌的文学经典。

韩今的小说，包括学步阶段的《龙腾虎跃》、《老团长查岗》，还有最近几年以《兰花》为代表的比较精致的许多小小说，都较为注重塑造各种不同性格特征的人物形象。应该说，这与他平日注重观察人，研究人，记录了许多本“人物谱”，做个日常生活的有心人密切相关。

其次，着力倾注自己的真情实感，则是韩今散文作品的一大特色。

在收入集子中的“往事如歌”、“生活浪花”、“旅途风景”这三部分散文作品中，韩今都注重直抒胸臆，不加雕饰。而我认为写得较好，使我较为喜欢的是“往事如歌”这一部分。因为作者在对悠悠往事的回溯中流露了自己的真情实感。其中，特别是韩今悼念他前妻的那篇《永远的思念》。尽管因为篇幅较长而未及公开发表，但该文记述的从相识、相恋到相知，直到求医问药，最后送别，字里行间倾注着他的无限真情，直读得我泪眼朦胧，涕泗滂沱！

我总觉得，能否写出真情实感往往是一篇散文成败的关键。李密的《陈情表》为何能成为古典散文名篇就是因为抓住了那个“情”字。韩今“往事如歌”这一部分中许多散文小品之所以具有特别感人之处，也正是在于他抒写了自己的真情实感。

还有，比较富有思想内涵是贯穿韩今文学作品较为显著的特色。从小说，到散文，韩今这本文学作品选集能够达到今天这样不俗水平，与他在注重文学素养、知识学养提高的同时，特别注重加强思想修养不无关系。

从书稿中我们读到，1993年元旦前后，当时任南京市委工交部调研处处长的韩今，参加了一个赴深圳参观学习回来的领导座谈会。从改革开放一线归来的同志们，热情激动，谈了很多好的收获和体会，“用人是一面旗帜”就是一个同志谈的体会。这句虽然普通却很闪光的语言没有引起其他同志的注意，恰恰被富有政治敏感和思想功力的韩今抓住。后来，在《南京日报》评论部召开的新春通讯员会上，韩今的发言中就引用了这个观点，并说想就此展开写一篇文章。在场的评论部主任和编辑慧眼识宝，当场就向他约稿。韩今很快就写出了那篇题为《用人是一面旗帜》的评论文章。发在1993年3月7日的《南京日报》头版头条。

该文开头是这样的：“挚友自南方来，小聚大侃。从经济发展谈到人才观念，不约而同赞赏一句话：要钱要物不如要个好干部。选准一个开拓能干的带头人，没钱能搞到钱，没物能搞到物，亏损的能够扭亏，效益好的会有更大发展。”

瞧，一落笔就开门见山地将“用人”这面旗帜巧妙地树立起来！今天重读，仍感到富有较为深刻的思想性而十分亲切、有力！

这篇稿子是当年《南京日报》在全国报纸头条新闻大赛中唯一获得的二等奖。参赛的报社包括首都主要报社，以及各省、自治区、直辖市和计划单列市的部分党委机关报，共计41家。参赛的稿件一共118篇。韩今题为《用人是一面旗帜》的评论文章能从强手如林中脱颖而出决非偶然。在纪念《南京日报》成立六十周年的日子里，已经退休五年的韩今，忆起《用人是一面旗帜》这篇文章的写作和得奖经过，写下了《难忘〈用人是一面旗帜〉——“我与南京日报60年不了情”征文》这篇非同凡响的散文。它既生动地展现了韩今和党报的不了情，也成为他平日加强思想修养，具有一定政治敏感和思想功力，从而写出不少较好小说和散文作品的一个极好例证！

总之，韩今的这本文学作品选集，无论小说部分，还是散文部分，都是他圆梦过程中，在坎坷不平的文学小路上不畏艰险的攀登中所留下的一串闪光的足迹。我作为一位曾经的编辑，一块曾经的铺路石，有幸被他尊称为老师而感到十分荣幸。但我更愿意作为比他年长一辈的文友，作为一个过来人，谈几点希望，供韩今参考！

第一，韩今的小说，单就人物形象塑造来说，还有许多可以提升的空间。目前塑造的小说人物，包括他自己比较看中的一些人物形象，时代局限都较明显，离“典型环境中的典型性格”和真正“这一个”还有一定距离。只要研读鲁迅小说，我们便会发现，从《狂人日记》到《阿Q正传》，从《祝福》到《孔乙己》，它们之所以脍炙人口、百读不厌，决计离不开塑造的众多深刻揭示国民性的鲜活人物形象！由此，鲁迅的小说，特别是那众多长留在现代文学中小说人物画廊里的一个个人物形象，恐怕值得韩今好好学习和用心体会。

第二，韩今的散文作品也有一些明显不足。他在“生活浪花”那部分散文中记述了他身边发生的许多凡人小事，的确非常贴近生活，富有情趣。但我总觉得略嫌琐碎，缺乏必要的提炼。而在“旅途风景”那部分散文中，虽不乏他对祖国大好河山的热爱之心与世界名胜古迹的留恋之情，但可能因为大都是走马观花的缘故，缺少更为独到而深刻的感悟。常识告诉我们，无论古典散文，还是现代散文，中国文学史上都有许多值得认真阅读和反复品味的名篇佳构，希望韩今能够从中获益并得到长进。

第三，这是我最想告知韩今的一点。那就是，当作家既很开心，也会恼心！

是的，作家，被人套用斯大林对教师的赞赏，称为“人类灵魂的工程师”！有朝一日因能获得作家的称号而受人尊重，当然使人感到特别开心！但是，当你真的当上了作家，至少有两个比较恼心的问题会如影随形，找上门来。

首先一个问题是，当自己的创作面临所谓“瓶颈”的时候，如何实现有效的突破和超越？

比如小说作品，对韩今来说，除了在篇幅上，从现在的微型小说和短篇小说，向中篇小说和长篇小说领域拓展，争取能够在更加广阔的场景中塑造人物和写好故事之外，更为重要的是如何设法打破时代局限，塑造出“典型环境中的典型性格”，真正“这一个”人物形象，以实现从应景作品和趋时作品向经典作品和传世作品的飞跃！用时髦的话来说，就是既不争当政治的宠儿，又不甘作市场的奴隶，而是做一个人民的作家，写出无愧于时代和民族的作品！

其次一个问题是，正式步入文坛后，如何正确面对周围十分复杂的文学环境？

当有一天你圆了作家梦，加入各级作家协会时，你会发现文学界并非如你想象中的那样是一块超凡脱俗的圣地和净土。那些所谓“人类灵魂工程师”的灵魂也并不个个都很高尚和纯洁。有的作家不是把心思放在作品上，放在“称职”上，而是一心为捞“职称”花样百出，没有使作家的称号与人民的期望与自己的能力相符合。

事实证明，在当代中国要堂堂正正地当个好作家并不容易。我之所以噜苏这么多，无非是想阐明一个道理：当作家既很开心，也会恼心！一定要做好这方面充分的思想准备！并以此告诫正在圆梦的韩今，同时也提醒已经老朽的自己，让我们共勉！

最后，祝韩今好运，梦想成真！

2018年10月7日写于泰然居

（作者为《雨花》杂志资深编辑、原省作协办公室副主任）

上编

小说

SHANG BIAN
XIAO SHUO

兰 花

一

我收到一个邀请：“周末晚6点，紫峰大厦云端西餐厅，6号桌。敬请光临。”

世界第九，中国第四高的紫峰大厦，78层的云端西餐厅。谁会在这么昂贵的餐厅请我？我已退休四年了。起源于一篇在网上发表的回忆文章《鼓楼旧事》，以实名写了儿时在紫峰大厦原址上的一些往事。

“您七十年代住在鼓楼？”一个叫“兰花”的读者留言说，“是否在鼓楼食品大楼边上的一个工行储蓄所存过钱？”

“是啊，每月都去，”我回答。“那时当学徒，每月18元工资要存10元呢。”于是我收到上述那个邀请。

“您是谁？”

“兰花”打了两个笑脸：“一个多年刻在心中的朋友，见面即知。”

百度了一下兰花：花中君子，王者之香。

二

周末晚，我如约登上300多米高的云端西餐厅，豪华安静。6号桌边已经坐了一位白裙蓝衣的女士，富态典雅，见我入座，微微一笑，那长长的眼睫毛令我怦然心动：

果然是她！

她就是那个储蓄所漂亮的女柜员。那次存钱，姑娘在我的存折上多写了一个“0”，回家后才发现。我急返回排到她的窗口，轻轻说了一句：“你填错了，我存的是10元。”姑娘很惊讶地瞧我一眼，看过存折，眼睛一低，也轻轻说了一句：“谢谢你。”低下头时，那长长的眼睫毛给我留下深刻印象。

那是个冬天，我一整天暖洋洋的。

三

我与“兰花”交谈甚欢。她告诉我，那是她唯一的一次差错，一声“轻轻”的提示，使她保持了三年的先进，顺利保送了工农兵大学生，后来派驻国外金融机构工作。一步顺，步步顺，退休时已是一家上市公司的高管。

“回顾一辈子走过的路，有很多贵人帮助，包括你。”她说了我的名字。“我记了四十年了！我退休后的第一件事，就是排出曾经帮助过我的贵人，我希望能一一面谢。”她说话缓缓的，宛如流水，充满高雅的气质。我想起兰花的注释：花中君子，王者之香。

“我从小喜欢兰花，退休后买了一个花圃，种了一些兰花，今天给你带来一盆，是第六盆了！”我一来就看到桌上放着一盆素雅清新的蝴蝶兰，原来是她带来的！

云端之上，俯瞰窗外的万家灯火，我心里涌上一阵暖流：滴水之恩当涌泉相报，兰花之举，弘扬了浓浓的感恩之情！

我在想，我是否也应该排一下六十多年来，曾经抚养、教育、帮助过我的贵人呢？

（《扬子晚报》“繁星”2015年11月25日发表）

遗 产

四弟家出了两件喜事，一是学习优秀的儿子从外语学校报送上了斯坦福大学，二是他的一套学区房出手了，6万元一个平方，比购买时整整翻了十倍，到美国读书的钱全凑齐了！弟媳感慨地说："都是老爷子的决策英明啊！"

我记得很清楚，老爷子是在中大医院的病床上做出这个决定的："你们也不要纠结了，这个学区房就买吧！孩子读书是大事，我早就说过，积财千万，无过读书，有个好学校，有个好老师，一生受益。钱不够，把我拆迁的钱拿去，你们再贷点款，也是投资嘛。"

这是十多年前的一幕。老爷子的小孙子要上小学了，四弟看中了在天目路的一套琅琊路小学的学区房，52平方，当时的价格是6000元一平方，也真是天价了。那时候他们夫妻俩的工资加起来不到二千，也没有什么存款。

老爷子是解放前江苏财经学院的老大学生，按理说应该是新中国经济建设的栋梁，但由于国家知识分子政策的偏差，老爷子一直没有被重用，多次在运动中颠簸，退休前是省建公司的一名会计师。老爷子一生引以自豪的，是他养了四儿一女，并以微薄工资把子女养大，直到子女们一个个工作，才缓过气来。但说到积蓄，也就是退休后当兼职会计后才有的万把块钱。老爷子一生看轻钱财，对我们这些子女，就是那句"积财千万，无过读书"的家训，教导我们"要想成才，就要好好读书"，还给出了"只要看书，就可以不做家务"的政策。

前一年老房子拆迁，拿到了25万拆迁款。他有钱了，立刻和台湾的四叔，上海的五叔商议，一起凑了10万元钱，买了数万册书籍捐给了家乡的淮安流均中学图书馆。也许就是中国老知识分子“富贵必从勤苦得，男儿须读五车书”的心愿体现吧。

老爷子的家训有了回报。四个儿子，文革中两个下乡，两个分到集体厂。由于都没有放弃读书，最终都上了大学，获得较好的工作岗位。三个进了机关，当了处以上干部，一个在建筑设计院当了领导。最小的妹妹，早年留学澳洲，也定居了。五个孙子辈，三个到美国读了硕士、博士。回想起来，不得不佩服老爷子培养子女的远见卓识。

当然，动用老爷子的这点养老金为小孙子买学区房，四弟一家还是犹豫半天。在老爷子倔强的坚持下，为使孩子不输在起跑线上，四弟用了老爷子10万元，再东拼西凑，又贷了一部分款，咬咬牙，买了。

一晃十多年过去了！孩子也非常争气，在琅小六年一直是学习尖子，保送上了29中，又以优异的成绩考上了南京外国语学校。今天作为学校的高材生，又被斯坦福大学录取了。

但老爷子却没有看到孙子的成功，他在五年前以九十的高龄去世了。告别仪式上，淮安流均中学还专门送来一个大花圈，写了一副挽联：“奉先人志捐书惠桃李，为后世范美德馨子孙”，也是给老爷子一生画了一个圆满的句号。

孩子赴美国读书之前，我们一大家子一起去了老爷子在岱山的墓地，在他的墓碑前深深鞠了三个躬。感谢他当时的坚持，给后辈们留下一笔丰厚的遗产，更重要的是，老爷子那句“积财千万，无过读书”的家训，已经深深刻在我们全家脑海中，给后辈们留下了一笔巨大的精神遗产！

（《南京日报》“雨花石”2015年12月24日发表）

一 姐

“乙肠部位有个息肉，1.5公分了，最好做掉！”等我完全醒来，给我做肠镜的消化科倪主任告诉说。

我一阵紧张。事前我已经查过资料，肠癌的形成都是从息肉发展而来的，1.5公分，也不小了！

倪主任又说，下个月，她一个老师从上海过来讲课，是个全国著名的消化科专家，上海医疗战线的“一姐”。“我来请她给你手术，尽管放心！”

我说医疗单位还有这样的称呼啊？健谈的美女主任兴致勃勃谈起了她这位老师。上海二军医大毕业，日本留过学，曾是上海一家大医院的消化科主任。非典时期，临危接任几个病区的大内科主任，两个月在医院没回家。指挥有度，治疗有方，获得上海市政府的嘉奖，同僚们尊称她为医疗系统治疗非典的“一姐”。这个“一姐”可是个敢想敢闯的人物！为了寻求更好的发展，去年，她竟然辞去三甲医院主任职务，去一个民营的专科医院当了院长。这次几台手术，也是她主动提出的，说是给老家的医院上的示范课。她是来南京参加一个全国胃肠肿瘤治疗的学术会议的。

我在手术前十分钟见到这个“一姐”，50多岁，中等个子，体态丰满，手术帽下露出几丝白发，口罩上的一双大眼炯炯有神。

“小手术，没事的！”她对我笑笑，很亲切，到底是女医生！

麻醉，手术。等我一觉醒来，已经在病房床上了，一切顺利。

第二天早晨，倪主任陪着她的老师来到我床前，她穿了一件大红的羽绒服，显得朝气蓬勃。

“还认识我吗？”“一姐”用那双漂亮的大眼睛看着我。

我说：“当然认识，谢谢你为我做的手术！”

“韩师傅！你真记不得我了？”她忍不住爽朗地笑起来。“电工班，印机厂——我是惠君啊！”

惠君？我惊奇地张大嘴巴。怪不得那双眼睛总觉得有些熟悉！

我当过她五个月的师傅，那是七十年代末的事了。

那时，我在珠江路上的印刷机械厂当电工班长，惠君进厂被分配到电工班。看她高中毕业，父母都是知识分子，我决定自己带她。

惠君很聪明，凡事一点就通。但她心不在工厂，成天只想着复习迎考。跟我到车间维修，左手拎着电工皮带，右手拿着个小本本，路上还要背几个公式。一次我站在人字梯上换灯泡，要用一下电笔，她慌忙之中，给我递上一支钢笔来。平时也调皮，会玩点把扫帚放在门框上之类的恶作剧。不过我对想读书的人还是赞赏的，并不讨厌她。

进厂一个月，她递上一张请假条，说6月份要高考了，想回家复习半个月。我说请假半个月你得找车间主任。车间主任早就对她有些看法，说工厂怎么能开这个先例，你不想当工人，就回家算了。

惠君泪眼婆娑地来找我，说了几句我至今还深深记得的话：“韩师傅，只有半个月时间了。都说人一辈子没有几次机遇，把握一次是一次。我知道你也是读书人，对我特别好，你就给我一次机会吧！”泪汪汪的大眼睛里流露出一种超出年龄的执著。

倒不是我心肠软，的确是一个“读书人”，“一次机会”打动了我，我觉得她的确不是当工人的料，有机会让她去闯闯也好。我说：“你去开个病假条来！”

她父母是南京一家大医院的医生，这种事对她来说手到擒来。病假条很快就交上来了，是“急性胸膜炎”。

机遇不负有心人，惠君高考一举成功，如愿被上海第二军医大学录取。

惠君很快离厂上学了。一年后我也有了一次机会，调出，上学，进机关，至此和她再也没有联系。三十多年了，真没想到，我们会在机关医院的手术室里见了面！

“我可一直记着你啊韩师傅！虽然只当过我五个月的师傅，但一日拜师，一生为师！”惠君院长乐呵呵地笑着，“我后来到厂里去过，主要就是想看看你，可工厂停产了，找不到一个熟人。问你，说早就调走了。好几次做梦梦到你哦！一次是给你做手术，哈哈！真是梦想成真了！”

我问，上海的医疗“一姐”怎么会到南京机关医院来示范教学呢？

惠君院长答：“哎呀，我父亲后来当过机关医院的院长，倪主任他们又跑得勤快！”

我说，你当年那番要抓住机会的话说得很好，打动了我。

“就是就是！我至今还是这个信念，人一辈子没有几次机会，一定要把握好每次机遇！”惠君院长摆出成功医生言谈的那种气势，一双炯炯有神的大眼睛里流露出满满的自信。“我跳过两次槽，两次都在事业上有发展。现在去这个民营医院当院长，又是一次挑战自我的机会！”

记忆中那个泪眼婆娑但充满执著眼神的小姑娘，被今天充满坚定自信眼神的医疗“一姐”取代了。

一年后，我应惠君院长的邀请，和倪主任一起来到大上海，到她所在的民营专科医院做肠镜复查和体检。这位多了缕缕白发的昔日“一姐”，把我们带到十楼楼顶的平台上，“看看我们医院的全景！怎么样？要做的事太多了，来不及做。这其中的酸甜苦辣……哎，不说了！”

好个可亲可敬的“一姐”！

（《金陵晚报》“雨花石”2016年5月12日发表）

本 家

春节前，省老年大学组织文艺汇演，我们英语班十几个老同志用中英文表演了诗朗诵《老有老的骄傲》。安排我站前排，用中文领诵了一段，也算出点风头。

下台就座，一位披着羽绒服，身着舞蹈服的女同胞挤到我座位旁问：“你是韩厂长吧？”见我有点诧异，很快自我介绍：“我是韩梅啊，包装材料厂的，你把我调到南京来的！是你本家！”

噢！本家韩梅，我当厂长时的职工。这个名字当年可是把我“坑”了一把！

那还是三十年前的事了。我从公司生产科长下到这个大中企业当厂长。我明白是领导的培养锻炼，起早摸黑，工作特别起劲，在开拓思想，调动职工积极性方面采取了不少新措施。其中一项是为一线职工解决具体困难。跟夜班时，一位主要生产岗位的班长梁师傅向我反映了他们夫妻分居两地，孩子一岁没人带的困难。

我心里一琢磨，帮他解决这个问题，不是一个重视一线工人的好案例吗？我当时的孩子七八岁了，上学没人送，花钱请门口邻居帮忙，很烦的，将心比心啊！

我找到公司的劳资科长，请他帮忙给一个进南京的指标，当时好像是千分之零点一，整个公司一年只有两三个指标。劳资科长看我是个培养对象，说不准下面就是他的领导，给了大面子。然后让厂里劳资科抓紧给那个梁师傅的妻子办调动手续。一时找不到接受单位，听说她当过民办教师，就建议到厂幼儿园当保育员。

三个月没到，这个韩梅就从镇江一个纺织厂调到南京来了。

我第一次见到她，是他们夫妻两个一起到办公室来谢我，带了两条烟什么的。梁师傅浓眉大眼的，妻子眼睛不大，但个子挺高，身材苗条。我说贵姓啊。她很羞怯地说，姓韩。我笑起来，啊，本家啊！我批评了他们送礼的行为，语重心长地提了一些希望，说你当过老师，有点文化，还是要多学习，努力把工作做好，说，你是我本家，要为厂长争光啊！

没想到，我精心做的这件好事，却招来好多流言蜚语。说韩厂长一来，就把她农村亲戚调进国营厂了！又说看到梁师傅送了厂长多少烟酒，还有人反映到公司去了。公司领导还为此提醒过我，不要把自己亲戚弄到一个单位来，有困难找组织帮你另外安排。另一个麻烦就是，不断有人来找我，反映分居两地的困难。我这才明白，为什么厂里有十几个分居两地的职工，老厂长就是一个也不解决？解决一个，得罪了十几个，老厂长有城府啊。

我倒也坦然，你们调查就是了，这韩梅和我没有一点关系！当然私下也有点郁闷，难道这好人真的做不得？欣慰的是，这夫妻俩工作十分卖力，年终双双被评为厂先进。

好在我的努力是有目共睹的，厂里生产经营有很大改观，一年后就把我调到市级机关了。此后我再也没有听到韩梅夫妇的信息，没想到退休后在老年大学的汇演上见到她！

应韩梅的邀请，我们在茶社坐了半天。她似乎比过去活泼多了，告诉我，她听了我的话，后来考了一个大专，到一个正规的幼儿园当老师，直到退休。“我现在退休工资比老梁高了！”她说这话很兴奋。“多亏你把我调到南京来，又当保育员，这一步改变了我的一生！你是我的贵人啊！而且你没喝过我的一口水！”

看到我的那位本家幸福的模样，我突然激动起来，几十年的郁闷一扫而空，给人带来幸福的人，也是幸福的人啊！

（《南京日报》“雨花石”2016年2月4日发表）

知音

他们认识是在新年的联欢会上。晓阳是朗诵了一首徐志摩的诗《没有结局的邂逅》：“走着走着，就散了，回忆都淡了；看着看着，就累了，星光也淡了；……”

小虹则是唱了一首苏联的歌曲《山楂树》。后来他们在一起合奏时互相调侃：“你是小资！”“你是老修！”

他们不是一个班的，有点相见恨晚的意思。小虹才知道，晓阳也很有音乐天赋，自小学习小提琴，会吹口琴，歌也唱得不错。还有一手漂亮的钢笔字。暑假里，她请他到琅琊路的家里，她弹钢琴，他拉提琴，合奏了好几首曲子。后来她唱苏联歌曲，他就用口琴伴奏。共同的音乐爱好和孩童时代的勤奋学习使他们合奏演唱很快和谐起来，连一旁的保姆都赞扬说，真好听！

两人没有走到一起。毕业时，小虹留城当老师。那时高考还没恢复，高中毕业要么到农村农场，要么当工人，当老师是很少的，可能她的爷爷是个著名书画家的缘故吧。晓阳被分配去了苏北一个农场“修地球”了，也可能和他的爷爷是个国民党时期的高官有关吧。

他们后来的联系不多，仅仅是过年的时候，晓阳会主动寄一张明信片，一句“你是我心中的女神”，使小虹的心怦怦直跳。她也会很快地回一张，但保持着女性的矜持。毕业时，在他们最后一次合奏《梁祝》后，晓阳递过他经常吹的那把德国口琴，说：留个纪念吧！直到今天，小虹还保留着这把黑色的口琴，偶尔也会用它吹吹那首她喜欢的《山楂树》。

几十年过去了，他们各自忙碌和奋斗。她几经波折，考上南师大夜大中文专业，又读了在职的研究生，从学校调到区教育局，后来又调到市文化局，科长，处长，副局长，一路走上来。又经历了恋爱，结婚，生子。

晓阳则是考上了浙江的一所大学，后来在国外亲戚的帮助下出国了。博士毕业以后，就职一家跨国的金融公司，来往于上海、香港和纽约。也成了家，夫人和孩子都在美国。

他们联系不多，明信片已经不寄了。但是，彼此的牵挂仍在。当年晓阳的亲戚要他去美国时，他曾专门给她打过一次长途电话，说想听听她的意见。当时出国潮刚刚起步，不知后面会怎么发展。小虹说，你是个有才华的人，应该去闯一闯，不要辜负了大家的期望！她在从区教育局调到市文化局，非常纠结的时候，神使鬼差给在美国的晓阳发了个邮件，征求一下他的意见。晓阳电话打来说：我觉得到文化局更能发挥你的音乐天赋，做你喜欢做的事！在重大问题的决策上，两人有点心心相印的感觉。

临近退休，从事业的顶峰走向退休生活，同学活动渐渐增多。在母校六十周年校庆的前夕，小虹突然接到晓阳从香港打来的电话，说他接到了高中同学的通知，决定到南京来参加校庆，说小虹你一定要来噢！还激动地在电话里说，好想你，连做梦都在想你！这是晓阳几十年的第一次表白，五十大几的小虹听了，心里又怦怦直跳，却也是十分高兴。

“人生难得一知己，千古知音最难觅”，她十分清楚，他们的关系就是知音的关系！知音有贴切的默契，是完美的深交，是那种欣赏、关爱和懂你的朋友，不需要天天见面，但心心相通。

校庆大活动结束后，有同学起哄：你们俩应该好好聊聊了！

两人在玄武湖畔漫步，谈到各自的经历和家庭，谈到几十年的互相牵挂和关心，夜晚的湖光灯影给他们的畅谈增添了浪漫的色彩。

小虹取出那把珍藏的德国口琴，晓阳眼睛都亮了，他用手轻轻爱抚了一下，放到嘴边，那首熟悉的《山楂树》在湖边荡漾开来。

在悠扬的口琴声中，小虹开始背诵徐志摩的那首《没有结局的邂逅》：“……不求有结果，不求同行，不求曾经拥有，只求在我最美的年华里，遇到你。”

沉思片刻，晓阳轻轻地接了一句：“我们是终生的知音。”

（《扬子晚报》“繁星”2016年6月21日发表）

小神童囧事

“小神童”是他在企业当团干部时的外号，以1.64米的个头，绝顶聪明神气而得此美誉。后来他考上了省里的某大媒体，当了多年记者。他的新闻稿《街上流行大摆裙》、《夜幕下的玄武湖》在古城影响很大，弄个“名记”头衔，走到哪都是响当当的。

新近小神童有点烦恼，缘由夫人。夫人是某国企的小领导，因企业经营不善，离岗内退了。本来退休是个乐事，你看多少退休的大妈，唱歌的唱歌，跳舞的跳舞，要多开心有多开心。偏偏小神童夫人是个事业心很强的女人，不甘心就此休闲。天天在他耳边嘀咕：你不是名记吗，认识那么多领导和老板，介绍点事做做？有什么生意，我也可以试试！小神童说，咱们家又不缺钱，在家享享清福不好？夫人一句话堵过来：你不懂！

恰巧来个机会！这年莫愁湖要搞灯会，一个主任答应在中心地点给他留个摊位，说：你进点货，叫嫂子来看摊，保你闭着眼睛赚钱！前年灯会卖油炸干的都是从人头上递钱。

夫人听了很高兴，吩咐小神童订货，一开口就是200个。说我辛苦点，负责站摊，人手不够，把妹妹、妈妈一起喊去帮忙。你是大记者，这种事你不能出面。还说那几天人多，饮料和冷饮生意也会旺噢！再去租两个冷柜，进点冷饮。

小神童打电话，找关系，投入了一万多元。他也有点担心，万一卖不掉，这些灯和冷饮怎么办？夫人说，你就不是发财的命，不下本钱，哪来利润？这老板好当的？

怀着赚钱的梦想，全家吃了不少辛苦，忙得在家也吃盒饭。终于筹备得当，小舅子开车，把货物运到现场。

没想到老天不作美，西伯利亚一个寒流突然来袭，第一天就是风雨交加。“刮风减半，下雨全无。”除了开幕式有点人打伞来凑凑气氛外，整个下午就没什么人来。冷饮销售就更不提了！神童给夫人送来厚外套，一家人一脸茫然。直到第三天，由雨转阴，才陆续来了一些市民，销了十几盏灯，卖掉两笔冷饮。

夫人已经受凉咳嗽了，情绪低落，连声说我们没有发财的命。小神童倒还镇静：交点学费也好，来日方长！正好报社另有任务，跑稿子去了。路上，给几个朋友打电话，说我出钱，你们去买几盏灯，不然夫人真急出病来。

最后一天，夫人突然来个电话：“今天一个老板把我们的灯全收啦！你快开车过来帮忙送货！”她激动得声音都在颤抖。小神童急急开车过来，脑子不够用了，怎么有这等好事？

等看到送货地点“桂香饭店”，他突然明白：老同学来帮忙了，也是他几十年乐于助人的报应！

这是他的一个小学同学，一个连锁饭店的老板娘。那时他个子小，坐前排，这个叫桂香的女同学坐他后面。两人互有好感，把写着对方名字的纸条你扔过来，我扔回去。一次下雨回家，两人合打一把伞，别的同学就哄他们是“一家子”。这“一家子”，就跑到玄武湖去“约会”了一次，不过就是在草坪上坐坐。初中毕业，桂香因为家庭困难，顶职当了工人，后来嫁给了一个军工厂的驾驶员。进了报社的小神童一直关注着青梅竹马的女同学，在其老公下海开出租车的时候，用私房钱垫付了一个夏利的“轮子”。桂香他们开饭店时，也是小神童帮助联系租了报社对面的门面房，那块地势不要太好哦，一个晚上能翻两次台！桂香饭店大厅正面的题词“饭菜无语，味道说话”也是他找个书法家朋友写的。如今桂香饭店已经在南京和外地有五个连锁店了！

桂香见到小神童十分高兴，说：“我可不是帮你忙噢！我是想利用这次灯会的影响，在连锁店搞个促销活动，把这些灯作为礼品送给来的客人。你是神童，你觉得怎么样？”

小神童自然明白，拱拱手，连声说：“谢谢谢谢！”又补一句：“老同学，还有十箱冷饮，一并送你做礼品吧！不然我们都要吃拉肚子啦！”

（《南京日报》“雨花石”2016年11月10日发表）

两副围棋罐

玻璃书橱里显目的位置，放着两副围棋罐，算是我仅有的几个收藏品之一了。一副是黑白大理石的围棋罐，白色的底子上有一圈圈黑色的纹理，精致而大气。那是九十年代初一次去云南出差，在大理古城的一个小店里买的。用旧报纸包着，放在双肩包里一路背回来的，坐公交车时怕挤坏了就把围棋罐抱在胸前。

大理的白大理石很有名气，又称汉白玉，当地人把它加工成各种型材，可以做建筑材料，贴在墙上、地上，还有桌面，还可以制成各种工艺品和实用器皿，大理石围棋罐就是当地一个特产，配上晶莹剔透的云子，是围棋爱好者去云南的优选之一。

这副大理石围棋罐曾在我的棋友圈里获得啧啧赞声。那时的“手谈”都是面对面的，一盘棋，一杯茶，或晚上，或休息天下午，约上棋友，鏖战三四小时。凡到我家下棋的，都要夸上几句。

还有一副是青瓷花龙的棋罐，景德镇的瓷器，青白色，外壁上绘有两条青龙，颈细腹粗，五爪劲张，极富立体感。二龙龙睛圆睁，面对龙珠作嬉戏状，神气憨态可掬，又不失威严气象，栩栩如生显动态美感。这是一位当领导的棋友送我的，一个非常珍贵的纪念品。

当时的棋友中，有同事，有同学，也有机关领导。喜欢下棋的领导，在激烈手谈之时，和普通棋友别无两样，其喜怒哀乐只有更甚。这位领导是七十年代末期，我在省团校培训时认识的，他当时是团校的校长。

我们在宿舍里下棋，桌上铺一张纸质的围棋盘，用的是廉价的玻璃子。校长来看望大家，看到我们下棋，兴奋得很，就饶有兴趣地看起来。大概是看我们水平还不错，很认真地问了我们的单位和名字。

再次见到他是二十年之后，他从苏南某市的书记调到省里某厅当主管，恰好是我在市里这个行业的领导。一次开会结束后，他把我单独留下来："我们切磋一下？看看你棋艺长了没有。"驾驶员从小车里取来一副围棋，记得是一副红木的棋罐，一个厚木的棋盘，找了一个房间就"手谈"起来。

我们真是棋逢对手，杀得难分难解。他喜欢搏杀，我也不甘示弱，棋局跌宕起伏，十分精彩。为节约时间，喊驾驶员买来盒饭。末了，领导说："这个星期天，你到我家来，我们再决战五盘！"

星期天，我们不仅进行了手谈，还观赏了他收集的十几个精美的围棋罐。有两个是景泰蓝的，其中一个就是那个青瓷花龙、外壁上有两条青花五爪龙的。印象深的还有一个楠木的棋罐，紫红颜色，厚重大气，说是日本友人送的；还有一个赞比亚血檀制作的，十分华贵，其实是个茶叶罐子，他说带回来做围棋罐了。

我赞不绝口。说我也喜欢收藏棋罐，曾经从云南背回来一个大理石的围棋罐，大气精致，颇有特色。领导说，下次带给我看看。

后来我们还下了几次棋，彼此除了上下级关系外，也成了比较好的朋友。他对我的大理石棋罐十分欣赏，说加工到这么薄，又是圆形的，很不简单！我说送给你吧，你喜欢收藏。他笑笑：不用，那么多棋罐也没什么用，东西多了也是负担，带不走的。

当时还没有领会他的意思。不久，就听到一个不幸的消息，说他住院了，是肝的问题，也许和长期积劳成疾和酷爱喝酒有关。

我去看过两次，人很消瘦，脸色灰暗。第一次精神还好，还笑着对我说：等好了我们再下五局，三局两胜。第二次，就完全卧床不起，说话乏力了。但他还记得我喜欢围棋罐，说：我那几个棋罐，你要喜欢，送你好不好？这些天经常想，人收藏那么多东西真是没有意思，生不带来，死带不去，送给喜欢的人是最好的出路了。

新近看过一篇微信文章，说当我们生活不能完全自理，儿女也无法顾及，准备去养老院的时候，能带些什么东西呢？那全套的红木家具，堆积如山的衣服，精心收藏的邮票，紫砂壶，金银首饰，翡翠玉器……作者发现什么都带不走，明白了为什么比尔•盖茨要把自己的财产全部捐献，为什么马未都宣布所以藏品尽数捐献……一切的财富都是过过手而已，不如趁在世散发财富，积善行德，何等明智！

很多人转发了这篇字字珠玑的感慨之言，我也从中感悟到当年领导在病房里要送我那个他精心收藏的围棋罐的良苦用心。

在他去世一段时间后，他过去的驾驶员给我送来了这个绘有两条青龙的青花瓷围棋罐，说老领导交代的。手捧棋罐，我的眼泪湿了。

如今网络围棋盛行，面对面手谈的机会已经非常少了，书橱里的这两个围棋罐已有十来年没有动了吧。但我依然把它们放在显目的位置，因为它们记载了一段难忘的故事，那位老领导最后对我说的一番话，给我毕生的启示。

（《扬子晚报》“繁星”2018年10月9日发表）

投 票

最近老潘有点忙，晨练回来就手机不离手，在微信上划来点去。先是把七岁外孙女参加的一个地区性儿歌大奖赛评选的通知，转发到自己的十几个群里，然后把复制好的拉票的贴子发在后面，请各位亲朋好友，老同事，老同学，老朋友继续关注投票。这个大奖赛要延续半个月，每天每人只能投一票，外孙女目前票数是3688票，离第四名只差四十几票，女儿发信说：好老妈再加把油，发挥你老校长老主任的人脉优势，争取让琳琳进入前十名！

多亏有了微信，使票选成为很方便的事。很多公众平台利用投票提高了关注度，一些活动扩大了影响。女儿说，我就害怕有猫腻。上次我们同事参加一个民营医院组织的最佳宝宝投票活动，一直到截止的前一天，都是她家宝宝领先，哪知最后一天，另一个宝宝一下增加了一万多张票！后来才知道电商可以售票的，是明码标价噢。老潘安慰女儿说我们尽力就行啦。

为了这个投票，老潘花了心思，除了各个群普发通知外，还精选了十几个有影响力的同学和学生，私信请他们帮帮琳琳的忙，呼吁转发拉票。有老师、医生、企业职工和机关干部，请他们再转发，扩大投票范围。

忙完这些，老潘开始为别人投票。这一是还人情债，二是做投资。因为给别人投票也是一种投资，是人情投资。

首先是给参加全市名优特饭店评选的“乡村老鸡汤食府”投了三票（这个评选规定每人每天可以投三票）。这是她的发小洪大厨办的饭店，上次同学聚会在那边喝的老鸡汤。吃人的手软啊。

然后是大学同学群，一个退休的出版社编辑，说省出版系统组织“全省2015至2016年度优秀出版书籍评选”，他的一个战友一本书上选了，希望大家帮忙投票。老潘对这个作家并不了解，也没看过他的书，但同学情还是要付的，就毫不犹豫地投了他战友一票，权当投资了。

第三个是他们老年大学合唱团的“资深美女”，发了她们区组织的“大美夕阳红广场舞比赛”评选的帖子，附上了各个代表队舞台表演的照片，也是一次可以投三票。看在她积极帮老潘为外孙女拉票的分上，老潘很快为她希望的队投了三票，并把新的票数发在群里，@那位阿姨。

看到各个群拉票成风，也卓有效果，一位民政厅的同学也发了一个帖子，为省里一个养老院的评比呼吁投票。唯有这个投票，老潘倒是认认真真地看了内容，选了一个介绍得很实在的养老院投了一票，心想下次可以去考察考察。

拉票期间老潘也遇到过麻烦。在那个机关医院办的一个医疗科普群里，群主就毫不客气地@老潘，本群不欢迎投票信息！给了她一个冷脸。

在中学同学群，由于投票活动时间太长，天天都是投票数字，很多同学看了嫌烦，就有人呼吁适可而止，还含蓄地说最好是让孩子顺其自然地发展。看到这些意见，老潘也有点纠结，作为一名曾当过中学副校长，后来到某机关当培训中心主任的她，自然明白让孩子低调成长的益处，但是看到每天蹭蹭上升的票数，她有一种无名的喜悦和成就感，也是欲罢不能了。好在也有好友帮她解围，那个“资深美女”就发言说，入群不就是开心的吗，投票也就是哄哄玩玩，央视还组织投票呢，那么认真干啥。

老伴是一个退休的高工，对老潘这样热衷于投票拉票颇有异议。说很多人对评选的单位都不了解，对评选的内容看都不看，就是投投投，这票数能说明什么问题啊？哪有公正可言！

老潘说，哈哈，这种评选的结果与评选对象好坏没有太大关系，就是拼关系拼人脉，就是看谁的圈子广，看谁的人情投入大，看谁拉票的办法多，这也是本事噢！

女儿笑着插话说，老爸，你不懂，我其实不是为琳琳，是为老妈噢！你看她，又和在位时一样精神焕发啦！她就喜欢这种呼风唤雨的感觉。

后来外孙女的儿歌得了大奖赛的二等奖，老潘在“乡村老鸡汤食府”请了两大桌。朋友们开心地喝着老鸡汤，听琳琳背诵了她的儿歌《小小萤火虫》。

洪大厨说：还真是写得不错，很生动，很形象。

（《金陵晚报》“雨花石”2018年1月8日发表）

电 话

建华主任上班路上一下接到几个奇怪的电话。

第一个是党校的同学，交通局黄局长打来的："最近忙什么呢老兄，一切还好吧？……那就好那就好，哪天有空我们掼蛋！"一分钟后，又一个电话打进来："张主任，我是小白啊，老领导一切还好吧？……没有什么事，我就是问候一下老领导！哪天有空，请嫂子一起聚聚！"刚放下手机，第三个电话接进来，这是一位退休的老领导："小张啊，我是老姜，你一切还好吧？……那就好那就好，有空我来看你！"

建华主任一下警觉起来，这三个电话都没有什么具体事情，听到他的回话对方就收话了，是不是他们听到什么传言了，想打电话证实一下？有一次他的领导，一个退休的副市长被传说有点情况，他也是打了个问候的电话。敏感时期，传言也多，加上他管的部门，是个权力部门，容易引发外部猜测。加上建华这个名字，市里局以上干部就有三个。不过他心里还是踏实的，这些年为官，小心谨慎，大原则的事情他都把握得很有分寸。但上班路上接到这些电话，毕竟不是什么愉快的事，大早的虎虎生气锐减大半。

没容他多想，第四个电话又响起来，看来电显示，是机关医院的一个主任医生。"是张主任吗，你最近……"没等对方说下去，建华主任就没好气地回答说："我张建华好得很！谢谢你们关心！"说完就挂机了。没一会，电话又响起来，还是那个主任医生。这次是她抢先说话了："主任，我是医院小李，你的检查结果出来了，是良性的，没有问题！嫂子叫我给你先打个电话。”

建华主任突然一阵激动，情绪瞬间好起来：“李主任，不好意思，刚才搞错人了。谢谢你谢谢你！看何时有空，我们聚聚？”

（《金陵晚报》“雨花石”2016年3月13日发表）

掼蛋趣记

长假最后一天，党校老同学聚会，说早点去，饭前掼蛋，搞一局。

“来来来，我和刘局。”已经到区人大任职的老朱挑了商贸局的资深美女，她是我们班最年轻的，还在位。我和老殷两个退休人员就是一对了。殷厂长是一个老国企的厂长，在国企改革中站到最后一班岗，现在在家帮助带孩子。他打招呼说：“我可不太会打掼蛋哦。”

刘局说：“不会打的手气好，这掼蛋，七分牌三分技，主要是运气。”一边摸牌，一边对老朱说：“朱主任，你是高手，有问题打完牌个别沟通？”大家都笑了。知道老朱脾气的，都不太愿意和他配对，他牌技高超，但是脾气不好，职务又高，动则指点江山，对家没有按他旨意出牌，他是不顾情面的。常言说，打牌对子，一不能找老婆，二不能找领导，寓意深刻。

真给刘局说准了，不会打的手气好。我和老殷不是牌顺就是炸弹多，一上来就弄了两个双下。老朱的脸色不太好看，但刘局不是他的部下，又先招呼在前，忍住没发火。直到后来，刘局有了一次明显的失误，让我套了一张小牌，最后持一个小炸当了上游。朱主任发飙了：“你还会打牌啊？他就五张了，你走小4子？打牌就是要互相制约，你走不掉，他更不好走？”

刘局不好意思地笑笑：“个别沟通，个别沟通！”

我们打到A了，有点得意。老朱抢过牌来，一边洗一边说：

“刘局，打A的规矩你懂吧？放一个，打一个，叫他们不过就行！三次不过重新打2子！”果然，老朱摸了两个大王，抗供，这局我们没过去。

老同学十分高兴：“这牌运是三十年河东，三十年河西，也该我们转运了！”运气过去之后，老殷的经验不足开始凸显，一个很好的机会没有抓住，连续三次打A都没有过。老朱得意地哈哈大笑：“怎么样，我们成事不足，但败事还是有力的！呵呵！就像我到人大，有的人看我的眼神都不对了，见面绕过去。虽说我现在不是常委了，你要上去我帮不了忙，但是，要你不上去，人大还说了算哦！”

打牌也有很多哲理！怪不得许多领导吃饭前都要掼一局，且高手多多。

（《金陵晚报》“雨花石”2016年11月21日发表）

证婚人

你听说过父女俩请同一个人当证婚人吗？建昌很荣幸经历了。

1985年，从教十几年的建昌调到省级机关工作。他的学生洪伟找到他："老师，我要结婚了，我想请你当证婚人。"

建昌一下愣住了，继而又十分高兴！证婚人，多是德高望重的长辈或领导来担任，算是一种无冕之誉。没想到这个当年班上的后进生这么看重昔日的班主任，而且是被他踹过一脚的"猴王"。

建昌记得很清楚，是1979年夏天的事。那时他在下关的一个中学当初二年级班主任。一天中午，班上一个叫徐涛的同学，看到一个在惠民河边洗手帕的女生不小心滑入水里，就猛地跳下河，把女生拉上岸来，做了一件见义勇为的好事。

但是，班上的留级生，外号"猴王"的洪伟，因平时和徐涛有矛盾，就讥讽徐涛，说他在水中对女生"乱摸八摸"的。徐涛气得和洪伟对吵起来，几句不合，便厮打成一团。等建昌赶到时，年龄大、个子高的"猴王"已将徐涛压在身下狠打。建昌大怒，吼了几声，见"猴王"不听，便抬起右脚，猛地踹了骑在徐涛身上的洪伟的肩膀一脚，把这个比他个子还高的学生踢翻在地。并拉着他大喊：马上到校长室去！

洪伟见老师发火了，连忙爬起身，跑了。

建昌送徐涛回家换衣服，家里只有奶奶。原来他父亲在长航工作，离异后把孩子放在南京奶奶这里抚养。奶奶见孩子浑身湿漉漉的，担心地哭起来："你这个炮子子，万一有个三长两短，我怎么和你爸爸交代啊！”徐涛说：“我从小江边长大的，水性好着呢！救人我也学过，先在她头上打一拳，然后从背后拉住她衣服，往岸上拖。老师，我真的没有乱摸八摸的哦！”这时，被救女学生的家长买了一个蛋糕，也赶到徐涛家来表示感谢。徐涛奶奶这才破涕为笑。

时任南京日报通讯员的建昌，回来就给报社写了一篇稿子。第二天，一个得知这个救人故事的中国青年报记者，专门来校进行了采访，查看了现场，并带走了这篇稿子。没多久，这篇《见义勇为的好青年徐涛》见报了，寄了60元稿费来。后来徐涛跟父亲回武汉上学，建昌把这张报纸送给他做纪念，他爸左看右看，摸摸儿子的头：“臭小子，还救过人。”这都是后事了。

那天下午，建昌想的是“猴王”的事。这个学生本来就不爱学习，加上打人犯错，处理不当，就会破罐子破摔，毁了他的前途。于是放学后，就找到洪伟家去。其时，早有同学告诉洪伟，他躲在外面不敢回来。建昌等到六点半，他父母都下班了，还没见洪伟回家。建昌想：我一走，洪伟回来必招一顿打。这一打，梁子就结下了，这师生关系必成水火。他决定继续等下去，并应邀在洪伟家吃了饭。一边吃一边和他父母聊天。洪伟爸爸是轮运公司职工，经常跟船出去顾不上家，孩子没人管，经常惹事，学习跟不上，只好留级。建昌动了恻隐之心，说：你们夫妻俩养几个孩子，不容易。洪伟在我班上，我一定会帮助他初中毕业。夫妻二人听了不住地表示感谢。

八点多，洪伟才回家。被爸爸痛骂一顿后，建昌说了一些暖心的话。说认识错误，改了就好。老师不会嫌弃你，还会真心帮助你，让你毕业，给你一个好评语。末了，让洪伟送自己回家，一路上又说了一些鼓励的话。

这一脚还真踹出了感情。对这个留级生，建昌注入了心血，真心诚意地帮助他。首先是提高他信心。老师有老师的办法：每次考试测验，建昌会提前两天去他家补课，指导他掌握百分之六十的内容，保证他能够及格。写作文时，坚持面批，大改后，叫他重抄一遍在作文本上，给个80分。还给他一个小组长干干，专门负责后排的课堂纪律。

于是洪伟变得上课认真听讲，作业认真完成，成绩慢慢好起来了。家长一看，给他奖励，买回力球鞋，他的学习积极性就更高了。一年下来，洪伟渐渐跟上来了，到初三顺利地通过毕业考试。

“猴王”转变了，这也成了建昌介绍学习“马卡连柯”教育法的经典案例。人在做，天在看，他之所以喜欢教师这个职业，就因为可以用善良和行动来教育和影响孩子。影响孩子，就是影响世界。

洪伟后来顶职进了轮运公司。对建昌老师的教育之恩，他铭记在心。每逢过年，都要拎着公司发的年货来拜年。后来谈了一个漂亮的女工，要结婚了，他爸说，请建昌老师来当你们的证婚人吧！

建昌在洪伟的婚礼上准备了一首诗，用宣纸写了下来：“今结良缘我证婚，两情相悦喜双成。比肩携手齐奋进，恩爱同心度一生！”

此时的建昌在诗歌创作和书法上，已经在业内颇有名气，挂了好几个协会的职务。这使洪伟觉得很有面子。

故事的高潮还在后面。洪伟后来生了个女儿，学习不错，考上省内的一所师范大学，毕业后进了南京一个小学当老师。洪伟就是希望自己的女儿也像建昌老师一样，当个好老师，教书育人。

教师节前夕，女儿要结婚了，对象是个干部。洪伟又来找已经退休十年的建昌了："老师，再请你当一回证婚人好不好？当年你一首证婚诗，给我下半辈子带来运气福气，今天我女儿新婚，也请你题诗一首，给两个小辈鼓励鼓励！"

建昌搔搔斑白的头发，对当这个"无冕之誉"的"证婚人"非常高兴。他准备再赋诗一首，衷心祝愿小两口，以及洪伟一家过得更加美好！

（《金陵晚报》"雨花石"2018年11月26日发表）

东巷7号

我的旧居叫鼓楼车站东巷，如今是南京最高的紫峰大厦。这个“车站”是南京城里的一个小火车线路，建于1908年，运行了五十年，从下关途经三牌楼、鼓楼、鸡鸣寺，到总统府、白下路，最后到中华门。我们家就在鼓楼小火车站的东面。

那是民国后期建的一排二层的小洋楼，是老的中华馥记建筑公司的宿舍楼。我父亲在公司当会计，南京解放时，被老板留下来看房子，所以就住了一幢，门牌9号，巷子的中段。

从现在眼光看，这个房子还是相当不错的。进门左手是个柴火间，最早放个小锅炉，然后是厨房。楼下一个正屋，有十五六平方。中间是一个转弯的楼梯，楼梯的中央是一个约六平方的“亭子间”，再上几级台阶，就是楼上的卫生间和主卧了。因为放了一个大浴缸，所以我们叫它洗澡间，锅炉好的时候，烧好的热水可以直通到楼上浴缸来。楼下正屋的后门外，还有一个二十平方的小院子，自然灾害那几年，农村长大的爸爸把院子里的地砖全挖开来，种上蔬菜。

应该是一个设施齐全、紧凑的住房，很适合一家人居住。

我们家的东面是7号，先后住过两户人家。

第一户是个南下的老干部，据说是个老红军。他工作忙不怎么见到，他的两个儿子倒是和我们很熟悉。哥哥叫开国，弟弟叫援朝。开国颇有领袖气质，他领着我们在火车站的露天仓库里“打游击”，在堆满了废铜烂铁的仓库里冲锋伏击，我们喊他“司令”。一天晚上，他约我到鼓楼亭走走，说了好多话，说他要随爸爸去泰州了。本想去当兵，但老爸受批判，政审没通过，有点怀才不遇、志怅惘的味道。早前我就听妈妈说，开国的妈妈是在楼上洗澡间的浴缸里溺水身亡的，他妈妈是个农村的小脚妇女。

我买了一个缎子封面的日记本送他，附了一首《水调歌头》，还依稀记得几句："怎望古亭夜，共叹月如钩。""来日喜相会，但见雄赳赳。"

7号的第二个邻居是区房管所的书记老邱，今天想起来应该是捷足先登吧。老邱有三个孩子，最小的和我妹妹是同学，叫小霞。这位书记不怎么待见我那解放前上大学的父亲，虽然经常见面，彼此不太往来。和他们家的第一次矛盾起源于妹妹在家学拉二胡，咕吱咕吱的不太好听。老邱就在院子里喊：不要吵了！妹妹没理会，依然拉了几下。老邱就让小霞来敲门，说她妈妈脑子里长个瘤，头疼嫌吵。妈妈赶紧叫妹妹不要拉了。

那时我爸爸在院子里种了两棵梧桐，几年下来长得高大茂盛，把南面的阳光挡了不少。老邱几次提出要我们把树枝砍掉，老爸坚决不肯，说是树木茂盛代表家族兴旺，不能动。后来老邱就喊工人把伸到他家的树枝砍了，还把砍下的树枝从院墙扔到我家院子里来。这样就吵起来，我们家男孩多，声音大，七嘴八舌还把前面住户女主人自杀的事搬了出来，说这房子风水不好。一听这事，老邱脸色都变了，立刻进屋不说话了。

一来老邱爱人的病越来越重，头疼难忍，经常用头撞墙，嚷着不想活了。老邱没有办法，只好叫小霞退学在家专门照顾妈妈，也是看住她。但百密一疏，老邱爱人还是乘女儿中午睡觉的时候，在柴火间里上吊了。

所以7号成了东巷一个不吉利的代名词。难道真的是风水问题？

去年在欧洲游的时候，竟然在巴黎的凯旋门邂逅了几十年没见的开国！是有人高喊他的名字，扭头一看，果然是儿时的“司令”！他脸型没变，满头银发，挎着一个大炮筒子，倒有点“雄赳赳”的样子。我们俩兴奋得不得了，也顾不上看景了，聊个没完。他说后来还是当兵了，海军，正团转业，到一家保险公司当后勤总经理直到退休。

他说：“回头想想，记忆最深的还是在火车站打游击的岁月，呵呵！”

我妹妹后来去澳洲留学并在悉尼定居了。我和她讲起了碰到东巷7号开国的事，问她后来和小霞还有没有联系。我妹说，去年中学同学聚会见到她了！小霞后来在糖果冷食厂当工人，50岁退休，现在在家带孙子，天天跳广场舞。

我老爸是在89岁高龄去世的。

老人都走了，东巷也不复存在，但生活还在延续，昔日的是非恩怨，随着岁月的流逝，已经消失在冥冥宇宙之中。说是风水轮流转，应该就是这个意思吧。

写于2018年3月15日

干杯，工匠精神

老常师傅应邀参加徒弟小高的婚礼，几个厂里的老弟兄坐在一桌，端起酒杯，不亦乐乎。

“我说老常啊，你现在享清福了，你这个国家级的老技师一走，我的压力就大得多了去了。”常师傅的师弟，管生产的郑副厂长端起酒杯给老常敬酒，一边诉起苦来。常师傅退休三年了，在厂里留用了两年，去年总公司一刀切，下属企业一律不得再用退休人员，他也就回家了。

“是啊，那天保障分队来电话，说海南一台设备的长轴坏了，要我们重配一个，外协说要半个月，这基地那么多人在等着，怎么能行？”机修车间的郭主任也端起酒杯，“听说你今天也参加小高的婚礼，正好向你讨教呢。”

常师傅没顾上喝酒，他清楚那是一台大型的军工设备。忙问：“小高技术应该可以啦！我几把双头宝刀都留给他了。”

“哎呀，现在的年轻人啊！”郭主任直摇头。“玩玩手机电脑还可以，干起活来，不上心！又忙结婚，哪有心思，两根材料都报废了。”

常师傅是这家军工装备企业的老技师，七〇年进厂，车工出身。怀着为国防建设贡献一生的理想，牢记老父亲“荒年饿不死手艺人”的教诲，他一辈子钻研技术，从车工技术，到后来铣、刨、磨、镗样样精通，被称作“全能机床大师”，多次获得省、市的技能大师，奖状证书摞起来有一尺多高。还被评为部里的劳模。“车工一把刀”，磨刀是基本功。他尤擅长磨刀，功夫是几百把废刀练出来的，在一分钟3000的砂轮旁边一站两三个小时，口罩都变成灰色的了。真是“磨刀不误砍柴工”，同样工件，别人要三小时车一个，他半个多小时就下来，光洁度还高。小高是他的关门徒弟，人也不错，但今天的年轻人对车工技术没那么“上心”，技术水平就是不太行。看来仅仅把那把“宝刀”留给他并不管用。

郑厂长接过话：“要是都有你那种工匠精神就好啦！厂里准备开展这方面的教育活动，还想请你再去给青年工人说说呢。”

常师傅突然激动起来，要说现在这把年龄，上机床干活肯定是不如年轻一代了，但要说说踏实做人，认真做事，对技术精益求精，执着专一的工匠精神，他体会多多，他有一肚子的话要说，特别是对一个军工企业的后生们。

新郎新娘过来敬酒了，小高喝了不少酒，脸色红扑扑的。看到常师傅，一定要单独和师傅干一杯。

祝福过后，常师傅忍不住地就问：“那个长轴什么问题？”小高说：“我上班就来解决这个问题！师傅，您放心！不会耽误他们保障任务的！”

常师傅说：“我明天去厂里看看，帮你参谋参谋？”

小高犹豫了一下，端着酒杯看看新娘。漂亮的新娘子是个聪明人，她用肩膀碰碰小高：“你就去一下吧，晚上再到我家不迟。”

小高顿时兴奋起来：“师傅，你来太好了！就明天，不完成任务绝不下班！”

郑厂长高兴地举起酒杯：“那就谢谢你们了，老工匠和小工匠！来，干杯！”

一桌人齐声呼应：“为工匠精神干杯！”

（《金陵晚报》“雨花石”2017年10月13日发表）

蚂蟥堡的记忆

那是1979年2月，刚刚进入新兵连一个月的钟毅就感受了战前的气氛：命令全体战士剃光头，验血，个人物品寄回家。接着是换装备，一色折叠的冲锋枪，配上弹药。

闷罐车，六天六夜。然后是三天卡车，直赴云南边境。他第一次来到这个叫做“蚂蟥堡”的村子。

蚂蟥堡位于红河哈尼族彝族自治州，离河口十四公里。对面就是越南老街，是一个重要的交通要点。

当时自卫反击战已经打响，钟毅所在的工兵团急赴前线奉命做好边境一线的战情保障工作。他所在的特务连负责通讯和警戒任务。团指挥所附近就是一个加农炮连阵地，经常可以听到隆隆炮声。

蚂蟥堡风景秀丽，到处是橡胶林，是否因气候湿热蛇多蚂蟥多而命名，不得而知。清澈的南溪河绕村而过，汇入红河。为了保卫边疆，十九岁的南京小伙子，和数千名江苏、福建、四川的工兵团战友来到这个边陲美丽的小村，经历了这场难忘的自卫反击战。

新兵害怕晚上站岗。伸手不见五指，没有固定哨位，必须找个隐蔽的地点。听到动静要大声问口令。第一次传口令钟毅就把“路段”说成了“路面”，第二天早晨连长追查到他头上，差点没给他一个处分！因为前线部队因答错口令开枪误伤自己人的事还是经常发生的。

为提高特务连战斗力，每个班配了机枪。一米八的钟毅成为主射手，每天练瞄准和射击。机枪有架子，不用手托，不算太累。副射手小陈比他小一岁，四川盐亭人，长了一对小虎牙，笑起来很讨喜。小陈能吃苦，机枪抢着扛，重活都是冲在前头：“我们农村来的，这事我来做。”

钟毅从小喜欢吹口琴，闲暇时候就喜欢吹吹那首《边疆的泉水清又纯》。小陈有次忍不住开口说：“钟哥，下回教教我吹口琴？等我复员回家吹给我弟妹听，也给他们露一手！我保证，每次吹过都给你洗洗干净！”

钟毅说：“没事，我们共打一挺机枪，也可以共用一个口琴！”战时的战友，感情特别纯洁。

那天团里的放映队到特务连来放电影，这是前线部队唯一的娱乐时间了。电影放完后，放映队的队长，1973年的入伍的葛干事喊了钟毅等几个南京兵一起到南溪河边去坐坐。十五的月亮高悬空中，照在边关照在家乡。葛干事坐在河边的大石头上，吹起了随身带的长箫，是那首“月亮在白莲花般的云朵里穿行”。远在边疆沉浸在故乡怀念之中的这个场景永远铭刻在钟毅的记忆之中。小陈不知怎么也来了，他兴奋地说：“这个笛子吹得太好了！我也要学会，回去吹给我的父母听听！我们家乡的月亮可圆了！”

战事接近尾声，有一天说是有首长要来慰问，炊事班提出派个战士帮忙去镇上买菜。小陈丢下在叠的衣服：“班长，我去！”

这个可爱的四川小伙子一去没有复返。按要求应该是开车去，恰恰那天卡车有点故障，他就独自一人顺着公路走了。这条路一边是中国，一边是越南，经常有敌方特工在境外的山上打黑枪。小陈中了八枪，是机枪的连发，胸脯都打烂了。但被击中时他一梭子冲锋枪子弹也扫了出去，是上了膛的。

小陈被安葬在河口南溪河烈士陵园。钟毅含着眼泪，把那把口琴一起放进了他的墓地里。

2015年，工兵团特务连在钟毅的倡导下，建了一个战友群。战友群串联了六十位战友，在反击战的三十七年后，重返云南河口蚂蟥堡。他们在南溪烈士陵园看望了长眠在边疆的昔日的战友，钟毅和战友们给那个长着一对小虎牙的小陈恭敬地献上一束鲜花。当年简陋的墓地已经建成非常漂亮的大理石墓地了！人民永远怀念为了保卫祖国边疆而牺牲的先烈们。

反击战结束后，工兵团就转为昆明军区下属单位，一直驻守在西南边陲。钟毅在蚂蟥堡呆了整整三年。复员后回到南京，进了一家有名的军工厂，从事武器装备的科研生产。当过工人、人事干部、车间主任和管理部门的负责人。

节前，东部战区的一位将军到厂里来视察工作，听公司领导说钟毅参加过自卫反击战，立过三等功。将军走到钟毅的跟前，举起右手，行了一个军礼！说："向参战老兵致敬！"钟毅热泪盈眶！

钟毅的微信名就是"蚂蟥堡"，那是一段终身难忘的记忆。

写于2017年12月31日

龙腾虎跃

老话说，属龙属虎不能做亲，说是龙虎相克。这自然是迷信，咱们且不睬它。不过，我们厂那位属龙姓龙的龙淮生，属虎小名叫大虎的赵振虎，可称得上“老对头”。他们经常斗，斗得也挺有意思。大跃进年代，进厂才四个月的赵振虎，跳上台与十来年工龄的龙淮生打擂台的故事；文化大革命中，龙淮生三登赵振虎家门，两人双双斗成抓革命、促生产模范的事迹，在宣传科小钟——那个高挑个、戴眼镜的“高材生”的“人物谱”里，都有详细记载，早属旧闻了。咱们今天说的，是粉碎“四人帮”以后，在轰轰烈烈的社会主义劳动竞赛中的一段新龙虎斗。

一

雪后初晴。远山、近树、大街、小巷，到处一片洁白，分外清新、明亮。

主楼的大会议室里热烘烘的，玻璃窗镀上一层薄薄的水蒸气。春节后的第一次全厂调度会就要开始了。出席人员，是班组长以上干部，足有七八十人。大家亲热地打着招呼，说着笑话，像半年一载没见面似的。有人还掏出瓜子、花生啦，凑着热闹。

我们的赵振虎，是个爱说爱笑爱闹的角色，他早早到了会场，一会儿捶你一拳，一会儿抢他几颗花生，不得安生。

他今年虚四十。阔背熊腰，有棱有角的大方脸，浓黑浓黑的卧蚕眉。这么冷的天，不穿棉袄，一件半旧的夹克工作服，一条膝盖上打着方补丁的工作裤，脚上是四季不换的翻毛皮鞋，配上节日里刮得青溜溜的面颊，显得利落、精干。

电工陈班长上下打量了一下赵振虎，咂起嘴来：“喝！瞧这架式，七七年先进又跑不了啰！”

矮个子，鬓发有点灰白的林主任给大家倒着开水，笑着接上茬：“大虎嘛，没有点虎威还行！”

大虎，是赵振虎的小名，从剃着平顶头当学徒，一直喊到胡子碴碴的大汉。关于他的虎威，乘会议尚未开始，咱们不妨从小钟的“人物谱”里抄上几段：

“……给人印象最深的，要数去年夏天那次防汛战斗了。百十斤重的大麻包，人家两人抬一包，他是一人扛一袋，‘杭唷杭唷’来回奔，一边跑一边叫：‘哎，让开！开水来啦！’”……

“他好胜心强。例如下棋，只能赢，不能输。谁赢了他的棋，便倒霉啦，他会千方百计地缠住你，扳不回本，誓不罢休。那次棋赛，他与龙淮生争冠军。照例，大虎是当头炮、短横车，猛攻中路。见老龙屏风马、巡河车防范严密，便把另一只炮又移至中宫，放前炮后头，棋书上叫‘重炮’。果然攻势凌厉，开局占优。跟着，大虎又以车马炮兑去老龙双车，控制了中局。见老龙慢悠悠咬着烟斗思索，大虎得意地向朱宝泰（此人外号‘水老板’，来源是以前开过老虎灶）要烟抽——他平常根本不抽烟。龙淮生不愧‘智多星’，在残局上极有功夫，用连环炮一步步地磨。磨得大虎性起，一个漏着，嘿，叫老龙一个‘闷宫’，将死了！大虎跳起来：‘不算不算！再较一盘！’大虎每次碰到龙淮生，总要挑一句：‘什么时候再较一盘？哼，不剃你光头我不姓赵！’……”

值得补充的是，去年“四人帮”嚣张一时，棍子遍地打，帽子满天飞。大虎却不睬这一套，照样抓考勤、抓工时。他所在的装配班，年年完成任务，年年先进班组。

好，言归正传。林主任检查人数了，这才发觉，装配一班的班长龙淮生还没到。

龙淮生正在车间里帮忙挂标语呢。原来，宣传科的小钟领着几个小青年，要把一条“深揭猛批四人帮，掀起工业学大庆新高潮”的红幅标语挂上横梁，不料梯子短，够不上。龙淮生见了，帮起忙来。他眯着眼睛打量一下，立刻吩咐找两根绳子来。一边一根，系上小扁铁，甩过横梁，然后拴上标语，两头一拉，就上去了。大家叫妙，小钟竖起拇指说：“不愧‘智多星’，点子多！”

关于龙淮生，小钟的“人物谱”里也有许多故事，不妨也抄上两段：

“龙淮生，淮安人。生于一九二八年农历二月初十。

“个子高，但不壮，细长脸，淡眉毛。喜欢眯着眼，好像总在思考什么。外号‘智多星’，大家说他‘手巧、话少、点子多’。

“说手巧，那真是。谁车子坏了，钟不走了，请他摆弄摆弄，准解决问题。他那烟斗，更是个好见证，弯弯的大头子，是自己用檀木挖的，漆成栗壳色；嘴子，是白色与墨绿色有机玻璃胶合的，中间镶进几个梅花骨朵，十分精致，我们管它叫‘斯大林烟斗’。

“话少，也不假。选他当第一批工宣队员时，军代表请他谈谈感想。他站起来，想半天，说声‘行！’就坐下了。

“要说点子多，更是全厂公认。生产上出了难题，谁都爱找他合计合计，要他出出点子。我亲眼看过车工孟师傅找他商量改进夹具，两人蹲在地上画画算算，没十分钟，孟师傅就拍着大腿，高兴地喊起‘有门’来……”

当龙淮生轻轻推开会议室边门时，林主任已在讲话了，他正传达着节前在北京召开的全国印刷机械会议精神。

"……这十几天，我可没睡过安稳觉。头几天，是兴奋得睡不着，听听，看看，想想，形势真是鼓舞人！后几天，是焦急得睡不好。粉碎'四人帮'，思想大解放，回去怎么甩开膀子干？学大庆会议拿什么献礼？一支烟接一支烟，越抽越睡不着……"林主任是工人出身，讲话生动，不时引起笑声。大虎用胳膊肘捣捣旁边的陈班长，在嘀咕什么。龙淮生呢，坐在门边一只放颜料的箱子上，咬着那自制的"斯大林烟斗"，静静地听着。

"同志们！"林主任谈到厂里的安排，"我抛块砖头给大伙议论议论。咱们手里这三十台印刷机，能不能提前它半个月，四月十五号完成？一，可以向全国工业学大庆会议献礼，二呢，为五月份达到全年产量产值过半打个基础……大虎，你这手早就发痒了吧？你谈谈呢。"

赵振虎"忽"地一下站起来，威风凛凛地回答："我说主任，大干就要有个大干的样子！我也抛块砖，要提前，索性凑个整数——一个月！怎么样？三月底全部完成！"

"嗡"的一声，全场轰动起来。几十双眼睛一齐射向这位阔背熊腰的虎将。

"好，有气魄！"林主任笑着抬抬手，"我们就是要响应党中央的号召，大搞群众运动，把干劲、智慧、创造性充分发挥出来！要开展社会主义劳动竞赛，大干社会主义！……"

赵振虎握紧拳头朝桌上一击："对，搞竞赛！老龙呵，"他转过头来，"我代表二班向你们挑战，一班十五台，怎么样？"

"好！"不少人拍起巴掌来。

会场随即静下来，目光一齐射向坐在门边的龙淮生。

此刻，别看龙淮生没捏拳头，那心里，也似开水翻腾，咕嘟咕嘟地不得平静。把国民经济搞上去，实现四个现代化，是伟大领袖毛主席和敬爱的周总理的遗愿呵，咱新中国的工人阶级，就是要当闯将，做先锋！……

龙淮生取下烟斗，站起身，扔下一个字："行！"

会场先是一阵寂静。突然，像冷水滴进热油锅，炸开啦！

"好，言不在多在于精！"了解老龙的人伸出拇指赞叹。

"嘿，大虎算找着对手啦——龙淮生这'智多星'可不是好惹的。"

"反正这下有戏看了！"

不知谁先叫起来："嘿嘿，这不是龙虎斗吗？"

"哈哈！"全场都乐了，林主任也笑起来。

等大家静下来，林主任接下去说："好啊，打倒'四人帮'，生产要长翅膀啰。这劳动竞赛，全厂都要搞，而且要轰轰烈烈地搞！……小钟在不在？明天去办一面锦旗，准备奖给优胜班！"

底下又交头接耳议论起来。林主任摆摆手，提高嗓门："我强调一下呀，这劳动竞赛，不仅要赛干劲，比产品，更要赛思想、赛团结、赛风格，对不对？"

龙淮生咬着烟斗，庄重地点点头。

"哗——"暴风雨般的掌声拉开了龙虎斗的序幕。

二

散会，离下班还有二十分钟。赵振虎迈着大步，兴冲冲赶回班组。老远瞅见自己徒弟，就喊："小秦，快通知全班开会！"

人到齐了，大虎站在那一排镶着奖状的镜框下面，习惯地把双手叉在后腰间，三言两语传达了会议精神，兴奋地说：

“主任说啦，要准备一面锦旗。哈，咱们奖状不少，还就是没锦旗呢！”他手一挥，“我宣布！从明天开始，提早一刻钟进厂，铃一响就干活。分工嘛，照旧！还是分三个组，每组五台。先把架子从仓库拖来……”

长得细细巧巧，卷头发的小秦说：“分组矛盾多，还是统一指挥好……”

大虎打断徒弟的话：“分开来，各组可以开展小竞赛嘛！我掂量过啦，我们有两大特长。一，”他竖起右手拇指，“咱们男同志多，要抬能抬，要搬能搬。他们呢？半边天占一半，不仅体力上差劲，还叽叽喳喳容易闹矛盾……”

“对对。”胖胖的朱宝泰附和说，“段春雁与快嘴李上次吵一架，至今还不讲话哩。”

“第二，”大虎又伸出食指，“咱们年年先进，士气旺……”见小秦有点不满意地跟旁边人嘀咕什么，马上又说：“当然，竞赛并不光为争锦旗，是大干快上，向工业学大庆会议献礼！……”

小秦说：“龙师傅点子多，咱可不能打马虎眼。”

大虎一挥臂：“他会动脑子，咱就不会动心思？只要大家把劲头拿出来，能挑千斤的，挑它一千二，我敢打包票——输不了！”

“叮铃铃”，下班钟响了。大虎收住话，“大家还有什么意见？没有了？散会！”

三

龙淮生可没有大虎这样“雷厉风行”。

散会后，车间周书记又找他研究了点事——老龙是支部委员。直到端起饭盒，他才细细筹划起来。

装配三十台印刷机，通常要一个季度。而到三月底，星期天在内，不过三十八天。担子沉呵。但龙淮生考虑最多的，却是林主任最后强调的那段话。怎样与性犟好胜的赵振虎赛出团结来？可是个考验！

下午，龙淮生召集了班组会。他用最大努力，尽可能详细地讲了调度会的情况。然后掏出“斯大林烟斗”，在工具箱上磕磕，伸进烟袋，撮着烟丝说：“三个臭皮匠，顶个诸葛亮。咱们二十个人，有六个半诸葛亮嘛！不多不少，咱们弄它六条半计策来。”

一班讨论本来就热火，添上龙淮生的“长篇发言”，像干柴着火，劈劈啪啪烧得更旺啦。

“‘四人帮’要篡党夺权，今天批这，明天批那，把思想都搞乱啦！这么大国家，不好好抓生产还行？！就是应该大干嘛！”

“嘿，我早说过劳动竞赛还会搞吧——列宁讲过的嘛！张春桥什么狗屁理论家？除了搞阴谋，其他是一窍不通！”

“有老龙领着，咱们好好与他们赛一场！”

有人担心条件没有二班好，女同志多。车间团支部委员段春雁不服气地一甩辫子：“哼，不要门缝里看人，把人看扁了！你们咋干，我们咋干！”

李秀珍师傅却冲她说：“我看还是讲点实际吧，不要像吃了灯芯草，讲话轻飘飘的。”她四十来岁，讲话又急又快，人称快嘴李。

春雁扑闪着秀气的大眼，正要回嘴，门开了，细挑个、戴眼镜的小钟跨进来：“哟，好热闹！”龙淮生知道他负责全厂劳动竞赛的宣传报导，消息灵通，忙拉他在火炉旁坐下。

大伙儿你一言，我一语，出了一大堆点子。龙淮生叫春雁一一记下来。末了，取下烟斗强调一句：“嗳，说了那么多，赛思想、赛团结、赛风格，这主要的可别忘！”

小钟把春雁归纳的六条半计策抄在小本本上：

一、每天早晨读报、学习十五分钟。召开一次批判“四人帮”的小组会；

二、班组统一安排生产；

三、零件严格照图纸要求加工，对号入座；

四、请老师傅讲装配技术课；

五、青工组织突击队；

六、按期过民主生活会，及时表扬好人好事，办好赛诗专栏。

那半条是：明天搬架子。

四

二班挑战书和一班的应战书在厂门口贴出后，引起强烈反响。节后上班第二天，装配车间里便龙腾虎跃干起来啦。

天麻麻亮，大虎就到了厂，一面嚼着蒸饭包油条，一面踏着积雪四处找车子。装配，首先要把机器框架从仓库拖来。他昨晚就盘算妥啦，厂里总共三辆推车，一个小组一辆，干它一天，正正好。

一班学习完毕，龙淮生领着大伙来到仓库时，大虎正挺着腰杆把最后一个架子放上车。见老龙来了，卧蚕眉一扬：“你们来迟啦！干别的，明天再搬架子吧！”说着，招呼小秦拉起车子，跑了。

段春雁有点火了，冲着还在搬工件的朱宝泰嚷道：“你们把三辆车全占了，我们怎么办？”

胖胖的朱宝泰擦着头上汗珠说：“那你得去问大虎。反正我们一个组一辆，讲好今天干完。……瞧你这丫头，看我累这样子，也不帮帮忙！”

“帮帮忙？”龙淮生心眼一动，马上吩咐大家：“对，帮帮忙！男同志来搬，女同志推车。”说着，带头帮朱宝泰抬起工件来。

一班同志一时不明白咋回事，都没动弹。还是聪明的段春雁反应快，她高兴地把辫子一甩：“走啊，帮他们推车去！”

等大虎转回来，见一班同志抬的抬，搬的搬，帮二班干活，不禁愣住了，拉住龙淮生：“咦，老龙头，你搞什么名堂？帮我们抬，干吗？”

龙淮生笑笑：“不都是厂里三十台吗，分什么你们我们？”

就这样，两个班热气腾腾地一块拉了好几趟。大虎越想越觉这样干不划算。他老龙这样“帮忙”帮下去，待到一班搬框架时，身强力壮的二班能袖手旁观吗！这开局占优不就泡汤了？

碰到朱宝泰，他就吩咐：“老朱，你把车给一班，他们一辆没有也难办。”“水老板”可不答应：“那我们小组怎么办？班长，你力气大，你给吧。”小秦说：“这样干蛮好嘛！他们女同志多，等会我们再帮他们忙。”大虎把眼一瞪：“那还搞不搞竞赛了？”有心计的小秦也不收兵：“竞赛还有个赛风格呢！”大虎没话说了，扭头拉了车就走。

五

两个班合起来干，大家感到新鲜，添上林主任、周书记后来也加入了搬运行列，热气更大。没要一个上午，二班十五台架子全搬过来了。

大虎看看上午战绩，心里舒服多了。对二班同志喊道：“喂，下午一齐帮一班干！”

下午，小钟来采访，正赶上二班帮一班搬运框架，一个个满头大汗。他回去就写了一篇稿子，题目叫“互促互进，龙虎班双双首战告捷”。遵照老龙的意思，他着重描写了大虎出动壮劳力帮一班干活的场面。大虎听到广播，心里乐滋滋的。

盘架子到底是体力活，三天之后，身强力壮的虎班就占先了。当他们那十五台架子齐齐整整地排列在车间南半边时，北半边的一班，才盘好十台。

这第一个回合，大虎以二比一领先。

一看落后啦，早晨学习会，没等念完报纸，春雁就提出青年突击队加夜班的建议。

龙淮生咬着烟斗摇摇头：“急啥？白天干累了，晚上歇歇吧。竞赛才开头，要留点后劲。”

春雁扑闪着眼睛追问：“那进度怎么办？”

龙淮生答：“有办法。”

他把人马分成两部分。体力强的，继续盘架子，其余同志先做小零件，双管齐下。

快嘴李高兴地说：“对对对！咱们是架子损失零件补，领工件的差事我包了！”

第二天早晨，朱宝泰见快嘴李去库房，估摸是领零件，立刻“登登登”过来告诉大虎。大虎手一挥：“你快去！零件也别让他们占先。”

朱宝泰领着徒弟来到仓库，一眼看到门口有只装满零件的筐。仓库童师傅说：“那是老龙他们拣的，快嘴李找车去了。”

朱宝泰问：“那我们班的呢？”

童师傅一努嘴，示意靠架子那只筐。

朱宝泰徒弟刚想过去搬，朱宝泰一把拉住他：“嗳，不都十五台？我们就抬门口这筐吧。”

童师傅说："那你要跟快嘴李打个招呼。"

"行，行！"朱宝泰应着，招呼徒弟抬起筐，"吭唷吭唷"地走了。回到组里，擦着汗，得意地对大虎说："老龙风格也够呛，抢我们先一步，尽挑好的。哈哈，没想到……"

笑声没落，快嘴李一阵风似的撵到了："水老板！你太不像话了！偷偷摸摸地把我们拣好的抬走，缺德不缺德？！"

朱宝泰满不在乎地说："都是十五台的，那一筐不都一样吗？"

快嘴李说："我告诉你，不一样！"

朱宝泰忙追问："咋不一样？你说！哼，我早知道你们会玩这一套，先拣些好做的……"

"嘿嘿，你搞岔啦！"快嘴李笑起来，"这筐是老龙拣的，他可是专找这些头难剃的。不信，你看嘛！"

朱宝泰弯腰仔细一瞧，不禁软了三分——毛刺果然很多。又一想，或者那筐更多呢？

大虎明白了怎么回事，立刻批评朱宝泰："你搞什么名堂！毛刺多就多点，不过多花点力气。跟你讲过多少遍啦，要注意团结，注意团结！"

朱宝泰还嘴硬："我就看毛刺多才抬的。"

正在这时，龙淮生与周书记推着另一筐零件进来了。大虎过去一看，是第一筐毛刺多。他瞪了水老板一眼，对老龙说："那筐我们要了。"

老龙笑着答："不，物归原主嘛！"

朱宝泰不好意思起来，掏出手帕，揩着又冒出来的汗珠。

周书记高兴地告诉大家，在装配班的带动下，翻砂造型两个班，小刨三个班，也都展开竞赛啦。党总支号召全厂，要抓住揭批“四人帮”这个纲，立即掀起工业学大庆的新高潮，要多造、造好印刷机，为宣传毛泽东思想出大力、争贡献！

大家听了，心里头热呼呼的。

末了，见大虎和二班同志坚决不让抬走第一筐零件，老龙也就算了。说：“我们搞了个土磨床，可以打粗毛，明天叫小秦来试试吧。”

第二天，小秦要去打粗毛，大虎说：“人家搞的床子自己不用？你就老老实实用錾子錾吧，我看也慢不到哪里！”

六

虽说今冬落了几场雪，气温偏低，这春风一吹，到底暖和起来。厂里河边那两株大柳树，冒出了尖尖的嫩芽，显得生气勃勃，好像轻声轻语地在呼唤：春天来啦，春天来啦！

中午，小钟在大柳树旁碰到了刚吃完饭，正捧着饭盒喝水的段春雁。有人说，他们在闹恋爱呢。

小钟问：“今晚你们突击队干不干了？”

春雁答：“不啦，龙师傅说，今天下班讲讲装配经验。”

“嘿，龙师傅真是点子多：又是批判会，又是赛诗栏，还上技术课。嗳，”小钟眨眨眼睛，“你跟快嘴李讲话了？以前还发誓哩，什么‘哼，我先开口？除非下辈子！’……”

春雁一甩辫子，噘起嘴：“要你管，要你管？”

去年，为快嘴李迟到，两人干了一仗，几个月没搭腔。前几天，青年突击队组织夜战，快嘴李也参加了。老龙就叫春雁写表扬信，说，李师傅爱人不在本地，家里三个小鬼，小的才八岁，一大摊事，而且家又远，加一次班不容易。春雁这才了解以前快嘴李迟到的原因。民主生活会上，她主动向快嘴李道了歉。快嘴李见春雁写稿表扬她，气已消了一半，又见春雁开口道歉，连忙拦住："过去事还提它干啥！咋能怪你呢？不就为我迟到了！"两人顿觉亲切起来。……

见春雁生了气，小钟忙岔开话题："林主任讲啦，要组织科室突击队帮你们砸大滚筒呢！现在的形势真是：龙虎当先，万马奔腾！"

"那太好了！"春雁马上高兴起来，"下星期我们就用上大滚筒啦。……嗳，高材生，二班现在怎么样？龙师傅总是说，完成任务，是三十台的任务，他们的进度也就是我们的进度。"

小钟从口袋里掏出个白纸订的本本，封面上用隶书写着"人物谱之十八"。"喏，这是昨晚记的，水老板又闹了一场风波……"

春雁把饭盒递给小钟，翻开"人物谱"。

"……水老板小心眼多，每次领回零件，他总先去挑挑拣拣，把好做的拿走，大家都有意见。前天，他锉坏了一只齿轮，看到桌上有只好的，不问青红皂白，拿了就用。后来小秦来找，他也不吭声，结果吵了一场。

"大虎感到各自为政的现象太严重了，连一只手枪电钻，也是争着用，各不相让。于是，在批评了水老板之后，干脆宣布：'从今天起，不分组了！趁咱们还领先，好好整顿一下，准备决战！'……"

上班钟响了，春雁把"人物谱"还给小钟，扑闪着晶亮的大眼睛问："明天劳动你到哪班？"

小钟答："林主任到二班，我到……"

"你也到二班！省得人家又乱说。"说着，接过饭盒，把水朝柳树根一泼，像燕子一样轻捷地跑开了。

七

借着市工业学大庆会议的东风，龙虎斗进入了高潮。

走进车间，一台台成形的印刷机展现眼前，南北各十五台，都已进入最后总装试车阶段。东面墙上，又添了一条醒目的大标语："苦战一星期，完成三十台，向全国工业学大庆会议献礼！"

这些天来，赵振虎的心情真难描述。虽然他果断地恢复了"中央集权"，却留个尾巴。即各组进度不一，安排一下统一不起来。加上那根传动轴，各组加工精度不同，又没编号，安装时多次返工，眼睁睁地望着一班追上来。小秦跑过来说，一班已经上大滚筒啦！可二班，咳，轴还没完工！大虎真恨不能学会孙悟空的分身法，拔根汗毛一吹，变它十只八只猛虎来帮帮忙才好。甘居下游，这不是咱们大虎的性格。瞧，他在小组会上说话了：

"好啊，他们赶到我们前头去了！"他依然是那副架式，叉着腰，拧着眉，"我宣布！从明天起，咱们星期天不休息，每天干他十二小时！看赶上赶不上？……饭不吃、觉不睡，任务不能打折扣！锦旗一定要夺过来！……小秦，你下午再写篇稿子，鼓鼓士气！"

大虎这么说，也是这么做的。他干脆铺盖一卷，睡进厂里。几天下来，眼熬红了，人也瘦啦。林主任关照他要注意身体，他拍着胸脯回答："放心！林主任。这半个月能累垮我这一百五，我也不属虎了！"二班同志也都拿出了争挑重担的劲头，机器一天一个样。

那么，龙淮生呢？

虎有虎威，龙有龙慧。龙淮生注重抓思想工作。他按六条计策，除坚持读报学习外，还组织了一次批判"四人帮"反对搞劳动竞赛的小组会，使大家目的明确，干劲倍增。快嘴李干活爽快，就分配她多干利索活；春雁手脚快，就让她专门负责急需件。老龙自己管画线、检验，使零件装配尽量不返工。他很关心群众生活，对家务重的同志，总是劝他们早点回去；身体弱的，尽量安排轻活。大家很感动，许多同志藏起病假条坚持工作。全组配合默契，团结友爱，进度很快。到了三月二十九号这一天，尽管大虎班穷追猛赶，依然是老龙班略占先手。

八

这天早晨，大虎召集全班进行了决战动员。他的架式没变，昂着头，叉着腰，只是眼角添了几根血丝，胡子更长一些。

“同志们！是英雄，是好汉，今天比比看啦！”他清清嗓子，“我宣布！今天这样分工：电钻，我包了！十二点以前保证把眼全部打好。其余人分四道工序，一定要在今天夜里干完。老朱，你还是配合电工试车。无论如何，要超过他们！好，马上行动！”

今天龙淮生的安排是：春雁与两个小伙子打眼，他与快嘴李试车。

一上阵，大虎就摆开一副决战的姿态。他先脱去外套，再脱去球衫，只穿一件毛衣，“突突突”打开了电钻。三十分钟不到，就完成了两台。小秦抹抹自己的卷发，高兴地说：“好！照这速度，下午笃定超过一班！”

大虎兴起，又脱去毛衣，只穿一件棉毛衫，“突突突”打得更加起劲。膀子酸了，就动心思，找根扁担，抵在肩窝压着打。谁知求胜心切，用力太大，没一会儿，就把电钻压得“吱吱”乱叫，冒起烟来，又压了几下，再也转不动了。电工陈班长闻到焦味，急冲冲过来一看：“烧啦！”

大虎揩揩头上的汗珠问：“还有没有电钻了？”

陈班长答：“嘿，再有几只也不够你老兄这样压啊！厂里就这么两只手枪电钻，一只老龙用着……”

“那怎么办？”大虎拳头一击大腿，眉毛拧成黑疙瘩。这正是“决战”时刻啊。

班里同志围过来，瞧着还在冒烟的电钻，都没吭声。喜气洋洋的朱宝泰跑来，大概想报告什么好消息的，见此情景，也愣住了。

大虎猛然立起身，喝一声：“我出去借！”便拾起毛衣、球衫和外套，边穿边朝门口走去。望着他的背影，二班同志都感到心里沉甸甸的。连试车顺利，占了一班先的朱宝泰也不得意了。

而一班，段春雁手中的电钻“突突突”吼声不止。他们三人，一人打，一人歇，一人磨钻头。不到傍晚，就顺顺当当完成了十二台。老龙高兴地说：“好，晚上再打三台，明天试车收尾，我们可以提前一天完成这十五台了。”

吃晚饭了，大家围坐一圈，各自打开饭盒。龙准生拿出一只大饭盒，用匙子敲着说：“来啊，我这儿有好吃的！今天咱过生日，老伴的慰劳品。”春雁接过打开一看：哟，是满满一盒黄澄澄的油煎水饺。

快嘴李一咂嘴：“哎哟！老龙，你属龙嗳——今天是五十大寿啊！”

大家笑起来：“寿饺！快吃寿饺！”

“什么寿饺？我来一个！”小钟跨进来。

老龙说：“外人没有……”

快嘴李瞟了眼春雁说：“他不是外人！”

“哈！”大家都乐了。春雁假装生气地捶了快嘴李一拳。

小钟没吃饺子，急冲冲地告诉老龙，二班电钻烧了，大虎到外面去借，也没借到。

快嘴李嘴快："哈，真是性越急，越吃不到肉汤！大虎要急得跳啦。"

春雁捧起饭盒，扑闪着晶亮的大眼，没吭声。

眼光，自然地聚到龙淮生身上。

龙淮生的眼睛眯起来。他不由得又掏出那弯头子的"斯大林烟斗"，伸进烟袋，慢慢地撮着烟丝。电钻！那只唯一的手枪电钻，就在春雁身后的工具箱上。有这只电钻，晚上加个班，第二天试车、收收尾，一班可以稳拿锦旗了。但二班呢？明天下午才能用上，万一再有个意外，这三十台的任务……国务院首长的殷切希望，林主任的动员报告，全国的大好形势，报纸上有关劳动竞赛的评论……一齐在龙淮生脑海里翻腾起来。要赶快想出点子来！

快嘴李觉着先前讲话太冒失，补上一句："我们尽快打，尽量早点给他们就是了。"

春雁一甩辫子："对，咱们今天干通宵！"

小钟摸着身旁那台台钻感慨地说："咳，这台钻能顶用就好啦！"

台钻？龙淮生心里一亮。"对！"他蓦地将刚刚取出的烟斗一松，又扔回烟袋，说："有了！春雁，你马上把这电钻给大虎送去……"

春雁瞪大眼睛："送去？那我们怎么办？"

"有办法。"龙淮生微笑着，伸手拿过电钻，把电线绕绕齐，塞到春雁的手中："你先送去……"

"老龙！"猛听门外一声大吼，阔背熊腰的赵振虎跨了进来。后面，还跟着二班不少同志。

“老龙！”大虎眼睛里闪着激动的泪花，低沉地又喊了一声。他一把攥住老龙的双手。

大虎中午下午共跑了四个厂，巧了，不是人家没有，就是在急用。他惦着厂里，又火急火燎地赶回来。想到最后，还是决定与老龙商量一下，把后半夜的时间利用起来。朱宝泰说：“喝，这不找钉子碰吗？”小秦说：“龙师傅不是那号人！”正好小钟来了解情况，就托他先去试探一下。刚才屋里的对话，大虎全听到啦。

龙淮生马上把电钻递给大虎：“拿去吧。”

大虎使劲把电钻推回头：“不！你们用完再给我们，还来得及！”

老龙又推过去：“不碍事，我有办法啦。木模组不是有只小台钻吗？咱们改革一下，竖过来……来来来，大伙儿一块合计合计。”

他走到钳桌边，把自己饭盒盖好，平放，又找两块扁铁，竖摆在饭盒盖上。想想，又摸出大烟斗，横于扁铁之上。解释说：“喏，这是架子，这是钻头。架子可用木头做，再固定起来……”

大虎、春雁、小钟、小秦、快嘴李、朱宝泰等，都围过来看着。

“就是笨重一点。”老龙盯住模型，自言自语地说。不知谁的手递来一双筷子，筷子两头套着螺帽。那手又轻轻把饭盒抬起，朝筷子上一搁。嘿，就像加了两根轴、四只轮子。

“好，这点子好！”龙淮生高兴地叫出声来。抬头一看，愣住啦——原来送筷子的竟是鬓发有点灰白的林主任。旁边还站着车间党支部书记老周。他们已来了半天啦，见老龙低头思索，主任示意大家不要作声，才没发觉。

林主任高兴地说："好啊！你们这劳动竞赛，不但赛出了干劲，赛出了风格，还赛出了团结，赛出了智慧，好事情呵！不过，"他拿起龙淮生桌上的大饭盒，"我们要检查一下，现在还有谁没吃饭？……"

快嘴李突然叫起来："哎哟，主任你快别动！这里面是寿饺啊！"

"哈哈！"欢乐的笑声穿破夜空，惊得星星直眨眼，月亮也悄悄止住了脚步。

九

亲爱的读者，你们一定非常迫切地想知道，这龙虎斗，胜负究竟如何？到底谁先完成了十五台？告诉你们，大虎先完成啦。

那天，大虎抱着手枪电钻，整整打了一通宵；而老龙呢？改装台钻就用了大半夜。试完最后一台机子，一班比二班迟两顿饭工夫。至于谁得锦旗，暂时还是个悬案——要等到明天上午党总支扩大会上才能定下来呢！

但诸位不要以为龙虎从此就不斗了。你看，他俩又在争什么了？龙淮生才向大虎祝贺过胜利呵。

"服我？没那么容易吧？那次棋赛……"龙淮生掏出烟斗。

"棋赛？"大虎一跺脚，"下辈子也不服！今晚再较一盘！哼，不剃你光头我不姓赵！"

龙淮生撮满烟丝："摸子动子、落手无回的？"

大虎："当然！"

龙淮生点着烟斗："行。"

1977年3月29日改于卡子门

（发表于1977年《江苏文艺》第五期）

老团长查岗

局里的学大庆检查团，明天要来验收咱们这个“一年到大庆”的单位。带队的局长，就是咱们厂的前任书记，我们的老团长老薛。

我一阵风似的把这消息传遍全厂，细心地布置了准备工作，便来到食堂，找到事务长老史头，请他准备明天的客饭。我说：“按老规矩，食堂吃什么他们吃什么。”

老史头笑着直摇头：“那像什么话？你家里来个客人，还作兴买点肉，炒几个鸡蛋呢！”

我说：“哎，薛局长的脾气你不知道，休要搞特殊！”

薛局长的脾气，老史头不知道，我可是再熟悉不过了。二十年前，我就在他手下当“兵”。那时，他是厂党委组织科长，兼任团委书记。一“兼”兼了五年，同志们都亲切地称他“老团长”。直到他当了党委书记，又调到局里，许多同志还是这样称呼他。

老团长原则性强，对自己要求严格。有一次我跟他到外地出差。他上衣的俩口袋，一个装公款，一个装自己的钱。办公事，用公款；替人家买东西，全掏自己的钱。末了，他想给女儿买条围巾，钱没了，向我借。我一面掏钱给他，一面奇怪地问：“老团长，你那个口袋不是还有钱吗？”他笑笑回答：“哎，这是公家的钱，私人不能乱用。”我说：“这有什么关系？你回去补上不就得了！”他当时只是摇头，直到晚上，才跟我好好扯了半宿。他从自己苦难的孤儿生活讲起，讲到怎样参军，怎样流血战斗，怎样在全国解放后来到工厂。最后，他闪着激动眼睛，深沉地说了下面这段话：

“……你说，咱们共产党为什么能得天下？很重要的一个原因，不就是因为咱们有成千成万不怕艰苦，不怕牺牲，不谋私利的共产党员？现在翻身了，当‘官’了，有权有钱了，革命的传统精神可不能丢啊……！”

二十年过去了，这段话我还牢牢地记在心中，激励我前进。这次，老团长带队来检查工作，又是一次向他学习的好机会！

第二天清晨，雾气尚未散尽，我便早早到了厂里。传达室的师傅欣喜地告诉我：“老薛来啦！比早班的同志还早呢！”

我心里一热，急忙向车间里跑去。果然我们的老团长正站在一台车床跟前，一面帮着工人干活，一面亲切地说着什么。

“老团长！”我喊了一声，奔过去。

老团长转过身，亲切地握住我的手，笑呵呵地说：“啊，小高，不，老高，你更高了——怎么瘦成这样子？可要注意身体呀！”

我岔开话题：“老团长，你要从严要求，多提意见呀！”

“呵，那还能客气！”老团长眼珠一转，“听说你们这里岗位责任制搞得不错，嘿嘿，转了这么一圈，果然名不虚传。现在，我要去查查你的‘岗’了。”

到了办公室，检查团的其他同志也陆续来了。他们仔细地读着贴在墙上的，我们每个领导同志的岗位责任制以及执行评比的评语。老团长一边看，一边点头，然后，转身对大家说：“我们还是老规矩，开座谈会的同志留下，其他的同志下去。你呢，”他对我笑笑：“照旧干你的事。怎么样？”

上午十一点钟光景，我特地到食堂去看中午吃什么。

系着白帆布围裙的老史头正挥着锅铲，亲自炒着菜。

“老史头，中午有什么菜？”

老史头回过头，笑嘻嘻地回答：“白菜肉片、糖醋藕，外带青菜烧油渣。”

我探头瞧瞧锅里，是油炸虾：“这虾……”

“哦，这是招待客人的。你想想，青菜油渣再香，也不是上桌之菜呀！我还是照我的办啦，五点半就过江啰，选了几斤新鲜的虾和几条鲫鱼……”

见我皱皱眉头，精明的事务长又抢着说：“厂长，你眉毛不要皱，我说没问题就是没问题！论吃饭，这是最普通的三个菜了，算不上特殊。咱们这么大个厂，局长来吃顿饭，也不能太寒酸了！”

木已成舟，我想，这次就算了，便又去忙自己的事了。

下班铃响了，我朝食堂走去，正巧迎面碰上老团长。他一把抓住我的手：“走走，吃饭去！正要找你呢！”

我连忙掰开他的手：“你去吧，我们订了一条，一律不陪客。”

“今天我请客！”老团长不由我分说，拉着我来到食堂。他从口袋里掏出饭菜票，把饭票分给我：“喏，咱们还是老搭档，你买饭我打菜！”

我仔细一看，哟，代表团的同志，有的已经买好饭菜，正捧着蒸饭的铝盒，与厂里职工有说有笑地吃着，有的则还在排队买菜。我急了，忙说：“局长，已经给你们准备啦！……”眼一瞥，见老史头正站在卖菜的窗口，便大声叫他：“老史头，怎么搞的！”

老史头走过来，双手一摊：“嘿，出问题啦……”

老史头朝正在买菜的老团长点点头，这才告诉我：“局长亲自把虾卖给工人了，便宜早班那些小伙子啦。鲫鱼汤，也都让检查团的同志送给几个有吃奶孩子的妈妈啦！真是……”他的双手在白帆布的围裙上搓来搓去，满是皱纹的脸上呈现出激动的神色。

这时候我全明白了，忍不住拍拍老史头的肩膀说：“怎么样？你这下可知道薛局长的脾气啰！”

买好饭菜，老史头把自己的饭也端出来，三个人在一张桌子上吃起来。

我们的老团长大口大口地划着饭，吃着油渣烧青菜，夸奖着老史头的手艺。不知是事务长还是我，又扯起了油炸虾和鲫鱼汤。老团长放下筷子，抬起头，带着微笑，但是又很严肃地说：“我说这吃吃喝喝——不管他大吃也好，小吃也罢，都不是咱共产党的作风！老高，光自己不陪客，不多吃多点还不够呀，还要像大庆人那样，敢于抵制不正之风！如果说，这也算巩固我们社会主义政权的一项内容的话，那么，我们每个党员干部的岗位责任制里，都应该写上这一条！”

说得多好呀！中午，我就找了一支毛笔，在我的岗位责任制的末了，端端正正地又添上一条……

（发表于1978年5月7日《人民日报》副刊）

“三宝”拜师记

咱们江南机器厂出名的人物，大名沾个“宝”字的有三位，人称“江南三宝”。论年纪，一头齐崭崭白发的电工班长佟富宝自然为“头宝”；但若比个头，又以身高一米八几的革委会主任戈长宝称老大；这“末宝”是“电子专家”何小宝，则是毫无疑义的了。下面给大家说一段“三宝”拜师记。

一

去年国庆前后，厂里传出一项新闻，说是五十六岁的市劳模佟富宝，拜自己徒弟何小宝为师，啃起电子书来了。

消息传到大个戈长宝耳朵里，他搔搔钢丝刷般的硬头发，“嘿嘿”了两声，将信将疑。

他信的是，学电子找何小宝，那是没话说的。小何自小喜欢无线电，从搞矿石收音机一直到自己装修电视机，他都行，谁找他帮忙他都答应。几年来，在领导的支持下，他已搞了好几项电子革新，最成功的，要数那台全自动的数控冲床。这种机床原先是手工操作，手送料，脚踩开关，“光当”一声，压一次，既慢又危险。佟富宝左手那半截食指、中指，就是一次到冲床加班，因几夜没好好睡觉，一个不小心叫冲床“吃”掉的。现经何小宝给改造了一下，用电子程序控制，自动进料冲压，不仅避免了危险，还大大提高了工效。逢外单位来人，戈长宝总要请客人欣赏一下它那飞速闪烁的数字管、全自动化的操作。这几年，何小宝又自学了父亲所任教的大学里一、二年级的高等数学，真可谓要实践有实践，要理论有理论。这种“师”，佟富宝算是找对了！

但戈长宝的疑惑似乎理由更多些。对佟富宝的底细，别人不了解，他还不了解么？虽说佟富宝的祖宗爷在他的大名里塞上了一个“富”字，但在旧社会那一半生涯，何曾富过半天？放牛打短，站店堂做小工，哪得机会念书？文盲还是五几年工会识字班给扫的，现在要学那些个高级玩艺，什么“锗”啦“硅”的，他那么一大把年纪，能记得住么？所以他戈长宝越想，就越是不相信了。

这天吃过午饭，戈长宝在生产组门前那块向阳的“风水宝地”上碰到了佟富宝。一头齐崭崭白发的佟师傅这时坐在一个空绕线盘上，架着一副花边镜子，正专注地看书呢。戈长宝走过去，弯下腰，把佟富宝捏书的手指向边上挪挪，见是一本《晶体管基础知识》，不禁笑着问：“嘿嘿，你当真钻这玩艺啦？”

佟富宝抬起头眯着眼睛反问：“怎么，学点电子技术，装台电视机，也要主任签字？”

戈长宝心中一亮：噢，原来老电工想自个儿装电视机呀，如今这电视节目丰富多彩，值得的！于是一竖拇指：“好，有志气！等你装好，我当第一个观众！”

这以后，戈长宝又见过一次佟富宝在电工房里向何小宝请教什么。圆额头大眼睛的小何一面用万用表的两根表笔轮流量着一只三极管的三只脚，一面讲解着。随后佟富宝接过表笔，模仿小何的样子，把三极管的两只脚含在嘴里，量了一下，突然像小孩一样高兴地叫出声来：“哈哈，八十倍！”

戈长宝没有惊动他俩，笑笑，走开了。他想：学习，这可真是个具有魔力的字眼，能把白发苍苍的老人变得像儿童那样天真呢！

然而，仅仅过了两天，当戈长宝又瞅见另外一个场景时，疑惑之心又冒上头来。

这天下午，戈长宝通知佟富宝开支委会，转了一圈，在数控冲床跟前看到了这对师徒。何小宝正指着取下的一块块印刷线路板讲着什么，佟师傅呢，捧着个黑本本，在听一句，记一句。

“怎么，出毛病了？”戈长宝上前关切地问。

何小宝忽闪着大眼睛答：“不是，佟师傅想熟悉一下这个线路，我们看看。”

戈长宝诧异起来，他早就听小何讲过，这数控与电视机的原理并不相同呀。你要装电视机就该看电视机，怎么又要熟悉这数控线路呢？莫不是佟富宝听了他关于厂里三年规划的报告，也想搞个电子革新？嘿嘿，佟富宝啊佟富宝，现成的专家不就在眼前吗？有什么计划与小何谈谈，叫小何动动手不就得了？难道在电子方面，你这个“青”还想胜过小何那个“蓝”吗？

这天上午，十一点钟的光景，佟富宝领着小何完成了一台设备的电气安装，回到电工房，刚洗干净手想歇一歇，戈长宝托人带来话，说三车间的行车出毛病了，请电工去看看。

小何抓起电工插带就要动身，佟富宝一把拉住他：“侍候那玩艺我比你熟，我去。你得空看看书吧。”

二

——诸位，故事讲到这里，我才发觉一个重要的背景忘记交代了。去年10月，那正是中共中央关于改革大学招生制度的通知下达之时，举国上下，人人奔走相告，热泪与笑颜同存。小何一家也兴奋得议论到深夜，鬓发灰白的父亲把儿子读过的书一本本找出来，揩净表面的灰尘，郑重地交给儿子，激动地说："小宝，你是托华主席的福呀，不管考上考不上，要珍惜这个光荣的机会！"

这个机会确实来之不易。在"四人帮"横行之时，一个"臭老九"的孩子想上大学，谈何容易！因此，何小宝分外珍惜这个光荣的机会。除晚上时间外，连中午饭后、工间休息的点滴间隙，都要拿起书看几页。佟富宝十分了解小何的心情，能一个人干的活全自己揽了，而小何晓得师傅手残废，干许多活不灵便，总是抢在师傅前头。今天看看已近下班，师傅态度又那么坚决，便不再与师傅争了。他从工具箱里取出书本，伏在桌上就做起习题来。

却说佟富宝来到车间，一检查，原来是横梁上的马达线断了。他二话没说，一个人"吭哧吭哧"搬来长竹梯，在手心"呸呸"吐了两口唾沫，"蹬蹬蹬"上了横梁；左脚踩在梯子最高档上，右脚跨在横梁上，一个骑马式，查起线来。

正在车间里参加劳动的戈长宝见了，连忙跨着大步奔过来，扶住竹梯仰着头喊："嗳，当心啊！小何呢？怎么叫你上这么高？"

佟富宝听了，倒乐起来："哎呀，你来得正好。去去，给我找段线来，一公尺足够了。"

瞧着不服老的师傅，戈长宝摇摇头。他叫过另外一位工人扶住梯子，甩开大步找线去了。来到电工房，见小何趴在桌上，一手托住脑袋，一手握住钢笔正出神地思考什么，他开口了："嘿嘿，又钻什么难题？"低头瞧见小宝是在看一份高考的物理复习提纲，不禁有些不愉快了。要是换个人，戈长宝定会批评几句的，但对小何他向来是另眼看待，所以讲话仍没动声色："快去帮帮忙，佟师傅在修行车呢。"

见主任略有见怪的意思，何小宝忙站起来解释说："佟师傅说他一个人够了，叫我不要去的。"

喝，这一解释真是节外生枝了。戈长宝脸一沉说："噢，叫你不去你就不去啦？那么高的横梁，他那么大年纪，万一摔下来……"剩下的话他咽下肚，转身在架子上剪了一段软线，扭头便走。

听说师傅上了横梁，何小宝吃了一惊，丢下钢笔，拎起电工插带，也急乎乎跟出了门。

见小何跟上来，戈长宝心里舒服了一点，边走边说："你考大学我支持，但不能耽误工作呀！你是团员，是厂里骨干，应该处处带头才是……"

何小宝只是加快着步子。

"我说小何，"戈长宝接着说，"在厂里干也很有出息。我们好好搞个电子产品，闯条路子，到八〇年建个电子车间……"

直到三车间，戈长宝才止住话头。他把线绕成一个圆圈，向佟师傅扔上去。佟富宝低头见何小宝也来了，不禁大声问："咦，不是叫你看书别来的吗？"

小何大脑袋一昂："我看完啦！"

修好行车，下班钟声响了。佟富宝、戈长宝洗净手，并肩向食堂走去。瞅着小何的背影，戈长宝努努嘴说："你这位小师傅想飞啰。"

佟富宝眨眨眼睛："天高任鸟飞，海阔凭鱼跃嘛。"

"听说今年是百里挑一，也不那么容易。"

"百里挑一好嘛，不怕不识货，只怕货比货。"

话不投机三句多。食堂到了，两人便分手去取饭盒。

三

戈长宝的心事，佟富宝一清二楚。戈长宝今年三十有五，是局系统一把手中有名的“下山虎”。他有雄心，有算计，一米八几的个头，体重却始终超不过一百三，大伙儿都说，他吃的几碗干饭，全都消化到运筹厂里的大事上啦。去年总评，他一人从局里扛回两面红旗，一面集体的，一面个人的。今年的劲头就更足啰，在制订厂里三年规划时，是他提出搞电子产品、建电子车间，你说，他能舍得“电子专家”插翅飞走吗？

时间过得真快，紫金山苍绿的林海中已燃着了点点红枫，玄武湖的秋菊也已吐出浓郁的芳香，就在这时，粉碎“四人帮”后的第一次大学考试举行了。何小宝满怀信心地参加了考试，他考得很沉着，数学十道题答对了九题。又过了半个月，喜讯传来，他与其他五名青年参加复试！满头白发的佟富宝眯着笑眼，从人前讲到人后，就好像自己考取了大学似的。

听到这消息，戈长宝不由自主地搔起那钢丝刷般的硬头发来。

这天上午，办公室的同志送来一份通知，戈长宝拆开一看，眉头皱了一下，但很快又“嘿嘿”两声乐起来。揣起通知单，他就急冲冲地去找佟富宝。在数控冲床边他看到了佟富宝。老佟正伏在电气箱上，与另外一名电工检查着线路，旁边围了好些人。

“早不坏，迟不坏，偏偏电子专家不在就出毛病了！”一个人这么说。

“没事，咱们佟师傅学了两个月徒，正可以让他大显一下身手！”

见佟师傅正忙，戈长宝皱皱眉只好站在一旁先观观战。

“103　B2，0V，”那电工报。

“103　B2，0V，对的。”佟师傅答。

“108　A9，-12V。”

“108　A9，-12V，对的。”……

突然，佟富宝大叫起来：“不对！”接着，他就查起了线路；原来是一个二极管击穿了。换好二极管，一揿电钮，闪光的数字立刻跳动起来，“光当光当”的冲压声震撼着车间。大家情不自禁欢呼道：“满师啰！满师啰！”

戈长宝也忍不住拍拍佟富宝的肩膀高兴地说：“嘿嘿，你这徒没白学呀！”

收拾完家伙，戈长宝和佟富宝两人来到电工房，没等坐下，戈长宝就把通知单向佟富宝递过去。

“局里办电子技术短训班，三个月，后天报到……”佟师傅打开纸头，细细读了一遍，脸上露出笑容。

戈长宝搔搔头发，笑着说：“我看，再没比何小宝更合适的人了，让他去吧。你是他的顶头上司，所以先征求征求你的意见。”

佟师傅愣了一下，慢慢地收敛了笑容，两眉间的皱纹又聚成了一个扇形。他沉思了一会猛地把通知单往桌上一掷，摇头说：“不行！小何走不掉，你另派个人吧。”

“嘿嘿，你不是说要对小何重点培养吗？好容易得到这么个机会，你又舍不得了？”

“眼前车间这么忙，一个人恨不能掰成三瓣用，让这么一个骨干走三个月，我们班组任务怎么完成？”

“哎哟哟，我的老佟师傅，你怎么就光想你的班组任务，光看这眼前三个月，不想想小何学习回来，能对厂里发挥多大作用？”

好话说了三千三，佟富宝还是抱着双手直摇头。

戈长宝终于火了，脸一沉，说；“哎呀，你这劳动模范怎么也跟我唱起对台戏来了！”

佟富宝这才把手放下，说：“长宝啊，你讲了半天，该我讲几句了。我倒想先问问，在这节骨眼上，你把何小宝弄到短训班去，大学还让不让他去考？”

“大学？他要考还是可以去考嘛……”

“我说长宝，你肚里打的什么小九九，别人没数，我还没数？掏心窝里话说，我也舍不得小何走，他在咱们厂里很有用！但你为什么不站高一点，想远一点？像小何这样的人才让大学培养培养，三年以后，能为国家做出多大贡献啊！”

“……”戈长宝一下卡壳了。他明白了，一向爽朗的佟师傅为什么先前一直耐住性子摇头，原来是……

“差劲，差劲！你这红旗手为什么要跟国家唱对台戏呢？对四个现代化什么态度哦！……”

戈长宝的脸一直红到脖子根，他不由得又搔起又硬又乱的硬头发来。

“你说我为啥要向小何学电子？”佟富宝接着说，“一呢，我这把老骨头也要为四个现代化做点贡献，二呢，也就是想熟悉熟悉数控冲床的维修工作，把小何的工作顶下来，让他安安心心去考大学，上大学！”他颤抖抖地伸出短了两个半截指头的右手，语气变得深沉起来。“长宝，我手指头被砸，你可是在场的……多少年了，我们做梦也盼望上班只要按按电钮就成。但这全自动化的数控冲床，全厂有几台？全国有几台？……同志，粉碎‘四人帮’，咱们国家进入了一个新时期，一切都要用新眼光看了！咱们思想也要跟上趟呀！……”

“佟师傅，都说妥啦！”随着这一声清脆的喊声，圆额头、大眼睛、穿着夹克工作服的何小宝跨进门来，见戈主任也在场，他连忙又喊了一声："戈主任！"

佟富宝欣喜地问："你父亲同意了？"

"同意了！"何小宝高兴地答，"星期四晚上，星期天下午他都可以抽两个小时讲课。系领导也很支持，说等讲完了上册，再请另一位老师讲下册。"

"那太好了！"佟富宝脸上放出光彩。见戈长宝有点丈二和尚摸不着头脑，他忙又解释说，"咱们厂不也有个三年规划吗？我想叫小何的父亲何教授来给咱们全体电工和干部讲讲课，整个提高一下电子技术水平……"

"嘿嘿，你这老模范，怎么不早说！"戈长宝捅了佟富宝一拳，这下他也高兴了。跟着抓起桌上的通知说："那这就另派个人去吧，叫小何专心温课，准备迎考！"

何小宝明白了事情经过，闪着大大的眼睛，突然向主任伸出手："戈主任，通知还是给我吧，如果领导同意，后天我就去报到！"

"怎么？你不考大学了？！"这下，佟富宝与戈长宝是异口同声。

何小宝答："不，考归考，工作归工作。中央不是一再号召我们，一颗红心多种准备吗？"

戈长宝的眼眶立刻湿润起来，他拍了一下小何的肩膀，连声说："对对！你做得很对！就是考取大学，现在多学一点知识也是有用的——对四个现代化有用！"

佟富宝也满意地露出笑容。此时此刻，他与戈长宝有一个共同的感觉：咱们事业后继有人！咱们国家大有希望！

四

两天之后，在欢送何小宝的会上，大个子戈长宝激动地讲了以上这段经过。最后说：“嘿嘿，我今天是来拜师的——拜佟师傅为师，拜何小宝为师！嗳，不单是学技术，学电子啊，更重要的是学他们的好思想，好风格！佟师傅说得好，粉碎‘四人帮’，我们要用新眼光看许多问题，要站得高，看得远，站在紫金山上不行，站在泰山上也不行，非站在珠穆朗玛峰顶不可！”他的目光突然转向以厂报道组成员身份参加会议的我：“小高，你说对不对？你是笔杆子，把佟师傅的事写篇稿子，也好教育教育大家！”

于是，遵主任所嘱，我写了上面这篇《“三宝”拜师记》。

发表于《南京文艺》1978年第六期

“推理大王”推理记

都说老厂长知人善任，这不，连我这个小小的人事干事喜爱“福尔摩斯”，凡事都要“推理推理”，他也一清二楚。有一次，他把我叫去：“推理大王呀，给你个案子办办，看你够个几级侦探？”我又紧张又得意，当即受命。

普通的汇款单，附言简短：“幼儿园负责同志：兹汇上一百元请代孩子们购买玩具图书。本厰一职工。”字迹工工整整，其中有好几个写的是繁体字。“厰”字尤引人注目。邮戳则说明寄自市中心。很明显，“作案者”一是觉悟高，二是有一定文化程度的老同志，三，可能居住在市中心一带。当然，头一条是关键了。

我逐步缩小“怀疑”范围，最后确定了八个重点对象。其中有一贯克己奉公的老党员邹科长；有三八红旗手陈师博；有新命名的新长征突击手小郑；还有那个曾失足的青工小吴，因为他近来大有进步，一再声称要以实际行动弥补自己的过失……

我得意地把名单递给老厂长。谁知他眯着眼睛，只扫了下，便摇开头了：“思路要再开阔一些嘛。”他狡黠地一笑，又悄声关照：“查出来咱们再个别谈谈。”

我又回到我的“推理”之中。不是这八个人，那是谁呢？我仔细掂量起老厂长的话来。“思路要开阔”，能“开”到“作案动机”之外吗？没有很高觉悟的同志是决不会干出这种事的。“查出来咱们再个别谈谈”，又是什么意思？

突然，一个念头闪过脑海，莫不是“警察局长”作案？啊哈！老厂长在批示中，就常用繁体字，那个“厂”字写得也挺帅，他上下班又必经市中心，既有“作案条件”，又有“作案动机”，不是吗？他上周休息日还带着二车间的小青年为幼儿园加工跷跷板呢。其实呀，要不是他交下的题目，我头一个就怀疑上他了！奥妙原来在这里！

第二天，我找到老厂长，故意慢吞吞地汇报：“厂长，我查清了。习惯写繁体‘廠’字的只有两个人，一个是赵会计，早已退休了，那号人，政治上不开展，虽不算落后分子，顶多也不过是中不溜的人物，缺乏‘作案动机’。另一个嘛——就是你！”我仔细观察老厂长的表情，只见他先愣了一下，然后哈哈大笑起来。“好个推理大王，真行！走走走。”他把我领到财务科，翻出几本旧账本，说：“对对看。”

全是赵会计的字，真是他？我不相信。赵会计是解放前在大学里学财会的，财务管理上虽有一套，个人的收支账也卡得挺紧，是厂里有名的“小儿科”，恨不得一个钱掰成两半来用，旁人别想从他衣兜里掏出一分钱来请个客。就在前几年，他头上那几顶“帽子”刚刚摘掉时，大伙哄着要他掏钱买糖，闹了半天，也不过一人发了两颗！

“为什么赵会计就不能做这种事呢？”老厂长见我发怔，不无感慨地说：“我的推理大王呀，年轻人也有个跟上形势的问题，一成不变的眼光要不得呀——何况，你还是个人事干部！”

我恍然大悟，明白了老厂长为什么把“案子”交给我办的用意。心中陡然翻起层层波澜……

（发表于1982年10月2日《周末》报）

下编

散文

XIA BIAN
SAN WEN

往事如歌

人物谱与作家梦

“少时也念扬帆去，欣有老天不予风。

不信人生行万里，非得名府高船中！”

故事从七三年北外来南京招生说起。南外老师给我打来电话，说这是一次定向招生，国家急需外交人才，要在南外分配到工厂和学校的学生中招一批进北外培养。说学校推荐你了，自己多关注。我好激动，当天晚上就梦到重新上学，在大学的宿舍里睡不着觉，趴在双人床上给父母写信。

因为社会关系中有一个解放前去了台湾、“下落不明”的叔叔，我落选了。在火车站送走了被选上去北京的同学后，感慨万分的我写下这首励志小诗。

有领导偷偷地告诫我，这个“下落不明”最害人了！没有人敢用你，你入不了党，当不了干部，你就好好学学技术吧！但年轻的我，有着自己的志向，中学里就十分崇拜高尔基，幻想将来也当个大作家。入不了党，当不了干部，我不能写作吗？难不成作家也要红二代？

为了练笔和积累素材，我从七二年，就开始写人物谱。这是从画家的人物速写得到的启发。那时，我在一个大集体厂当工人，在干好本职工作的同时，大部分的业余时间都花在写人物谱和创作上了。北外招生的打击更加激发了我立志当作家的梦想。

我至今还保留着从七二年七月到七五年九月间写的18本人物谱。是用用过的印刷纸反过来订的本子，每本20页，大约有

10到15篇文章，记叙了工厂里各种人物，好学上进的青年，大老粗的领导，私心重又有点狡黠的师傅。有单个的，也有整体的，如“电工班的师傅们”，“厂宣传队的故事”。还记载和描述了我的家人，以及后来当了外交官、教授、将军、主任医生等同学年轻时的趣味故事。统计一下，有210篇短文，记了170个（次）人物，总计15万字。还有一本杂文集，收集了那三年写的杂文和几篇寓言。那些灰白色的旧本子，不少已经淡化但依然秀丽的字迹，记载了当年一名小工人“不信人生行万里，非得名府高船中”的梦想和努力，是我当时所有业余时间和节假日的辛勤付出，在简陋的电工班的工作台上，在家里那个五平方的亭子间里。记得有一个春节，我在家整整写了一本人物谱。

功夫不负有心人，一个小工人，在没有任何背景的情况下，相续在《江苏文艺》（雨花），《南京文艺》（青春），发表小说多篇。1978年5月7日，还在《人民日报》副刊“大地”上发表了小说《老团长查岗》。记得《人民日报》发稿前，报社曾发函厂里政工组对我进行政审。是当时政工组长，一个欣赏我才华的老高中生后来告诉我的，她还说，下回投稿，我帮你盖章！

我最终没有实现作家的梦想，因为政策变了，组织的培养改变了我的发展方向。后来我不仅入了党，还上了几个大学：南师大夜大中文专科班，南大经济系经济管理干部班，东南大学的EMBA班。先后转岗企业、机关，当过厂长，在市委和市政府一些部门一干二十多年。年轻时候的文学功底给我的机关工作提供了厚实的基础，所写的调研报告和文章经常得到领导好评，多次获奖。但是，因为长期运用逻辑思维，我喜爱的文学，我的作家梦，离我渐渐远去。

退休了，自由了，南师大夜大同学的活动激活了我当年的作家梦想。从尘封的柜子里翻出来当年的人物谱，一页页翻看着，当年的故事又一个个在眼前鲜活起来，文学创作的豪情也重溢心胸！同学们鼓励我，青年时的梦想，现在不圆，更待何时？我开始重操旧业，勤奋写作，除了在网络和微信平台上频发文章之外，重新尝试给报纸投稿，力图用“千字文，身边事，正能量”的原则，努力影响社会。从2015年11月《扬子晚报》第一篇微小说《兰花》，到2018年2月，我一共在《扬子晚报》、《南京日报》、《金陵晚报》、《银潮》杂志、《华人时刊》等报刊杂志发表散文、小小说60余篇。投稿的中稿率高达90%。同学们打趣地说，你真是老有所为，可以当作家啦。

我写的都是小文章，作家的头衔是套不上的，就是一个有着作家梦的文学老青年而已。然而，人的一辈子总是要有点梦想的，梦想就是追求，就是希望，有了追求和希望，人生才会有意义。我经常想，总要对得起四十年前写的18本，15万字的人物谱啊！

（《南京日报》“雨花石”2016年10月20日发表）

《龙腾虎跃》出笼记

一个三十五岁的“下山虎”，一个五十岁的“智多星”，两个装配车间的大班长，为完成三十台印刷机的任务，展开劳动竞赛，你追我赶，斗智斗勇，进行了一场实实在在的“龙虎斗”。

这是四十年前我在《江苏文艺》（《雨花》前身）杂志上发表的一篇小说。暑假里翻出那本退色的旧杂志，饶有兴趣地重读一遍，当年我所在的印刷机械厂的那些人物原型又一个个跳入眼前。尽管还有点“抓革命，促生产”的流行语言，但这篇工厂气息浓烈、情节跌宕起伏、人物个性鲜明的一万多字的小说，还是有不少可圈可点的地方的。

提起这篇小说，我不由得就会想起当年的《雨花》杂志编辑姚忠瑞老师来。

姚老师是海门人，1942年出生，1965年从扬州师范学院中文系毕业，当过中学老师，1975年从县文化馆调入《雨花》杂志当编辑。

我和姚老师第一次接触，源于第一篇小说《团小组长》的投稿。那时在厂里当电工，业余时间学写小说，有个浓浓的“作家梦”。当然是退稿了，不过编辑给我写了几句鼓励的话，还请我“有空到编辑部去坐坐”。签名就是“姚忠瑞”，字写得特别漂亮，是那种圆润洒脱的字体。

一个休息天我去了编辑部，湖南路省出版社那个楼。皮肤白皙、高大帅气的姚老师对我这个文学小青年十分热情，沏了一杯热茶，和我谈了很多很多，都是文学创作方面的知识和方法。我在日记里写道："今天的谈话使我感受到什么叫：与君一席话，胜读十年书！"他是老师出身，讲起话来神采奕奕，引经据典，十分抓人。看得出来，他在写作上很勤奋，有很多心得体会。而且，他很愿意和我们这些年轻的文学爱好者分享，用行话说，就是很重视培养业余作者的队伍。

1976年3月，在姚老师的帮助指导下，我在《江苏文艺》上发表了第一篇小说。当时稿酬制度还没有恢复，杂志社就采用办创作学习班的方法，把作者和投稿的爱好者集中起来，由老作家来讲课，大家住在招待所里，集中写作，一般半个月左右。

杂志社也给我发了通知，是到徐州的旗山煤矿招待所办学习班。但厂里没同意，厂长说新产品试制那么忙，你一去半个月，任务谁来完成？我那时也算是生产骨干，参加一个数控连晒机的试制。

这么好的机会，我当然不想轻易放弃。打电话给姚老师。姚老师说，好的，我到你们厂去一趟！

姚忠瑞老师不仅来了，还带了一张省委宣传部的介绍信（那时进门办事都是要看介绍信的）。他对厂长说，你们这个小韩基础很好，是个作家的料子，我们都有责任要好好培养。这是为国家培养人才噢！将来印机厂出了人才，你这个厂长也很光荣啊！也不知是姚老师的话打动了厂长，还是省委宣传部的红印起了作用，厂长终于同意了。

当时的煤矿招待所条件一流，住得好，特别是吃得好。老作家谈写作经验，各地作者交流创作体会，剩余时间就是构思写作，而且随时可以和编辑老师沟通，把写作提纲拿过去请老师提意见，真是难得的良机啊。回想起来，这样的创作学习班对于培养青年作者无疑是个很好的方法。记得这个班的学员还有黄蓓佳、程玮，后来都是知名作家了！北大毕业的黄蓓佳还当了省作协的副主席。

也就是在这期学习班上，我谈了“龙虎斗”的写作构思。因为是工业题材，姚老师给与充分的支持。要我在人物性格的刻画上下功夫，对比要强烈。看了我从现实生活中取材写的几个次要人物，如“水老板”“快嘴李”等几个外号，大加赞赏。看第二稿时，又提出故事要有起伏，竞赛要有悬念。一步一步帮我构思和完善这篇小说。

在旗山煤矿完成初稿后，我回去又补充了一些内容，最后经姚老师的编辑润色，1977年5月，这篇小说以“龙腾虎跃”的题目发表。还记得紧接在我后面的一篇小说，是大作家海笑的中篇连载《红红的雨花石》。

姚老师打电话告诉我的时候，还调侃了一下：“你要请客啊，你这篇稿子按以前的稿费算，可以拿到120元哦！”

120元！当时可是个不小的数字哦，当时我这个八年工龄的二级工，工资32.80元。虽然没有稿费，成功的喜悦还是巨大的。

因为组织的培养，我后来考上了南大经济管理干部班，毕业后开始从事企业管理工作。后来又调进机关，离文学渐渐远去。和姚老师的联系也渐渐少了。

2018年6月，通过南师大的一个同学我找到了姚忠瑞的电话，说他后来在省作协当办公室副主任。

“我一直也关注你啊！”姚老师的声音依然是那么洪亮，交谈中，我仿佛又坐在他的面前，听他讲文章。

姚老师是中国作家协会会员，1958年开始发表作品。著有儿童小说集《雨花村的孩子》，短篇小说集《水乡山歌》，中篇小说集《未开垦的处女地》，编辑理论专著《文学创作书简——一个编辑答一百个作者问》等，共发表各种文学作品300

万字。退休后的姚老师从作家向学者进军，在人民网、炎黄论坛发表各种理论文章，被誉为“黄钟昔因瓦釜弃，新锐今乘老骥来！”

听说我退休后又重拾文学爱好，两年来在报纸杂志上发表小小说和散文多篇，十分赞赏。看了通过微信发过去的几篇代表作，姚老师很快给与点评：“几篇大作匆匆浏览一遍，如行云流水，意境深远，信手拈来，皆成文章。特别是《兰花》那篇，取材别致，文字精炼，大家手笔，韵味无穷！”

接着又热情地鼓励我说：“四十年前我对你们那个厂长说，你是个作家的料子，今天我还是这样说，你不搞文学，可惜了！”

可敬可爱的姚老师，你是我一辈子的文学老师！

写于2018年8月16日

难忘《用人是一面旗帜》

——“我与南京日报60年不了情”征文

“挚友自南方来，小聚大侃。从经济发展谈到人才观念，不约而同赞赏一句话：要钱要物不如要个好干部。选准一个开拓能干的带头人，没钱能搞到钱，没物能搞到物，亏损的能够扭亏，效益好的会有更大发展。”

翻出二十三年前发在《南京日报》头版头条的评论《用人是一面旗帜》，重读一遍文章的开头，感到十分亲切！这是一篇得奖作品，是南京日报在当年全国报纸头条新闻大赛唯一获得的二等奖。参赛的报社包括首都主要报社，以及各省、自治区、直辖市和计划单列市的部分党委机关报，共计41家。参赛的稿件一共118篇。这是应南京日报记者约稿写的一篇评论。在纪念南京日报成立六十周年的日子里，已经退休五年的我，忆起这篇文章写作、发表和得奖经过，很生动地展现了我和党报的不了情！

1993年元旦前后，当时任南京市委工交部调研处处长的我，参加了一个赴深圳参观学习回来的领导座谈会。从改革开放一线归来的同志们，热情激动，谈了很多好的收获和体会，“用人是一面旗帜”就是一个同志谈的体会。后来在南京日报评论部召开的新春通讯员会上，我的发言中就引用了这个观点，并说想就此展开写一篇文章。当时评论部的主任和编辑敏锐地看到这个题目的内涵和意义，当场就向我约稿，希望尽快写出来。

回来我就动笔了，考虑了几个层次：题目的导向意义；用人的现况；为什么会有不同的用人情况；善于扬长避短的用人方法等。

但是写了两段就写不下去了，加上春节来临，工作和杂事多多，就搁下了。春节期间，评论部编辑给我电话拜年，同时了解稿件进度。听说我遇到些困难，就鼓励我坚持写下去，还和我交流，探讨如何牢牢抓住导向这个主线，写出旗帜的作用来。

假期加了班，完成了初稿。一上班，编辑就到市委大院来找我，看稿，提修改意见。几经修改，我的文章送到了当时的南京日报总编的手上，据说总编亲自拍板，上了头版头条！

文章是1993年3月7号见报的。当时获得很多同行的好评，鲜明的观点、精彩的排比、生动的比喻，和朗朗上口的长短句，后来被许多同事引用。1994年2月23日，《新闻出版报》公布了全国报纸头条新闻大赛揭晓的消息，一等奖5篇，二等奖11篇，三等奖21篇。《南京日报》这篇文章得了二等奖。据说报社的领导和编辑比我更高兴，这篇文章为《南京日报》争了光，评论部为此也得到表扬。

当然我也为此得到很多荣誉和奖金，因为此文后来又在省里、市里层层得奖，而且都是一等奖。报社同学对我说，你如果在报社工作，凭这篇文章就可以评高级职称了。我倒是很清醒，没有南京日报的通讯员会议，没有评论部主任和编辑的约稿盯稿改稿，没有总编的慧眼和魄力，我也写不出这篇文章，更不会得到什么奖。

至今碰到报社和机关的老同志，还有人会津津有味地提起这篇文章。文章的结尾是这样写的："作为一位有权用人的同志，在你起用和重用什么人的时候，千万请回头看看，多少双眼睛正盯着你呢：看你举什么旗帜。"时至今日，重温当年文章中的观点，依然有它的现实意义呢！

（《南京日报》副刊2016年6月12日发表）

附录：

用人是一面旗帜

挚友自南方来，小聚大侃。从经济发展谈到人才观念，不约而同地赞赏一句话："要钱要物不如要个好干部。"选准一个开拓能干的带头人，没钱能搞到钱，没物能搞到物，亏损的能扭亏，效益好的会有更大发展。

归途中，余兴尚浓，不禁就这个问题联想开来。用什么样干部，不仅决定了一个部门工作是否能上去，一个企业是否会出效益，更重要的，它还对全局起着一个导向作用，为众多的奋斗者们提供效法的典范。形象地说，用人就像一面旗帜，你器重了什么样的人，你的麾下就会聚集起什么人。

事实的确如此。你重用了几名勇于开拓进取的干部，一大批不怕冒风险、敢于改革的闯将就会云集到你的周围，使你的事业生机勃勃；你破格提拔了两名年轻的同志，就会使你这个单位许多年轻人充满希望。他们会以更积极的劲头投入竞争；你器重那些才华横溢的干将，你这个单位就会形成好学上进的风气；你赞赏那些公道正派、埋头干事的同志，那些不干事专找干事人岔子的现象就不会有什么市场。相反，你若器重那些四平八稳的干部，你这个单位的改革开放就很难有什么"建树"，难免"山河依旧"，"老好人""茁壮"成长；你若在使用干部上总是把资历放在首位，不想多干事的现象必然在你那里"蔚然成风"，本来很能干的人也慢慢熬成了庸才；当然，你若器重了一二位善于察言观色、专会恭维奉承之事的部下，很快就会造成你办公室里和家里的"门庭若市"，赞声不绝。可谓：吴王好剑客，百姓多疮瘢；楚王好细腰，宫女多饿死。

其实，重用什么样的人，不仅是领导干部政治品质、思想作风和能力水平的体现，从今天改革开放的形势来看，还是他贯彻、执行什么路线的标志。人们完全可以从一个单位重用了什么样的干部评价出这个部门改革开放的旗帜举得高不高，判断出这个部门的经济工作是否能搞好。

说用人是一面旗帜，还在于通过用人，能使你的部下扬其长，避其短。优点突出的人缺点也往往明显。《汉书》中说：能至千里之马，既有奔驰之长，也有难以驯服和驾驭甚至踢人之毛病；能建功立业者，既有改革济世、匡扶社稷之雄才，也有不同流俗、恃才傲物之“缺陷”。我们选拔和重用“千里马”，实际上就是在“导”奔驰之长。选了一位“千里马”，除了使其他的“千里马”投奔而来外，还会使众多的“百里马”更加勤奋地练习奔驰，努力尽快地成为“千里马”。

市场机制下的企业竞争，说到底是人才的竞争。人才的竞争又与组织部门领导干部的用人观念密切相关。因此，作为一位有权用人的同志，在你起用和重用什么人的时候，千万请回头看看，多少双眼睛正盯着你呢：看你举什么旗帜。

（此文发表于《南京日报》1993年3月7日，头版头条，
此文曾获全国报纸头条新闻大赛二等奖。）

当年我曾遭过党报严厉批评

那是1986年4月的事了。

我是当年的3月17号，我35岁生日的那天，从包装公司派到塑料二厂去当厂长的。这是一个国有中型企业，主要产品是农膜和地膜。

进厂仅仅一个多月，《南京日报》头版一篇《地膜质量差，急煞种瓜人》的文章，让我措手不及。文章批评了塑料二厂发往汤泉农场的一批地膜有问题。记者胡健最后严厉地批评说："这样的产品质量和服务态度怎能叫人满意呢？"

党报的严厉批评给我这个新上任的年轻厂长一个"下马威"！企业的销售顿时面临巨大压力，一些原本就不服气我的厂里老人也在一旁等着看笑话。

"三十五，下山虎"，我反倒觉得展现自己的机会来了！当年在南大经济管理专业和南师大中文专业学习的时候，我曾经学过如何对待媒体批评的课程。面对党报的批评，我觉得应该积极应对，争取把坏事变成好事。我首先在领导班子中统一思想，决定以此事为契机，在全厂开展一次"质量第一，用户第一"的大讨论。我让宣传科把《南京日报》的文章抄在大字报上，贴到厂宣传栏和车间墙上，警示全厂。同时，我亲自带领经营科和质检科的科长，去了汤泉农场，召开用户座谈会，赔礼道歉，并用新生产的产品换回有问题的地膜。做了这些工作，又安排宣传科写一篇整改情况的汇报，送给了南京日报。

看到我们的汇报，胡健和陆蔚东两位记者于5月5日到厂里进行采访，对我们的整改工作进行考察和验证。5月10日，《南京日报》在头版头条，以《塑料二厂正确对待报纸批评，厂长背回低质产品，全厂增强质量观念》的大标题，对此事进行了后续报道。报道用了不少车间里加强质量管理的实例。这场“地膜质量”引发的危机，因我们积极的应对得到化解，工厂的内部管理水平得到提升，外部形象得到修复，农民得到赔偿，《南京日报》的舆论监督至此收到比较圆满的成效。

今年五一期间，已退休的胡健、陆蔚东和我再次相聚。胡健送了我一本他用毕生的感悟和成果写就的《目标：出色记者》一书。翻开目录，在第十三章“同人民群众心连心”的栏目下，当时塑料二厂地膜质量报道的两篇文章赫然在目。

掐指一算，整整三十年了！

（《南京日报》副刊2016年5月19日发表，
此文获“我与南京日报60年不了情”征文一等奖。）

我和“大地”有段缘

今年暑期特别热，八月就基本窝在家里。图书馆借了几本大块头的书，除了下棋就是看书。一本刘心武的《斜坡文谈》，是他的创作随感录，看得我爱不释手。尤其是那篇《气盛出文》，讲述了16岁的他发表第一篇文章的故事，风趣而有哲理，翻来覆去看了好几遍，还做了笔记。

刘心武第一篇变成铅字作品叫《谈“第四十一”》，是一篇读书笔记，发表在1958年16期的《读书》杂志上，1700字，主要观点是“阶级敌人之间是不可能有共同人性的”，那个时代的主流话语。封面用黑体标出，列为重点文章。寄来样刊，编辑附言：“希望不吝赐稿！”他幽默地说，编辑以为他是成年人或是学者呢，其实他就是高二的一名学生。等他说明身份再次“赐稿”，稿子就被客气地退回来了。他感慨地说，那时少年气盛，“作家文豪，宁有种乎？”文章自我圆满，一气呵成。

不由想起四十年前，我与《人民日报》大地副刊也有一段少年气盛的“文缘”。

1978年，我在珠江路莲花桥边的印刷机械厂当电工。因为有个社会关系的牵连，政治上进步不快。也是年轻气盛：“作家文豪，宁有种乎？”做起了作家梦。业余时间埋头写作，从记“人物谱”起步，几年时间写了厚厚18本人物故事。后来逐步在《江苏文艺》（《雨花》前身）、《南京文艺》（《青春》前身）发点作品，最长的一篇小说《龙腾虎跃》有12000多字，工厂题材。

那时每个班组可以公费订一份报纸，我们电工班订的是

《人民日报》。我特别喜欢看里面的副刊，会把每期副刊汇总保留下来。

春节期间，我有了一个很好的构思，几易其稿，写了一篇短小说《老团长查岗》。故事梗概是：我们厂的前任党委书记、现在的薛局长要带队到厂里来“一年达大庆”检查验收了，“我”这个现任的厂长，找炊事班长老史头商量中午接待的事，叮嘱他：按老规矩办，食堂吃什么就给检查组吃什么，千万不要搞特殊。然后补交代了薛的个性：二十年前我在他手下工作，他是组织科长兼团委书记，一兼五年，所以大家喊他“老团长”。平时公私特分明，出差一个口袋装公款，一个口袋是私款。给女儿买围巾钱不够了，问“我”借。我说你就先用公家钱垫着，回去补上不就行了？他认真，坚决不肯，晚上还给我上课：过去是孤儿，参军打仗，后来转业到工厂。说共产党为什么得天下，就是有成千上万个不怕吃苦，不怕牺牲，不谋私利的共产党员，现在翻身了，当干部了，有权了，不谋私利的传统不能丢！

我的同学父母很多都是老革命，有的还是老红军，到同学家玩，经常可以听到他们很朴实的这些话，我把这些感触写到了“老团长”的身上。

故事的后来，就是老团长不肯吃老史头准备的简单的客饭，拉住我一起去食堂排队买饭，和老同事们开开心心一起聚餐。还叮嘱我：“不管是大吃，还是小吃，都不是咱共产党的作风！而且应该是你们岗位责任制的重要内容，我今天来，也是要查查这个岗的！”点题了，要查杜绝吃喝风的岗。

现在回头看看，这篇2500字的文章立意和描写还是很到位的，就是今天发表，也不过时，写出了当年共产党干部的清廉和高尚。

文章写好，心血来潮，就写了人民日报副刊的信封，寄出去了！当年我27岁，一个集体厂的小电工，一个爱好文学的小青年。

两个星期后的一天，厂政工组的郑主任喊我去一趟。

“你给人民日报投稿的？怎么没来给我们盖章？”她开门见山地问。我连忙解释：“我写的是小说，文学作品不用单位盖章。”她笑了：“你不要紧张，我懂，我是说，你以后再写，我给你盖章。”

听说她是老的高中生，对我们这些南外的学生还是比较欣赏的。临走了，她很亲切地说：“人家打电话来了解你的情况，政审一下。我说了，是共青团员，团总支副书记，表现不错的！”顿了一下，又说：“你写的什么小说，可以给我看看吗？”

从政工组回来的路上，我高兴极了！

这以后，天天盼着看报纸，等着在最高级别的党报上看到我的文章。然而一周过去了，两周过去了，一个月过去了，两个月也快到了，始终没有见到我的那篇文章。

我开始有点沮丧了，慢慢地失望了，全国那么多大作家有名人，轮到用你的文章吗？也慢慢坦然了，毕竟还来政审过，说明文章有可取之处的，继续努力吧。

那天我正站在十米高的竹梯上维修行车，师兄弟二马挥着一张报纸，边跑边喊：“大师兄，你可以啊！《人民日报》登你文章啦！”

那是1978年5月7号。

我至今还保留着那天的报纸，四十年的报纸已经微微发黄了。文章的署名是“南京印刷机械厂工人韩今”，我当时注明的就是“工人”，那个时代当个工人还是挺自豪的。

文章用的是当时的简化字，“菜”，是草字头下面一个“才”字，“眉”，下面的“目”是省略的，看起来有点难看。后来试行一段又恢复以前的简化字了，但却给我留下了历史的记忆。

为此事，我还总结了一句自己的格言：“成功，往往就在最失望的一瞬间。所以，要取得成功，必须坚持努力，努力坚持。”

有意思的是，后来人民日报还给我转来一封来信，是山西一位读者写给报社的。说看了文章很受教育，想问问那个薛局长今年多大了？是否山西人？说他有个叔叔，解放战争参加革命走的，现在一直没有找到，能不能帮忙问问？

退休后，我又重拾七十年代的文学爱好，写点散文和小小说，也时而见见报。有时也给“大地”投一篇，但已经没有当年那么气盛了。

写于2018年8月15日

一次难忘的青工问卷调查

暑假里整理过去的文稿，发现有一本1985年新华社编发的《内参选编》，左上页还标明了“秘密”，刊登了一篇南京市工交系统青年工人的思想状况调查。这是我当年在市委工交部工作时写的一篇调查报告，后来参加全国职工思想政治工作研究会的论文评比，获奖后被内参选编摘用的。

回忆这个调查的经过，重温当年文章的一些观点，可以清楚了解八十年代初期青年工人在改革开放过程中的一些思想痕迹，有浓重的历史感，挺有意思。

这是一次问卷调查，是刚从南大经济管理干部班毕业的我的一个“创意”。在南大经济系的三年，我们接受了西方经济管理方面的不少理论和方法，问卷调查，数理分析，就是比较新鲜的一种方法。

调查在南京市工交系统选了12家工业企业，分属机械、化工、冶金、电子、轻工、纺织等8个行业，有南京手表厂、烷基苯厂、南汽总装厂这样的大中型企业，也有南京丝织厂、五四印刷厂这样的集体所有制的小厂，发放了1000份问卷调查表，对象是35岁以下的青年工人。当时这些企业35岁以下职工占比例达到55.8%。

调查表设计了包括政治、思想、工作、生活以及家庭等内容的34个大项、共155个选择题的问卷题目，采用不记名、打钩选择的方式。请各单位的党委工作部门发放回收，最后进行统计分析，完成了一篇《充满希望的一代，有待精塑的一代》的调查报告。

进入八十年代，改革开放的大潮席卷神州大地，青年工人的思想也很活跃。有一种说法，说八十年代的青年是“各人顾各人”、“奇装异服加迪斯科”的一代。到底如何评价这一代年轻人，是社会上的一个热点。调查资料用详实的数字证明，这一代青年工人是关心四化，渴望改革，勇于思考，好学上进，立志为国家多做贡献的一代，是充满希望的一代。

调查中，关于改革开放、理想信仰方面的五道政治题，回答率为88.8%，很高。其中对改革前景的看法，认为“必定成功”，“会有挫折，但终会取得一定成功”的，共占82%。对当时刚刚推行的“厂长负责制”的看法，赞同的占到76.8%。“已经申请”和“想加入”中国共产党的人数占到69.7%。这些都说明经过蹉跎岁月磨难的青工，对党和国家的命运有一种崇高的责任感，他们支持党的改革政策，希望改革能使国家富强，人民富裕。也正是这种渴望和支持，使我们几十年的改革开放之路越走越宽广。

改革开放推动了青年人的学习热潮。70%以上的青年工人参加了夜大、函大等各类学习，“看书学习”是青工业余活动得票前三。改革开放还放开了青年人对美好生活的追求，在“最喜欢的业余活动”栏目中，得票靠前的是“旅游”、“跳舞”和“流行歌曲”。昔日的青工今天六七十岁了，他们正在实践着当年的梦想。最喜欢看的电视剧是《上海滩》、《血疑》、《霍元甲》，说明当时的电视节目还不够丰富。

改革开放促使青年观念不断更新。有60%的人在回答“你是否愿意自荐当厂长、车间主任”时说，“可以试试。”对当时流行的喇叭裤，84%的人回答“穿衣戴帽，各人所好，不必非议”。在选择恋爱对象的答题中，“只要人好，其他可以不计较”的占56%。遥遥领先的职业，依然是“工人”。说明当时工人阶级的地位还是很高的。

调查报告也以“有待精塑的一代”，提出了当时青工中存在的问题。如少数青工不关心政治，缺乏远大理想，5%的人对改革“不关心”，36%的青工对“实现共产主义”，“半信半疑”或“没想过”。有一个青工在末尾写道：“调查有什么用？不如来点实惠的！”调查还表明，一些单位青工业余生活贫乏。一位25岁的女青工在卷后写道：“我们过着单调的生活，我们的青春即将在苦恼中流逝。”

调研报告的启发和对策是，要进一步关心和重视青年，满腔热忱做好青年工作；要更好地了解和理解当代青年，帮助他们解决实际问题，如学习渠道的问题，业余生活贫乏的问题；要顺应青年的兴趣爱好，因势利导地做好青年的思想政治工作。回头看对策，套话还是多一些，不过有一点新意，就是站在青年角度的话比较多，容易被年轻人接受。新华社的《内参选编》之所以选了这篇调查报告，目的也就是让更多的部门、高层的领导了解当代青年工人的思想和生活状况，在改革开放的大潮中，因势利导地发挥其主力军作用。

三十多年过去了，我们的改革开放取得了举世瞩目的成就，这离不开当年奋战在工业一线的青年工人的支持和实践！虽然这些被调查的企业，多数已经不复存在，当年参与问卷调查的青年工人，绝大部分已经退休，但是，作为推动改革开放，并为改革开放做出贡献、做出牺牲的工人阶级，我们永远不能忘记！

今天的青年工人是个什么思想状况呢？有关部门是否也可以再组织一次问卷调查？青年是祖国的未来，是我们事业的希望，赢得当代青年，就是赢得了未来和世界。现在网络发达，只要手机上点点就应该可以了。不像当年在做问卷统计时，请了机关刚毕业的两个大学生来帮忙，手工用画“正”字的方法。记得加了几个夜班，晚餐就是两包日本产的方便面，还是部长关照办公室给我们特别准备的“奢侈品”。

写于2018年8月30日

“金银铜铁锡”的故事

见我陆续在报纸上发表了一些回忆往事的文章，四弟微信说，大哥，你再写写当年给我们讲金银铜铁锡的故事？每人一个宝贝，现在还记得呢。

金银铜铁锡？好遥远哦，温馨的兄妹情。

还是文革前了，那时我们住在鼓楼车站东巷，就是今天高耸入云的紫峰大厦的原址。夏天的晚上，没有电视，也没有空调，吃过晚饭，用自来水把门口的路面泼上几遍，搬出凉床和门板，用凳子搭起来。孩子们洗过澡，坐到凉床木板床上，乘凉，数星星。我们家五个孩子，我是老大，下面是两年一个，前面四个“公鸡头”，最后是一个妹妹。

从二年级起，当老师的妈妈就借了一些小说，培养我的读书习惯。乘凉的时候，我会把书中的故事讲给弟妹们听。把《西游记》、《封神榜》、《水浒》等书中的人物和情节穿越，自编了一个“金银铜铁锡”的故事。

“话说很久很久以前，有一座大山，名叫紫金山。山上住着五位英雄好汉，”开头是这样的。“他们的名字就叫金，银，铜，铁，锡，他们每人都有一个兵器，老大有一座金塔，祭起金塔，能罩住一切妖魔鬼怪；老二是一杆银枪，神出鬼没；老三持一对铜锤，力大无比；老四是一把铁刀，削铁如泥；老五是小妹，飞舞双剑，轻功了得。兄妹五人，替天行道，劫富济贫。这一天，山下突然妖风四起，浓烟滚滚……”

然后一天一集说下去，无非与各种妖魔鬼怪斗智斗勇，五兄妹团结一致，用各自的兵器战胜敌人。开始是几个弟妹在凉床上围着听，后来邻居的孩子也都过来听了。讲到关键之处，我会卖个关子："欲问胜负如何，且听下回分解！好了，明天再说！"

像着了迷，弟弟们会求我，大哥哥，再讲一段好不好？他们特别关注自己在故事中的表现，希望自己的戏多一点。

妈妈端个小凳子坐在一旁，一边听我胡吹，一边搧着芭蕉扇。私下会教我，多讲一些靠大家的团结取胜的故事。所以我专门编了一段铁兄弟被巨蛇妖卷走关进山洞，金银铜锡四兄妹齐心相救的一段，最后是四种宝贝一起上才打败了巨蛇妖，救出铁兄弟。妈妈说，这段讲得好！

我那时十四五岁，进外语学校了，平时住校，暑假回家，成为特别受欢迎的人。许多比我年龄大的孩子也会端个板凳坐过来听。隔壁的朱校长常常批评她的比我大的儿子："你也讲个故事给我听听啊？"

就是在这样的故事中我和弟妹们度过了难忘的童年。

因为父亲的臭老九身份，和一个"下落不明"的社会关系，我们几个弟兄的成长都不那么顺利，直到三中全会拨乱反正，才渐渐好起来。15岁下乡插队的二弟在苏北考上大学，后来分到南京的一个央企，后又到机关从事经济管理；三弟从一个区建筑公司的瓦工，奋发努力，自学成才，最后当了某建筑设计院的总工；四弟从农场考上了华水，几经周折，在机关当了个处级干部。妹妹则是赶上了早期的出国大潮，出国留学，在悉尼定居了。我当了九年电工，后被组织培养，上了大学，走上管理岗位。

昔日团结一致对付妖怪的"金银铜铁锡"，在后来的生活中也是互相关心，互相帮助，充满兄弟真情。为了解决当瓦工时三弟的学习机会，我多次找到在区城建局当领导的同学母亲帮忙；为了把分配到苏北的四弟调回南京，二弟三弟把娘家的关系全动用起来，我则是硬着头皮把爸爸买的茅台和茶叶送到关键人家里。而在我脑手术住院时，三个弟弟都争着来陪夜。老爸去世后，大家在抚养老妈问题上团结一致，共同出钱挑选了住家保姆，轮流看望关心，还教会了85岁的老妈上网，玩微信，建立了“韩家大院群”。昔日的金银铜铁锡故事成了兄妹五个真情的纪念！

（《金陵晚报》“雨花石”2016年5月29日发表）

燕弟的故事

我有三个弟弟一个妹妹，我是老大，二弟单名是个“燕”，也不知父母怎么想的，或许盼个女孩？

虽是女孩的名，燕弟可是有点“皮”。上幼儿园时不肯进教室，揪住老师的长辫子往地上赖，把年轻的老师气哭了。上小学不认真听课，不交作业，经常被叫到黑板前面罚站。一次老师发火：你不想学就给我滚回家去！燕弟书包一拿，一溜烟跑出校门，看看没到放学时间，也不敢回家，就转到大钟亭听说书了。回家少不了挨骂，看爸爸大发雷霆，婆婆一把把燕弟拽过来，关到楼梯转弯下面的厕所里，也是保护一下。

燕弟皮归皮，聪明。打弹子，斗鸡子，逮蛐蛐，都是头子，而且动手能力强，跟着舅舅学做航模、舰模，像模像样。功课是算术不错，能有个八九十分，但语文差，总是在六七十分，主要是不喜欢看书，尤其不喜欢写作文。

我考上外语学校不久，一天晚上，我们偷听了爸爸妈妈在他们房间的议论。在学校当老师的妈妈说，这老大当时要报十一中，其他家长说他成绩那么好，报十一中，我们孩子怎么办？现在老二就怕十一中也进不了。爸爸说，真正考不上，就给他学徒当工人吧，他动手能力强，或许是个好工人。在亭子间和我头脚对睡的燕弟听了，用脚踢踢我：哈哈，我要当工人了！

五年级的时候，燕弟和门口的小孩“斗鸡子”（就是把一只脚握在手里，独脚跳跃把对方击倒），把邻居三宝的腿摔骨折了，爸爸妈妈上门赔礼道歉不说，还让燕弟暑假里帮三宝妈妈拖了两个月的板车。谁想燕弟倒不怕吃苦，喜欢那自由自在的工人生活，回家对妈妈说："我不上学了还行？我就去拖板车吧，还有钱拿。"解放前大学毕业的爸爸生气地说："你就这点出息？好好向你哥学习！你其实一点也不笨，只要用功，不比人家差！"

那时我们家只有一张写字台，一大四小五个抽屉，分配每个孩子一个。我是中间的大抽屉，放了一些书、笔记本和文具。燕弟是小抽屉的第一个，放的是皮弹弓、玻璃弹子，和蛐蛐罐子。我几次要他把抽屉让给我，他都不让。有一次我强行把他的瓶瓶罐罐清出来放到床底下，放了我的东西。不料他趁我住校的时候，又把我的书全搬出来，放入他的宝贝，还上了铰链，用一把铜锁锁了起来。

中考前两个月，他主动和我说："大哥哥，你书多，抽屉放不下了，我把抽屉给你好不好？""什么意思？""你作文好，给我几篇作文学习一下？"

弟弟用功学习我当然要支持，找了当时中考前写的几篇作文给他做参考。

"那年小升初，第一天考的数学，考出来，和老师对对答案，全对！第二天考语文，当老师在黑板上写出作文题'我的母校'时，我激动得无法平静！几分钟都没有动笔。考前我背了大哥几篇作文，其中一篇就是《我的母校》！监考老师走过来，轻轻敲敲桌子，说不要紧张。我紧张什么啊？我开心噢！菩萨显灵了！我一字不漏地把大哥的作文搬到考卷上，提前交卷离场了！下午就和同学到玄武湖游泳去了。"

这是五十年后燕弟在我们"H家大院"群里发的一段生动的描述。他说，进了十一中，他以这个比较优异的考试成绩当了中队学习委员，把自己绑上了"好学生"的战车，从此用功下去。

读了一年书，文化大革命开始了。他15岁下乡插队，后来上调到县里一家工厂，如愿当上电工，但学习一直没有放松。在恢复高考后考上苏北一所大学的物理系并被留校。调回南京后，当老师，进机关，到南大读EMBA，当处长，风风光光半辈子。退休后还被聘用在一个有名的民营企业集团搞管理。

我和燕弟的感情深深。1970年春天，大队书记给他二个月假期，回家帮队里装了台扩音机。历经周折完成任务，用自行车推着装好的扩音机，我送他去车站。临走时送他一个精致的笔记本，写了一首励志诗：“提笔志壮稠，落意雄赳赳：燕飞八万里，不恋一阁楼！”

燕弟说至今他还留着这个笔记本，还记得那首诗。

（《金陵晚报》“雨花石”2017年8月1日发表）

迷上黑白世界

平生爱棋。

小学时学的中国象棋，1.65元买了一本厚厚的象棋书，把当头炮对顺手炮、单边封锁等一些套数背得烂熟。

进中学是迷恋军棋。我是那种喜欢把师长、军长、司令、炸弹都放一边的战法，集所有兵力猛攻一气，不成功便成仁。

也学过国际象棋，特喜欢那马，没有憋腿。士也是，斜杀一条线，隐蔽。再后来是喜欢上围棋了。围棋可是一门博大精深的艺术！走进黑白世界，大有“到过黄山不看山”的感觉，觉得其他的棋就太简单了。粗粗统计一下，我这几年仅在“弈城”网上下的盘数就有六千多盘！一盘二十分钟，就是二千多小时，不吃不活一个多月，占用了我的大部分业余时间！

先后买过几十本围棋书，什么布局须知，打入诀窍，名局欣赏，妙手问答，出差都要带上一本。早期没有网络，只能约人下，水平还不能差太大，在工厂有两个棋友，到机关棋友就多了。有酷爱围棋的领导，把棋盘放在车后，开完会，喊上我找个地方手谈一番。

参加过江苏棋院组织的升段赛，每天晚上骑车到五台山，连下七天。苦中有乐啊，第二次比赛就打了个初段，发了个红彤彤的初段证书，上面是陈祖德院长的大名。每年还参加机关的围棋比赛，高手多多，没拿过什么名次，只是享受那个过程。50岁那年，功夫不负有心人，弄到个棋院三段证书——这辈子算是到顶了。

再后来就是上网下棋了。联众世界，新浪围棋，弈城围棋，方便之极。每天有数万棋友同时在网上，打开电脑，电脑会自动帮你选择同级别的对手，约定下的时间，立刻就可以开战了。在“联众”最好成绩是二段，在“弈城”下到三段，但再往上也吃力了。最终还是在“弈城”玩得多，不仅是因为这里有不少韩国人，可以试试老外的棋力，而且它有个自动判断局势的软件，不用自己动脑筋数子。但网上下棋也有弊病，就是没有了与棋友面对面坐着，边品茶边下棋的情趣。随手棋也多，不利于棋力提高。

细想，为什么会迷上围棋？围棋的魅力何在？

一是围棋有很强的博弈性。象棋、国际象棋都有和棋，局势不好了，兑子求和，皆大欢喜。围棋不然，非胜即负，必搏战到底。对好胜心强，喜欢惊险刺激的人来说，爽！

二是围棋361个点位，战局变化多端，深不可测，特有挑战性。据说人类到现在已下过的几十亿盘棋，没有一盘重复的。虽说刚刚结束的人机大战，AlphaGO战胜李世石，其热炒的程度，恰恰说明了围棋在各类棋类比赛的突出地位。

第三，也是我最喜欢的，是围棋蕴含的丰富的辩证思维，能给人生很多有意义的启迪。例如围棋的大局观，从全盘思考布局，时时处处都强调要有全局观念，启示我们要眼光远大，胸怀大局；再如得失观，得即失，失也意味得，此处得了，弄不好别处失了，局部占便宜了，说不定全局吃亏了，这在围棋作战中比比皆是。启示我们在生活中不要斤斤计较，吃亏是福。还有柔和刚，有人喜欢厮杀作战，靠精细的算计，有人是绵里藏针，不和你正面抵抗，点点弄弄，一大块地给他掠去，启示我们以柔克刚，柔弱胜刚强；最奇妙的“打劫”，奥妙无穷，有时一盘棋，就因为差一个劫材就翻盘了。启示我们在事业上要持之以恒，坚持到底；吃对方一大龙，获大胜固然可喜，而旗鼓相当，收官精明，赢个半目一目，更是欣喜万分。提醒我们结果固然重要，更要会享受过程中的乐趣。

下棋是一种享受，可以满足好胜的欲望，可以实现以柔克刚的理想，可以磨练落后时坚持不懈的韧劲，是一种修身养性的绝佳方式。下棋时，思想高度集中，丢弃一切杂念，所以在烦恼、郁闷、不得意的时候，我常常都是在黑白世界中度过。记得那年机构改革，我被刻意安排去边远农村当扶贫队长，在那没有电视的一个个夜晚，我和规划局的一个也要磨练一下的博士，就是在忘却烦恼的黑白世界的博弈中，迎来一个个黎明。

下棋还可以交友，我的许多挚友都是棋友。包括好几个领导，博弈起来，其喜怒急乐，比凡人还凡！

美好奇妙的围棋伴我走过青年、中年，走进老年，我还将继续和黑白世界为友。

（《南京日报》“雨花石”2016年5月3日发表）

电 扇

连续高温酷暑，到处热浪滚滚。最好的方法是在家呆着，空调打开，配上电扇效果更佳。网络时代，蜗居家中微友圈里转悠，新朋老友，靠清凉的话语，沁人心肺。

小学同学群里，一位海外同学夜里二点半还不睡觉，听说我们这边酷热，发条信息说：小时候夏天多好玩啊！我最喜欢晚上在家门口乘凉了！一到晚上，大人孩子全出来了，大人摇着扇子聊天，小孩在一起疯玩，好像也不感到热！

我们都是从那个年代过来的，那时别说空调，甚至连电扇也少有。我家住在鼓楼附近的一个小巷子里，暑假的时候，白天把席子铺在地板上，睡午觉和玩耍。太阳下山了，孩子们就开始出动，先用凉水泼洒大门口的地面散热，要浇上好几遍。等地温慢慢降下之后，搬出竹床、门板，在门口占地盘。夜幕来临，我们一个个洗完澡，短裤赤膊，或躺或坐，在一起乘凉。大人们做完事，也端个小板凳坐到门口，摇着芭蕉扇，给孩子们驱赶蚊子，和邻居聊聊天。那时的邻里感情好亲近，不分身份，都自然地坐到一起，赤个大膊聊天。孩子们凑在一起嬉闹，有时也会开故事会，轮流讲故事。我小时候酷爱看书，会把《水浒》、《西游记》，还有《说唐》中的故事演绎给伙伴们听。门口一大帮孩子都会围过来听故事，所以我们家门口夏天的晚上总是很热闹的。

我参加工作后，在一个集体所有制的小厂里当电工，利用工余时间，把维修时拆的一个坏电扇，重新绕线圈修理好，偷偷带回家来，用一根长长的电线接到家门口，晚上乘凉就用起来了。一个8英寸的小电扇，还没有护罩，在那个年代也算奢侈品了！于是一大帮孩子，在炎热夏天的晚上，一边听着古代的故事，一边享受着一个小小“现代化”电器的风凉，不亦乐乎！若干年后，当年对门的一个后来当了画家的老邻居见到我，还调侃说：你的故事讲得不怎么样，不过那个破电扇很有吸引力啊！

好景不长。不久，在省建公司从事财务工作，常住无锡工地的父亲回来了。他看到我的这个电扇，追问是哪里来的。我说，这是厂里的坏电扇，淘汰换下来，我把它修好的。“这怎么行呢？”父亲说，“这还是厂里的财产啊！你这样是要犯错误的，赶快送回去！”

我说：“这是报废了的坏机子，我修好的，还属于废物利用呢。”解放前财经大学毕业的父亲搬出会计规则：“报废的，也还是公家财产，在会计制度上，这叫‘残值’，除非是卖给你了。”我说：“我们那些师傅，还不是经常把厂里报废的东西拿回家的！”父亲说：“他们拿是他们不对，你不能拿！”我还在强词夺理：“那上次我们家下水管坏了，你不是从工地拿一块铁皮回来修的吗？”父亲大怒：“我是办了手续的，在工资里扣钱了！你们还年轻，没吃过苦头啊！告诉你：凡事坚持一条原则，公家的便宜永远不能沾！”

尽管十分不愿意，但也没办法，我就说：“我好不容易修好的，那就等过了这热天再送回去。”

父亲回无锡前，又叮嘱我：那个电扇，不能放家里噢！

电扇送回去了，那句“凡事坚持一条原则，公家的便宜永远不能沾！”从此也牢牢地印在了我的心中。父亲这一辈老知识分子，几十年经历过多少风浪，他教育我们不要沾公家的便宜，是宝贵的人生警示啊！

后来，我无论是在企业搞管理，还是进机关工作，总是用爸爸的这句话给自己敲警钟，坚持不沾公家的便宜，也算是保住了一生的清白。

五十年过去了，敬爱的爸爸也以90岁高龄作古。这个小小电扇的故事还经常在脑中盘旋，特别是在酷暑的日子里。

（《金陵晚报》“雨花石”2017年9月13日发表）

鼓楼小火车站那些事

我居住在南京的旧址叫鼓楼车站东巷，这个车站是一条城内小火车的站名。这条城内铁路，实际上是沪宁铁路的支线，其钢轨、轨距以及机车、车身，都与沪宁铁路上的一样。因为限定在市区行驶，线路短，站距近，速度慢，所以市民称之为“小火车”。

小火车铁路建于清代的1907年，1909年正式营运。当时叫“宁省铁路”。起点是下关江边，跨惠民河，由金川门入城，经三牌楼，丁家桥，到鼓楼。最早的鼓楼站名叫“无量庵”。铁路在鼓楼东拐，沿北极阁南麓，过珍珠河，到太平北路、总统府、长白街，中正街止。民国时期铁路改造，跨秦淮河南下，经白鹭洲、武定门、老门东，由雨花门出城，在养虎巷与江南铁路接轨，全长15公里。后面一段线路类似我们今天的地铁三号线。

小火车南北对开，一天数趟，从根本上改变了南京城的交通状况，给市民和商贸带来了极大便利。当时票价仅十文钱一站路，还可以带货，与此前的马车、小船等主要交通工具相比，既经济又快捷，所以营业状况颇好。

鼓楼站之名应该来源于明洪武年间在此地修建的一座“鼓楼”。该鼓楼建于1388年，位于后来小火车站的西南角，就是现在的鼓楼公园。鼓楼规模宏大，气势雄伟，为当时击鼓报时场所，也作为迎王接诏等大庆重地，堪称明代首都之象征。康熙南巡时，登临四望。后来地方官在此鼓楼基座上建楼，更名为“碑楼”，有“明鼓清碑”之称。火车站以此命名。鼓楼站位于小火车线路的中心，承北向南，建有数条附轨，也是火车停放、货物周转的一个重要之站。

我们家就住在小火车站的东面的一条斜行的巷子里，所以叫“车站东巷”。东巷全长100多米，是一个坡道，坡顶接高云岭，下坡后左拐弯，就是火车站了。巷子西面是一排红砖灰瓦的二层别墅似的楼房，从3号到25号一共12幢。这是民国时期馥记建筑公司的宿舍楼，每家都有楼上楼下亭子间和小锅炉，后面的院子就面对着火车站台。我父亲解放前在馥记公司当会计，家就在红房子里。每天早晨我们都会被火车头的汽笛声和“况且况且”的火车行进声吵醒。火车头是那种两旁有四五个带连杆大轮子的蒸汽车头，据说都是英国制造的，走近看，无比高大的庞然大物。

火车站的正门在铁轨和站台的西边，面对中山北路，记得是那种有飞檐的清代建筑，挺有气派。车站大门前面是一个小小的斜坡广场，左侧是老的馥记大厦，馥记建筑公司的办公大楼，后来一楼成了南京有名的“鼓楼妇女百货商店”。广场右侧是一个颇为宽大的厕所，南来北往的旅客和路人都是用这个厕所，印象中很是繁华。

车站里面有两道站台，有两三百米长。靠大门的是客车站台，检票进去后，就在站台上候车。这里管理比较严，我们小孩很少能进去。另外一个站台在东边，靠我们家的巷子，是停货车的，主要是货车的上下货。这边有一道辅助的铁轨，有时候也停着维修的客车车厢。车站的西边没有正规的围墙，有时候一些货物就堆在铁道边上，拉上几块大油布，成了露天仓库。这就是附近孩子们打游击、玩耍的场所了。我们会在油布下面钻来钻去，会从废旧货物中找到旧枪把当枪使，也会爬到火车车厢上去，扮演铁道游击队的模样，当然那时我们还没看过《铁道游击队》这部电影。车站管理的工作人员会来撵我们，吓唬地要抓我们。大家忽地一下全散开了，嘻嘻哈哈也不害怕。有一次我实在没地方跑了，一头钻进了停在铁轨上的车厢下面，大人看着着急，也钻不进来。我就躲在车底下嘿嘿笑，谁知不小心一抬头，撞在车子底部钢架上，好疼！但是还傻乎乎地笑。等大人走开了，把捂住头的手拿下来一看，一手血！顿时吓得大哭起来。

那时小火车还是城里的主要交通工具，鼓楼又是个中心站，人来人往的很热闹。看人家坐火车，我们这些孩子也很眼馋，经常哀求父母："带我们坐一次火车唻？"

终于有一次，老爸和老妈一起，带着三个孩子，从鼓楼小火车站的正门进去，朝中华门方向坐了一次火车。我们坐的是硬座的普通车厢，里面的装潢还是挺不错的，也很干净。小火车速度不快，先是路过我们经常去玩的那个"大钟亭"（如今的大钟亭路就是小火车的道轨线），看着窗外北极阁山下的树木伴着火车"况且况且"的声音一行行往后退去，感觉好神奇！妈妈还给我们念了一首当时流行的金陵竹枝词："扬子江头看落霞，秦淮河上响鸣蛙；乘车直入华灯市，风鼓铁轮送到家。"第一次坐火车的印象至今还历历在目！

我们住的巷子里，有好几户人家是火车站的职工，看着他们穿着藏青的铁路服装去上下班，孩子们都很羡慕。爸爸说，你们要好好念书，将来到铁路上去干个事，就不要愁了，那是铁饭碗噢！

小火车是我上小学那年拆除的。据说是市政府考虑"小火车"纵贯南京全城，穿行闹市，全线平交道口达三十多处，对市区交通安全不利，加上噪声影响环境和城市发展等因素，于1958年7月下令停运。鼓楼火车站和铁轨的拆除还延续了一段时间，给孩子们提供了"疯玩"的机会。从此，在南京市区运行了近五十年的"小火车"消失了。而作为中国城市轨道交通先驱，它仍可算是中国城市交通发展史上精彩一页。

今天，鼓楼小火车站的旧址旁边，耸起了南京的第一高楼紫峰大厦，一个现代化的城市中心展现着今日的繁华。每次去紫峰大厦，我都会到旧居那一带走走，想寻找一点儿时的记忆。唯一留下的残迹，恐怕就是被劈了一半的鼓楼车站东巷了。巷子的西边全部清除得不见踪影，只保留了巷子东北边的几幢建筑。一块蓝底白字的巷名牌子钉在路口一面墙上，提示着人们，六十年前，这里曾经有过一个热闹的鼓楼火车站。

（《金陵晚报》“老南京”栏目2018年5月22日发表）

银杏树的畅想曲

金陵图书馆门前的大道上，是四排整齐的银杏树，足有一百多米，面对着刚刚建好的雄伟的江苏大剧院。深秋季节，银杏的落叶铺满了草坪，从乐山路头向大剧院望去，黄灿灿的一片，像铺上一层金黄色的地毯，阳光从高大稀疏的树枝中穿射下来，像一根根银线，与金黄的地毯交相辉映，宛如一幅巨大的油画，真是漂亮！

一些远道而来的摄影爱好者，架起长枪短炮，给银杏大道留下美好的画面。有两个老兄甚至趴在草地上，用长镜头拍摄着，不知画面会有什么样的奇特。两个青春少女，戴着大红色的围巾，依偎在笔直的树干上，互相拍着甜甜的银杏留念。一群身着鲜艳服饰的大妈，摆出各种舞蹈的姿态，与金黄的落叶相伴起舞。每次路过这里，我也会忍不住拿出手机，拍拍金黄的银杏地毯，拍拍各类游客喜悦的姿态。

日前参观了一家民营企业，这个老总创立了一个叫“森林论”的企业文化，把企业比喻成“森林”，每个员工都是其中的一棵树，让每个员工有成长的空间，而每棵树的成长又带来了森林的茂盛，也就是企业的发展。他要求每个员工以“我心目中的一棵树”为题写一篇文章，以树的优秀品质为榜样，塑造人的品格。

公司的墙上整齐地贴满了员工的征文，有的喜爱松树的雄伟常青，有的欣赏梅树的高洁幽香，有的喜欢青竹的清瘦雅韵，还有的赞美杨柳的婀娜多姿。我却在一篇颂扬银杏树的文章前面久久驻足。

文章介绍，银杏树是一种生长缓慢，生命力极强的长寿树种，已有数亿年的历史了，和它同时代的许多植物都已经灭绝，但银杏还葱郁健在，所以被称为“活化石”。一些名山大川，古刹寺庵，常有雄伟高大的古银杏，给人以历经沧桑的神秘之感。世界最大的一棵古银杏在贵州福泉，树龄有5000余年，高50米，胸围4.8米，要13人才能环抱。

第一次知道，银杏也叫“公孙树”，是典型“前人栽树后人乘凉”的树种，一般要二十多年以后才有果实，也就是我们所说的“白果”。也第一次获知，在日本广岛原子弹爆炸过的地方，第一株长出来的植物就是银杏！伟大顽强的银杏树令人肃然起敬！

网上搜一下，银杏还有极高的经济价值，食用药用价值、观赏价值和生态价值。白果可食用，也是良好的中药；木材优质，是制作乐器和高级家具的理想材料；秋天的金黄落叶是一大美景，虬曲优美、野趣横生的树干还可以做成盆景；古老参天的银杏树下冬暖夏凉，等等。还发现了若干篇文人墨客写的“银杏礼赞”，中小学生以“银杏树”为题目的作文汇编。看来，自古至今，银杏都是人们喜爱的一个树种。

我从小就喜欢银杏树，之所以写这篇“畅想曲”，缘自心中一个难以忘怀的“小秘密”。

小时候我住的地方靠近鼓楼高云岭。高云岭1号是个大院子，里面有两栋小别墅，住着部队的几户人家，我的同学G就住在里面。院子里有两棵高大的银杏树，估计有几十年的树龄了，笔直的树干有一人多粗。到了秋天，金黄色的落叶铺满院子，大院里一片金黄。我们会搬一张小方桌，在银杏树下写作业，看书和玩耍。

那场运动期间，停课了，时间多起来。文工团工作的G的母亲就要求我们学习拉二胡和小提琴。我在旧货行花了15元钱买了一把旧的小提琴，开始学琴。早期拉得最多的是那首《花儿与少年》。

对面的别墅里住了一位和我们年龄相仿的姑娘，印象中身材特别好，是“窈窕淑女”。我们拉琴的时候，她会推开窗户，站在窗边静静地观看。深秋的下午，在金黄色的大树下，有两个男孩子在拉琴，一个穿红色毛衣短辫子的姑娘在二楼青色墙面的窗子里静静地聆听。有女孩子欣赏，两个男孩特别兴奋，一首又一首，一遍又一遍。

我后来很频繁地到同学家去，喜欢银杏树下的风景是一方面，心里的秘密就是想看到这位美丽苗条、在窗口穿红毛衣的姑娘，想和她说几句话。终于有一次我在大院门口的那棵银杏树下碰到了放学回家的她。我说：“放学了？”她莞尔一笑：“你们今天不拉琴了？”交流几句，她又是莞尔一笑：“你的弓有点飘！”说完，头一扭跑向家门，背影中短辫子一晃一晃的。

后来就很少见她了。G告诉我，她当兵去了。我只知道她是南师附中的，父亲是个军医，个子很高，戴副花边眼镜。那年我16岁。

如今，在高云岭的旧址上，建成了高耸入云的南京地标建筑紫峰大厦。我经常还会到过去住过的地方走走，想象着当年银杏树下的金黄色的落叶，想象着那个窗口穿红毛衣的短辫子姑娘，以及她莞尔一笑说的话：“你的弓有点飘！”

不知道当年的那两棵银杏树迁到哪里去了，也不知道当年的“窈窕淑女”今天怎么样了。

写于2018年1月19日

25 路车的故事

南京25路公交车，从北固山干休所出发，经中央门、鼓楼、新街口，到军区总院，再到南理工科技园，全程28站。九十年代前，可没有这条线路，从干休所出来，要顺着那个坡子走一公里多，到中山北路汽轮厂宿舍门口去坐车。由于偏僻，打车也不方便。

当时建这条线路主要是解决干休所部队老同志去军区总院看病难的问题，过程一波三折，和我还有一段故事。

这要从南外学兄梅江中说起，小时候我们是邻居，我经常到他家玩，和他父母也十分熟悉。江中后来到外交部，又去联合国工作。我是到了工厂，后进了机关。每年江中回来，我们都要聚聚，去看看他的父母。梅的父亲一直在部队工作，当过绍兴军分区的政委。离休后住到北固山干休所，那是南京军区最大的一个干休所，师级以上的离休干部就有420多人，其中军以上的有四五十人。

大概是九一年，我去干休所去看探亲回宁的江中。“你现在是市委干部啦，能不能帮我们这些老家伙解决个问题？”吃饭时梅伯伯对我说，“北固山这条路上没有公交车，老同志出个门很不方便。帮我们找找公交公司，给我们开一条线路怎么样？”

梅伯伯是个出名的热心人，一贯助人为乐，和干休所长去公交公司跑了两次，也没有回音。到底是当政委的，一听说我在市委工作，马上就给我布置任务了！

我掂量了一下，觉得这事涉及到军政和军民关系，市领导一定会重视，努力一下，说不定能办成！

我就出了个主意：能不能串联一些老同志写个人民来信，要求开一条新的公交线路，解决部队离休干部的出行和看病问题，我来递给新来的市委书记，争取他批示，我们来促进一下。我们国家的事，自上而下比较好办。

梅伯伯笑颜大开，说好好好，就这么办！我负责找老同志签名，下面的事你负责！

一个星期后，梅伯伯把三四十个老干部的签名信送来，其中十几个是军级干部，分量还是挺重的。我找到办公厅机要秘书，把来龙去脉说了一遍，希望他帮忙把部队老同志的意见递上，并争取书记有个态度，为老同志做件好事。

该秘书是一个大军工厂调来的，人品和悟性俱佳。看了来信，很赞同此事，说明天大早就放书记桌上。

书记果然很重视，当天就批示了，说此事关系部队老同志出行，请公交公司认真研究解决。

当然也不是有了领导批示就立刻能解决问题。公交公司的回复意见强调了困难，主要是客流量较少，当时的北固山一带没什么居民，线路开了，没有流量，要亏损。而且汽车场站选址也是问题。

我想应该帮助做点工作。斟酌一番，就给认识的公交公司领导打了个电话。说书记刚到南京主政，他考虑多的是军政军民关系，希望你们把这事当个拥军爱民的大事来做好！至于场地问题，可以请北固山干休所解决。我还说，这事不归我督办，但是据我了解，书记的态度还是很明确的，希望你们认真考虑一下！

公交公司领导连忙说，谢谢关心！我们再去做工作，应该没有问题！

接着我又和梅伯伯、和干休所所长通了电话，干休所所长满口承诺解决场地问题：“我们立刻给军区汇报！”

军民团结如一人，进展就顺利起来。公交公司领导专门到办公厅向市委书记做了汇报，得到书记的表扬。

三个月后，场地建好，线路正式开营。考虑流量问题，早期的25路是定点班车，一小时一班，就是从北固山到军区总院，成了一条实实在在为部队老同志服务的公交线。

开营那天，彩旗招展，鞭炮震天，市政府和南京军区都来了领导。老同志们都出来了，欢天喜地地赞扬市委市政府为他们做了好事。

今年春节，江中从美国回来，我陪他们一家一起去华侨公墓给他父母扫墓。学兄深情地提起了当年建立25路车的往事，说父亲去世时，来看他的老同志络绎不绝，赞扬他在其中做的工作。

喝水不忘掘井人。所有为建立25路车——这条南京市经典的双拥线路做过贡献的人，都不应该被忘记！

（《扬子晚报》“繁星”2016年3月31日发表）

地震棚和小崔

——我们的芳华故事

中秋节的早晨，微信上跳出一段信息："我找到那首《满江红》啦，是在送我参军的一个笔记本里，里面有我们地震棚值班的记录！"随之，这首1977年1月写的诗词被发了过来，题目是《送小崔参军》：

"巨毯新铺，银阁下，竹松伴立。情溢切，一腔贺语，几多恋意。同枕窝棚听夜雨，共舟江路一千日。更难忘，初战会诸葛，城墙底。

球拍舞，常比技；背棋谱，争第一。爱德华才茂，后来称铁。展翅翱翔须谨慎，驾云揽月莫惜力。见嫦娥，勿忘告一声，同欢喜！"

四十年前的故事了！虽然诗词平仄不那么严谨，但句句道出昔日的真情。"巨毯"、"银阁"，是大雪天。"同枕窝棚听夜雨，共舟江路一千日"，看到这句，自然就会想起在珠江路工厂地震棚里的那段岁月，想起挚友小崔来。

1976年唐山大地震以后，全国上下风声鹤唳，传说南京也有地震的可能，于是全民防震。大暑天，各家各户都在空地上搭起了地震棚。记得我们家把一张木床和一张竹床都搬到对面8号的大院子里，在床边绑上木棍和竹竿，然后用买来的塑料布蒙上去，一一用细绳子固定起来，再开个门，就是家庭用的"防震棚"了。但是睡了两天，因为诸多不便，很多人又回家睡了，只有孩子们天天在地震棚里玩耍，坚守。

我那时没有回家睡觉，作为基干民兵，被厂里集中在厂里的地震棚值班。因为厂北面不远就是老虎桥监狱，关押着数百个刑事犯人，根据上级要求，周边的企业要安排一定数量的基干民兵值班，发生地震时，迅速占据主要路口，防止犯人逃跑和作乱。

厂里选了二十几个年轻小伙子，要求责任心强，身体好的青工，我和小崔都在其中。白天上班，晚上就睡在厂里，随时听从召唤。为了保障自身安全，我们也在厂中间的空地上搭了一个很大的防震棚，地面铺上用机器出厂的包装箱的木板，用角铁和洋元焊成房屋框架，再蒙上几块大大的帆布。当时当电工的我，专门拉上电源，接了照明灯和电话线，还放进了一台当时很稀罕的摇头电风扇。两排地铺，一边十二张草席。每人一床毯子，一个枕头。不过地震棚只有二米高，空间也很小，在里面还是很拥挤压抑的，所以我们都称之为“窝棚”。

虽然是“窝棚”，因为都是年轻人，过上集体生活，也很开心。晚上值班也就是待命，一般没什么事，大家就聚在一起玩乐。当时我是团总支副书记，小崔是二车间的团支部书记，我们俩工作有联系，兴趣爱好也相仿。下了班，在食堂吃完饭就打乒乓球，乒乓球桌就在食堂的楼上。回到地震棚我们俩就下围棋，一张塑料板画的棋盘，玻璃子。我是七〇届高三的，比他大几岁，当时的球技和围棋水平都要略好一点，师兄嘛。

我和小崔的认识，源于一次“报销风波”。那时二十刚出头的小崔单纯正直，看到平时私心很重的原二车间主任在出差中间多报销了一些差旅费，就和一批青工联合起来，在厂里的专栏上公开提了意见，结果遭到车间主任的打击报复。团总支立刻和二车间团支部联合作战，在厂黑板报和专栏上声援了小崔和他的同伴，星期天大家还聚集到九华山城墙下开会，商量对策，所以在那首的诗词中用了“更难忘，初战会诸葛，城墙底”。

事情闹大以后，厂里不得不把那个主任调离，正义的年轻人取得了胜利。在与歪风邪气的斗争中小崔的正直和才能给我留下深刻印象，加上一个多月窝棚里的同吃同住，更加深了我们的友谊。

那时候，我们经常一起到厂对面的一个小吃店去吃早点，烧饼油条豆浆。后来旁边又开了一家生煎包子店，第一次去的时候，我看那个价格表的字写得歪七竖八的，就跟小老板说："你有没有毛笔啊？我帮你重写一张！"我当时毛笔字和美术字都不错，于是就帮老板重写了一张，果然漂亮多了。小崔就带头起哄："老板，今天生煎包应该打折了吧？"小老板连连道谢，说："今天我请客，只收粮票不收钱！"当时一客生煎包是一两粮票四分钱，四只。

一天清晨四点钟，窝棚里的电话机突然响起来，睡在旁边的小崔接了电话，立刻大声喊："紧急情况，全体集合！"窝棚里骚动起来："地震了？"大家从睡梦中惊醒，飞快爬起来，穿好工作服，跑步去枪库里取出五六式自动步枪，排好队。基干民兵连连长、厂党支部朱书记下令说："接区武装部通知，要我们立即封锁珠江路莲花桥路口，马上出发！"小崔问："发不发子弹？遇到犯人怎么办？"

朱书记说："不要乱问！到时听我命令！"

我们哗哗哗跑步进入指定地点。我还是冷静的，对一旁的小崔低声说："不像地震，可能是演习吧？"

凌晨四点多，路上没什么行人，那时也没有什么汽车。路口被封住，也没有什么情况。有一两个从家里出来锻炼的人被我们劝了回去。一辆三轮货车骑过来，正是那个包子店的小老板，从下关进货回来，看我们是熟人，希望通融一下，放他进去。小崔说："不行！"我们坚持原则，没有放行。

清晨，一辆吉普车开过来，原来是区武装部的领导，来查看各单位到位情况的。果然是一次演习！我们以十分钟准时到位获得表扬。

一个月后，地震的风声渐渐淡化，居民的地震棚慢慢拆除，我们的任务也结束了。窝棚拆除的那天，厂里给大家发了一点夜班费，一天两毛钱，一个月六块钱，一笔不菲的收入哦。于是我们几个要好的青工一起去大三元酒家“开洋荤”。小崔专门点了这个老店的一盘名菜“红烧鱼肚”，好贵，五块钱一盘！是我们当时工资的六分之一。但分量不多，七八个人一人一筷子就见底了。临走时，我在饭店的留言簿上写了一首打油诗：“大三元，会赚钱，一筷子挟去五毛钱。新来食客听我言，要上馆子去安源。”“安源”是离我们厂不远的另一个小饭店，住窝棚的时候，小崔和我多次到那里去吃饭喝酒。

年底，服兵役开始，已调到厂政工组的小崔报名参军。朱书记找他谈话，希望他能留下来，并明确告诉他准备培养他当政工组长。小崔私下对我说，他还是非常想到部队这个大熔炉里锻炼一下！坚持当兵走了，北京空军。所以后来我在送他的笔记本中写了“展翅翱翔须谨慎，驾云揽月莫惜力”两句勉励的话。作为年轻时的挚友，还风趣地希望：“见嫦娥，莫忘告一声，同欢喜！”

小崔被分到唐山机场汽车连，来信说：我又住地震棚了，比厂里的窝棚要高一点。说全市一片废墟，居民都住简易的土坯房，部队是钢架简易房。一直到七九年，才转入重新加固后的瓦房。

他在部队干得不错，从汽车连副指导员的职务调入南空政治部，1996年以副团职转业到某国有银行南京分行工作。他以良好的人品，勤奋踏实的工作，以及较强的写作与组织能力，从一名普通科员一直干到省行总务处处长，工会常务副主席。

退休后，我们又走到一起，将“窝棚”的友谊继续光大。他经常约我打球下棋，不过时过境迁，无论球技还是棋艺，我都和他差了一个档次。他在网上的围棋达到五段，我只是在三段徘徊。乒乓球比赛能赢他一盘我就很高兴了，输了球，我总是开玩笑地说：后生可畏，后生可畏！

去年春天，我们一起组织当年睡窝棚的“战友”，开车去江宁的“石塘人家”搞了一次聚会。酒酣之时，小崔站起来，背诵了当年窝棚结束时，在大三元酒家会餐后我写的那首打油诗：“大三元，会赚钱，一筷子挟去五毛钱！”

岁月的芳华令人记忆非凡！

（写于2018年9月22日被《银潮》杂志
“我们的芳华故事”征文选中发表。）

调 动

改变人生轨迹的机会可遇不可求。

1974年春节后，南京开往成都K36的火车硬座车厢。晓萍对面的一个陌生男子竟然是她在南京无线电工业学校的学友，都是探亲返程的。晓萍是七〇年毕业分配到成都一个军工厂的，铣工。对面男生高她两届，分配在四川广元市一家四机部的企业。两人话题自然就谈到如何调回南京的事了。

分到外地的青年人都想回家，那时要调动工作可不是一件简单的事。必须有正当理由，只能对调，条件还要相当。这个姓龚的学友提供了一条重要的信息：他们厂医务室医生的弟弟，成都航空技校毕业，分配在南京一家部队维修厂当铣工，（也是铣工！）很想调回成都。

条件如此接近！在没有手机，没有互联网的时代，真是一个奇迹了！改变晓萍人生轨迹的工程就这样启动了。

双方联系同意以后，向对方单位发商调函。遇到的第一个麻烦是，成都厂里不同意。晓萍聪明能干，三年内入了党，当了生产调度，已经成了骨干，领导舍不得放。不过，人性的力量战胜了领导的本位，家里独女，母亲有美尼尔氏综合症需要照顾，加上言辞恳切，抗战时期参加革命的党委书记最终还是同意了。

第二个麻烦是，南京这家工厂认为男生换女生，吃亏了，不同意。晓萍利用第二年探亲的机会，在母校一位老师的引荐下，到南京这家部队工厂去了一趟，和工厂人事科长、厂长见了一面。精干敏慧的晓萍给刚刚转业的厂长留下深刻的印象，他当场表态：我们再研究一次！但是好消息很快就到了，没等探亲结束，晓萍师傅就电报告知：“你的商调函到了！”

联系过程中，节外生枝。那年工厂有三个到南京大学上学的名额，领导找晓萍谈话，准备推荐她去考试，学制三年，但毕业后必须回厂工作。晓萍动心了，上大学深造一直是她的理想，何况是家乡的南京大学！但也犹豫：这学一上，再也不好意思提调动的事了！龚学友回信说，想上学，以后机会还有，两个城市对调，机会可遇不可求。想想好噢！

还是回家心切，还是母亲的温馨。晓萍经过仔细斟酌，婉言谢绝领导的好意，放弃了考大学的名额。

几个回合下来，调动进入最后阶段，双方调档，进行政审。那天，厂人事科的同学给晓萍通气，说科长看对方家庭出身是“小业主”，有点犹豫，说我们是军工厂噢。同学说，你赶快找找书记。

晓萍急了，商调一年多时间，此事已经快见亮了，可不能卡在这个环节上！她急急忙忙找到党委书记：“人家是空军的维修工厂，进去也是通过政审的，我们为什么不行？为了调动，我对象不敢谈，上大学也放弃了，书记你要帮帮忙啊！”

和蔼可亲的老书记笑了：“谁说不同意啦？看你急的，小辫子都散了！”

1975年夏天，晓萍拎着大包小包，终于跨回了南京的大门，进入了人生轨迹的新起点。

以后是努力工作，上工大，找对象，结婚，生孩子，上党校，提干。后来一直在军工单位从事党的工作。退休后还在市军工协会发挥余热。

今年三月，通过风起云涌的校友同学群，晓萍辗转找到了当年在火车上给她提供信息的学友老龚。老龚在八十年代也从广元调回了南京，在一家大型化工企业任职到退休。因为通讯不便，两人后来一度“失联”。在一家“蓝湾咖啡”厅，晓萍以茶代酒，向老学友表达了迟到了四十年的谢意。

“回忆四十年前的这次调动，我深深体会到抓住机遇和自身努力的重要，但更重要的，是那么多关心帮忙的同学、同事、老师，还有领导，是大家帮助我实现了人生的变轨！而且，整个过程中，我没有送一分钱的礼物，真的噢！”

（《扬子晚报》“繁星”2017年11月13日发表）

迟到的祝福

七〇年，我被分配到一个集体所有制的工厂。厂不大，一下来了两百多青年人，热闹起来。文艺宣传队、篮球队、乒乓球队，应运而生。

这个厂里没有大学生，十几个文革前的高中生就是工人中的骨干了。故事的男主角就是一个老高中生，他应该比我们大七八岁，是装配车间的钳工，有一米八的个子，厂里人都喊他大张。大张长相应该算不错的，面部的轮廓分明，就是皮肤有点黑。

大张颇有才华，上台唱过歌，嗓音浑厚低沉，爱用美声唱法。乒乓球打得也好，他个高手长，擅长推挡，防守稳健。作为中学校队队员，进厂后我也是球队主力。我们一起出去参加局里和区里的比赛。虽然在厂内比赛互有胜负，但外出比赛，他稳定的防守和不服输的劲头，胜率较高，都是排他第一主力。

大张不太爱说话，比较清高，干完定额就喜欢做自己的事，写写歌词歌曲。也许就是这个性格，车间领导、厂里领导都不是很喜欢他，我们也没有很多的深谈。

故事的女主角是和我们一起进厂的吴同学，她被分在厂医务室，经过培训当上了厂医。因为爱好乒乓球，作为女队队员经常和我们一起出去比赛，所以和大张也熟悉起来。

大张看上了吴，开始猛追。看病一定要找吴医生，打球比赛时主动为她当指导，下班在厂门口等她一起骑车回家。但吴医生没有这方面的意思，处处躲着他。具体原因现在我们也说不清楚，按时髦的话说，就是没有缘吧！当时一块进厂的青工谈成对象的很多，青工和原先厂里的师傅谈成的几乎很少，年龄差异是重要原因。

后来发生一件极端的事了。大张每天下班骑车尾随吴医生回家，还经常在吴的家门口等待。吴很害怕，和家人说了，家人很气，就喊了所在厂的保卫人员，说他是“流氓”。保卫人员动了手，还把他的自行车放了气。受了巨大刺激的大张把自行车扔进路边的河里，顺着铁路的铁道线走起来，把路人吓坏了，报警，把他拉了下来。

下面的事就和我有关了。听到这个消息，一同进厂的青工当然都是站在小吴一边，纷纷谴责大张的跟踪行为。当时任厂团总支副书记的我，带头写了一张大字报，题目记不清了，开头好像是“树欲静而风不止”，上纲上线，把这事说成了“资产阶级思想”的进攻，对大张的行为进行了不点名的批评。厂里炸开了锅，不少青年工人贴出声援的大字报。当然也有些老工人有不同意见，同情大张。最后是领导出来说话，做我们的工作。为了平息风波，领导又把小吴送到一家郊区医院去培训，让大张在家休息。

这以后，大张就沉寂下去，很少能在公开场合看到他身影，也不再参加乒乓球赛，我们的球友情谊就此罢休。

七九年我调离了工厂，后再也没见过大张。许多年以后，想起这件事，我颇有些内疚。当时好“左”啊，不就是谈恋爱吗，有点过分的做法可以正确引导，和阶级斗争有什么关系呢？把一个颇有才华的老高中生扼杀了。为此，还写过一篇小说，题目是“迟到的贺礼”，想表现内疚的我，在被伤害了的球友结婚时，鼓足勇气去祝福他的故事，但没发表。

退休了，和过去工厂的同事们重新恢复了联系，聚会并建了群。我迫不及待地问起大张后来的情况。

“他啊，后来找了一个很好的夫人！”一位老同事告诉说，“是一位下乡回来的老知青，当时也是三十多了，长得不错的，还是个事业单位。年龄差个三四岁，和大张很般配！他们的儿子也是个大个子，一表人才，那天碰到他，还托我帮助介绍对象呢。”还有同事说大张退休以后经常参加社区活动，是一个合唱团里的领唱，周围好多粉丝呢。说春节还看到他在江宁的一个广场上参加商业演出。

我心里顿时坦然了许多，多年的内疚得到化解。我愿借这篇文章由衷地说上一句：大张，祝福你幸福美满！

（《南京日报》“雨花石”2016年8月25日发表）

“侉子”师傅

我是七〇年底分配到莲花桥边这个机械厂的，四百多人的大集体企业。也许看我是南外的高中毕业生，分到了电工班。那时一句老话：“快车工，慢钳工，吊儿郎当水电工。”电工是个相对自由一点的工种，上班时候系个电工皮带，上面插着老虎钳、尖口钳、螺丝刀、电工刀，全厂到处转，令不少青工羡慕。

我的师傅是个北方人，一口山东腔，大家喊他“侉子”。身体壮实，但脸很白净。干活风风火火，十来米长的竹梯子，肩膀一扛就走了。他特别吃“炫”，领导说两句好话，工友们递一根烟，立刻跟着去干活了。其实他不抽烟，把烟夹在耳朵边，没一会就叼到别的师傅嘴边去了。厂里要扩建配电房，请外面工程队来，要十万多元。戴着一副一圈圈镜片的许厂长找到我师傅，说：“侉子，你不是在外线工程队干过的吗？我们自己做怎么样？你当总指挥！”

我师傅激动起来，撸起袖子：“既然许厂长看得起我，我们就自己做，五万都花不了！不过图纸要田老师来画，我不会画图噢。”田老师是技术科工程师。

我们就跟着师傅去库房领材料，锯角铁。锯角铁也算是基本功了，费劲不谈，锯着锯着，就歪了，锯条一卡就断了，一个小时，断了四根锯条。师傅说：“我来！”一板一眼锯给我看。锯好了，用微笑而狡黠的眼神调侃我一句：“你在外语学校没读过锯角铁的书吧？”

角铁下好，要电焊，有时电焊工忙不过来，师傅就把电焊罩一戴，自己焊。还领着我到机电公司买空气开关，带一张支票。电器柜立起来，接着是排线，用旧木材点火，把粗粗的塑料管烤热，然后做成弯管。最后是利用星期天停电时，上电线杆拉线。最威风的就是这个时候了！他高高站在电杆的电工板上，一根皮带勒在腰间，一头拴在电杆上，指挥我们在下面拉线，吊线。看到一些女青工围观，侉子师傅吆喝得特别起劲。

整整忙活了两个多月，配电房建好了，厂里奖励我们电工班200元钱，还请大家吃了一顿饭。不要小看这200元啊，那时我们这个小厂的二级工才32.80元！我学三年徒，工资分别是14、16、18元。

那天许厂长和侉子都喝多了，晚上就在技术科的楼上睡了一宿。那时又没有手机，害得第二天大早，漂亮的师娘找到厂里来。

侉子平时家庭观念很强，据说有点“妻管严”。他有一对双胞胎儿子，还有一个女儿，家务多，负担也比较重。市区小厂，离家比较近，经常迟到早退。有时也会被一些朋友喊去帮忙做点私活，搞点额外收入，经常对我说，今天要去买个什么电器，就不来了。我那时还是个要求上进的小青年，有点看不惯他的做法，暗想先进的工人阶级怎么是这样的？但做配电房这事改变了我对他的印象。关键的时候，师傅还是热爱工厂，挺给力的。

后来我被调去搞新产品试制，换了师傅。再后来我调出了工厂，读了大学，进了机关。有两次回到老厂，看望侉子师傅时，他会很高兴地给周边的同事们介绍：这就是我平时讲的我的徒弟，外语学校的高材生噢！那时他在设备科搞电器维修，已经不用搞外线爬杆子了。他告诉我心脏不太好，医生动员他装支架，他有点犹豫。我问双胞胎儿子怎么样，师傅兴奋起来，说一个当兵去了，在云南。另一个进了工厂，也当电工。

后来工厂不景气，工人下岗了，工友们各找出路，我就没有了他的信息。直到去年，老厂的职工建了“莲花桥群”，回忆起往事。我就急急打听当年的电工师傅“侉子”现在怎么样了。

我的师妹发信说：师傅2012年去世的，是心脏病发作。说他的孩子都不错，一个复员回来进了一家保险公司，一个下海做生意，在江宁买了房子，有150平方呢。说发病很突然，那天碰到许厂长了，几个老工友多喝了几杯，回家就心慌憋气，送到医院就不行了。

侉子1939年出生，享年73岁。

想起他来，不由就浮现当年锯角铁时他调侃我的那句话：“你在外语学校没读过锯角铁的书吧？”

（《金陵晚报》“雨花石”2018年8月2日发表）

“混血”教授

北京外国语大学，英语教授群星灿烂，张汉熙则是其中耀眼的一颗，而且与众不同，异彩夺目。

张老1921年生于印度，母亲是印度人，父亲为中国人，其长相酷似印度人。在北外师资队伍之中，无论是学生或老师，从未把他视为“外教”，归于他的平易近人，以及一口流畅无瑕的中文。

由于是中印混血，海外华侨，在那个以阶级斗争为纲的年代，他不仅不受重用，还常被列为怀疑对象，使他一直持有睿智的自我保护意识。“反右”时，几位耿直的教师，因说了真话，被打成右派。校领导也曾数次找他谈话，动员他帮助党整风，给党提意见。他看实在过不了关，就提了一件不疼不痒的生活方面的建议，避免了成为“引蛇出洞”牺牲品的命运。

张汉熙1942年毕业于印度著名的加尔各答大学，1948年回到中国，1949年到北外任教，28岁当教授，那个年代也算是年轻有为了！英语是他母语，他的口语尤为出色，速度极快，属于那种不加思索之快、之标准，漂亮而又地道。就口语的反应而言，就连英语界大名鼎鼎的许国璋教授和王佐良教授，也难望其项背。此外，由他主编的《高级英语》上、下册，是那个年代国内最有名气的英语精读课本，积累了他毕生的教学经验，曾获得北京市和国家级优秀教材奖，先后印刷40次，并评为中国“60年60本最具影响力英语教育出版物”。张汉熙的名字也因此从北外传到了全国。

张老嗜酒、嗜茶、嗜烟，尤以抽烟为甚，是一杆老烟枪。此外，他很爱吃肉，属于那种“大口吃肉、大碗喝酒”的豪爽汉子。医生说他患高血压，要戒酒肉，但他依旧是“酒肉穿肠过”，就是不戒荤。某次复查，医生看他血压降了一些，便好生勉励一番，让他继续持戒。他出了医院，大笑而去！

张老有四个孩子，夫人是家庭妇女，仅靠他一人工资，实属不易。北外在校园里，给他分了一间12平米的小屋，里面没啥家具，唯有一张硕大书桌，可以显示教授身份。他虽有住宅在城里，却长期住在位于郊区的北外这间筒子楼里，很少回家。他的当年学生，后来的南京大学英语教授曹建新回忆，他曾数次到张老的小屋去请教问题，发现小屋又黑又小，满屋子咖喱香味。他清楚地记得，张老说："雪融化了"的最佳英语动词，不是melt，而是thaw。

曹建新还说，1976年，张老和学生一起去北京纸箱厂"学工"两周，与学生们同吃、同住、同劳动。没料到第一夜，他鼾声如雷，若说"震天之响"亦不为过，很多男生一夜未眠。第二天，只好让厂方腾出一间小屋，由其夜里独奏"震天雷"了。现在想起，当年他长期不回家居住，是否是夫人也难以忍受？不得而知矣！

张汉熙回国，28岁即被聘为英语教授，肯定是想大展身手，但在相当长的时期里，因为不是英美归来，排不上重要位子，颇感无用武之地。闲暇时就喝茶下棋，主要棋友是薄冰教授。薄冰教授乃英语语法大师，一本《薄冰语法》在英语学习者中几乎人手一册。据说，下棋时候，薄教授还经常向海外归来的张汉熙讨教语法问题，可见"混血"教授在同僚中的地位！好在后来领导慧眼识才，让他主持编写《高级英语》，给了张老施展才华的机会，弥补了他的遗憾。

张老平易近人，无论是学生还是同僚，有问必答，来者不拒，而且非常耐心，免费咨询延续终生。加上豪爽大气，在北外是一个深得人缘的华侨教授。

1999年，张老与世长辞，享年78岁。但愿张老在天堂，仍是我行我素，潇洒自如，荤肉不减，鼾声如雷！

（写于2017年4月16日）

进可可西里

车过西宁，踏上“神奇的天路”，青藏高原的气息扑面而来。宁生激动起来，再往前走，就是令他念念难忘的格尔木和可可西里了！四十八年前的往事一件件在脑海里翻滚。

宁生是1969年从南京宁海中学参军的，被分到青海军分区独立营，驻地就在格尔木。部队负责唐古拉山口以东沱沱河、通天河的大桥等防务。由于该地区域面积大，自然条件恶劣，一直没有可供军用的地图。

1970年，根据中央军委命令，福州军区测绘大队来到这里，帮助完成该地区的测绘任务，由独立营配合。就这样，宁生和二百多名战友携手走进了这片神奇的无人区。

可可西里位于青藏高原东北部，面积4.5万平方公里，是世界第三大无人区。可可西里平均海拔4600米，高寒缺氧，地貌复杂，是人类生命的禁区。可可西里不仅有沼泽、沙漠、湿地和高山，还有像巧克力蛋糕一样松软的融化冻土，不小心陷进去，动弹不得。

部队从青藏线五道梁进山，沿着当年剿匪的车辙，十几辆十轮大卡车一直往里开，直到车辆陷进去开不动。两辆头天陷进去的大卡车，第二天就被这种“翻浆地”淹没了车顶，给了测绘队一个“下马威”。

车辆走不了，就租用藏民的牦牛驮着器材、食物继续往里走。测绘队根据当年的航拍图，把可可西里分割成若干区块，一个测绘组负责一个区域。一个组十人左右，每天赶着牦牛上山，搭建标笼，埋置跕标，观测测绘。给每条山川、河流、湖泊确定新的名称。

宁生被分在运输队，一个组两个人，一个军人一个民工，两匹马，二十几头牦牛，负责给测绘组送物资和给养。一趟来回十几天，每天风餐露宿赶着牦牛走路，几个月下来跑遍了可可西里。

高原走路吃饭喝水都是问题，因为缺氧一走就喘，天天骑马裤裆全磨破了。那里的水大多是盐碱水，无法下咽。水烧到80度就开，没有高压锅只能吃夹生饭。通常是吃面条，用牛粪烧火，风大，烧起来的牛粪末四处飞飘，面煮好后上面是一层牛粪，吃面的程序是先吹后咽。

最难受的还不是这些，而是孤独。

搭档的民工是位藏民，五十多岁了，宁生喊他“格桑”大叔，赤膊反穿一件皮袄，吃完饭就在皮袄上擦擦手。他负责赶牦牛，装卸货，宁生负责保卫。但由于语言不通，交流不起来，宁生深深体会到没人说话的“孤独”。晚上一人睡在帐篷里的棉睡袋里，听着山野的风声，野狼的嚎叫，特别想家，想念战友。

一次高原大风一直刮了两天，时而雷雨，时而冰雹，牦牛也不肯行走。格桑大叔就把牦牛围成一道墙，招呼宁生躺在背风处，用帐篷裹住身体。下冰雹的时候，格桑大叔就把烧饭的铁锅递给宁生，指指头部。

宁生也有展现勇敢的时候。可可西里是野生动物的天堂，途中经常可见藏羚羊、野马、野牦牛、棕熊。一次，一头大棕熊站在山口不肯让路，牦牛都停步不前。宁生举起自动步枪，朝天连开数枪，赶走了棕熊。

越往里走，路越难走，运输的任务也越重。

因为天气恶劣，运输跟不上，有些测绘组断粮了。面对仅存的一盒罐头，战友间你传过来他传过去，谁都不舍得吃，这就是生死与共的战友情噢！测绘组没配电台，只能派人出来送信，送信的人走了几天才走出去。很快，武汉军区的飞机就飞来了，牡丹烟、大前门、汽油桶、人吃的、牲口吃的、慰问信都从天上下来了！宁生赶上了这个时刻，当时真的只有一个感觉：幸福！

4月进山时着装整齐是个标准军人，10月完成任务出来，个个都像是土匪，头发、胡子乱糟糟的，衣衫褴褛，军装成了条状。整整半年，宁生没有洗过一次澡。

回到营地，大雪就封山了。战友们快乐的心情无以言表！神奇的可可西里的每一个山川、河流、湖泊都是由测绘组进行了命名，战士们在这个神奇的无人区留下了深深的烙印！《解放军》报头版头条的一篇报导《这支军队具有一往无前的精神》给测绘组做了最好的总结。

这段难忘的经历也磨练了宁生人生不怕艰苦，勇于战胜各种困难的意志和性格，给了他在后来人生的奋斗中，特别是在后来国企改制中担任厂长的他，很多坚韧和力量。

“格尔木车站到了，请准备下车！”车上广播响了。即将和昔日战友见面的宁生整理好行装，早早站到车门口。这是当年独立营战友们的一次大团聚，四十八年了，大家相约再进一次可可西里！

（《扬子晚报》“繁星”2018年8月1日发表）

兰园老师

退休之后，重拾年轻时候的文学爱好，经常写一点千字文，给报纸投投稿。前不久，一篇《换电池》的短文在《金陵晚报》副刊发了，不少老同学在微信里点赞。这天接到兰园老师的一个电话，他是我中学的语文老师，今年78岁。

“你的文章我很喜欢，”老师先是表扬我，“写了身边的人和事，着重展现了他们好的精神面貌，充满正能量，也有故事，能吸引人看完。不过，”他话锋一转，“也有个错误哦！有两处用了‘我和夫人’，这个‘夫人’是别人称呼你妻子的，是尊称，一般自己不能用。这个用法我好像那时就给你们讲过的啊？你这个大笔杆子也犯这样的错误，真是不应该！”

我一阵激动，真是我终身的老师！他不仅指出我在报纸上发表的文章中的错误，还批评我当年没有认真听讲。

是五十三年前的事了！1964年，我在外语学校读初一，刚从南师大毕业的兰园老师教我们语文。他讲课认真，要求我们背会书中的每一篇古诗和经典的古文，对写作有很多独特的见解。对我的每一篇作文都有生动的评语，还经常在写作课上读我的作文，边读边讲解，引导了我对写作的兴趣。记得一篇记载星期天留校参加义务劳动的作文，他的批语是：“你放弃过生日参加义务劳动，远比回家吃一顿面条更有意义！赞！”

我的日记中还记载了当年他到我家家访，帮助我申请助学金的经过。那时我们家五个孩子读书，经济比较困难。外语学校要求住校，必须单独置一套生活用品，还要交伙食费，对父母的压力比较大。母亲要我跟老师说说，是否可以申请走读。时任班主任的兰园老师星期天专门到我家家访，了解情况，然后向学校反映了我一条裤子打了十五个补丁，进校时家里买不起脸盆，把爸爸在工地上用的木盆带去的具体细节，很快帮我争取到每月4.75元的助学金，为我安心住校学习提供了很大的帮助。

对兰园老师印象深刻的，还在于文革后期复课，他担任了我们高中学生的“连长”，和我们一起学工，学农，吃住在一起，对我们这些大孩子百般关怀。那时班上有个同学喜欢玩半导体，自己学着装收音机。在栖霞学农劳动时，晚上在蚊帐里好奇地收听了“美国之音”的对华广播。回校后，学校开展运动，要求揭发包括收听敌台的行为。一些同学十分紧张，睡不好觉。那个装收音机的同学主动找“连长”汇报了农村里听敌台的事。兰园老师说：“你们还是孩子，不小心拨到那个台，没事的，以后不听就行了！”还叫他带话给所有听过广播的同学，“不要再说这件事了！”今年春节我们去看望老师时，当年收听“敌台”的同学回忆此事，十分感动地说：“您保护了我们！”兰园老师说，我记不得了。

兰园老师退休后，担任了十年的退休教师党支部书记，组织退休老师开展了丰富多彩的活动。还发展了一名74岁的老教师入党，在全市教育系统传为佳话。

春节探望，兰园送给每位同学一本诗集，收了他退休后写的一百多首短诗，生动地记载了退休后的多彩生活和感悟，题目是“兰园诗草”。我把老师的诗集放在案头，时常翻阅，每每有启发和感触。尤其欣赏他的一首《无题》，最后一句是：“燃尽自身亮别人，从来志士无改悔！”充分展现了一位人民教师的伟大情怀。

兰园老师是海安人，一口苏北口音的普通话，但听起来非常亲切。

（《金陵晚报》“雨花石”2017年4月21日发表）

我的诗词我的歌

少时浩气破天宫，行里字间叙志雄。
多少青春难忘事，尽藏对仗平仄中。

——题自己的诗词小集

南师大夜大中文班同学群的建立，唤醒了诸多同学的文学兴趣，其诗词小组的建立和建昌老师的讲座，更是引发了这些业余诗词人的感情迸发。一篇篇的好文章，一首首的好诗词，目不暇接，流连忘返，也激发我为同学群贡献点什么的冲动。经老师的点拨和激励，我翻出了年轻时候学写的一本诗词集子，自题一首小诗，并写下这篇短文，以表示对建昌老师的敬意和校友会征文的回应。

1970年12月，我从外语学校高中毕业，被分配到位于珠江路上的一个大集体的小厂——南京印刷机械厂。作为一名电工，我在这个工厂度过了难忘的、愉快的九年生活。虽然只是每月14元的小小学徒工，心中志向却十分远大，满脑子都是大作家体验生活的幻想。白天是穿着油拉拉的、长长的工作服（那时工作服有一种是回纺布的，越穿越长），站立在“电杆云梯铁架”（《电工志》），晚上则在独住的亭子间里读书写作（家住鼓楼车站东巷，现在紫峰大厦的原址）。写“人物谱”，创作小说。“人物谱”是我创作的基本功训练和素材积累，像学画画的素描写生一样，把工厂里形形色色的人物故事记录下来，记得一共写了18本。想想当时好大的劲头啊，一月才十几块钱，物质贫乏，但精神世界绝对阳光。

我对诗词的爱好起源于文革中对毛主席诗词的崇拜。诗词集中的18首诗词，大部分学写于1972至1975年，那时我是21到24岁，还没有进南师大呢，完全是自学自乐。记得是在南京广播电台工作的一位同学，送给我一本词韵，是油印的。靠着这本词韵，借助毛主席的诗词，借鉴自己抄来读过的一些唐诗宋词，开始了诗词的学习模仿和创作。1980年9月，考入南师大夜大中文班，在比较系统地学习了古诗词的知识以后，曾经把过去写的20多首诗词，略加修改，誊写在一个宣纸做成的本子上，古色古香的，宛如过去的线装本，搞了一个自己的诗词集。2010年，在外语学校校友创办的“南外岁月如歌”网兴旺高潮时，曾选了14首，以“我的诗词我的歌”的题目贴了上去。分为“言志”、“游景”、“赠友”和“杂感”等几个部分，得到一些同学的点赞。

今日重新翻开这本诗词集，虽然觉得年轻时血气方刚，书生气十足，写得不甚地道，直白较多，不乏幼稚之处，还有不少如“热血溅四海，红旗卷五洲”的革命口号，但毕竟真实地反映了七十年代一个二十出头的热血青年的豪情壮志，充满了时代的气息，也是一组岁月的组歌。重读这些旧诗词，青年时代的那些人和事，又被一一唤起，倍感亲切，感慨而愉悦！重读一些我喜欢的，至今还牢牢记得的诗句，也是我几十年走过之路的写照！

当年的志向好阳光！

“重登九华塔，浩气渗天宫。”“青塔拔来做笔，抱蘸一池春水，大字跃苍穹：不为九华壁，尚有更高峰！”（《水调歌头•重登九华塔》）

“领略无限风光，岂在山麓竹旁？最爱奋发攀险，还闻一路花香。”（《清平乐•秋登栖霞抒怀寄燕弟》）

燕弟是我家老二，15岁去洪泽插队，我们关系很好，当工人的哥哥以诗词去勉励他。

诗词学写时，构思力图有特色。1972年的大雪，想写雪景，毛主席的《沁园春》高悬在天，于是把题目定为“江南雪”，取一局部来试写。“糊隐苏杭，怒封长岛，又镀南京路”。（《念奴娇•江南雪》）

游无锡鼋头渚时，上阕写完景色，下阕发感慨了：“闲憩闲憩悠哉，花红浏尽，倦意频频起。梦酣少年诗句佳，不为九华石壁。今临太湖，欣观水色，更令心难谧。奋人惊醒，逐雄鹰竞天碧！”（念奴娇•鼋头渚）

在赠友篇中，处处体现同学朋友情深。我自己比较喜欢的诗句有：“怎忘古亭夜，共叹月如钩”，“来日喜相会，但见雄赳赳”。（《水调歌头•送张宏伟随家迁泰州》）是写给我一个邻居的，老高中生，父亲是老红军，自觉不得志。后来随父亲搬家去泰州了。多年没联系，后来不知得志与否。

喜欢的词有《贺新郎•送梅江中赴京》。梅江中是我外语学校学长，是我的邻居、球师、琴师、棋友，是我最好的朋友。七四年被北外招收，后进入外交部，十三大结束时记者招待会上的现场翻译。后来到联合国工作，退休后还经常为哈佛大学、斯坦福大学教授的讲课当同声翻译。2015年6月我去美国时，在他家住了四天，他陪我坐公交车、地铁去时报广场、华尔街走了一大圈。

那首送别词的后半阕是：

“前天梦如京宴处，忆得出，满堂花艳，玉杯频祝。忽见台前君潇洒，身伴国旗英伫。追往事，青松火炬，谈笑五洲热血舞。问如今，宏图展几许？指岱顶，方开步。”

青松，是他家住在高云岭时院子里一棵巨大的松树。火炬，是指文革中南京八二七的标志，强烈时代色彩哦。

同是那一年，因为出身和社会关系问题，我落选了北外的招生。在送走好多同学后，愤而作七绝一首：

少时亦念扬帆去，欣有老天不予风。

不信人生行万里，非得名府高船中。

尽管后来我的人生与“名府高船”还是密切相关，1980年考上了南师大夜大中文专修班，1981年考上了南大的经济管理干部班，在当时的经济系脱产学习三年，就此也完全从文学的幻想中走入经济管理的行列，1995年至1996年还到东南大学读了EMBA，拿到一个工商管理的硕士文凭。但是，作为当时窘境下写的这首励志诗，我今天还是非常非常喜欢！

至于《五古•登九层塔》，仿陈毅元帅的《赣南游击词》写的《病中词九首》，则是生动地记载了当工人时的愉快生活。“凭烂铺软布，相憩多舒形。欢言天下事，美酒助狂情。”（《五古•登九层塔》）

暑期里，一帮小青工骑车来到中山陵灵谷寺，在无梁殿的大理石地上铺上塑料布，野餐，打牌，喝酒，唱歌，多么生动的一幅小青工快乐度假的画面！

《病中词》里，“友来探，笑语动心澜。书记心意当须领，女伴之情倍可赞。病好已一半！”当时很多同事考证，是电工班的师妹，还是后来的夫人？

还有1992年填的《水调歌头•与友赴大连、青岛抒怀》，不仅写了景，还借景抒情，最后一句“最是迷人处，月夜问九州？”只有去的当事人心领神会了。

诗词，也是一组人生的组歌。

（写于2015年9月下旬）

军工协会的人和事

国防处郭处长邀请我参加南京军工协会成立十周年庆祝会，说："这也是你的生日啊。"啊，我的生日！好温馨的一句话，拨动我这位前任国防工业处长、军工协会秘书长心中的波澜，勾起十年的遐忆。

还清楚记得，1999年11月15日，在市政府西会议室召开的第一次会员大会。当时的市委副书记张治宗、副市长奚永明双双出席会议，并对在全国率先成立的我市国防科技工业协会寄予厚望。二位领导谆谆嘱咐，要着眼产学研合作，发挥南京高校、研究所多，人才济济的优势，把南京国防科技工业搞上去，为国防建设，为南京经济发展做出更大贡献。时至今日，在十周年欢庆的锣鼓声中回顾老领导的叮嘱，感到十分亲切。我们南京军工协会，正是沿着这条道路，发扬"三加强、两促进、一提高"的宗旨，走出了发展，走出了甜头，走出了生命力。从十几家发起单位，到如今的八十多家会员，从军工企业、研究所，扩展到高校、部队院所，从清一色的国家队的单位到各种所有制从事军品配套的企业，兴兴旺旺，热气腾腾。

回忆起我们做过的那些事，真是挺有意义的。

初始，借鉴我曾任市工交系统思想政治工作研究会秘书长的工作经验，把四十几家会员单位分为四个网片，以十四所、晨光、金城、七一四为片长，开展了相互之间的参观、交流活动。接着，我们又分别组织会员单位参观了各个院校。从理工大、南航到后来的东大、南大、工业大学以及解放军理工大。各大学做了充分的准备，把各自的学科强项、科研成果、先进设备展现给前来参观的军工单位的领导和科技人员，促进了在宁高校与军工单位的深入了解和合作。印象最深的是参观解放军理工大时，因为几个学院相隔较远，学校专门配备了军牌的大客车，往返接送。

协会一年一度的专题研讨班也办得颇有人气。从2001年在风景秀丽的天目湖翠竹园宾馆举办的“构筑国防科技人才高地”起，到后来在浦口汤泉、溧水翠坪山庄、六合金牛湖、昆山工业园等举办的军工科研处长研讨班，军工单位技改搬迁交流会，自主创新、军民结合以及军工文化建设研讨班等。既探讨、交流了军工单位关心的课题，又增进了各单位相关人员的接触和感情，还领略祖国大好河山，促进同志们的身心愉快。得到大家的支持，每次报名人满为患。

协会最具特色的莫过于组建了驻宁军代表联系网络。三十多个军代室的总代表，分属各个总部、军兵种，是军工企事业单位的“上帝”。每年的“八一”和军代表的聚会已成为协会的“套餐”。或座谈，或参观，或联欢，金黄肩章红星闪闪，各色军装交相辉映，煞是一道美丽风景。市领导、军代表、军工单位领导欢聚一堂，其乐融融。原经委主任、现任市政协副主席刘建曾说过：和军代表开会，和那么多的大校、上校坐一起，感到很自豪噢。

最有影响当属2005年举办的“南京地区军民两用技术成果展示会”。地点选在理工大学的新建的学术报告厅，现代装潢，气势磅礴。记得我和经委闵主任，专程去北京，请来了国防科工委、航天、兵器等集团以及电子、CETC、CEC公司的领导，也首次邀请了南京军区、省军区装备部的领导参加展示会开幕式。五十多家军工单位展示了最新的科研成果，六所大学做了专场成果发布。市委罗书记亲临剪彩，近四千人员参观了展览。协会的工作同志忙瘦了一圈，但心情出奇地好哦！

值得一提的还有协会不断创新的各种活动平台和方式。主要平台已从网片向深度发展，建立了军工科研处长、人事处长、机动设备处长等专业网络，由块变为了专业，在深度上促进军工单位的沟通和合作。每年组织的外出参观学习也深得各单位的欢迎。十年来，协会组织的活动遍及市各区县，远至安徽、浙江、武汉、成都、重庆、青海、新疆等地，参观学习各地军工单位的好经验与欣赏祖国大好河山、激发爱国主义热情并举，还加强了各单位干部之间的交流和感情融洽。前几天我与一位军工研究所的领导同桌，他还饶有兴趣地回忆起八年前他参与协会组织的温州之行，言语之中，透着对协会组织活动的赞许。群众性行业协会的自由度与灵活性是其生存和发展的生命力之一哦。

那些事，离不开那些人。

十年了，协会的理事长们有的提拔了，有的退休了，有的调任了，但是他们对协会发展的支持和帮助是永难忘记的。

德高望重的十四所严所长，知识敦厚的晨光董事长陈孟荦，聪明精干的熊猫老总李安健，开拓儒雅的华电总裁赵竟成，资深朴实的理工大宣校长……都是创建军工协会的中流砥柱，协会的发展凝聚了他们的思路和心血。当时最年轻的是南航的梁校长，研发无人机的专家，后来因病英年早逝，可惜了。继任的左群声所长、罗群所长，都是高屋建瓴的领导，以十四所为强大后盾，给予军工协会极大的支持。历任的经委领导，郝桢富、刘建、刘小斌、田伟等，对军工协会的发展给予充分的关注和具体的支持，与军工企业的领导建立了浓厚的感情。其中出身军工科研所、分管军工行业多年的刘小斌主任，以对军工的深厚感情，满腔热情地领导和参与了协会的大多数活动，成为军工单位领导的老朋友。

协会的成功运作还在于我们有一批志同道合、热心军工事业的秘书长们，也就是我们协会的工作班子。常务副秘书长张听德，原十四所处长，十年来忠于职守，兢兢业业，是协会的无名英雄；熊猫集团的余永捷主任，才气横溢，足智多谋；晨光集团派出的盛泽民、徐为陵等多位副秘书长，一任接一任，帮助协会依托晨光集团组织了大量活动；华电集团的军工部长杨国栋、大桥机器厂的李文主任、五三零二厂何幸主任、多次为协会文艺演出做过重大贡献的晨光艺术团团长徐绍勇等，都是协会的骨干积极分子；还有协会专职工作人员、军工杂志的执行主编、多才多艺、爽直精干的高韵萍；踏踏实实、军工“活字典”、原工办的昂大姐等等，形成一个团结奋进的工作班子。十年了，依靠这些同志的奋发努力，把协会活动搞得有声有色，为增强南京军工凝聚力贡献了力量。

要提的人太多了，真是挂一漏万。但有一人是不能忘怀的，是必须重笔书写的，他就是军工协会名誉会长、原副市长、人大副主任奚永明。在他任职期间，为南京军工的发展出谋划策，运筹帷幄，并扎实推动，排忧解难。晨光厂的选址，十四所的搬迁，航空液压中心的建设……这些重大项目的成功都离不开奚市长的推动。退休之后，担任协会顾问的他多次参加协会活动，继续为协会无私奉献。很赞成一位军工企业老总的提议：南京军工是应该给奚市长立碑的！此碑现已立在了数万南京军工战士的心中。石刻的碑固然雄伟，而人民心中的碑更加伟大。

2005年，在筹办军民成果展示会的预备会上，我们秘书班子曾在经委二楼小会议室里凑过二十个字作为协会的宗旨：“联军产学研，强南京军工；兴国防科技，壮国威军威”。时至今日，细想一下，还是十分贴切。

十年了，回顾走过的道路，回想那些做的往事，回忆起那些共同工作过的领导们、同志们、朋友们，一股热流在心中翻滚，倍感豪情满注，亲情横溢！想起《钢铁是怎样炼成的》一书中主人公的那段名言，真是肺腑之感呵！

愿南京军工协会越办越红火！

愿南京军工行业越来越发达！

愿我国国防越来越强大！

（写于军工协会成立十周年前夜2009年11月11日
发表于《南京军工》杂志）

永远的思念

12月28日，是我终生难忘的日子。

2009年12月28日，是台建平逝世五周年。那日我正在北京开会，女儿冬妮也正在美国交流学者不能回来，只能委托小台弟弟帮我再烧点纸钱，以慰她在天之灵。

小平，你离我而去五年了。五年，1825天了，你在天上过得还好吗？你的韩今，你的女儿，你的亲人们都还十分惦念你啊！

很早就想写一篇悼念她的文章，恰逢“南外岁月如歌”的创办。我们俩都是南外的学子。在此，写一篇纪念她的文章，以寄托我和女儿的哀思，以感谢多年来关心她的校友和同学。不知天上是否有网络，真的希望你能看到你的韩今写给你的悼念文章啊！

一、结合

我俩的结合，可谓文化大革命中的“大联合”。

六六年，我在初二德班，台建平在初一英班。文革中间，我是“南外二八”的，她是“南外井岗山”的。分属“八二七”和“红总”两对立派别。在学校里，大概有过数次“骂仗”，但因为都不是什么中心人物，彼此印象不深。

七〇年底，我们作为“老三届”毕业生，与南外七位同学一起分到了位于珠江路莲花桥附近的南京印刷机械厂，是个集体所有制的小厂。

我那时分到这个小厂是理所当然。因为我出身“臭老九”，又有一个“下落不明”的社会关系（一个叔叔解放前被怀疑跑到台湾去了），连煤矿也不收，只能分到这样的单位。而台建平倒是可以去更好的单位的，因为她父亲是四五年参加革命的老干部，又在浦口区劳动局任职，几个弟妹都分到了军工厂。台建平坚决不要父母“开后门”的“革命情”使她和我走到一个厂，并开始了我们的婚缘。

台建平在印机厂除了刚开始当了几天的车工之外，就一直在科室工作，是厂里的“科室干部”，一年就转正了。我可是在印机厂干了九年电工，所以讲起来，我可是工人出身呢。小厂电工什么都干，外线、内线、产品，凡有电的都介入。我爬过电线杆子，搞过照明、机床电器维修，后来就搞数控产品研制。

当时当工人还挺自豪的，依稀还记得写过一首《电工志》：“电杆云梯铁架，碧野蓝天红霞。电工战士满豪情，志向五洲飞跨，飞跨飞跨，不将油衣脱下！”

当时分到厂里青工有二百多人，绝大多数人是初中毕业生，我和台建平都是高中毕业，又是南京外国语学校的，自然是高材生了。是校友、同学，又是高材生，当然人以群分，交往就多。台建平长得小巧玲珑，五官端正，两只大眼睛很有神，还是很漂亮的。加上在外校养成的豪爽大气的干部子女性格，肯定是很吸引我的。

我当时在一个集体小厂里，高中毕业有点文学底子，又不乏政治野心，自然是山中无老虎，猴子称大王了。加上当个团总支副书记，经常会上发发言，也挺神气，当然在女青工当中颇有“人气”。就是说，我们有“联合”的基础。接触多，谈得来。一起参加大批判，搞黑板报，共同组织团的活动。我喜欢她的豪爽、大气，她欣赏我的才气和抱负，下班了，我们一起骑车回家。她住建康路那边，通常我会骑车送到她家，自己再回头。后来开玩笑，我们是骑车谈恋爱的。台建平歌唱得好，一首《奔腾的蓝江》至今还经常忆起。

记得一次厂里组织看电影，她来迟了，位子恰在我边上（是谁故意安排的，记不清了），当时灯光已暗下来，她经过我的位子时，我就势把她的手一拉，用劲捏了一下。她当时肯定脸红了，但也没有挣脱。这是我俩第一次“手拉手”。正巧她有点感冒，看电影期间，我就干脆把她手拉过来，说：“按合谷穴可以治感冒，我来试试？”她也没拒绝，一场电影按了半场的“合谷”。好甜蜜的感觉呵，初恋男女。

但当时，我的“志向”很高，野心勃勃，一门心思想“先成名，后成家”。加上我们俩个子差距较大，心里有些犹豫，所以虽然两人关系很好，但从未正式提过“谈朋友”的话题，没有捅破那层窗纸。

促使我们明确关系的，是一个“外部”事件。也正是为这件事，促使我下决心要一辈子对台建平好。

她爸爸的一个战友是印机厂的生产科长，是个精明能干的广东人。他对台建平是十分关照的，把她调到了生产科。他是空军转业的，所以就张罗给她战友的女儿介绍个飞行员。当时找个部队的军官，是很多女孩子的希望。因为部队干部工资高、待遇好。我们当时那个小厂，二级工才33元钱，我当电工要学三年徒，从14、16、18元拿上去的，而部队连级应该40多元吧。

那天下班，台建平要我等她一起走，在送她回家的路上，她说：“科长给我介绍个飞行员，你看呢？”我说：“那不很好嘛，你自己愿意吗？”她说：“不是在问你吗？我说我不愿意。”

我嘴上说“那还不看你嘛”，心里开始翻腾了。

这科长很快了解到我们的关系，很快给我们俩分别施加了压力。一是找我谈话：你和台建平是绝对不可能的，她父母决不会同意；二是和台建平父亲谈了我的事，直接说我出身不好，有个“下落不明”的叔叔，肯定影响我的入党，因而是没有“前途”的。让她的家庭对她施加压力。

这件事给我自尊心极大的打击，我想不通，我没出生之前的一个可能去了台湾的叔叔（后来找到了，的确去了台湾，当了某市的广播电台台长），会对他哥哥未来的孩子的政治生命和婚姻产生这样大的影响。

有压迫就有反抗，压迫者往往事与愿违。我找到台建平，对她说：“我觉得我还是不错的，我将来肯定会有发展，请你相信我，给我机会。”我说我正在全力以赴地走文学发展之路，这条路是不会受“组织关系”影响的。当时我的确已经发表了几篇小说，也算是初露头角了。

台建平态度一直是坚定的。她说她对我是看准的，从来没有一丝动摇。父母不同意，她就不和他们说话，星期天不让她出门，她就不吃不喝，躺在床上不起来。

我失恋了，好痛苦，整夜整夜睡不着。为此还写了一首诗给台建平：“夜难寐，翻转万千回，偶掠笑容心更碎，昔花今已垂。”但最后还表示决心：“心诚定叫石花开！”

斗争好像持续了十来天，她通情达理的父母就松口了，叫她把我带回去看看。

我们胜利了。

这件事，促使我们关系迅速升级，也公开了我们的秘密，结婚后我还开玩笑地对台建平说：“我们还要感谢你们科长呢。”

多少年过去了，我一直牢牢记住台建平对我的“坚定”。那时我还是个小工人，成天穿一件油拉拉的再织布工作服，成天爬高上低。一个月才二三十元钱，家境也不富裕。父母“臭老九”，还有一个复杂的“社会关系”，前途渺茫。但台建平坚定地看上我，坚定地要跟我过一辈子。她的信任给了我信心，给了我动力，给了我力量。

我在日记中写道：不管今后遇到什么情况，你必须对台建平好，要一辈子对她好！

我们恋爱谈了三年，恋爱中也有些别扭和争执，但都是“要想甜，加点盐”。台建平是老大，个性比较强，眼中掺不得半点砂子，但多年下来，同是老大的我也习惯了，一般都让着她，渐渐也有了默契。

走入婚姻殿堂，我们感情很好。台建平的父母后来对我特别好，我和她弟妹的关系也十分融洽。直到今天，过年过节我都要去看看她的老父。挺有意思的是，我后来不仅入了党，还调入了中共南京市委办公厅工作，在市委部门当了一个处长。前途虽然不很远大，却也没辜负对台建平的承诺啊。

二、婚后

我们是七八年12月份结婚的，没有特别的仪式，两家人在一起吃了顿饭。20日我们外出旅行结婚，先到杭州，又到浙江仙居台建平的姑姑家。12月20日是台建平的生日，也是我们正式的结婚纪念日。

家里让出楼上的一个房间作为婚房，请同事打了几件家具。我们住鼓楼，上班骑车就十来分钟，同来同往，也有同事夫妻乐趣。晚上她会打打毛线，听听音乐，我会台灯下写点东西，也挺温馨。

八〇年1月，我们的宝宝诞生了。小时候的冬妮可漂亮啦，卷发，大眼，小小的嘴巴，周岁的照片在鼓楼江南照像馆里展示了大半年。

我和台建平共同生活了二十六年，算算有9500天。当我带着怀念的深情回顾她的往事时，“贤妻良母”应该是她一生中最好的概括。

我当然算不上成功之人，但也经历了人生的奋斗和进步，也有过值得骄傲的瞬间，而每一步的成功都离不开台建平，我的爱妻的无私的支持和奉献。她坚定地支持了我的每一次选择，默默地承担了全部的家庭负担和女儿培育，我是一直为有个全心全意理解支持我的好妻子而自豪的。

1979年，我面临人生的一次重大转折。当时我在印机厂当电工班长，负责一个数控新产品的试制工作。当时文学上也小有成就，已在《江苏文艺》和《人民日报》副刊上发表过小说。时任工厂书记的华才甫（当时书记说了算），是个识人大气的领导，认为我在厂里是被埋没了，力排众议，推荐我去包装公司团委工作。

我当时却很犹豫，因为被阶级斗争为纲搞怕了，觉得还是搞技术保险。台建平坚定地支持我出去，她激励我：“你不是抱负很大吗？出去闯闯吧，不管以后成功不成功，我决不后悔！”

庆幸我迈出了这一步。从工人岗位转到干部岗位，从公司团委书记干到生产科长、工厂厂长、办公厅秘书、工交部处长、经委处长……直至如今。

在读书学习方面，也得到台建平的全力支持和无私奉献。

因为恋爱，我没有参加七七年的高考。当时还写过一首诗勉励自己：“少时亦念扬帆去，欣有老天不与风。不信人生行万里，非得名府高船中。”但后来为了生存和发展，却先后上了南师夜大中文专科、南大经济系经济管理专科、东南大学与组织部合办的工商管理硕士班，拿到了澳门国际公开大学颁发的EMBA硕士学位证书，也成了一介书生。

这其中最难忘的是1981年7月在南师夜大读书时，单位又要送我参加南大经济系招收的经济管理专修班的考试，这是全脱产三年的一个干部班。时值冬妮一岁，同时上两个大学，又要带孩子，能坚持下来吗？台建平笑着说：“孩子你不要操心，我负责了，你有机会就要好好学，你不是说你不会使我失望的吗？”

在她鼓励下，复习了一个暑假，我以前三名的成绩考入这个干部专修班。

那两年，是我们最艰苦的两年。白天在南大上课，一周两晚、一个休息天在南师大上课。大量的作业，还要背外语单词，学我最差劲的高等数学。家里的全部家务、孩子全交给台建平了。她还要上班、工作。回想起来，我以优异成绩拿到了两个大专文凭，并从此踏上了上升的坦途，全靠台建平对我的全力支持啊！当然，最困难之时，台建平的母亲办了提前退休，也帮了我们的大忙。

1983年南师大夜大中文班作文考试时，我就以台建平对我同时上两个大学给予全力支持的实例写了一篇文章，我们的写作老师南师大的著名教授何永康写下了“真情实感，可赞可叹”的评价，给了一个“92”分，可能是那次作文的最高分了。这可是对台建平实际奉献的最高评价啊。

后来到塑料二厂当厂长，也离不开台建平的理解支持。那时冬妮刚上一年级，又是到琅琊路小学。我因为厂远、工作忙，根本顾不上。大多的接送、学习都是她承担了。一米五几的个子，天天骑车送小孩，风里雨里，不容易啊。

这篇文章，我一直想少写点自己，多写点她。可我这一步步都离不开她啊。我取得的点点滴滴都离不开她默默的奉献和支持，在世时不觉得，离开时倍感珍惜。

在全力扶助我的同时，由于她工作的踏实、认真和努力，她的坦诚大气和乐于助人，成为公司任劳任怨的“台大姐”。她也不断进步，担任了轻工实业公司的科长、办公室主任。并于2002年加入了中国共产党。

台建平最大的长处是处事的坦然和随遇而安。无论干什么工作，无论是得意与失意，她总是平和地看待。从来不给我任何压力，特别是在我失意之时，她给予我旁人所不能给予的理解、善待和鼓励。我从市委办公厅主动“下海”到金陵公司，后遇公司撤销回到工交部，是我人生选择中的最大败笔，可从没听她有过半句埋怨。当了那么多年处长，提不上去了，她从来都是善待我、鼓励我，总是说：“你不错了，知足常乐啊。”机构改革合并到经委，被安排到农村去当扶贫工作队长时，是我人生又一个低点，时值冬妮高三迎考，我情绪十分低落。她还是平静地对我说：“去就去吧，换换工作环境，说不定有好处呢，你不用担心。”

回想起来，都是一件件小事，但我从她身上，找到了男子汉的自信，找到了失意时的安慰，找到了失败时的鼓励，真正的好夫妻，不仅能福贵同享，更要能苦难共甘啊！我时常在心中默默地想：这一辈子我一定要对得起她！要让她好好享福，开心愉快。

三、病中

但遗憾的是，台建平没能和我相伴到老。

我们2000年搬到新庄花园，选了一个五楼。不长时间她就对我说：“当初选个二楼就好了，怎么爬五楼也喘气了？”〇二年开始她觉得乏力，气喘，小腿渐肿。后来到铁路中心医院她同学辛洁那检查，发现心脏有些问题，开了些丹参片吃。

〇三年初，因为腿肿，台建平第一次住院。在鼓楼医院肾科治疗了十天，很快就消肿出院了，但检查中，发现她患了“肺动脉高压”，我也第一次接触了这个使我一辈子痛恨且无奈的名词。

后来到鼓楼医院看专家门诊时，心脏科施主任把她支开，很严肃地对我说：“我们会尽量延长她生命的。”把我吓了一跳，这个“肺动脉高压”是什么怪病？

网上查到了“肺动脉高压”的解释，原发性肺动脉高压一般只能活二年。继发性的也很难治愈。

我无论如何不能相信这个事实。台建平才50岁，正当年，我们情况也正好转，正是过好日子之时，怎么会这样呢？开始四处找人，跑遍南京几大医院，咨询了许多心脏科主任。得知北京阜外医院（全国心脏科医院）有做过这种病例手术的介绍后，开始筹备去北京看病、手术。

但接下来的检查又给我极大震撼：在她第二次住鼓楼医院心脏科检查时，腹部B超发现：“肝部有实质性占位”。懂行的人一看就明白了，实质性占位就是肿瘤。这怎么可能呢？台建平从来没得过肝病啊！

B超、CT、核磁共振。鼓楼医院、军区总院、省人民医院、肿瘤医院……哪怕医生说一声“不能完全确定”，我就像捞了一根救命稻草，又充满希望起来。

因为心脏有毛病，只要保养好，十年二十年都没问题；但确诊为肝癌，而且是转移的，那治好的可能性就太少太少了。

最后找到了鼓楼医院丁义涛院长（他是全国肝移植专家），他的判断是：台建平心脏不好，做手术不合适。旁边一个助手对我说：“让她想吃什么吃什么，想怎么样就怎么样吧。”

无奈呵，无奈！台建平生病给我最大的刺激就是，人其实很脆弱，得了重病，真的很无奈！喊天天不应，叫地地不灵。

这些诊断，医生的话，我一直是瞒着台建平的，直到她逝世，我也没有告诉她得了什么病。为的是让她有个好心情，有治病的信心。我也不知道这样做是对还是不对。后来带她在省中西医结合医院徐荷芬主任那看中医时，总是把“Ca”的诊断书盖起来，不让她看到“肝癌”字样。

当然台建平绝对是聪明人，她后来也不问到底得的什么病，不看病历，不看诊断书，只是微笑地对待她的亲人，年迈的爸爸、妹妹、弟弟和我及女儿。来看她时总是带微笑、微笑。只是有时在深夜，因心衰咳嗽咳醒了，我扶她坐起来靠在床上，她会很无奈地自言自语：“我这病怎么治不好呢？”“拖累你了。”

我热泪盈眶，但还不敢当面难过。还要强打笑脸安慰她：“不要紧，心脏病保养好再过几十年没问题的。”

后来她腿渐渐肿大，慢慢行走不便了，每次看病回家，都是我背她上五楼。一共88个台阶，走到四楼，就累了，台建平就说：“我下来吧，我能走。”直到今天回新庄，每每走上楼梯，就会回忆起当时她的声音。

她一共住了五次医院。也试图查清她病的原发性。查过妇科，查过肠胃，查过胰腺，都没有结论。因为心衰严重，不支持化疗，医生说查清了也没办法治，不要增加病人痛苦了。

只是在八一医院（全军肿瘤医院）挂过薏仁液，也叫中医化疗。是乳白色的液体，像牛奶。我告她是营养液。但挂几天下来她也吃不消。医生说，那就算了吧。

后来就一直吃徐荷芬主任开的中药，每天两顿熬的中药，还有孢子粉。

病中，台建平积极配合治疗。她十分信赖我对她病进行的研究，十分相信我为她确定的治疗方案。也的确是，那段时间，我对心衰、肝病、肺动脉高压的常识及治疗方法也相当半个医生了。

那时的我，完全陷入了悲哀的打击之中。无论如何，我也不相信台建平很快就要离我而去的事实。除了四处寻医找药，几乎对任何事都不感兴趣。领导、同事关心地问问情况，我讲几句就会哽咽，眼圈发红。所以后来我也给自己下了定义：我这人是当不了大官、成不了大事的。因为感情太脆弱了。

思想负担重，心理压力大，吃不香，睡不好，只好用安定。没想到上瘾了，一到时间不吃药就恶心想吐。到脑科医院去看病，医生问："是不是对什么都不感兴趣？是否想过自杀？"我说："是的，对什么都不感兴趣。自杀没想过，但此刻要是死了，也就解脱了，就轻松了。"他说你就是典型的忧郁症了！

一年半时间，几乎没在外面吃过饭，心里想的就是我最亲爱的亲人台建平，她时间不够了，我要好好陪陪她，好在我当时在的国防工办时间长了，上上下下都非常熟悉，工作能应付，领导也十分理解。

当科学无奈的时候，人们就转向了迷信。以前我是不信佛的。这次也在家里供养了一尊观音菩萨。每天清晨都要点上三炷香，双手合掌在观音面前拜三拜。希望大慈大悲的观音能保佑台建平渡过难关。我还多次幻想，慈祥的观音能把手中玉瓶里的仙水洒向小台，能驱走她体内的恶魔，能使她早日康复，让我们平平安安过几天好日子。

生病期间，陪伴她最多的是她的大妹妹。她内退在家了，天天过来，和一个阿姨共同照顾台建平。精神好的时候，有时会把妹夫喊来，我们四人打一圈八十分。台建平和她妹一家，通常她们赢得多。在家无事，台建平把《康熙大帝》全部看完了。还对我说："这个片子很好看，你要有空也看看，对你有帮助。"后来她去世，我把一副扑克和《康熙大帝》碟片全放到墓穴去了。

印象最深的，是每次住院回家时，她真是掩盖不住地高兴："回家了。"到家门口，下车了，她三步两步赶紧向家门口走去，嘴里喃喃地说："又回家了。"

是啊，多么亲切、温暖的家啊！两个人才成为一个家，当时她刚去世之时，我顿时像失去了半边天，没有家了。

四、逝世

2004年10月份后，她的病越发重了。两腿肿得硬邦邦的。不能行走，气闷，头晕，夜里咳得睡不了觉。家里买了轮椅，把氧气瓶换成了制氧仪，给她整夜整夜吸氧。因为在网上看到一篇文章，说吸氧可以抑制肺动脉高压。我晚上睡觉都不敢脱衣服，因为她说要小便就要起来，吃了利尿剂，小便还多。

病中，她十分关心她的亲人。关爱她慈爱的老父（台建平母亲〇二年因心衰病逝了），她的弟妹以及几个侄儿侄女，也经常叮嘱我千万要保重身体。但关心最多的是她的宝贝女儿。关心她的工作，关心她的恋爱。

因为前面我讲过，台建平太爱她的女儿了，后来绝大部分心血都用在了培养、教育女儿身上。我们的女儿也很争气，学习、工作从来没让我们烦过神，虽然不是出类拔萃，也是顺顺当当的。

这时冬妮已经25岁了，从南师大外文系毕业以后给台建平的同班同学董校长要到了外语学校当老师。年初我们三人一起参加了外语学校四十周年校庆，一起还在外语学校门口留了一个影。

冬妮和涛涛的恋爱也有二年。她和涛涛是自己认识。这个小女婿我和台建平都很喜欢。一米八几的个子，白白净净的，南航计算机系研究生毕业，性格也很好，父母是南航和秦淮区政府机关的，和我们家也相配。

考虑到台建平身体越来越差，我就想让他们早点结婚，能让台建平生前看到女儿的婚礼，让她了却最后的一点心愿。

我就找涛涛谈了结婚的事，涛涛说他刚刚工作，思想准备还不足，他父母原来的意思也是过二年再结婚。我就给涛涛爸爸打电话，说明了台建平的病情，担心她坚持不了半年，我还说，准备不足，婚房就放在我们家，正好也照顾她妈。

这是一个非常好的人家，他们十分通情达理，（后来冬妮妈妈去世一年，冬妮女儿诞生，他们承担了带孙女的义务。孙女一岁多，冬妮去美国做交换学者的时候，又是他们俩精心带好孩子。）很快同意了我的意见，我们初定他们年底登记结婚，第二年5月办酒，就住我们家。

为了缓解台建平越来越差的身体，也想能治一下腿肿参加冬妮的婚礼，我又找关系让台建平住进了省人民医院心脏科。

这是她最后一次住院了，住进去，就没有再能回家。我后来还后悔，如果不是那么急于治她的腿，在家里慢慢熬，一定能熬过春节的。

省人民医院心脏科那个主任是从美国回来的博士，治疗心衰很有经验，但他一见台建平伴有“肝部占位”，也觉得没有办法。我说想办法把她的腿消消肿，能站起来就行。

于是，医院就开始打球蛋白，因为球蛋白可以改善吸收。球蛋白是很贵的，自费药，一针约280元；以前零碎打过几次，效果不明显。

医生加大用量，一天两针，很快就显效了。台建平肿得像大象腿的双腿开始松弛，渐渐软化下来。但我后来也后悔不已，因为球蛋白是营养品，也会促使癌细胞生长，腿消肿了，却可能推动了身体内部平衡，她血压不稳，人很虚弱，有时会昏迷。

12月20日，她在病房度过了52岁生日，也是我们结婚26周年的纪念日，买了蛋糕、蜡烛，她很开心。微笑着，微笑。

12月24日，是圣诞夜。冬妮和涛涛排了半天队，捧着红彤彤的结婚证来到病房。涛涛的爸爸、妈妈也来了，我们举行了一个“改口”仪式。当女儿、女婿甜甜地喊声“妈”时，台建平露出了亲切的微笑，女儿终于长大成人了！她的一桩心事也了了。

我请阿姨买了些巧克力，到医生、护士办公室发了一下，就代表举行婚礼了。

女儿后来就没再举办过正规的婚礼。我想，在逝世的妈妈的病房里的简单改口仪式会让她永远记上一辈子吧。比起她穿婚纱、放烟火、倒香槟也许更独特，更有意义呢。

12月27日下午，台建平的精神比较好。她说想吃馄饨。我很高兴，拿个塑料盒到对面买了一碗，她吃了三四个。我说：腿软了，回去养养，5月份可参加冬妮的婚礼了。她又微笑了。这是我最后一次看她微笑。

看情况不错，她劝我早点回去休息，关爱地说：“这些天跑来跑去，辛苦了。”我叮嘱值夜班的阿姨几句，提早回家了。

回家洗了个澡，倒是睡了个好觉。没想到第二天刚起床，电话响了，阿姨焦急的声音：“你快来快来，迟了就见不到了！”

路上堵车，我心急如焚。昨天精神好，难道是回光返照？一边往医院赶，一边通知她所有亲属、同学、同事。

八点钟赶到医院，阿姨说，早晨血压直降，喊肚子疼。医生正在抢救，好多仪器，氧气罩。她还有意识，说闷，要把氧气罩拔掉。我就又罩上。她又说："疼呀，我疼。"

虽然肝部占位，但她从来就没喊过疼，这是第一次。主任来了，说："可能内部出血了。"我说送ICU吧。主任摇摇头："不能手术，去也没用。"

我只好紧紧抓住台建平的手说："不要急，我在你身边。"她说："你在我身边有什么用呀。"这是她跟我讲的最后一句话。我真伤心啊，我在她身边，但却救不了她！救不了我最亲的亲人。我承诺过要一辈子对她好的人！

我又问医生能否打止痛针。主任说可以，但一打血压会降，危险。我立即讲给台建平听了，她不吭声了，只是紧紧抓住我的手。我就拼命掐住她的合谷，希望能帮她减轻疼痛。

我知道，台建平对生命有强烈的企盼，她在生病期间从来没有和我谈过后事，她还年轻，她对生活有强烈的热爱。对家庭和亲人有强烈的眷念；她希望好好地活下去，对父母尽责。对老公和女儿尽情，对同学同事给予更多的友情啊。可是病魔无情啊！

这时，台建平的老父、弟妹、我的弟弟都到了，台建平的同学徐清、迁小宁、辛洁、郑松柏……都到了，她亲爱的亲人和同学、同事见到她生前的最后一面。

中午十二点左右，实在看她疼得难过，一旁的台建平妹妹含着泪对我说："姐夫，打针吧！"我咬咬牙，只好对医生说："打吧。"我们不忍心看着她这么痛苦受折磨啊。

止痛针打下去了。十分钟不到，台建平突然安静下来，安详地闭上眼睛，睡着了，永远地睡着了。

我亲爱的小平，亲爱的好妻子，好伴侣，就这样离开了人世，离开了我，离开了她的女儿和她所有的亲人！

她静静地走了。她彻底地解脱了，她不用再忍受病魔折磨，她不用再让亲人为她焦虑，为她担忧，为她烦恼。她升天了，她到极乐世界去了。

我深深地在台建平的脸上吻了一下："永别了，小平！"

那天天真冷，中午时分，断断续续飘起了雪花。老天也伤心了，哀悼我的小平。她太年轻，才52岁呀。

安葬那天，也是雪花飘飘。

看着火葬场大烟囱冉冉升起的缕缕白烟，我喃喃地祝愿：小平，祝你在天上愉快！多少次了，我会凝望着蓝蓝的苍天，心里默默地念叨："小平，你在天上过得好吗？我想念你呀！"

五年了，我们经常在梦中相会。有一次梦见她回鼓楼家来。我兴奋地一把抓住她，问："你腿好啦？在那边过得好吗？"她说还可以，就是有点冷，要我帮她送个平点的门板来。我说怎么送去呢？她说可以从后门进去。是啊，那墓地太凉了！回家后，我立即给她烧了两大包纸钱，祝她在天上过得温暖。

2007年我又成家了。但是对台建平的那份深厚的感情，那一起度过的岁月，那一幕幕的场景，那一个个生活的细节，我是永远永远也忘记不了的！

谨以此文寄托我对台建平的哀思和怀念，并献给台建平的各位亲人以及关心过台建平和我的诸位老同学、老同事。

（写于台建平逝世五周年，2010年1月4—8日
发表于西祠胡同"南外岁月如歌"网上。）

在父亲告别仪式上的答谢词

（2010 年 3 月 3 日）

尊敬的各位领导、各位长辈、各位来宾、亲朋好友：

首先，我代表我的母亲、我的三个弟弟和远在澳大利亚未能赶回来的妹妹以及全家人，向前来参加我父亲告别仪式的各位领导，特别是江苏省建筑工程集团有限公司的仇书记、市经委的田主任、淮安市流均中学的智校长，以及市经委、市建工局、市城镇设计院的其他各位领导，向远从上海、宁波、洪泽、淮安等外地赶来的我的姑妈、叔叔、阿姨、姨父、舅舅各位长辈以及各位堂哥、老表家的代表，向爸爸过去的老校友老同事，向我们的各位亲属、各位亲朋好友，表示最衷心、最诚挚的感谢！

感谢你们在百忙之中，冒雨赶来，和我们一起，向我们敬爱的爸爸告别。

我们敬爱的爸爸离我们而去了。虽然他已经有了89岁的高龄，也称是长寿老翁了，但是一想到我们再也无法看到他亲切的笑容，再也听不到他睿智的教诲，再也接不到他关切的电话问候，再也感觉不到他躺在病床上，吃力地向我们挥手，说“回去吧，早点休息吧，你们还要上班”的关怀和体贴，我们热泪盈眶、痛苦万分！敬爱的爸爸，您走得太匆忙，许多亲人还没来得及探望，还没来得及向您告别呢！

我们的老父亲，历经新旧两个社会，一辈子堂堂正正做人、踏踏实实做事。他关心国家大事、热爱祖国、勤奋好学、正派严谨，为江苏和南京的建筑行业做过很大贡献；他思想敏捷、远见卓识，在教育培养子女方面卓有成效；他关心家庭、助人为乐，在亲属中有良好口碑。今天，有这么多亲属两日之内，以七八十岁高龄从远方赶来南京参加告别仪式，足以说明老父亲的“德高望重，音容永存”！看到今天这个场景，在天之灵的爸爸也会十分欣慰的！

我们永远忘不了，爸爸的爱国与正直大义。爸爸是解放前财经大学的大学生，是国家经济建设的栋梁。但在解放后很长一段时间内，由于国家知识分子政策的偏差，爸爸受到很大的歧视和委屈，遭受很多不公正的对待。但是，出于一个爱国的知识分子的本性和良知，看到我们国家日益富强，他从心底高兴，对党和国家、对社会主义，十分拥戴，对党和国家领导人，十分崇敬。他鼓励和支持我们五个孩子努力上进，好好学习，认真工作，看到我们先后加入中国共产党，十分高兴，他一直勉励我们廉洁奉公，为社会主义国家多做贡献。爸爸一辈子有一种超然的正义和大气！

我们永远忘不了，敬爱的爸爸对我们的教育和培养。他把拥有知识才会对国家多贡献的理念灌输给我们，从小就叮嘱孩子，一定要好好读书。我记得最清楚的一句话，就是他当妈妈面给我们几个孩子宣布的：“只要是在看书学习，就可以不做家务事。”他的这些理念和政策措施，使我们五个在文革中均没有机会上大学的子女，积蓄了良好的文化基础，在粉碎“四人帮”以后，一个个考上大学，取得较高的学历，工作在各行业上，并一个个当上单位的领导和业务上的尖子，在各自的岗位上做出了贡献。我们为爸爸是个知识分子而骄傲，爸爸为我们成为单位骨干而自豪。我们能有今天，绝对是与爸爸的教诲和要求分不开的！今天，我们要在爸爸遗像前，再次深深鞠躬：“谢谢您！我们敬爱的爸爸！”

我们永远忘不了，爸爸对社会充满爱心，对家乡后代寄托希望。解放后他工资不高，要扶养老人和五个孩子，生活是拮据的。但是他对故乡的母校一直念念不忘。九十年代末期，在他的倡议和组织下，他和我台湾的四叔、上海的姑妈、五叔联合捐款十多万元，为老家淮安流均中学图书馆买了几万册图书。他当时几乎把自己多年来所有的积蓄全部拿了出来，以他的爱心和善举来激励故乡的学子努力读书、奋发进取、为国贡献。至今想起，我们还深深为爸爸的远见和高风美德而感动而骄傲！也正是由于长期以来爸爸的教诲和影响，我们四个弟兄的子女都取得良好的学历，有四人已在美国求学和交流学者。爸爸也为此很是自豪！

敬爱的爸爸，您走了。您没有带走什么遗憾，但您留下的殷殷希望，我们一定会牢记心上！

您关心祖国的富强，我们将把您安葬在中华门外的岱山龙泉寺，此处与南唐二陵相邻为体，背有靠，前有照，湖光山色，松柏环绕，远处还有正在修建的高速铁路。您以后每天都可以看到现代化的火车高速飞奔南北，看到祖国大地的不断兴旺。使一辈子喜欢看书读报、关心国家大事的您，永远不感寂寞。

您关心照顾陪伴您一辈子的妈妈是否孤单。我们五个子女在这向您保证，敬爱的妈妈为培育子女辛苦操劳八十年了，我们一定会尽心尽责照顾好妈妈，陪伴她度过幸福的晚年，不辜负您的希望！

您记挂您的各位亲人和亲家、老友，时常念叨等好了去看望他们和他们叙谈。也请您放心，我们一定向您的亲人、亲家和老友传达您的记挂！他们之中的很多人今天都来向您告别了，大家会用心灵感应来和您交谈。我们也将按您遗愿一如既往地保持和他们的联系，把您对他们的关心继续下去！

您还十分惦念在美国交流学者和读书的四个孙女，还期待她们的探望，我们向您承诺，我们一定会牢记您的教诲，学习和继承您的良好家风，引导和教育好自己的子女，使她们健康成长。我们知道，这是对在天之灵您最大的告慰！来年，我们一定带着归国的子女来岱山看您！

“生如春花绚烂，逝如秋叶静美！”

敬爱的爸爸，您安息吧！您永远、永远活在我们的心中！

生活浪花

杏花嫂

她看上去比实际年龄要小，属龙的，应该是63岁了，但额头没有皱纹，皮肤光滑。

“我就是这个村的，农民啊！现在做保洁。”她坐在旅游服务中心茶室的藤椅上，捧一个大大的水杯，泡的绿茶，嗑着葵花子。“我不识字，不会玩手机，在家也寂寞，出来做点事，碰上客人聊聊天，开心！”

秣陵杏花村，一个新开辟的农村旅游景点，内有果园，菜地，池塘，最大特色是一个大大的葵园，金黄色的葵花挺鲜艳，吸引不少城里的游客。茶室就在服务中心的大厅里，放了几张圆桌和藤椅，还有一个书报架。一个小伙子在服务台办理出租自行车、帐篷、泡茶的业务。

“现在没有田了，全规划啦。我分了三套房子，一套给儿子，一套出租，自己住一套。我拈阄拿的是四楼，拈阄公平，大家没意见。我一月有六百五，政府给的养老费，房租一千，钱够用！儿子？读大学啦，东南大学毕业的，现在在禄口那边搞一个电子厂，一个月也要给我大几百块钱。”

“以前闲在家里，天天捧个茶杯打麻将，他们来小了还不过瘾。我又不精，老输，呵呵！后来找点事做做。先是在城里一个小区做保洁，十八层楼，天天上下转多少圈子。早晨六点就要上班，事情做不完，你前脚走，后面垃圾又出来了。儿子说，你作死啊！做了一个月就拜拜了。后来找村长，就安排我到这来了。事情不多，中午还可以休息休息。”

“我喜欢跳舞，晚上出去跳跳舞。广场舞？我不喜欢，水平太差。

“我喜欢到舞厅跳，音乐好听噢！前几年，我都是到城里去跳，中华门、夫子庙那边的舞厅都跑遍了。没有专门的舞伴哦，你到那边一坐，就有人会请你的，”她站起来，把手一挥，做出个男士邀请的架势，“都是四十多岁的男人邀请我噢！”讲到这里，有点羞怯的得意。

“什么舞我都会！三步，四步，恰恰，小拉，我都会！我还会男步，没有男的，我就带女的跳。华尔兹我也会，一转能转十几圈，人家头昏了，我还能转！”

聊到兴奋话题，她的眼里闪着幸福的眼神，好一个现代农村的快乐大妈！

她说，大家都喊她杏花嫂。

（《南京日报》“雨花石”2016年1月2日发表）

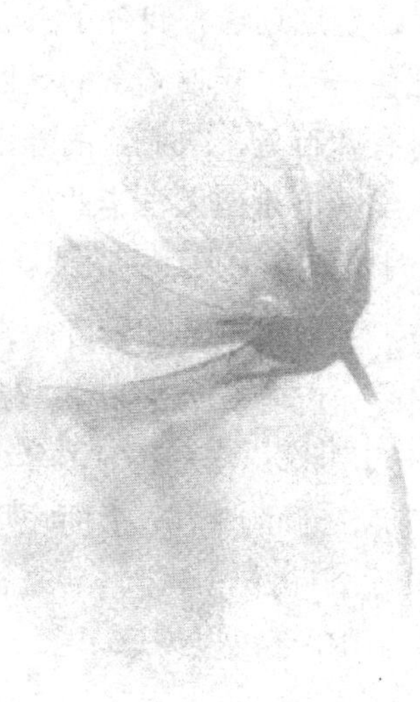

锅巴哥

晚饭后通常是去奥体中心散步，喜欢在开放的夜光球场看看锻炼的人群，有打篮球的，有踢足球的，还有练拳做操的。

绿茵茵的足球场上今天是一群体校的孩子在比赛，十来岁的孩子分为红、蓝两队，你攻我守，进退如潮。球场的铁丝网外是众多的家长。路边还有一个卖锅巴的小伙子，电动车后面挂了一只木箱子，上面写着“祖传香酥锅巴”，一个电子秤镶在座椅和木箱之间。

我问：“怎么卖？”“13元一斤，祖传的配方，不香不酥不要钱！”小伙子大概三十来岁，黑黝黝的皮肤，一副精干的样子，他掰了一块锅巴递过来。

口感不错。我说买一点吧，但一摸口袋没带钱。小伙子说：“可以微信支付。”到底年轻人，就是现代！支付完毕，小伙子又说：“老师，你能和我加个微信吗？可以便宜一块钱！以后想要锅巴了，发条信息，我送货上门！”

二维码一扫，一个“锅巴哥”的微信名跳了出来，题头照片是一摞锅巴。他拿出一块硬币，硬要找我一元钱。

我有点喜欢这个“锅巴哥”来，和他聊了聊。他说是安徽阜阳的，祖传的香酥锅巴，表哥负责生产，他负责在南京奥体一带的销售，也给超市、小店送货，但主要零售为主，手下有五六个人。放学的时候会把车子停在校门口，下班的当儿就把车子停在地铁站的路边。说也搞网络销售，专门在奥体中心的几个小区建了一个“吃货群”，都是曾经买过他锅巴的客户，随要随送。问到家庭，说有个孩子上小学了，老婆在一个面馆里打工。

回家后，我好奇地打开了锅巴哥的微信相册和文章，除了宣传他锅巴的照片外，引起我兴趣的有两条。一条是转发的一个励志的微信文章，题目是“她月薪从四位到五位奋斗了十年，辞职后从0位到11位，仅用了两年！她的成功你也可以复制！”介绍的是摩拜单车的创始人胡玮炜成为百亿元公司掌门人的故事。还有一条是奥体中心羽毛球馆打球的几张照片，写的文字是：“下雨天，果敢选择去打球！为逝去的运动细胞和恢复青春的记忆！”

我不禁对这个做锅巴生意的安徽小伙子感起兴趣！不是在乎他取得了多大的成功，而是看到他渴望成功，励志上进，而且热爱生活，喜欢运动的一颗年轻的心！

晚上我和他微聊起来，说你也喜欢打羽毛球？是学校里学的吗？“我是野路子，就是放松一下。”锅巴哥话不多，时而回我一句。我说，喜欢吃你的锅巴，也喜欢锅巴哥这个名字，如有空，给我聊聊你的故事？他说：你想听什么？我说，经营之道，兴趣爱好，子女家庭，都可以。锅巴哥回答：好的。

又一个星期六，我发了一条微信，说你的锅巴味道不错，果然又香又酥，特别是用汤汁一泡，真是好吃。原以为他会很快送过来，等了一天，却没有信息。心里有点不爽。

两天，三天，十天，一直没有他的信息，他微信上也没有新的内容。猜测多多，我也渐渐失去对锅巴哥的兴趣。

一个多月后的一天傍晚，我再次去奥体中心散步时，在小区门口看到那辆熟悉的卖锅巴的电动车，一旁的锅巴哥看到我，立刻高兴地招呼：“终于看到你啦！我答应给你讲讲我的故事的，没想那天陪儿子踢足球，手机摔坏了，所有信息都没有了！也没有你的电话号码，只好每天傍晚，估摸你要出门散步的时间，到一个一个小区门口来看看。要不然你会觉得我这个锅巴哥是个不讲信用的人了！”

我有点感动，说我发信要买锅巴的，一个月都没送来，是觉得你有点不靠谱。又说你儿子喜欢踢足球？

锅巴哥说：“他从小就喜欢蹦蹦跳跳，野性子，体育老师看上了，要他参加足球队，说农村孩子能吃苦，说不准踢出个足球明星呢。所以我经常陪他练球，给他当守门员。”

锅巴哥和我约好，周日下午三点，在奥体中心露天球场，他要送儿子足球训练，顺便讲讲他的故事。

（《扬子晚报》“繁星”2017年6月23日发表）

新房客

“叔叔何时有空？我要办居住证，必须房主带房产证亲自到场，要麻烦您一下了！”微信闪烁，新房客发的。

春节刚过，房屋出租信息不断。先是附近医院的两个实习女医生，询问仔细，砍价好凶。后来就是这个小伙子，看了房子，当场拍板，一边让中介通知我来签合同，一边就去搬行李。中介说，男孩干脆，比女孩干净，我们有经验。

新房客是九五后，1.76米样子，清秀，帅气。安徽合肥人，大学毕业不久，应聘到南京一家教育机构工作，想租一间独立的，条件好的房子。签合同，加微信，支付宝付款，半小时办完交接。果然省事，一个多月过去，一次也没找我麻烦。

约好时间，我陪他去社区民警室和区房管局办手续。小伙子手机划划，一辆专车开到小区门口。

“你学什么专业的？教什么课程？”我们一路聊起来，心里有点诧异：22岁，搞什么培训？

“你看不看今日头条？我是搞自媒体培训的，我的课就是培训学员为头条写文章和做视频。”

谈起这个，小伙子自信满满。他在扬州读的大学，学的物流管理。学校里他就对新媒体产生了兴趣，向往那种“人人都有麦克风，人人都是记者，人人都是传播员”的新媒体时代，希望自由地把自己的正能量传递给更多的人，使这个世界变得更加美好。18岁的他率先办起学校的第一个微信公众号，引燃了学校院系的微信公众，成为校园新媒体的风向标。“团聚经管”在他的带领下办得风生云起，为此他获得了学校首个“校长助理”的殊荣。

“听说自媒体人收入很高啊？”专车驾驶员问了一句。

“学校公众号不赚钱，纯属爱好。后来就试着给腾讯、百度这些平台做些视频，也有了一些收入。快毕业时有点困惑，到底做什么呢？最终还是选择自己喜欢的事情，选了一家传媒公司，和一群志同道合的小伙伴开始搞自媒体的经营。全是九〇后噢，老板年龄最大，九三年的。我选择了做汽车介绍方面的短视频，因为素材好找，做成原创的。工资从2000，一下翻到6000。现在到南京这家公司，授课的底薪加提成是2万左右。另外，我在头条、腾讯、百度、搜狐、优酷、土豆都有账号，每天保持三条以上的视频，每月也有几万元钱。现在有些视频我已经招人来做了。”

“乖乖！”驾驶员惊叹一声，回头看看这位22岁的小伙子。

办完手续，小伙子谢谢我，要请我吃饭。我说：“不用啦，以后有空再聊聊？跟你学一点自媒体的知识！”

晚上，小伙子用微信发了他做的几个短视频给我看，点击率都在三四十万，最多一条阅读数达7位数！他告诉我，账号的经营要经过“新手”，“开原创”，“养号”几个阶段，就像创名牌，一旦在平台站住了脚，平台会努力推荐你的作品，每万幅点击的价格也会上涨。当然关键是内容质量好，题目和提要能吸引眼球。

新媒体的路当然很苦，很累，很燥，它耗费的精力比你想象得多得多！也曾崩溃，想过逃避，想过放弃，但最后还是坚持下来，而且越来越热爱它，这也是他经常熬夜三点不睡觉的原因，坚持才有收获。

我问他有什么目标和规划，小伙子说，短期目标是尽快还清房贷车贷，说也快了。下一步想做一些知识分享的原创视频，还有做一些农村生活的题材，因为几大平台对“三农”都有鼓励和扶持政策。将来？希望在自媒体行业有点话语权噢。

他的父亲是个商人，母亲是个小学的校长，父母的优势在他身上都有传承了！有个姐姐，家里是“穷养儿子富养女”，重女轻男，他从小和奶奶生活，养成了自由独立的性格，喜欢做自己愿意做的事。喜欢旅游、摄影，节假日经常是“说走就走”，他发来一张堆积达二百张车票的照片。

我在网上听了他的一节课。在介绍完自媒体制作要点之后，小伙子还讲了这么一段结束语：“不管是什么媒体，总希望传递更多的正能量，因为正能量能促进社会发展，能给人民生活带来欢乐。所以，大家考虑问题，做事情都不要消极，消极因素多了不会有好作品！还有一条，就是想到了就要行动，不动起来，永远不会成功！”

非常有激情，连我也有点被激发的感觉。

（《扬子晚报》“繁星”2017年7月31日发表）

斜杠 90 后

中午十一点多，门铃响了。门前站着两个小伙子和一个姑娘，二十出头的样子，背着藏青的双肩包，小区运货的小车里放着铝合金折叠梯、吸尘器、清洁器和紫外线消毒灯。清洗空调的爱唯尔公司的人来了！

这是一个以家庭为中心的高端服务公司，用英文“iwill”的谐音来命名，创立于2012年，总部在上海，已经在全国32个城市开展了业务。据说该公司的成员绝大部分是90后的大学生，创办人“马姐”立志打造一个青年创业的平台，为刚毕业和在校的大学生提供创业的支持和帮助。

我是在小区的群里看到邻居发的“爱唯尔”做空调清洗的信息的，称赞这些年轻人做得不错。我用邻居提供的电话进行了联系，约好时间，谈好价格。组长小胡说他们上午在小区的另一家，清洗完后就过来，中午不休息了。

戴上头罩，系上围裙，三人立刻动起手来。小胡站在折叠梯上，下空调网，另一个男孩背上吸尘器，站上去吸尘清洁。女孩把拆下的网格拿到洗澡间，打开喷嘴进行清洗。年轻人动作麻利，分工明确，效率挺高。室内搞好，又到室外，清洗空调主机。

“你今年多大啦？”我拿了一杯水递给那个女孩，挺苗条一个女孩，戴一副眼镜，看上去就是一个大学生。

“22岁。”她打开话匣。她叫甜甜，连云港人，是学幼儿教育的。“是的，我也可以考到体制内来，当个幼儿园老师。但我不想干个一眼就看到底的工作，年轻人嘛，就是要闯一闯，到南京听了马姐一个营会报告，我就跑到这个公司，当上斜杠青年了！”

斜杠青年？看我疑惑的样子，小胡给我解释，这是一个新名词，源于美国一个作家撰写的一本书《双重职业》，指的是一些选择多重职业和身份、多元生活的人群，例如工程师/演员。斜杠，就是他们的代言词。

“像我们吧，白天做家政，清洗空调什么的，晚上我们就做家教，我们公司都是大学生，有各自的专业。”

“你们三个都做家教？”

“是的！”姑娘抢着答，“我带三个孩子，两个学龄前的是英语，一个一年级的是语文。我们组长教数学，从三年级到初二，带了七个孩子，都是一对一哦。现在的口号是不能输在起跑线上，家长都舍得花钱。我们陈哥正在准备开个硬笔书法班，他的字写得特别好！”

另一个叫陈哥的男孩有点腼腆地笑笑，他是河南人，学汽车销售的，毕业后在上海干了几年，说不喜欢那个工作，为了自由发展，跑到爱唯尔来了。他说从小就喜欢练字，硬笔书法在展览会上展出过的。他准备开一个硬笔书法班，最近正在参加公司培训，学习大课教学的方法。

组长小胡是安庆人，大学学的材料专业。毕业后在轧钢厂干了两年，觉得“工厂太单调，不自由”，觉得“应该选择自己喜欢做的事”，就报名到这个爱唯尔公司来了，到南京来创业。

“大学毕业做家政，当清洗工，没有想法吗？”

“刚开始还是有想法的，但是想想看，小事做不好，怎么能做大事？做了两年，发现这高端家政服务是个很有前途的事业！我们公司除了精致家洁，双基教育，还开拓了婚礼策划，魅力摄影，私家美厨等家庭服务，很受欢迎的！”

我说能问问你们的收入吗。

又是甜甜抢先回答：“上个月过万了！一个农村女孩，才工作一年能有这个收入，我好高兴好高兴！打电话给我妈妈，她也没想到，说比我爸都多了！”

小胡补充：“天热了，清洗空调业务猛增，所以收益比较好。加上家教，我们时间花得也多。”

“你们都是外地人，租房要花不少钱吧？”

“因为服务对象是中高端家庭，公司也要求我们住在高端小区。不过是大家合租，五六个人一家，集体开伙，一月费用也就1000多。”

甜甜补充：“大家在一起很真实，很单纯，经常开party，轮流当大厨，可开心了！马姐还请专家来给我们讲恋爱课，恋爱中的心理学，教我们怎么表达，如何沟通，怎么处理恋爱中的矛盾。我们组长已经学以致用，捷足先登啦！也是我们的学姐，很漂亮的！”

甜甜特别爱说，表达得也很流利。什么“爱人如己，表里如一”，“遇见真实的自己，寻找生命的价值”，“保持心中的光，不知道何时会有人借你的光走出黑暗”。我说你一套一套的。她说本来么，我是老师出身。

iwill，英语就是“我愿意”，90后的年轻人，更注重做自己喜欢的事，自己愿意做的事，他们崇尚着“非凡的自由”。爱唯尔公司提供了这么一个平台，团聚了一帮志同道合的年轻人，看了他们的宣传照片，一个个笑得那么灿烂。他们自称是一群快乐的“iwiller”。

空调清洗干净，已近下午二点。我爱人叫了一盒披萨和三杯奶茶，招呼三个年轻人休息一会。看着他们完成任务后愉快就餐的样子，客厅里充满青春的气息。

好一群可爱的“斜杠90后”！

（《南京日报》“雨花石”2018年6月27日发表）

放电影的小伙子

周一社区就通知，说周五晚在社区小广场放露天电影，片名《伏击》，欢迎大家自带小凳子来看电影。

吃过晚饭，摇把扇子，我们来到社区广场。这个社区是仿照欧洲的风格建的，中间有个小小的广场，长形的，四围有一排花坛。路口的广告栏边拉了一块白布，十几米外放了一台小小放映机，一个穿黄色T恤，二十岁左右的小伙子正在调试。零零散散来了二三十个观众，有带孩子来的，还有七八个附近工地的农民工，两个小男孩围着屏幕跑圈子。小伙子调好投影，又用扩音器招呼大家坐好，说马上放映啦，是个新片子，很好看的。普通话说得不错，有点北方口音。

设备很先进，放起来没有老放映机那种走带子的声音，可能用优盘了。看着电影，我一边和放电影的小伙子搭讪。他说他们是区文化馆的，暑假安排到各个社区去放电影。我看他很年轻，问："你今年多大啊？放了几年电影了？"不料他脸一红，有点不好意思地告诉我，他是南京某大学大三的学生，暑假到区里做义工的。因为学的是信息工程技术，就安排到文化馆来放露天电影了。"现在这个机器现代化程度很高，放几次就会了，今天师傅身体不太好，我就自己操作了！"

一旁的社区主任，一位四十岁的女同志听了我们对话，插话说："噢，这个大学生很动脑筋哦，一来就问我们社区有没有建立群？老人中有手机的比例多大？会玩微信百分之几？小朋友一般几年级用上手机？搞了一份问卷调查表，给我们出题目呢，哈哈。"

小伙子接过话："我们是想搞点社会调查，到十几个社区放电影，早到一个小时，就可以了解好多情况？这样一个假期，不仅可以放十几场电影，还可以搞个社区网络情况的报告了！"

我非常有兴趣地问："你是理工科的，做这些社会调查有什么用？是学校安排的？"小伙子突然认真起来，话回得也振振有词："是我们班团支部自己出的题目。我觉得每一个大学生都应该关心社会问题，信息网络将来会涉及到每一个公民，社会调查是政府决策的依据和基础！"

小广场上的居民渐渐增多，电影也渐入高潮。小伙子看几个孩子没有位子，就招呼他们坐到第一排去。

我不禁对这个九〇后的大学生和他们的团支部产生了很大敬意，和我们年轻时一样，志向远大，势不可挡哦。等他过来，我心血来潮地又问一句："你是北方人？父母干什么的？"

"我是北京的，"小伙子回答，"我父母都是老师。"

电影完了，大家开开心心地散去。那个片子我印象不深了，但是这个穿黄色T恤衫的小伙子，一个暑期深入社区的志愿者，一个关心国家网络运用和发展的大三学生，却在我脑海里久久挥之不去。

（《金陵晚报》"雨花石"2017年9月9日发表）

IT 男与马拉松

这次“南马”，家门口的乐山路也成了跑道，因为临近终点，九点半以后，白色的铁栏杆前站满观众。执勤警察不停地招呼大家不要靠在栏杆上。

人群中看到我一个老同学，省外贸退休的，带了一个女孩也在张望着。“孙女多大啦？”“二年级了，来给她爸爸加油呢！”我来兴趣了：“你儿子跑马拉松？”“哎呀，跑上瘾了！这两年他参加了四五个马拉松了！”谈到儿子参加马拉松比赛，老同学眼里闪出光彩。“这次南马人特多，报名要抽签，结果没有抽上。后来是一个赞助商给了一个名额，要求消费2500元，158元一张的烤羊腿券，一次买了15张！全家都吃了四五次了，还没吃完呢！”

没一会，孩子妈妈也来了，高挑个，着一身紫色运动服，头上包着毛巾，是刚刚参加了5公里的mini马拉松，洗澡后出来看比赛的。我调侃：“你们夫妻俩都是运动健将啊！”她说：“我是区里组织的，他是自己报名的。”她姓高，看我对孩子爸跑马拉松感兴趣，就和老同学你一言我一语，讲述了一个IT男跑马拉松的故事。

他北理工毕业，今年38岁，当了几年“北漂族”，后来认识小高，结婚并回南京了。现在在一家著名的通讯公司软件开发部当经理，是个典型的IT男。跑马拉松的初衷是减肥，1.81米的个头，体重210斤，高血脂，脂肪肝，大肚皮。小高买了一个跑步机，先是在家里跑。后来是去奥体中心跑，一圈四公里，一小时跑两圈。再后来到江边大道上去跑，从绿博园跑到鱼嘴湿地，一二十公里，一个星期要跑个两三次。一上来膝关节有些疼，医生说吃保护关节的药，同时降体重。大半年下来，体重降到了170多斤，膝关节疼痛也减缓了。

尝到甜头，越发有劲。介入马拉松是前年的事，大学同学的跑步群中有人率先参加了一次北京的马拉松，说那种过程不要太磨练人哦，那种对意志品质的锻炼使人终身难忘！几个血气方刚的IT男约定一起跑一次马拉松，还打赌谁不能坚持跑完全程谁请客。

“第一次的青岛马拉松是我陪他去的。”小高有点自豪地说。IT男在风景如画的海边城市完成了第一次马拉松。过程中经历了小腿抽筋，大腿肌肉变硬和疲劳的极点，腿疼厉害时走了一公里多，无数次想弃赛。但是，他坚持下来了，用时5小时25分钟。

跑步时，他说喜欢那种挥汗如雨的酣畅感觉，喜欢那种达线以后极度放松的心情。后来他又和同学一起参加了秦皇岛、沈阳、北京的马拉松和第一次的“南马”。越跑越有干劲，越跑越有经验，速度也从5小时进入了4小时！名次虽然是几千名开外，但参与与成功给他带来不可言喻的喜悦。现在他的体重已经到了160斤左右，大肚子也拜拜了！马拉松甚至成了家庭的节日，秦皇岛的马拉松是五一举行的，小高带孩子一起去给他加油，当后勤，顺带全家旅游一把。

“来了，来了！”人群突然骚动起来。领先的蒙古运动员在引导车的带领下率先跑过来。渐渐地，大队人马也一个一个跑了过来。看着这些跑了七八十里地的各色各样的运动员们，观众们情不自禁地高呼“加油”，为他们鼓掌。都是精干干的，没有一个胖子！也有年龄大的，还有赤脚的，虽是疲倦万分的样子，但一个个咬牙坚持的坚毅的脸色不禁令人肃然起敬！马拉松真是意志和毅力的比拼。

十一点多，我们终于等到了IT男，一米八几的帅小伙子，穿着组委会发的黄色背心、蓝色短裤，衣服完全湿透，神色自然地跑过来。女儿趴在栏杆上大声喊着："爸爸，加油！加油！"小高和我们一边鼓掌一边也喊："加油！坚持！"看到亲人的助兴，IT男开心地笑了，精神大振，扬扬手，加快了步伐。

我心里突然一阵冲动：好男儿，都应该跑一次马拉松！

（《南京日报》"雨花石"2017年11月24日发表）

太极拳友

吃完晚饭，换上印有陈氏太极字样的白色圆领衫，黑色灯笼裤，匆匆赶到拳馆的时候，宽大的墙镜前面，已经来了七八个同班的拳友了！都是提前到场自己练习的好学生。

陈氏太极拳馆在奥体中心球类体育馆的四楼，一千多平方，宽敞气派。大厅两面墙是一人多高的墙镜，练习者能清楚看到自己的动作。镜子上方则是陈氏太极拳历代传人的照片，也就是太极拳的祖师祖爷了。创始人陈王廷是1600年出生的，有四百年历史了。

拳馆三名教练，都是从河南陈家沟过来的小伙子。最大的一个24岁，叫张雷，1.8米的个子，帅气结实，看上去就是个习武的料子，他是我们这个班的老师。

所谓一个班，就是同一时期报名的，有十四五个人。有国企的经理、私企的老板、机关的干部，也有学校的老师、公司的白领，还有两个退休的老同志。

我们学的是“老架一路”，全部七十四式。陈氏太极拳是实战型的，老师教一个动作，总要讲一讲在武打中的作用。学得最认真的是粗壮憨厚的私企老板唐峰，除了上课很专心地学习，还在网上下载了视频，回家自己练习。一段一段都是他先熟练地打下来，教练就叫他给我们示范。“我就是想学点武术，”他对我说，“我经常出差，一个人在外地，学点套路，保护自己。”

还有一个认真的是小乔。三十来岁，剪着男娃头，面容姣好，身材颀长。据说是生了一场病（有人猜测是癌症化疗的），医生建议她打太极锻炼身体。她特别喜欢提问，张雷也喜欢美女的提问，很耐心地解释。

老沈夫妻两个都来上课，一个是省某机关的，一个是老师。老沈可就是三天打鱼两天晒网了，夫人经常代他请假：“又有应酬了，没办法！”她就带个iPad，把新讲的课录下来，带回去给老公看。

和我交流得比较多的是移动公司的一个部门经理，教练喊她张姐。她说孩子到国外读书，家里没事，练练太极，可以减肥健体。一段时间，她的左手指骨折，上了一个夹板，她就戴着夹板练拳。

张教练要求严格，一再告诫：你们学的是正规的陈氏太极拳，一招一式都必须符合规范。每次打拳前都要练二十分钟的基本功——缠丝劲，要求立身中正，松肩沉肘，上下相随，刚柔相济。每个动作都要一个个过关，帮助纠正，女学员也不例外。开始小乔还有点腼腆，后来每次都主动请张教练来纠正自己。一套拳打下来，腿酸腰疼，浑身汗津津的。

半年下来，我们这些同学都能熟练地把老架一路打下来了！雪白的拳服一穿，伴着音乐声声，大家整齐划一，体态飘逸，神采奕奕，精气神就是不一样！

年终考试，三个教练和馆长一排坐在前面，每人抽签选一段，三人一组上去打，然后老师点评。考试结束，对前几名进行表扬和奖励。唐峰第一，奖励了一把很漂亮的太极剑。美女小乔和张姐都得到奖品——一本《陈氏太极拳剑刀》的书。我作为年龄最大的学员得到一件印有陈氏太极标记的圆领衫，是鼓励奖。老沈夫妻没来考试。

在拳馆呆了两年，又学了老架二路，太极剑。去年因为要出国一段时间，我就没再续费继续打拳了。那天在商场碰到张姐，问起拳馆的情况，她说张雷当馆长了。说我们班就剩唐峰还在拳馆，五一期间他参加了拳馆组织的河南陈家沟之行。还说，小乔好久没去了，也不知她现在身体怎么样了。

（《南京日报》“雨花石”2016年9月8日发表）

骑车的风景

骑上乐山路，就感到吃力，脚踏踩下去没有一点惯性，低头一看，捷安特的后轮几乎没气了！这河西奥体一带，马路整洁漂亮，多数人都用公用自行车了，哪里有修自行车的地方？勉强骑到湖西街加油站，办好油卡激活，已经汗流浃背了。还要去奥体中心邮局取稿费，这么个三伏天，真是锻炼出汗的时候了！

路过月安街的一个树荫下，突然发现一个修自行车的摊子！一辆小小的三轮货车，挂着两个车胎，地上摆了一些扳手、螺丝刀，旁边立着一个气筒。一个白发老人坐在小凳子上看报纸，穿一件洗得发旧的黄色圆领衫，脖上挂着一个红蓝格子的围裙。“哎呀，真是救了急了！”我大喜，此时心情就像沙漠里看到绿洲！

那气筒煞是好使，轻轻几下就解决了问题。白发老师傅放下报纸提醒：“这天胎不要打足噢。”我一边掏皮夹子取钱，一边夸奖说：“你这气筒真好使，几下就行了！多少钱？”老师傅爽朗笑起来：“三分手艺，七分工具哦！打一下气还要钱？走吧走吧。”

皮夹子里没零钱，我就没再客气，只是连声说了好几声谢谢。临走还问了一句：“师傅贵姓？”他说：“免贵，姓何。”

再骑上车顿时感觉轻巧多了，人都要飞起来。捷安特再好，也得气足！一句“打气要什么钱”使我在酷暑中有凉爽爽的感觉，加上拿了稿费，特别开心！

出了邮局，路边一个西瓜摊。突然萌生一念：何师傅给了我方便和愉快，我何不回他一个惊喜？让社会充满和谐噢。我买了两个西瓜，骑上车子，回头奔月安街而去。

何师傅正在给一个问路的妇女指路，听明白了，那个女同志也是连声谢谢。我捧了一个西瓜给他，说："何师傅，你刚才一句打气要什么钱，感动我哦，我专门来谢谢你，也给你带来一点愉快！"

他连连摆手说这怎么行呢。我说买了两个，你一个我一个！

我们聊起来。他是一个商业企业退休的，64岁，修车十几年了。"其实生意也不好，现在多数人都用公用自行车。主要是在家闲得慌，摆个摊子打发打发时间，不过我发现，河西修自行车子的还真是不多，补个胎啊，换个零件的，的确方便不少人！每次看人家眉头皱皱地来，高高兴兴地离开，我是很开心的！你说，人一辈子图个什么啊？不就是健康开心吗！"

端详何师傅，国字方脸，五官端正，红光焕发，看上去就是那种开朗宽厚之人。他说以前住市区，为了外孙女上学，和女儿女婿一起贷款买了河西的学区房，一不小心踏进了"富人区"。女婿在公安系统，女儿在一家医疗器械公司，"是500强哦！"

我说，是啊，今天要没有遇到你，我可吃苦了！何师傅笑笑："我啊，就是喜欢看人家修好车子那种开心的样子！看到顾客高兴，我心情就特好！你看你还专门送西瓜来，不仅我要开心一天，我们全家都会开心，呵呵！"

想起一句古语：乐人之乐，人亦乐其乐。给别人带来快乐，也会给自己带来快乐——这话真是不错呢！

（《南京日报》"雨花石"2017年8月13日发表）

领舞者

老赵最近有点不安，五十好几的妻子怎么特别爱打扮起来。每天出去穿衣服要换几件，镜子里端详半天，还要抹点口红。这一周她接连买了三条裙子，一条条穿给老赵看，问哪一条好。他知道妻子参加了社区的舞蹈队，经常要排练演出，但也不至于一下买三条裙子啊！年轻时的丁丁可是厂里五朵金花之一，后面一大堆追求者，不要是有什么情况了？

丁丁似乎看出老公的疑惑，“下午我们舞蹈队排练，你一起去看看？”

退休再干的老赵恰好下午没事，就跟着妻子来到小区的中心广场。一条“魅力景城，青春永在”的大红横幅拉在广场的两棵大树中间，二十来个身着红色上衣、黑色舞蹈裤的大妈们已经到场。看看时间已到，一个穿绿色双肩、白底运动上衣的老师打开音响，雄壮的“西班牙斗牛士”音乐赫然响起！大妈们排起队形，和着强烈的音乐节奏，舞动起来。那领舞的老师，1.70的个头，身材颀长，气质高雅，小脸尖下巴，黑黑的大眼睛，配上昂首挺胸，刚劲的动作，伴着节奏甩头的眼神，怎么看怎么舒服！老赵的血都涌上头来，年轻时他也学过探戈，真想跑上去蹦跶一下。

第二个舞是“雨打芭蕉”，每人还有一把黄色的纸伞做道具。这是个抒情的民族舞蹈，领舞老师柔软的腰肢把广东少女的婀娜多姿表现得淋漓尽致，舒展的动作展示出她良好的舞蹈童子功。队员们层次不一，但一个个都很认真，很享受的样子。看来丁丁也非常喜欢这个舞蹈，跳得十分投入，一招一式充满小女人的柔情，使老赵仿佛回到了当年谈恋爱的感觉。

休息时间，当过记者的老赵不禁和领舞老师攀谈起来。领舞老师王姓，57岁，小时候参加过小红花艺术团，是单位的文艺骨干。走过青春岁月，跨入退休年龄，重新捡起舞蹈的爱好，先是参加社区的广场舞，后来觉得不过瘾，报名上了老年大学的舞蹈和服饰表演班，“不断充实自己，做自己想做的事。”又在社区里找了七八个爱好者，成立了“魅力景城”舞蹈队。把自己在老年大学学的舞蹈和服饰表演，一一教给队员们。现在“魅力景城”舞蹈队已经发展到二十多人，过年过节参加各种演出，还代表社区在全区的夕阳红舞蹈比赛中获得二等奖。最近排练的几个舞，是准备参加全国十四个城市联合举办的“红舞联盟吉尼斯大奖赛”的，约定在同一个时间，五万人同时跳一个舞，争取创造一项吉尼斯世界纪录。

“老年人跳舞，是一项非常好的陶冶情操、锻炼身体的活动！”谈起跳舞，领舞老师充满了自信，一双微微描过的眼圈显得炯炯有神。跳舞的人就是不一样！气质脱俗。“人开心时才会手舞足蹈，听着美好的音乐，舒展身体，是一种美好的自我展示和自我欣赏！它能使我们的老年生活洒脱由心，开朗精彩！”一旁的队员凑过来说：“每天一场舞，出出汗，特别舒畅！而且姐妹们在一起，唠唠家常，互相关爱，心情特别愉快！”丁丁补充说：“跳舞的人特别爱美！平时注重身材，穿着也很在意，使我们年轻不少！今年我的裙子就新添了三条！现在不穿，更待何时？”

一个壮实高大的男同志牵了一条宠物狗，拿着一个茶杯走过来，对王老师喊：“你今天杯子忘了吧？”美女们哄起来：“贤内助来了！”

王老师接过杯子，笑笑对老赵说：“我带这个舞蹈队，全靠老伴支持噢，家里大小事，还有一条狗，都是他负责了！

还要管音响充电，帮我们借演出服装。”老赵忍不住夸奖说：“你专心带好这个舞蹈队，让更多的退休大妈享受一个美好的晚年！”大家一起鼓掌起来！音乐再次响起，这是一首藏族舞蹈“雪山姑娘”，二十个大妈迅速排开，舞起来！

回家的路上丁丁对老赵说：“我们这个老师人特别好，上课不收任何费用噢！假日还组织我们外出，带好多吃的和礼品。就是上课特认真，叫我们一个个跳，动作不到位不让过关！”老赵的职业习惯，喜欢刨根问底：“她以前哪个单位的？”

丁丁瞪了老公一眼：“这很重要吗？老师说互相不要问以前干什么的，退休了，大家都一样，活好当下就行！”

是的，她就是个领舞者，是一个活得洒脱精彩的领舞者。

（《南京日报》“雨花石”2017年2月9日发表）

好老婆是所学校

早班飞机，六点出门，爱人胸有成竹：滴滴打车。果然，走到小区门口，一辆黄色黄顶的出租车就从夜色中缓缓开过来。

“黄顶车贵吧？”爱人问。“就多15元钱，宽敞啊！你们这个层次的人讲究的是舒服！”驾驶员是个三十多岁的中年小伙子，长得颇帅气，他主动下车把我们的行李放到后备箱里。

“夜班吗？”我坐到前排，搭讪一句。

“早班，刚从浦口过来，就停在你们小区对面，专等去机场的客。”怪不得黄顶车比白顶车多15元钱一口就报出来呢。

下面不用我搭话，健谈的出租车司机就和我们拉开了话匣子。

我们是二十四小时对倒，因为住江北，交接班耽误时间。其实，我每天就开个十几个小时，晚上七八点就回家了。

那么辛苦干嘛？

我们不缺钱。感谢政府的拆迁政策，我家分了六套房，资产好几百万呢！四套出租，钱够用！

但老婆说你不能无所事事啊？

无所事事人就要变坏了。买辆车开开出租，赚点生活费就可以了，我们不存钱。再说我还要辅导孩子学习呢。

孩子多大？

五年级，他妈管语文，我负责数学，我小时候数学很好的，考试都是前三名。数学好的人聪明，以前我喜欢打台球，也叫康乐球，镇上的路边都是，我一竿子打过24个！在我们镇上，说我是第二，没有人敢称第一！也来钱哦，小赌赌，赚点零花钱，抽烟喝酒。后来进厂了，南化公司下面一个分厂，当机修工，再后来谈恋爱了，她爸爸是校办工厂的厂长，很勤奋，工厂办得红红火火。就是不会拍马屁，要不然早当校长了！她家是个大家庭，过年吃饭好几桌，家里家教很严，谈对象老婆就和我约法三章，不许赌钱，不许抽烟，喝酒不许喝醉。她妈妈，就是我丈母娘，人才好呢，特别善良，教育孩子多做好事，经常帮助周边的邻居。去年过世，来多少人噢，流水席办了几十桌，光份子钱收了二十几万！我这辈子就是找了个好老婆，把她家的家教教到我头上，做人讲诚信，不赌钱，不抽烟，不喝酒，一心一意把孩子培养好！你们看不出来吧？我以前有点口吃，在人面前都不敢多说话。也是老婆带我看医生，跑到上海找一个名医看，说要克服心理障碍，叫我慢慢锻炼。后来厂里不景气，回家待岗。老婆说，你干脆就开出租吧，见的都是生人，可以锻炼和生人说话，讲不好人家也记不得你，没有心理负担。我就这样开了出租车，开了四五年，口吃也治好了！呵呵。

老婆干什么？

小学老师，教语文。她文化比我高，后来读的电大，不过进学校，还是她爸找的人。我以前听她妈说过，好老婆是一所学校，说是一本书上说的，我家老婆就是一所好学校！我看你们俩都像读书人，知不知道是哪本书说的？我想找来好好看一看！

到机场三十八分钟，这个出租车司机讲了三十八分钟“好老婆是所学校”的故事，语速不快，字字清楚。有这本书吗？也许就是书中主人公的一句话？各位读者，有谁看过？

（《金陵晚报》“雨花石”2017年3月10日发表）

护工黄姐

老妈脑梗，失语半瘫住院做康复治疗。从医院护工站请来一位护工，五十岁出头，一米六的样子，黑黝壮实。说是安徽人，姓黄，做护工七八年了，丈夫也在这个医院当护工。

看来护士们和这个护工都熟悉，说黄姐当护工你们尽管放心。黄姐（实际比我们年龄小）做护理经验丰富，劲也大，抱妈妈上轮椅时，让老人好的手围住她的脖子，她一手抱住老人的腰，一手拎住后腰的裤子，把瘫痪的脚搁在自己两腿中间，“嘿”的一声，就把老人抱起来，转个身放到轮椅上。理疗和训练也挺会合理安排，护士看到她，就放心离开了。

刚开始老妈大小便没有意识，但湿了她有感觉，要经常换尿不湿。有时一个晚上要七八次，一包尿不湿不到一天就用完了。黄姐倒也不厌其烦，拉上护帘，换后马上用水擦洗。妈妈不能准确地说话，我们只能猜她支支吾吾想表达的意思。倒是黄姐经常猜到她的想法，反过来告诉我们。

闲下来，黄姐也和我们聊天。她说，家里是一儿一女，女儿结婚了，在一个电子商城卖手机，经常看到她打电话向女儿咨询如何下载电视剧。听得出来，她更关心的是她的儿子。说儿子读的大专，学的建筑管理，目前在阿联酋一个中国建筑公司里做管理。他们夫妻俩过去在老家打工，听说医院做护工赚钱多，就先后出来了。

我说护工很辛苦噢，天天睡长椅，一天也不能休息。黄姐笑笑：“不就是为这个儿子吗？结婚要买房子，他能拿多少钱？”说合同是签了三年，但那边很苦，想今年回来算了。你们能不能帮忙介绍个工作啊？

根据惯例，除了每天的护工费外，我们还负责帮她订饭，一天也要二三十元。后来她和我商量，医院饭不好吃，能不能把订饭的钱给她，自己做了吃。后来她自己去买菜，或是凉拌，或是切好放上作料，在微波炉里烧熟。星期天，就买点肉，烧干菜，连续吃好几天。这时，他老公也一块过来吃。我估摸，她是想再省点钱给儿子，因为我们给妈妈送饭时，经常还买些包子烧饼一类的，都留给护工吃了。

一干就是三个多月！黄姐一天没有休息，跟着我妈妈转了六次医院（医保病人半个月必须转院），老妈也一天天见好。我妈也习惯这个护工了，她俩的沟通比我们还默契，有几次老妈情绪不稳定，不配合治疗，我们怎么说都不听，还是在黄姐耐心地劝说下，开始吃饭和治疗。黄姐不断跟我们说，病人的信心是康复的重要因素，一定要不断给她信心。说你妈虽然年龄大了，但感觉腿一天天有劲，肯定能自己站起来！也给我们树立信心。

黄姐儿子回来的前一周，她和我们打招呼，要回家几天。她说正好隔壁房间的一个病人出院，和那个护工说好，可以帮忙做几天。

没想到帮忙的第一天，我妈妈就哭了一夜，因为搬动妈妈时，新护工不小心把气垫床的电源碰掉了，气垫漏气，硬板床杠得腰疼，加上护工夜里睡着没醒，尿不湿没换，老妈一夜没眠。第二天看到我话说不出来，只是流泪！我压住火，赶快找护士解决气垫床问题，一面给黄姐发个信息：“你何时回来？这个护工不行！”

黄姐回信：“我尽量早一点回来！”

没想到第二天中午，黄姐就赶到了医院。我妈看到她，一直紧锁的眉头猛然舒展开来，伸出那只好的手臂，竟然高兴地喊出声来：“好！好！”

一个好护工，是病人和家属的福祉哦。

（《金陵晚报》“雨花石”2017年7月7日发表）

起跑线

周三下午，女儿交代我接外孙女，并把她送到琴房上小提琴课。外孙女三年级，三点四十下课，三点半不到，我就背了琴在学校门口等了。学校门口密密麻麻围满家长，多数是爷爷奶奶，这也是中国的一大景观。

突然听到有人喊我的名字，回头一看，是个老同志，熟面孔，但一时想不起来是谁。退休多年，见面熟人很多，叫不出名字的不少，但这并不影响我们的交流。他是来接孙子的，孙子六年级了。我说："六年级还要接啊？""是啊，儿子家比较远，坐车要转，我开车来的。"他要把孙子接到儿子家，吃了晚饭再和老伴一起回家，从上幼儿园至今，九年了！为此专门买了车。孙子幼儿园就开始上辅导班，英语，奥数，作文，一样没少，接送多数也是他。我笑了："你就一直围着孙子转了？可怜天下爷爷心啊！"老同志笑笑："儿子媳妇忙啊，我们帮帮手，反正也没事。现在不是讲不能输在起跑线吗？光是上辅导班的钱，没有10万，也有8万了！好在孩子争气，成绩不错，如果能考上外语学校，也值了！"我说："投入不小啊！你和老伴不出去转转吗？""也出去的，我们去欧洲转了十几天，儿子出了两万块钱。不过在外面心里还记挂着谁每天接送呢，习惯了，呵呵。"

这个爷爷倒是挺乐观的，心甘情愿接送孙子八九年，支撑他的动力竟然是"不能输在起跑线！"那天和在南外校当老师的女儿聊到这个"起跑线"，她告诉我，外孙女这个班47个学生，44个人在外面上了语数外的辅导班，说现在上奥数的学生特别多，因为名校都要看奥数成绩。我知道她没让外孙女上辅导班，而是报了三个兴趣班。一个写字画画班，一个小提琴班，还有一个是乒乓球班，跟一个体育馆的教练打乒乓球，已经三年多了。我说你不怕孩子输在起跑线上啊？她说，一上来也纠结，人家都上，自己孩子不上，是不是吃亏了？一攀比，心态就不好了。后来想想，人生是一场马拉松，起跑快点慢点并不重要，到终点还是靠耐力和坚持努力。她认为小学是打基础的阶段，首先要把学校的内容学好，基本功练扎实，要培养良好的学习方法，这才是最重要的。她觉得孩子应该从小培养点兴趣爱好，长大了会“玩”，生活才有意思。外孙女给她调教得挺不错的，虽然没上辅导班，但连续四学期语文数学都是前两名，还被“民选”当了班长。毛笔字写得很像样，婆婆说我们都写不出来。乒乓球也能拿我四五分了。这是不是算另一种“起跑线”，才华和才能的“起跑线”？

“爷爷好！”那个六年级的男孩出来了，很礼貌地喊了两个爷爷。个头不高，戴一副深色眼镜，一副聪明神气好学生的模样。爷爷很亲昵地摸摸孙子的头，接过书包，那副愉悦的表情无以言表——这就是接孩子的乐趣吧。

琴房里，外孙女在拉里丁格的《b小调协奏曲》，我还在想着那位想不起名字的老同志的话，琢磨着该如何描述这个“起跑线”。

（《金陵晚报》“雨花石”2017年1月21日发表）

输液室里的课外作业

肚皮上长了一个肿块，鸽子蛋大小，外皮红通通的，触摸上去有点疼。医生摸了一下，说是个疖子，但已经很大了，怕拱脓感染，如果手术，这地方的伤口不易愈合，最好挂水消炎，让它消下去。

我犹豫了一下：不是说尽量不要挂水、用抗生素吗？看看医生坚定的语气，只好就范。换急症号（急症才能挂水），开药，缴费，拿药，找到输液室。

输液室的人不多，窗明椅净。找了一个靠窗户的位子，开始挂水。一共三瓶，两小袋头孢，一代生理盐水，护士说要两个小时。好在现在有手机陪伴，也不寂寞。看看微信，发发信息，翻翻头条，半小时就过去了。

同一排的右边是一位五六十岁的大妈，穿着医院护理员的服装，也在挂水。看来是个闲不住嘴的人，不停地与过往的医院工作人员打招呼，聊天，很快就知道她纺织厂退休后来医院做杂工。得的是肺炎，挂六天水了。

对面一排座位上，坐着一老一小，小姑娘挂水，奶奶陪同。女孩子10岁模样，小脸，秀气，扎两个小辫子，左手挂水，右手玩手机。奶奶不停说，不要老看手机，打游戏伤眼睛。孙女依旧玩。一旁的大妈忍不住插话：姑娘，听奶奶话，休息一会！女孩终于放下手机，对奶奶说：那我们还是成语接龙吧！

女孩说我先说，春风化雨；奶奶接：雨过天晴。女孩说：雨过天晴也是成语？我来查查。她手机飞快地点点：哦，是的。晴，晴天霹雳；奶奶一下停住了，这个“雳”可不太好接。我忍不住接上一句：历历在目，重音字应该可以。女孩：目不斜视；奶奶：司空见惯。女孩说；不对不对，视和司不是一个音！你输了！

我笑问：小姑娘几年级啦？你刚才怎么查的？女孩说；手机百度啊。我说这个“视”的确不好接，必须用谐音，接事事如意吧。然后，意气风发，发奋图强，强人所难，难以置信，信口开河……就比较顺了，连旁边大妈也参与进来。接着接着，一瓶水挂完了。

奶奶告诉我，她上四年级，扁桃腺发炎，发烧来挂水的，今天好多了。我又问，平时课外都上什么课啊？女孩答：哎呀多啦！作文，英语，奥数，还有羽毛球，小提琴。我想起我那10岁的外孙女，也是五门课外课。心疼地问：喜欢上吗？累不累？女孩说：不累，我喜欢。奶奶笑了：她不累我累哦！都是我接送。我又问女孩奥数班上什么内容。女孩来劲了：爷爷，我给你做个题目好不好？就是我们奥数班出的。

三个天使和三个魔鬼要过河，一条船最多坐两人，但任何一岸和船上天使的数量不能少于魔鬼，否则魔鬼就要吃掉天使。这是一个锻炼思维的游戏题。

一旁的大妈惊叫一声：“妈啊，现在四年级要做这么难的题目？”好在我喜欢挑战性的题目，一边挂水，一边琢磨起这个游戏来。终于在孩子挂完水之前，解出来了。女孩高兴地表扬我：“爷爷，你比我奶奶聪明！我都讲给她听了，她还记不得！”

女孩临走时问我：“爷爷，你明天还来挂水吗？我明天再给你做个题目，比今天更难！”

我很高心地说：“还来还来，明天还在这输液室和你一起做课外课的作业！”

（《金陵晚报》“雨花石”2018年5月7日发表）

环保小天使

星期天早晨，懒懒地想多睡一会。去晨练的老伴临走时交代：“你今天把晒台外面的垃圾清理一下？楼上也太不自觉了。”

我们住一楼，小区的绿化还是很漂亮的，晒台外面就是花园，春天到了，粉色的海棠，白色的樱花，细嫩嫩的柳丝，绿茵茵的草坪，到处是春天的气息。但靠近家里晒台的那块草坪上，稀稀拉拉散落了楼上丢弃的几片白色餐巾纸，一个牛奶盒和一个矿泉水瓶，实在大煞风景。上次我就清理过一次，并在进门的门禁卡处贴了一张纸条，诙谐地用了“失物招领”的题目，客气地请楼上住户不要向窗外丢弃杂物。没想时间不长，又有垃圾丢落在草坪上。

找了一个塑料袋，拿了一双一次性的筷子，出门捡垃圾。两个男孩骑着半高的自行车从前面飞驰过来，一个前面骑，一个后面追，可能在比赛，好猛，好快，我迅速向旁边让了一下，没想一脚踩到了路边的一截狗屎上。真恶心！明明十来步远就有一个小区专设的放狗粪纸的盒子，供这些遛狗人处理狗屎的，却不愿费这点事！小区的房价涨到好几万，也算是高档小区了，怎么有的人道德水平就是上不去呢？早晨春天气息带来的愉悦心情被一扫而光。

狗屎又粘又臭，用了几张狗屎盒里的旧报纸才勉强擦干净。有人说交狗屎运会发财的，莫不是我今天要拾皮夹子了？转到了晒台这边的草坪上，开始用筷子捡垃圾。瓶子、盒子倒是方便，就是一些餐巾纸因为雨水浸湿，陷进草根的泥里，要用筷子把它挑出来。

“叔叔，你在挑野菜吗？”那两个男孩骑车转过来，看我蹲在草坪上，停好车子跑过来好奇地问。

没喊我爷爷，我心情顿时好了一些。“我在捡垃圾，使春天更加美丽！”穿红衣服的小男孩很机灵，说：“我可以帮你捡吗？”我看看他：“好啊，爱护环境人人有责，你是个好孩子！”我把筷子递给他，一边指挥他捡那些白色的纸条，一边问：“几岁啦？上学没有？”

“我7岁了，上一年级。”另一个穿蓝衣服、戴眼镜的男孩抢着说：“我8岁，上二年级。叔叔，楼上人为什么要把这些东西扔下来啊？不讲卫生，还破坏环境。”

这两个孩子的说话使我兴奋起来：“老师给你们上过保护环境的课？”蓝衣服孩子显然更成熟一些：“讲过，地球是我们居住的地方，保护地球就是保护我们人类。”红衣服孩子挥着筷子用尖尖的童音说：“我还被评为我们班的环保小天使呢！上次考可回收垃圾和不可回收垃圾，我全答对了！”

小学里进行可回收和不可回收垃圾的介绍，还评比“环保小天使”，真是个普及环保知识的好办法啊！我不禁惊叹这个学校的环保意识，而且是从孩子开始教育的意识！

我说：“你们两个都是我们小区的环保小天使！”

望着两个天真可爱的“环保小天使”翩翩离去的背影，早晨的不愉快一扫而光，重新感到了清新的春天气息。对我来说，还应了一句老话：今天中了狗屎运了！

（《金陵晚报》“雨花石”2017年5月17日发表）

换电池

在新街口参加一个午餐聚会后，走进旁边的大商场，想给手表换块电池。

“280元。”西装革履的修表工看了一下手表，他的回答吓了我一跳，这个高档商场不仅服装贵，电池价格也高大上啊，而且这个西装男惜语如金，不再搭理我。我把表要回来，决定再找一家修表店看看。

下午到城南办事，恰巧看到路边有一个摆摊子的修表匠。“噢，是光动能的表吧？挺贵的。戴了多长时间了？”四十多岁的师傅显然热情多了，把表细细检查一遍后问。“光动能？”我有点惊讶。这表是前次到美国，一位中学同学，儿时的好朋友送我的，说明书全是英文，我也没细看，就当是块电子表，一戴三年多。师傅又问：“是不是有一段时间没戴了？放抽屉里的？”我说：“是啊，今年和夫人去美国带孩子，天天家里蹲，有三四个月没戴表。回来发现走走停停，估计要换电池了。”修表师傅笑笑：“电池老化了，换一个200元。而且要预定，你先付100元定金，后天来装。”

便宜80元，差点就要付钱了。又一想这边离家太远，跑那么远过来换一个电池，有点不值。我说：“我先在家附近问问看吧。”修表师傅说：“也行，你留个电话，如果那边没有我负责帮你换！”

记起来，我家附近的大超市有个手表柜台，修表的是满头白发的老师傅，挺讲诚信的。几年前我在他那里修过一次表，最后他把换过的零件夹给我看，并讲清是什么问题，多少价格。还提醒我，修表一定要找可靠的店，里面猫腻不少呢。我挺感动的，和他聊了半天。旁边柜台的女售货员告诉我，他是南京手表厂高级工程师，还当过市劳模呢，工厂不景气后就在这干了，因为讲诚信，回头客可多了！我寻思，这么贵的电池找他换应该比较放心！

一拖一个星期，期间那个路边的修表师傅曾打来一个电话，问电池换了没有，说你跑一趟他可以优惠一点，180元。他一让价反而坚定我去超市修表的意向了。

星期天我和夫人一起来到超市的钟表修理柜台。白发师傅不在，只有一位二十多岁的姑娘在修表。姑娘说："有事找我，我是他徒弟。"她仔细检查了手表。说："噢，西铁城光动能电波表！是不是一段时间没有使用，没充电？"跟着，她很明确告诉我们，光动能电波表，是一种用光转化为机械动力的手表，只要用太阳光直射四小时，或者日光灯照射十二小时，手表就可以走三个月以上。一般电池的寿命应该是十到十五年，你们才用三年多，应该不是电池问题！姑娘说你们回去，把手表放在太阳下面晒上一天，再看看走不走。

这样的坦诚回答使我们十分意外！姑娘看我们半信半疑的，笑起来："不信上网上搜搜看！我是照师傅的要求做的，做生意一定要讲诚信噢。"她笑的时候，一对小酒窝特别讨喜。

结尾不用多说了，诚信给人带来快乐。第二天是个大晴天，我把手表放在阳台的阳光下晒了一整天。晚上手表就正常走起来，测试一天，和手机时间一样准确！

不用再换电池了。

（《金陵晚报》"雨花石"2016年12月22日发表）

老年大学里的音乐欣赏班

到点退休了，到某协会任个闲职。恰逢所在单位的老年大学开学，有文学欣赏、音乐欣赏、书法、声乐、二胡，十几门课呢，就选了一门音乐欣赏，这是我一辈子的缺门，老了补补课。

音乐欣赏班有二十几个老同志，资深美女居多，大的有七八十岁了。我一进教室，所有目光都射过来：怎么来个小伙子？以后在班上都喊我小伙子。

我们的老师叫东方，主持过江苏台音乐欣赏节目。是前线歌舞团的音乐创作员，当过政委，有六十岁吧。讲课内容是“中外音乐家巡礼”，老师带了一本厚厚的书，准备了CD，每介绍一位音乐家，会把他的主要作品放一段，指导大家欣赏。所以这门课还是很轻松的，不仅能了解世界著名音乐家的身世、经历、作品，还能欣赏到美妙的乐章，陶冶心情。

闭上眼睛欣赏那些流传多年的优美的世界名曲时，一种莫名的愉悦就会在全身荡漾。我发挥了年轻时候上大学的好习惯，认真听讲，认真笔记。同座资深美女经常探过头来看我笔记，夸我记得全，记得好。

这里，我知道了俄罗斯的音乐之父格林卡，听了他的歌剧《鲁斯兰与柳德米拉》的片段；知道了德国的世界大音乐家勃拉姆斯和他的著名的《A大调小提琴奏鸣曲》，匈牙利的世界钢琴之王——李斯特，以及他的《英雄赞诗》，知道了他是世界上钢琴作品最多，钢琴弹得最好的“钢琴之王”；还有意大利的威尔第和他著名的“饮酒歌”（《茶花女》），奥地利的圆舞曲之王约翰•施特劳斯，法国的印象乐派大师德彪西……

我从来没接触过这么多的大音乐家和作品，老年大学的课堂使我成了音乐殿堂里的一位虔诚学者，对音乐是顶礼膜拜！这些音乐家大多自幼就习琴谱曲，都有名师指教，兴趣加苦练，是天才。我经常把听课的感触讲给当老师的女儿听，希望她能在培养她女儿的音乐才能上有所启发。

东方老师还在课程中给我们介绍了由张宝康作词，他作曲的大型交响合唱史诗《华中人民的长城——铁军组歌》。这是江苏为纪念新四军而写的一个组歌，前年在北京国家大剧院正式演出。东方老师是作曲者和指挥。讲起这些，他很兴奋。我们听了《铁军组歌》的全曲，看了录像，气势雄伟，真的很棒！中间还穿插了苏北话“乖乖隆的冬”，很有地方特色。

我的同学们都是这个大研究所的退休职工，有高级工程师、管理干部，也有老工人，都是音乐爱好者，有的还是该所老年管弦乐队的骨干，同座美女就是吹单簧管的。课间谈论起来，头头是道。有一位眼睛已经看不见的高工，每次由夫人带着过来听课，十分感人。

我的同座对我特别关照，一次我因故缺课，特地找到我办公室来：“小伙子，东方老师给了我们几张《铁军组歌》的票，我留了一张给你，一起去啊！”

（《金陵晚报》“雨花石”2016年1月27日发表）

二胡来一曲

退休后到一个协会发挥余热，恰逢协会所在某研究所老年大学开学，我去报了二胡高级班。高级班是要考试的，好在我中学就开始学二胡，考试时拉了一段《良宵》，老师助理一看我的运腕动作，就知道我基础不错，顺利录取。

高级班的老师叫召唤，是当时江苏省民乐团的二胡首席，国家一级演奏员。召老师三十多岁，风华正茂，是二胡大师朱昌耀的弟子，闵惠芬的学生。他的二胡独奏，多次得过一等奖，灌过很多唱片，还为一些电视剧配过音乐。召老师比较忙，不是每次上课都到。但他到场时，都是很认真地讲，很认真地拉。听他拉琴，真是一种绝妙的音乐享受！听《奔驰在千里草原上》，仿佛看到万马奔腾的大草原，牧羊人在纵情放歌；听他演奏《怀乡曲》，诉述了宝岛的乡亲对故乡的怀念之情，心都要碎了；听他演奏《洪湖人民的心愿》，就好像听到韩英在娓娓哼唱，时而深情，时而激昂，快弓清晰，轻重有节，情感完全体现在琴弦之中。听他拉琴，你才会感觉二胡真是个好乐器，能表达这么多这么复杂的感情。

他有活动不能来时，是一个助理老师带着我们练琴，把老师教的曲子一段一段地练习。所谓高级班，就是学拉独奏曲，在那两年多时间，我们学了《红旗渠水绕太行》、《江河水》、《豫北叙事曲》、《三门峡畅想曲》等，都是高大上的名曲。有时高兴起来，老师说：来段老的！就带我们拉起《赛马》、《良宵》，《北京有个金太阳》来，十几把二胡齐奏，国家一级演员领奏，气氛热烈！

高级班的同学都是该单位老年乐队的成员，个个弓马熟练，经常代表该所参加演出。跟着他们齐奏，虽说是“滥竽充数”，也确有所提高。这些同学大都是退休的科技人员，召老师尊称大家为“老军工”，说就是看大家为军工做出了贡献才接这个老同志班的。

学期末安排一次考试，就是每人上台拉一首独奏曲，召唤老师点评一下。这是我们最紧张，也是最得益的时候了！要知道，召老师带的南艺学生，价格不菲啊，我们一学期学费才几十元。按他的话说，我教了你们两年，研究生都毕业啦！

最后一次的考试，我拉的是《三门峡畅想曲》。苦练了两个月，尽管个别地方有点结巴，毕竟拉完了全曲。召老师高兴地说：“快弓还要多练，但是抒情的那段有进步！”

在二胡高级班的两年，最大的收获，就是体会到召老师经常讲的，如何快慢有致，轻重有别，用情感把音色表现出来。他说，这一方面，你们应该比年轻人有优势。

后来召唤老师到南师大当教授，高级班也就休班了。不过至今，我还十分怀念那段难忘的“学历”！时而，会在家里悠闲地拉上一曲，独自享受音乐带来的愉悦。

（《现代快报》“青石街”2016年6月10日发表）

学英语的退休人

南外人，对外语还是情有独钟的。退休了，有时间了，考虑有个在国外的孩子，将来总要去看看，决心再学学英语，就报了一个省老年大学的英语班。

这个班地点在山西路军人俱乐部旁的老商业厅。这个老年大学里有很多班，单外语就四个，有《新概念英语》，《老年英语》，还有就是《走遍美国》了。我就选了这个熟悉的教材。

我们班有三十个人，教室都快坐满了。老美女居多，但年龄最大的是一位83岁的老先生，是东大的一位老教授。他们已经学了两年了，英语水平真的可以，老师提问时，都是抢着回答，回家主动预习，做作业。

老师是位退休的大学英语教师，帅哥，英文很不错，也有相当的教学经验，就是普通话不太好，带着浓重的无锡口音，我经常听不懂他讲的中文意思。和许多正直的知识分子一样，他十分关心时政，时而抨击一下社会不良习气，挖苦一下中国足球。是个很可爱的老师，大家都很拥戴他。

班上同学层次还是很高的，大部分都是子女在国外的家长，想提高一下听力和口语水平，方便国外生活。也有刚退休的，在家无聊，找点事做做。大家学习都很用功。下课是大家交流的机会，气氛热烈。有同学还约了课余时间的活动小组，用英语会话。

我的同座是一个外贸公司的退休干部，拔顶，颇有气质，儿子在洛杉矶。后边是一个南林大的教授，教数学的，说到美国住了半年，不会英语，难过死了。前面就是那个83岁的老先生了，据说还住在江宁，儿子不赞同他来上课，他非要来。

每个学期末，那个曾是某设计院党委书记的美女班长会组织大家聚餐，表演节目，那些老年同学们一个个争先恐后，表现欲望胜似当年！我们班还在省老年大学的新年文艺汇演中用中英文表演了诗朗诵《老有老的骄傲》，获得热烈掌声。

上英语课我还是有压力的，一是那些同学们都用功，老师也会提问题，答不出来难看。二呢，学习是为自己，学不好用不上不等于没学吗？所以课余我也花不少时间，在家里电脑上先看一两遍课文的碟片，把老师布置的简述课文的作业全部写好，看上两遍，再在课堂上表现一番。

学期末了，终于得到老师的赞许，他用了一句课文中的美国俚语夸奖我："You are something！"（你很了不起！）还顺便调侃我一句："You are smart too！"（你也很帅！）引得大家哄堂大笑。

活到老，学到老，开心到老，很对很对！

（《金陵晚报》"雨花石"2016年2月14日发表）

老妈玩微信

老妈今年85，身体硬朗，满头银发，精神颇爽。晚上来个电话，说有个学生要和她加微信，怎么加啊？

老妈当了一辈子小学老师，先是鼓楼小学，后调到南昌路小学，再后并入南汽子小。南汽子小撤销，她不愿回教育系统（那时南汽工资高），就留南汽幼儿园当老师，在南汽退休。凭着一张三十年高级教师的证书，她现在享受退休老师的待遇。

我爸五年前去世时，担心她一人会孤单，我们要接她一起过。老妈不肯，说我一人自由自在的，你们经常来看看我就行了。后来我们五个子女商议，从溧水请了一位住家保姆，大家出保姆费。

几年下来，老妈过得挺滋润，满头银发，白白净净的圆盘脸，慈眉善目的，邻居都说她像菩萨。老妈的特点是随和，她很快接受了我们的劝说，80岁时学会了玩电脑，上网。

一上来是在网上打麻将，是一种南京麻将。后来会看新闻了，再后来会百度了，不清楚的东西自己上网“百度”一下，主要是健康治病方面的知识。不仅给自己查医看病，后来发展到给全家当医生。二弟有胃溃疡，她就搜了好多治疗胃病的方子；我是老痔疮了，就为我找了一些偏方。一个弟媳膝盖疼，她会分析是手术好还是保守疗法。连外孙女的咳嗽，也成了她的研究题目。她不会下载和打印，就用笔记本的纸一一抄下来，然后在聚会的时候一个一个人按名字发给我们。那个字写得规矩漂亮啊！

我们是前年建的“韩家大院”微信群，春节聚会的时候，不甘寂寞的老妈看我们都在谈微信，玩手机，又是看照片又是视频的，十分羡慕，说："我能不能进去看看啊？"正好我妹从澳大利亚探亲回宁，给老妈带了一台iPad，当场就帮她操作起来，取了个网名就叫"老妈"。她用手写输入，当场就发了一个"春节愉快！"

老妈很聪明的，很快就玩起来了。一两天就会给大家报个平安，天冷了会提醒大家加衣服，下雪了提醒网民开车慢一点。慢慢也学会发各种表情了，看到孙子辈的照片也会点个赞。但因此也给我们带来一些麻烦，就是她那个iPad会经常掉线，一掉线，她就急了，又不会处理，马上就会打电话给我们，老大没空就拨老二，老二有事就联系老三，就和年轻人没有网络的心情一样一样的！

这不，老妈又遇到新问题了，说一个小学的学生要和她加微信。我觉得是好事啊，老妈的生活圈子又可以扩大啦！很快赶了过去，帮助她们加了微信。老妈说，还是二年级当班主任时带的这个学生，在家排行老九，小名就叫小九子，会唱会跳，人也漂亮，对她印象特深。这次不知怎么找到老妈的电话，带着鲜花来看五十年前的老师。老妈很感动，也很高兴——当老师最高兴的就是这个时候啦！

小九子是个很重感情的人，看到老妈上线后，立刻发来长长一段话："敬爱的胡老师，我的父母都去世了，您是我的启蒙老师，我今后就把你当成我的母亲，好好陪着您，尽一份学生和女儿的孝心！我会天天在微信里发各种照片，带着你周游世界，发各种好听的歌曲，让您享受美好的人生！"

老妈眼眶都有点湿了，她很快用一个拥抱的小绿人回了过去，还用手写了一排字："你是我的第六个孩子，我爱你！"

（《南京日报》"雨花石"2016年3月24日发表）

手 环

过生日，妻子送了一个手环，就是那个戴在手腕上，可以计步的智能手环。设置了身高体重，就可以及时记录行走步数，公里数和卡路里，还可以和微信连上，在朋友圈里和那些也用此类手环的朋友们成为一个运动的群，看到自己走路的步数及群里的排名。

我这个群有六十几个人，30%是和我工作有关系的企业老总和机关领导，20%是我的同学（都是60岁左右啦），其余是各行各业的朋友，多是一些企业的中层干部，还有医院的主任，银行的白领，其中年轻的约占15%。

妻子叮嘱我一定要天天戴手环哦——她希望我加强锻炼，注重健康。其实退休的我自己是很注意锻炼身体的，白天没空走路，晚上一定会和她到奥体中心走一圈。那一大圈是4000米左右，大概6000多步，加上回家的路程，接近一小时。如果走到8000步，我成绩会排在20名以内。

自从有了排名，每天对走路和手环就特别关注了。除了经常给前10名的朋友点赞外，也给自己定了目标：第一，不能落在30名以外；第二，一个月内要有5次进入前10名。妻子看我这么认真，又高兴又好笑，说你当个事啦？累不累啊？

运动群的前几名，一般要走到15000步以上，算起来有八、九公里，要两个多小时了。一个网名叫“大漠苍鹰”的民营企业家，经常可以看到他在头名榜上的大照片。还有一个是鼓楼医院神经外科的主任，他给我做过手术，也经常名列前茅。还有个叫“小狗汪汪”的银行胖小伙子，最近名次不断上升，说是每天走路减肥。我估计他们肯定是走路上下班的！也有例外，那天看到一个年轻的太极拳馆的拳友，一个小美女，上午就走到12000步了！我发微信问：你也减肥？她回信：我在广西旅游呢！

上个星期天，我上午参加单位组织的走城墙，走了7000步，中午排名第二。回家有点兴奋，说今天可出个好成绩了。晚上不顾劳累，又陪妻子到奥体走了一圈，晚上十点时上网一看，14000步了！名列第二。可惜十点半，被人超过，落到第四了。但前面三个人只比我多出不了几百步。立刻又戴上手环，在家里踏步，摆手，坚持运动。呵呵，到了十一点半，得了第一名！一张大照片上了头榜。我高兴地喊一声："呵呵，我今天得冠军啦！"被吵醒的妻子有点不高兴，说："都60多了，要这个第一有意思吗！"

我何尝不明白这个道理？人一辈子追求的东西，有不少是虚荣心的满足，到手了，再回头看看也没多大意思。不过，此刻的第一，既然能给我带来愉悦，又何乐而不为呢！

（《南京日报》"雨花石"2016年3月7日发表）

密 码

85岁的老母亲突发脑梗，送进了脑卒中急救室。经过半个月的急救，意识有所恢复，但右边瘫痪，语言能力丧失。医生说，脑梗病人恢复训练得越早，恢复得可能性越大。于是老韩很快找了一家三甲医院的康复科，进行早期的恢复训练。

老母亲有五个孩子，老韩是老大，三个弟弟在南京工作，一个妹妹在澳大利亚定居。大家商量了母亲的治疗陪护方案，在医院找了一个有经验的护工，排出了值班表，每天有家人到医院送饭，陪护。兄弟还进行了分工，由老三负责管理她的财务。

老三清理了母亲的房间，找到她的两张银行存折和工资卡，但是密码不清楚。发病前母亲一直比较健康，和保姆独立生活，也没和儿子们说过密码。怎么办？

老三伏在妈妈的耳边，问了这个问题。母亲似乎听懂了，举起左手做了一个“OK”的样子，吱吱呀呀想说什么，但是说不出来。老三听不懂，她就更着急，涨得脸都红了。看她十分着急的样子，兄弟们就约定不再问了。正好语音训练开始教她数数字，期望教过小学数学的母亲能够尽快拾起过去的记忆。

老韩到单位和办公室同事谈起这事，大老王说：哦，这事很重要噢！他说儿子单位一位78岁的老领导在旅游途中突发心梗猝死。出去玩，老伴也不清楚他存折放在那里。找遍全家也没找到。只好到银行挂失，银行说，要把所有有继承权的人都找来，搞个公证才能取钱。结果把美国的孩子叫回来，花了不少钱，搞了公证。后来是在米箱的底部找到了已经没有用的存折。

几个弟兄开始分析，母亲会用什么数字当密码呢？现在有密码的地方太多了，银行卡，信用卡，支付宝，电脑，邮箱，QQ，忘记密码是经常的事，但是银行卡可是至关重要哦！老四说，我们把想到的妈妈可能用的数字全列出来，一天三个，试一下？于是已经过世的爸爸的生日，重孙女的生日，家里过去的门牌号码，用过的电话号码……

从澳洲回来的妹妹翻遍了老妈的每一个抽屉，找出了母亲多年记账的本子，还有电脑上打麻将赢输的积分记录，儿女们每个月付保姆费的记录，但就是没有发现密码的线索。妹妹说：也许是个很熟悉的数字，妈妈觉得不用记在本子上？

在民企当老总的老二说我倒不信了，我妈还在世，怎么钱会拿不出来？一个电话给银行拨去，说明情况后，问能不能挂失换个密码。回答说可以，但要持卡本人授权。本人如果没有意识呢？对方迟疑一下，那要医院出证明，公证处公证。老二不服气，不停地打电话，七转八转找到上级银行的老总，老总说，我们可以派人到医院去核实，你们先给支行写个申请。

总算有个解决方案了，大家松了一口气。

周末，老韩负责接送上奥数课的女儿和三年级的外孙女。路上说到找密码的事。女儿说："那年奶奶到澳大利亚去，是我陪她去银行换外汇的，帮她输的密码，那时还是四位数字，不知后来改没改。"老韩大喜："什么数字？""好像是当时的电话号码。"

老韩回忆起当年的电话号码，前四位应该是8070。现在密码是6位数字了，会不会在这个数字后面加两个数字？三年级的外孙女从汽车后排插话说："8070后面应该是60，我们老师说看数字要找它们的规律。"

第二天，老三拿着母亲的工资卡去银行，一个字一个字地输入密码，一行选择下个程序的文字跳了出来：成功了！

（《扬子晚报》"繁星"2017年5月2日发表）

重症室门口的三点钟

急诊大厅，沿着地面绿色的“心梗，脑卒中绿色通道”，走到直达12楼急救中心的电梯，出了电梯，就是神经内科脑卒中急救重症室了。下午三点不到，家属探望的门口就聚满了人，等候着第一道门的打开。

我是第N次站到这个门口等待了。老母亲突发脑梗，凌晨一点被送到这里，经过急救，生命体征已经正常，但是右半边没有知觉，不能正常说话，好在神志还算清楚，能吃东西，看了我们会微笑，医生说要在重症室治疗观察一段时间。每天只有半个小时的探视时间，就是下午的3:00至3:30。

每天三点不到，探望的家属就从各处赶来，焦急地等候在门口了。这是全市的一个重点医院，脑卒中急救室也比较大，里面住了十几名在抢救的病人，每天来探望的家属以二倍三倍的计算，就是三四十号人了。第一次探望的时候，往往家里人都来了，一个人只能进去四五分钟，还要换白大褂，套鞋套，涂消毒液，紧张得像打仗一样。为了多看一眼亲人，多说一句话，有的家属事先套上自己带来的鞋套，前面一个人刚出来，外面人就帮他脱白大褂，再帮第二个进去的人穿上。

面对紧紧封闭的重症室大门，在外面等待的人群肃穆无声，互相展现的都是急盼的，焦虑的，忧郁的眼神，当然也都是充满希望的眼神。一位护士打开门出来，大家一拥而上，护士连忙说：还没到时间，请大家不要急。

几天下来，我们都熟悉了，到了之后会互相亲切地点点头。时间宽裕，也会互相问问病情。印象最深的是一位80多岁的大爷，穿一件红色羽绒衫，每天早早就站到大门最右边（因为门是向左开的），陪同他的是一个穿黄色短羽绒衫的挺漂亮的女士，像是他的女儿。我说大爷，你看老伴？女儿答是的，我爸每天都要来看。还说我们要穿鲜艳一点，要引起我妈的注意。大爷说，我82了，她才75，怎么她就先脑梗呢？我们结婚55年了，她现在不能说话了。旁边一个戴着蓝色口罩的大妈接过来说，女的脑梗多是左脑梗阻，右边偏瘫，会失语，男的多数是左边瘫痪，是右脑脑梗，我家先生就是左边没有知觉，但是他头脑清楚，讲话还可以。这位大妈已经成脑梗的专家了。

还有几位是外地来的家属，住在医院附近的小旅馆里，每天很早就坐在休息厅的椅子上，等候三点的到来。刚开始有人不太清楚这里的规矩，到了就敲门，喊医生我们要进去。门口一位五十左右的男士连忙劝说，没到时间呢，要到三点。我发现这位男士眼神暗淡，话语不多。后来和他交流时才知道，他85岁的母亲第二次脑梗，溶栓治疗时出血了，现在昏迷不醒，从去年年底到现在，在重症室里二个多月了！如今肺部又有了感染，不知哪天才能出来。

走廊墙上的电子钟的长针走到12，大门开了，一位胖胖的护工拿着消毒水站在门口，大家一拥而进，进入二道门换衣服。这半小时，进进出出，匆匆忙忙，有笑着出来的：今天不错，讲话了！有的眼泪汪汪，一句话也不说。穿黄羽绒服的女士出来后，一边帮他爸爸穿白大褂，一边说：妈妈今天有点发热，你要叫她加油！要有信心！

探视临近结束时，过道里突然跑过来一位小姑娘和一位老大娘，老大娘戴一个蓝色三角头巾，明显农村人打扮，气喘吁吁地问："抢救室26号是在这里吗？"好不容易问清姓名和病区，已是三点二十九分了！大家说快进去，没时间了！七手八脚帮大娘穿上白大褂，把她推进重症室大门。我问小姑娘，看谁？你是她女儿？小姑娘说，我是她邻居，来看她儿子，才四十岁，说得了癫痫病，在南京抢救。她家没有人在家，我就陪她来了，上午坐大巴从和县来的。医院太大了，找了一个小时，才问到这里。

重症室门口的三点钟，我看到了满满亲情、爱情和友情！人类也许抗拒不了疾病的侵蚀，但人间的真情却温暖着珍贵的生命！

（《北京青年报》“非常感受”2018年11月15日发表）

九如城的十五天

凌晨二点，手机震动声唤醒我，急急说话的是九如城养老护理院的陈院长："你妈妈有八个小时没有小便了，她说难过，要不要叫救护车送医院导尿？"

我一下紧张地坐起来！转到养老护理院的第一天，把老妈就送回医院，这十几天的思想工作算是白做了？

85岁的老母亲突发脑梗，左脑大面积梗死，右半身瘫痪，失语，大小便失禁。经过急救和半年多住院的康复治疗，病情逐步稳定，头脑清楚，大小便也恢复意识，但失语和偏瘫的问题，医生说这么大年龄，恐怕也不容易解决了，建议回家或者找个养老康复医院去住住。几个兄弟商量多次，觉得家里各方面条件都不太合适，比较安全的还是找个条件比较好的康复院，让专业的人来做专业的事。国外定居的妹妹也很赞同："国外这样的失能老人都是住护理康复院的，那里比较专业和安全！"

但是头脑清醒的老妈可不愿意了！她用手势告诉我们，她要回家，她85了，不想再麻烦大家。在医院里开始拒绝治疗，不让护士挂水，拒绝进食。一着急，血压猛增，头又疼痛起来。当然，大医院的医生对此类老年病人是有经验的，进行了药物治疗和补液，加上我们反复劝导和说明，老妈终于同意去这家养老护理中心试住十五天。

我们是在考察了多个地方后选择的这个专为失能老人新建的"九如城"清荷北园护理中心。"九如城"一词，来源于《诗经》中的"小雅"，有祈愿入住老人寿如南山之意，看出主办者的用心。因为新建，硬件条件很好，厕所里可以推进轮椅，坐便器、洗澡间旁边都有金属的扶手，还配备了不少康复器材。社区医院就在楼上，方便患者看病拿药。

我和三个弟弟分别去考察了一下。院长是个四十多岁的女同志，从事这个行业十来年了，是大老板从其他养老院挖过来的。她打动我的一句话是："养老这个行业是要有爱心和奉献的，坚持做下来不容易！我带的徒弟好几个都放弃了，但我这辈子会一直做下去，一是社会需求越来越大，我们要做出一流的品质；二是孝敬老人是最大的美德，功德无量！"

护理部刘主任是淮安一个医院的退休医生，有长期医院工作经验，是那种自信心很强，善于沟通，很会做事的人。老妈送到护理院的那天，刘主任亲自到大门口来迎接，员工夹道欢迎，一下就给老妈一个亲和的印象。当天晚上看老妈因为吞咽功能减弱，吃药片困难，马上叫护工把药片磨成粉状，一口水就下去了。

当天夜里老妈的小便问题也是刘主任及时赶到现场解决的，她让护工把老妈抱到坐便器上，一边打开水池的龙头，让"哗哗"的水声刺激老妈。半小时后，院长发来信息："奶奶的小便下来了！"

第一晚过去了，我们松了口气。但老妈的情绪依然不高，天天锁着眉头，除了稀饭，其他什么也不吃。为了让她放心，我们和住院一样，每天轮流去看她，陪她。但她明显对来这有意见，也不怎么样搭理我们。加上有一个夜里，打铃喊护工小便的时候，急了，把裤子尿湿了。虽然很快换了裤子，早晨见到她，泪汪汪的，很委屈的样子。

院里立刻采取对策，每隔三小时给她安排小便。

刘主任说，老人住养老院总有个适应的过程。他们刚来都有一种不信任的想法，院里有一个104岁的老奶奶，住进来有近一个月时间不吃不喝闹情绪，认为是家人不管他了。有的护工膀子都被奶奶不高兴时掐破了。其实她的孩子也七八十岁了，身体也不好，根本照顾不了她。护理院大家轮流陪奶奶说话，照顾她吃饭，两个护士都是专业的，白夜两班，定时监测。最后大家的真情感动了奶奶，现在情绪可好了，吃饭也出来在大桌上和大家一起吃。我看到这位百岁老人，精神还真是不错！

为了解决妈妈吃饭问题，刘主任和大厨商量，安排小灶，给她点了喜欢吃的蒸鸡蛋、馄饨，同时一口一个胡奶奶、胡老师的，不断给她夹菜。在她高兴的时候，推着轮椅坐到外面的圆桌上，和大家共同吃饭。妈妈喜欢吃刚出炉的酥烧饼，护工就到楼下小店去买。有一次吃饺子，老妈一上来坚决不肯吃，院里那个学家政护理专业的美女大学生跑过来，甜甜地喊：“胡奶奶给个面子，吃一个！”结果一下吃了四个！看到我弟弟去了，她竖起四个手指头，笑了！

院里还和我们家人建了一个“胡老师”微信群，每天把她的血压血糖以及吃饭情况的照片发在群里，我们有什么要求和想法也是通过微信传递，院长和主任都是第一时间给我们回复。在我们偶尔没去的时候，也可以看到了老妈生活的照片，有了“护理院如家”的感觉。

十几天过去，试住期就要到了，老妈是否会满意，会同意按手印呢？根据护理院的协议，是必须要本人同意的。

恰逢教师节来临，刘主任提出给老妈搞个节日庆贺活动，希望我们子女一并参加。

10号上午，我们四个弟兄及夫人一起来到养老护理中心。全体老人都来了，老妈穿着新衣服坐在中间。全体工作人员排成队形，由院长致词，刘主任给老妈送上鲜花和贺卡，表达了对当了一辈子老师的妈妈的敬意。

老妈捧着鲜花，灿烂地笑了！我们用带去的手风琴和二胡齐奏，大家唱起了经典的老歌，一首连着一首，刘主任还内行地当起指挥。养老院里歌声嘹亮，其乐融融！我看到，老妈，百岁奶奶都流下了激动的眼泪！一个当过兵的老爷爷坐在轮椅里唱起“我是一个兵”，热泪盈眶！我那可亲可敬的老妈，对着我们以及这里的员工，带着真诚的微笑，举起她那健康的左手，竖起了大拇指。

（《银潮》杂志2017年第12期发表）

在养老院当义工

老妈脑梗失能住进一所养老护理院，我隔天去探望，渐渐就和院里的管理人员、护理师和老人们熟悉起来。

这个新建的连锁养老护理院是专为失能半失能老人服务的，目前接受了二十多位老人，最大的寿星104岁了，80多岁是主体，多数不能自理。一个年轻一点的帕金森病人才40多岁，说是家族遗传，父母都去世了，两个姊姊在照看。

一个多月下来，半身不遂、失语但头脑清醒的老妈从不愿意、不接受到渐渐适应，渐渐舒展了眉头，偶尔还露出笑容。我们悬着的一颗心才慢慢放松下来。

早晨九点是做操时间，按照院长的理念，老人不能老躺在床上，只要能坐轮椅的全部要起床，参加活动。音乐响起，护理师和长者一起做操，我看到他们发的微信照片，我妈妈右手不能动，就用左手做。下午三点是听音乐放歌曲的时间，那个来实习的养老护理专业的小美女打开音响，播放歌曲，都是一些中老年人熟悉的老歌。听着听着，很多老人就会跟着哼起来。和我妈妈一个房间的曹奶奶还会唱出声来。

曹奶奶82岁，身体健全，就是有时候有点健忘，在养老院里已经算幸福的“健康老人”了。她没有生育，老伴去世后侄女把她介绍到养老院来。我去陪妈妈时，经常看到她一人拿着一个手抄的歌本，坐在桌子边上小声地唱歌，最喜欢唱的是那首《红梅赞》，音还是很准的，看来年轻时候有这个爱好。我说我下次带个歌本送你，再带把二胡来，拉琴给你伴奏！

我是文革中当逍遥派时学的二胡，后来在学校、工厂宣传队都呆过，退休后还上了两年“二胡高级班”，虽然拉独奏曲不那么硬气，一般歌曲拉拉还是可以的。后来我就让曹奶奶看着我送她的歌本，用二胡给她伴奏唱歌。养老院设计了宽敞的走廊活动室，四周比较聚音，共鸣好，二胡拉起来还挺好听。院长高兴地跑过来，说大家一起唱吧！于是我拉琴，大家唱歌。《浏阳河》，《茉莉花》，《我的祖国》，还有人提议说唱《大海航行靠舵手》，都是熟悉的老歌，我也不用看谱子，信手拈来。

老人们实在是激动和高兴，因为大部分是失能老人，有人陪他们玩了！护理部主任推着一位坐轮椅的老爷爷走到我面前，说：“这位杨爷爷当过兵，参加过抗美援朝，你拉一下《志愿军战歌》？”我立刻拉出了“多多多，索拉索”的谱子，杨爷爷很快用颤颤微微的声音唱出来：“雄赳赳，气昂昂，跨过鸭绿江……”小姑娘把话筒放在他嘴边，音量响多了。我看着他唱着唱着，眼泪流了出来！他可能很久很久没有唱歌，没有这样兴奋了！唱完后老人恭恭敬敬给我行了一个军礼！我突然感到我的价值所在！

院长告诉我，杨爷爷以前是一个工厂的领导，患了癌症，已经不能手术了，看他卧床不起，家属只好把他送到护理院来，走完人生的最后一段里程。院长说：“我代表老人谢谢你啊！你给失能老人带来了快乐！社会上一些人不太喜欢和失能老人交往，其实这些老人更需要社会和大家的关怀！人都是要老的，都有可能失能失智，关心这些老人就是关心自己啊。”

我说：“我给养老院当义工吧，为这些失能老人服务，让他们在有生之年开心一点，也是一件善举。”

这样我就一周三次，在探望陪陪老妈的同时，给养老院当起“琴师”，陪老人们说话，唱歌伴奏。

很多老人都喜欢上我这个“准老人”，见了面就高兴地和我打招呼。一位坐轮椅白白净净的奶奶，还拉住我问：“你会下象棋吗？”我说：“会啊，我在单位当过象棋冠军呢。”她说：“噢，那我下不过你。”我说：“也不一定呢，明天我来陪你下棋！”奶奶拉住我的手直摇，我看她眼睛都湿润了。

国庆中秋前夕，养老院组织活动，请全体老人和家属，与院里的护理师、工作人员大联欢，有节目、游戏，和做月饼，还安排子女给老人洗脚。大弟把他的手风琴也背来了，用手风琴给曹奶奶伴奏唱了《四季歌》。一位准备新进来的87岁的老人独唱了《草原之夜》和《我爱这蓝色的海洋》，中气还挺足的。院长说，这是一位老教授，夫人脑梗失能，他们夫妻准备一块住进来，定了一个双人间。他特别喜欢唱歌，这下你的二胡大有作为了！

到养老院去当义工，你考虑过吗？

（《扬子晚报》“繁星”2017年12月11日、
《银潮》2018年第二期发表）

三代球迷

“C罗点球没进，菠萝都急哭了，呵呵。”

女儿发来信息。11岁的外孙女受她妈影响，也是个小球迷，恰逢期末考试结束，看世界杯了。

我打电话过去：“你喜欢哪个队啊？”

菠萝回答：“我喜欢葡萄牙，喜欢C罗。妈妈喜欢意大利，意大利没来，现在喜欢德国了。”

女儿说菠萝还是两年前和她看欧洲杯决赛时认识的C罗，这个足球明星就刻在她幼小的心灵中了。

菠萝从小喜欢体育运动，虽然才11岁，大班就开始学打乒乓球，至今已经五年。找了一个中山东路体校的老师，一对一地练球。四年级，学校开展了足球运动，1.6米的她被老师看中，参加了班级足球队。看到她身穿蓝色运动服比赛的照片，有点女足运动员的范儿呢。

当然菠萝的足球爱好源自她妈。我的这个女儿，小学就是琅琊路小学排球队的队员，参加过省里的小学排球队联赛。大概是受我影响，初中以后就喜欢看足球比赛。每个月都要买一本《足球俱乐部》杂志，坚持多年，搬家时，整整积了一纸箱的杂志。正因为如此，她对欧洲各个俱乐部烂熟于心，讲起球队和球星来，头头是道。皇马、拜仁、曼联，还有两个米兰，信手拈来。女儿最喜欢的明星是意大利AC米兰的马尔蒂尼，不知从哪里搞来一张马尔蒂尼的半身宣传画，就贴在她的房门的背面，关上门就面对着她。

印象最深的是1998年的世界杯，恰逢她参加高考，又要复习功课，又要看世界杯，十分纠结。经常看个十来分钟，赶快把电视关了。不像今年世界杯，是高考结束后才开战，方便了多少年轻的球迷。就是以女儿喜欢足球这个内容，曾经写了一篇短文《球迷女儿》，省里一家晚报副刊发了。

女儿后来在我的母校当了老师，所带的班今年被评为市里的先进学生集体。我看了她写的小结，其中很突出的一点就是用体育比赛和文艺活动，增强了班级的荣誉感和凝聚力，这点和她多年喜欢体育运动大有关联！每次比赛，她都带领其余的学生去给球员鼓劲加油。胜利了站在球员中间合影，由衷地大笑。

老球迷就是我了。自小体育爱好者一个，小学打乒乓球，那时是体育老师点名培养的，不用花钱。到了初中开始踢足球。那时我们都住校，学校里有两个小足球场，下午课外活动就在球场出汗。星期天下午，我们通常提早到校，踢一场足球，洗个澡再去上晚自习。每年学校要组织足球赛，我的日记本里还清楚地记着各场比赛的比分，包括谁进的球。昔日的老同学聚会，把当年足球比赛的日记读一下，进球的同学就像在世界杯上进球那么高兴。

高中了，兴趣转向了篮球，后来又打排球。工作后还打过羽毛球，总之是个球类运动爱好者，尽管水平不怎么样。喜欢玩球的人就喜欢看球，是个地地道道的球迷，乒乓球赛，女排比赛，男篮联赛，足球联赛，只要有转播，必看无疑，主要是看和中国队和江苏队有关的。

有时也会现场去助助威。记得看过当年舜天与恒大的一个主场比赛，开场仅七秒，舜天一个直传到禁区，恒大后卫解围失误，猛冲上去的舜天边前卫吉翔一脚外脚背抽射，皮球应声入网！全场欢声雷动，只有到现场才能感受到这种撼天动地的氛围！

十强赛场场不塌。尽管和许多中国球迷一样，对中国男足恨铁不成钢，调侃，揶揄，甚至失望地责骂，但是，只要有中国队的比赛，还是会早早坐到电视机前面，自愿经受着酸甜苦辣的煎熬，为他们的胜利而欢呼，为他们的失败而遗憾，为他们的进步而赞许。也许，这就是所有球迷的共同特质吧。

“公公，德国队输了！妈妈气得把枕头砸到地上了！”

早晨，菠萝给我打来电话。

这届世界杯，我本来也是德国队的粉丝，不仅因为他们意志坚定集体作战，还因为我中学是学德语的，对莱茵河情有独钟。但是比赛中的德国队不思进取，战术单调，速度全无，终于没有逃脱上届冠军小组不出线的魔咒。德意志的意志没了，只能是小组垫底了！这也许就是世界第一大运动的魅力所在吧。

我把这段话发给了女儿。她回了一连串的赞字。最后补上一句：“现在我们一起为C罗加油，希望葡萄牙进决赛！”

我想的是，如果中国队能够进世界杯，我一定和女儿、外孙女到现场去为中国队加油！

（《金陵晚报》“雨花石”2018年7月5日发表）

卖车记

爱车六年，六万多公里，因为看中了一款SUV的新车，忍疼要卖掉。朋友介绍，可以到4S店，由二手车公司估价，抵充新车款。还有朋友说，直接上网卖，可以减少中间环节。

点击“卖车”，“瓜子二手车直卖网”跳入眼帘：“多卖20%，平均7天售出，全程免费！”我好奇地拨通了“400”的联系电话，接线员询问了我的地区，说很快会有南京的专员和你联系。还真是，十分钟就有电话打来，一个小时后，一个林姓的评估师就来到小区门口看车了！

评估师30岁模样，手持一个小小的漆面测试仪，在我的车上测了三四十个点，又打开发动机盖子，仔细查看，并问了车子的运行和维修情况，还在两个划痕和凹塘处拍了照。最后说，你这辆斯柯达昊锐，在使用六年的同类车中保养是比较好的！我说那是，我是保险公司的优质客户，六年只擦过一次，修车450元。参加车友俱乐部，每两月打一次蜡，皮沙发和新的没两样！评估师笑笑：“车过五年，就是半价了，六年再减10%。21万的车子，也只能在8万大几，价格你自己定。”8万大几，的确比我电话咨询的几家公司说的高一些。

验车后一小时，信息就上架了。二小时后，瓜子网销售员来电，约明天下午看车。这网络世界，真是快啊！

第二天上午去车展定了新车，下午接待看车人。来的是个帅小伙子，平顶头，很阳光的那一类，看上去不到三十岁。他说从牛首山骑电动车过来的，好像不太懂车，主要听那个胖胖的销售员介绍。我把爱车洗了一下，阳光下漆面亮铮铮的，像新车一般。我主动指出几点小毛病，体现自信。小伙子摸摸碰碰，还是比较满意的，希望我在8.8万的开价上让点价，说颜色是醇红的，年轻人开有点老气。我说让一千吧，主要是第一个看家，还想试试看。销售员问他可接受底价，小伙子说8.5万行不行？

我们第一次没谈妥。销售员开了一下我的车，直喊好，对小伙子说："你回去再考虑一下，二手好车就是可遇不可求，看中了就动手。晚上八点给我电话，现在有四个人要看车，我先不安排。"临走前，我和小伙子聊了一下，他是个连锁饭店的厨师长，姓朱，淮安人，干厨师十年了，以前在汉府饭店做过。结婚了，找了个当地的姑娘。去年考了驾照，想先买个二手车练练手。

第二天大早，销售员电话就来了，说小朱很喜欢这车，说叔叔你保养得真好，希望再让一千。还说，其他看车的人心理价都是8.5万。我当然明白中介的意思，也不想再烦了，不就一千元钱吗，说好吧！

下午签合同，交定金和中介费，都是买方付的，瓜子网收费3%。在手机上签字，着实方便。

我们是在我新车提货后三天过户的。小夫妻两个都来了，女孩子长得小巧玲珑，秀气甜美，厨师长处处呵护有加。新车过户的名字是女孩的，她还问了一句：多少钱？付款是手机划账，简单快捷。看到验车师动作凶猛地拆看我的爱车，心里还有点心疼。要下车牌了，我喊了一声：等一会，给我拍张照片！爱车如爱子，毕竟天天伴我六年了。

在瓜子网的专员引导下，小朱夫妻俩欢欢喜喜办完手续，选了新牌。女孩说，叔叔，你还能帮我们开回去？他新车还不熟悉。我说好啊，再开最后一次吧！

我稳稳地把车开到玉兰路一个酒店门口，车没停稳，女孩就摇下窗户和门口的保安打招呼："我的车！"小朱给我叫了一辆出租车，上车前，我又拉开旧车的车门，看看还有什么东西遗下了。女孩抿着嘴对小朱说：看，叔叔还舍不得呢？

（《金陵晚报》2016年10月6日发表）

停 车

现在出门，没车真是不方便，但是若在城区办事，开车也不方便——停车难。

一是没地方可停，马路边多是黄线白线，禁停；单位停车场不对外，对外也是车满为患，无位可停。二是停车费越来越贵，6元一小时已经成了基础价格，偶尔在偏远地区，看到一个4元一小时的停车场，欣喜万分，好像赚到了很大便宜。闹市区的路边车位，是稀缺资源，第一小时9元，第二小时16元，上次送老母亲去市中心一个医院做个检查，路边刚好空出一个车位，庆幸好运。检查结束出来，停车费45元！但感觉总比在医院停车场进口排队，不能及时看病要幸运一点吧。

乱停车，动辄罚款。一次去金陵图书馆还书，通常这里是很人性化的，馆内停车场40分钟内免费。那天是周六，来上课的小朋友多，车子停满了，外面的车子进不去。怀着侥幸心理，在黄线的路边停了十分钟，出来看到左边车窗上贴了一张黄色罚款单——100元，3分。那是我第一次被扣分，一天的心情都是湿漉漉的。

我过去住的一个小区，是个老小区，建设时没有考虑地下车库，现在小区所有的道路都变成了停车场。这几年车子越来越多，僧多粥少，一条六米宽的主道，两边都停满车，从中间开过，真是考技术试胆量。一旦一辆车没停到位，整个路就梗阻了，喇叭声响彻云霄。后来很多住户就用旧自行车占车位，还有的老人下班前在车位上搬个小椅子看报纸，为孩子占位子。一个开宝马的邻居专门请个人为他占位，一天五元钱。再后来是争先恐后地装地锁，秩序更乱了，空了不少车位，进来的车没地方停。因为怕回来晚了没有车位，一下班就有一种停车恐惧感。有两次实在没有车位，只好停到小区门口的路边，第二天一大早就要起来把车开走，搞得觉也睡不安稳。也因为有这个原因，后来我换房子了。听说新进来的物业公司开始整顿，清除了所有地锁，拓宽小区道路，增加和划定固定车位，情况有所改善。

妹妹从澳洲回来，我问她悉尼市区的停车管理。她说大城市都是差不多噢，不给停车的地方也有“城管”贴罚单，罚的额度比中国高许多。一次她去学校接孩子，在不能停车的校门口多停了一会，被“城管”拍照了。过了几天接到一个罚款通知，400澳元，一周的工资！

“好在我们可以上法院申诉，”妹妹说。她对法官说女儿那天参加乐队排练，背了一个大圆号，坐公交不方便；而且身体又不舒服，只是等了几分钟等等。法官很同情她，说考虑她是初犯，可以不予罚款，但是下不为例！妹妹最后笑了补了一句：“也许，法官也是被罚过款的，也很恨那些偷偷拍照的城管！”

当然，停车再难，车还是要开的，要按规矩做事，有时也要点小聪明，例如和马路边的收费员私下协商一下，给10元钱，不要发票，多停个把小时。还有一次去闹市区的医院看住院的老母亲，车位满进不去，突然想到附近一个五星宾馆，老总是我同学，何不把车子停那边去？车进宾馆，服务员过来问：“先生住店？”我说：“找X总，他约我来的。”果然不一样，服务员很麻利地拿开两个停车桩，让我把车停在宾馆大门旁的内部停车位。我下了车，不好意思立刻离开啊，昂首走进宾馆大厅，转了一圈，上了一下洗手间，然后重新出门，直奔医院而去。

后来我把此事告诉了这个同学，老同学哈哈大笑：“你是冲我，冲我们饭店来的，来的都是客！欢迎你来免费停车！”不过这种事，还是少做为好，因为从宾馆转一圈出来，心里还是有点“抖伙”？服务员要是认出我来，还是有点难看噢。

（《南京日报》“雨花石”2017年5月25日发表）

闯红灯

从养老院出来，已近六点，急急发动车，要赶回家，晚上有一场演出，江苏的大剧院的锡剧《卿卿如晤》。

已是下班高峰，中和路上车满为患。进入左拐道，前面有七八辆车，等红灯。直行绿灯亮了，左拐道的车缓缓前移。但一辆要掉头的车，不肯前移，堵在白线上。有人按喇叭，没用。左转绿灯亮起，车队缓缓行走，临近白线时还有三秒钟，心想可以过去了，一边按喇叭催前车快一点，一边点了油门想冲过去。没想到前面一辆别克也是掉头的，拐弯半径增大，车速一下慢下来，我猛地一刹车。等他转过去，红灯好像亮了，但我车没停下来，依然左拐过去了！

闯红灯了？我有点疑惑，心里顿时忐忑不安起来。

这是我第二次闯红灯了。那还是几年前，跟在一辆公交车后面，没有经验，也是思想不够警惕，没注意红绿灯的秒数，稀里糊涂就跟在后面开过去了，刚好转红灯。扣了6分，罚款100。罚款还好说，扣分折磨人噢！一个年度总共12分，剩下这年月，开车就战战兢兢了，还好七八个月没有再犯错，熬过了年审期。

今年我一次黄条子的违停，被扣了3分，如果再闯一次红灯，那就没救了，搞不好就得大循环。心情顿时沮丧起来，原来陪妻子看一场从来没有看过的锡剧的兴奋感消失殆尽。

然后就是后悔，为什么要抢这一秒钟呢？再等一个绿灯，也就是一两分钟，戏也耽误不了的。每次违规以后都是一段后悔，以前还有侥幸心理，现在电子警察到处都是，“啪啪啪”，拍下来，躲不过去的。突然，我脑子一激灵：那个路口是否安装了摄像头？左转弯过线也要三张照片吗？毕竟和直行不一样吧。明天，一定再把那条线走一走，看看后面是否有摄像头！

晚上的锡剧很精彩，是根据辛亥革命黄花岗七十二烈士之一的林觉民在起义前给爱妻的一封遗信编写的，很感人，但看着听着，脑子里不时就跳出闯红灯这事，惦记着那个路口有没有摄像头，也没有静下心来好好欣赏。这交通违规实在是害人啊。

细想开来，这红绿灯的设置和扣分制度对于日益发展和复杂的交通管理还是大有作用的。

红绿灯作为交通信号，是英国一名纺织工人发明的，1868年在英国伦敦议会广场首次试用，当时是用的煤气提灯，一红一绿，由一名持长杆的警察拉动皮带来转换灯的颜色。一段时间后因煤气灯爆炸伤人而停用。直到1914年，在美国克利夫兰市正式启用，成为全世界控制交通的必要手段。我们后来采用的扣分方法则有效地威慑了违反交通规则的行为，大大降低了交通事故。就为了这12分，所有的驾驶员们好不小心啊！使大家对红绿灯产生一种敬畏感。

想起单位组织的参观监狱的廉政教育，一位现身说法者把违反党纪国法的事，形象地比喻为“闯红灯”，很后悔地说，红灯不能闯！闯了红灯，吃不好，睡不香。看到红灯，一定要有敬畏感。看来，闯了党纪国法红灯的人，也是不得心安的噢！

第二天中午，我开车专门去养老院那条路走了一趟。有点侥幸的是，在左转道的后面没有照相设备，只是在十字路中间的一边电线杆上，装有一个圆圆的摄像头。这个摄像头应该是有人监控，发现有违章时才起作用？好在我是左转弯，也许不会那么明显？这就要看几天后会不会受到交管局发的处罚信息了！

坐一旁的妻子说：“我看你还是权当被扣分了，以后开车就会战战兢兢、老老实实了！说到底，红绿灯是保障大家的安全灯噢！”

我想的是，遵守规章，心里才会坦然。

（《南京日报》“雨花石”2018年6月7日发表）

黄色罚款单

车到乐山路金陵图书馆门口，发现不好，进口的路上小车一直排到几十米开外。星期天，把二年级的外孙女从女儿家接来，想带她到儿童阅览室感受一下，没想到人多为患，停车场满了，出来一辆进去一辆，得排队等。

有十几辆车不愿排队等候，就直接开到前面路边顺序停下来。我犹豫一下，也把车向前移动，停在画了白杠的路边，心想先把孩子送到阅览室，再出来到奥体中心去找个车位。不至于这十分钟警察就来贴单子吧？

世间的侥幸心理真是害人！等我把孩子带到阅览室，让她选了两本书，找位子安顿好，再急急忙忙跑出来，远远看到驾驶位的玻璃窗上已经贴了一张黄条子！这警察也是动作快啊，只是十分钟不到时间，沿途路边的十几辆车无一幸免！而且，罚款的交警早不见了踪影！双休日的金陵图书馆门口，借还书的，带孩子来上课的，先天的车位不足，必然会带来违章停车，警察也是摸到规律了，一抓一大把。

因为乐山路是主干道，贴的是黄条子！黄条子除了罚款，还要扣3分。带外孙女到图书馆看书的愉快心情突然消失殆尽！每次违章，或是贴条子，或是被摄像，在手机里给你一条信息：“X月X日X时，违反交通法规XX条，请于X日前去X大队处理”，顷刻就会严重影响我的情绪，有时会一天闷闷不乐。

实际上，我车龄十几年，开车还是很注意的，但违章这个事真是防不胜防。刚开始时，顾上不顾下，路不熟时或跟车不当，也会闯个红灯，一年罚款总要有七八百元。这几年很少闯红灯了，但一年什么违反标志线行车啊，违停啊，也会有个三四百元。今年的两次，一次是在去镇江的一条省道上未按标志线行车，一次是翠屏山休息站匝道超速，都是摄像拍下来的。信息发来，都搞不清怎么违章的。罚100块钱事小，重要的是搞得心情陡然坏起来。这不是，看看贴个黄条子，还要扣分，我带孩子玩的情绪整个没了。

接外孙女回家的路上，连八岁的孩子也看出我的不愉快了："公公，你为什么不说话了？你不高兴了？"我说："公公今天犯错误了。""犯什么错误？你们也考试吗？"她没等我回答，继续说下去："我们老师说，要把考试犯错误当成一件好事，写错一个字，做错一道题，老师给你指出来，你把它记住，下次考试就不会错啦！就可以得100分了！"她还告诉我，老师让每个人准备一个订正本，把每次的错误抄在本子上，经常看看，这样，做错过的题目就不会再错了！孩子最后盯着问："公公，你犯什么错误啦？也是好事吗？"

我心里陡然一动，没想到这个老师挺会教学生辩证思维的！我这个错误是好事吗？如果是好事，有必要这样心情沮丧吗？不就一个黄条子，100元扣3分吗，但得了个重要的教训：千万不要有侥幸心理！想起考驾照时老师说的，交通事故往往就来自侥幸心理，要开车，千万不能有侥幸心理！一丝不苟地按交通规则开车停车，不就没有烦恼了？

心情豁然开朗起来，我对外孙女说："是好事！公公请你到必胜客好不好？"

（《南京日报》"雨花石"2016年6月16日发表）

地下室进水之后

一夜雷声，一夜暴雨。清晨起来，家中可视对讲系统的报警灯不停闪动，点开一看："因连夜大雨，道路雨水倒灌，地下车库和地下室已经进水！请各位住户尽快查看进水情况，把电器和贵重物品转移！"

早就在新闻中得知，今年的水位已经超过1998年！连续十几天的大雨，上游几个城市已经被淹，南京几个地势低洼的小区也有了淹水的报道，今天轮到我们河西江边的小区了？我顾不上换衣，穿着汗衫短裤就急忙出门。

电梯下到负一层，门刚打开，一脚就踩在了水里！负一层的地下室过道里已经哗哗进水了，一位保安用大扫帚不停地把电梯门口的进水往外扫，力图把水推送到负二层的车库去。

几个先到的邻居已经打开地下室门，在七八公分高的水中抬高物品。二楼的杨老师穿着吊带裙在她的地下室里忙碌，七楼的胖小伙子穿着短裤背心在往外排水。打开我们家的地下室，是透气窗的雨水漫过玻璃钢窗，地下一片汪洋。我急忙把放在地面的取暖器、除湿器、旅行箱全部搬到架子上。简单处理后，因为惦记爱车，又匆匆跑向负二层的车库。车库的排风口哗哗往里进水，但因为排水系统正常工作，地面还没有积水。我不管三七二十一，把车开出车库，找了一个高一点的地方停了下来。

雨还没有停的意思，雷声滚滚。等我回到地下室，从排气管进来的水越发凶猛，电梯已经停运，保安找来几个麻包，把过道挡了起来。各家就把自己家的水往外排，再用脸盆什么的往麻包外面泼。

我看到身材娇小的杨老师，一个人忙碌得十分吃力，就跑过去帮她舀水，一边问："老公呢？"虽然她住我楼上，我们交流也不多，经常看她背个双肩包，大早就出门了，晚上会在家弹弹钢琴。她用手背擦擦额头的汗，说："他出国了，你看，就我一个人在家，我的好多书都泡水里了，还是七楼的小刘帮我搬到架子上的呢。"

我问："七楼那个胖小伙吗？""就是，人挺不错的，是报社的，我也是刚刚和他交谈才知道的。"进来时，看到那个小伙子在过道里帮助保安往外泼水。

这时，住我对门的崔经理从家里拿来一个塑料米桶，一个斜口的簸箕，对我说："老韩，用这个不用弯腰，你家水多，你先用！"我说："谢谢谢谢！我的东西都放架子上了，一时半会淹不到，我看杨老师书多，先帮她搞吧！"老崔是一个民营公司的老总，开了一辆豪车，因为住对门，平时见面多一点。

"这是谁家的房间，怎么没来人啊？进了不少水了！"七楼的胖小伙大声喊道。我一看，是五楼某研究所罗书记的房间，去年他调到外地一个单位当领导，夫人为送孩子读书只好暂时住到娘家，此屋空了下来。我手一举："是五楼的罗书记，我有电话，我马上去通知！"

八点多钟，下了六个小时的大雨终于停下来。下午回家的时候，路面的积水已经退下去了。负一层的楼道里，积水也基本排干净了，物管搬来放了一台大风扇，呼呼地吹着。

小巧玲珑的杨老师穿着红T恤、花裙子，也到地下室来看看。"早晨谢谢你啊！"她亲切地和我打招呼。我笑笑："大水无情人有情，这大雨倒是增进了我们邻居的交往和友情呢！晚上你多弹两首曲子，让我们好好分享一下！"

（《南京日报》"雨花石"2016年7月21日发表）

逗利市

刚过完年，南外同学老庞自深圳来，南京的同学在老店马祥兴安排了一个聚会。我们是中学一起住校的发小，退休相聚，特别亲切，老班头专门带了两瓶好酒。

酒过三巡，众脸微红。老庞站起身，从口袋里拿出一叠红包，说今年大家在微信上抢红包都抢疯了，今天我按照广东的风俗，给大家玩个新花样，看看谁的运气好！

他介绍说，红包在广东叫“利市”，意为利事，发红包就是派利市，讨红包就是逗利市，利不在多少，就是图个喜庆吉利。每年春节，都要在口袋里放一叠利市包，5元10元一份，准备好友同事逗利市。逗利市也有不成文的规矩，领导给下属派，老同志给新同志派，已婚的给未婚的派。在住宅小区，见到那些保安、保洁员，也会给一个利市，感谢他们一年的辛勤服务。

见大家听得入神，老庞介绍的兴致更高：单位里也是，节后头天上班，第一件事就是“逗利市”，成群结队，嘻嘻哈哈，一个办公室一个办公室地逗，一天下来，比谁逗的多，10个20个的算少的。效益好的工厂，节后开工第一天，几百上千工人在厂院里排成队，高高兴兴到厂长那里领利市，老板则在办公室堆好红包，每人一份，和每个工人握手，拜托大家好好干。这种红包一般都是50元。中间夹着少量100元、200元的，拿到这样红包的职工欢呼雀跃。逗利市的热闹，表明工厂的红火。说是有一年初八，腾讯公司几千职工在腾讯大厦外排队领老总马化腾发的开年红包，最多的888元，报纸专门发了照片和报道。

老庞说他刚到深圳时，不知道这个风俗，春节后没有准备好红包就上班了，结果一上班就遇到“逗利市”的年轻老师和学校员工，有点尴尬。所以在广东，节前要准备好孝敬父母的钱和给孩子的压岁钱，节后要准备好“逗利市”的钱。

“好啊，我们来抢利市！”同学群的群主、活跃分子大刘首先伸出手，抢了一个红包。过去的生活委员，班花小李也抢了一个，十几个红包瞬时没了。抢到手的迫不及待打开看，大刘惊讶地说：“我这个利市就一元钱？”老庞解释说：“利市不在多少，在吉庆！一元钱表示一鸣惊人！”班花小李举起红包：“我是10元，哈哈！”“十全十美！”“我的5元！”“五福临门！”差别体现了运气，带来欢乐。

稳重的老班头是最后一个拿的，打开一看，不禁乐了：“中大奖了！”原来是一张百元大票！

“百事顺利！喝了你的酒，大奖归你有！”老庞兴奋地说了一句顺口溜。

老班头也很高兴，说：“下午我们去歌厅，红包钱就唱歌了！”

大刘一把拉起生活委员，用调羹当话筒，摆出主持人的架式：“下面，是聚会的第一个节目，男女声二重唱——今天是个《好日子》！”

（《金陵晚报》“雨花石”2016年3月9日发表）

钱包遗失在西子湖畔

直到晚上在普陀山农家旅馆住下的时候，海英才发现自己的钱包丢了！她头哄的一下，像炸开一样。除了1000多元现金外，包里还有三张银行卡。这下可麻烦了？她翻遍所有的衣服口袋，脑子里飞快地过着电影：会在哪里丢的呢？

这次她和70岁的老伴一起到杭州参加一个同学聚会，从南京到上海，又从上海到杭州。在上海住旅馆还刷过卡，在杭州呆了两天，去了西湖一些景点。用钱包的，也有好几处，最后一次是在岳庙。因为其他同学都是70岁了，不用买票，海英今年68，得用身份证买半票。她拿出钱包，又递过身份证，这边老伴直喊快点，人家都进去啦！急忙拿回身份证，赶队伍去。莫不是钱包那时丢了？或者忙乱中给人摸去了？

觉是没法睡了。但海英毕竟当了多年领导干部，还算沉住气，没有声张。她知道老伴那个脾气，一旦知道她皮夹子丢了，那没完没了的埋怨不仅会让人受不了，还会影响整个团队的情绪，难得组织一次跨地区老同学外出旅游，不要为这事搞砸了。上次去欧洲，在巴黎香榭丽舍大街上一个同伴的小包被窃，护照、现金和卡都丢了，搞得全团不得安生，报警，找中国使馆，几个人连卢浮宫也没去成。

第二天是上佛顶山，在慧济寺进香时她默默念叨：观音菩萨大慈大悲，保佑钱包能完璧归赵。人在景区，心不在，导游讲的什么她一句也没听进去。她提醒自己放下此事，先游览再说，就是脑子不听使唤，老是寻思皮夹在哪丢的，是否马上要挂失银行卡。中途手机接到一个电话，老伴问：女儿电话？她一看是杭州的区号，就掐掉了，心想骚扰电话全国一样，怎么刚到浙江就有人贴上来了。刚到杭州问路时遇到的热心人，看到景区科学管理的一些美好感受，霎时都没了。没一会电话又响了，还是这个号码，海英想也没想，又掐了。

下午准备坐轮渡的时候，海英收到一条信息：“请问是南京XX协会的海英吗？您是否在杭州丢了东西？我是西湖岳庙管理处的小胡，方便时和我联系一下！”一看电话号码，似曾相识！噢，就是上午打来的电话！

海英兴奋起来，急忙走到一边，拨通了小胡的电话。

“终于找到你了！”对方是个小伙子的声音，掩不住他的兴奋。原来那天买票时海英的皮夹遗失在窗口，离开时匆匆忙忙没有看到。售票员连声询问见没有应答后交给了领导，领导随即把寻找失主的任务交给了负责计算机业务的大学生小吴。“那你是怎么找到我的名字和电话的呢？”海英很高兴但又十分诧异地问。

小胡说：“你的皮夹子里有一张南京的公园卡，你还记得吗？上面有你的名字和照片！我就打电话到南京市公安局，请他们查你的名字。但是叫海英的有六十多个，接近你这个年龄的也有十来个，要一个个核实得花不少时间。领导说要抓紧时间，怕你离开杭州就不方便了。我就直接上网搜你的名字！嘿，真给我找到了！网上有一张你们协会开会你讲话的照片，是2012年的。我对照了一下公园卡的照片，正是！这样就找到你的单位，然后又上网找到协会的电话，找到你们协会，问到你的电话号码！”

海英不知道该感谢菩萨显灵还是该感谢杭州人的敬业精神。她离开协会已经三年了！多亏了这张公园卡。听海英说他们当晚要回到杭州楼外楼吃饭，两人约好六点见面。

小胡很年轻，应该是九〇后，眉目清秀，皮肤白皙，标准的小鲜肉。海英接回皮夹，连声道谢，并应小胡要求在一张遗失回条上签了字。小胡说：“这是我们的规矩。我来了一年半，已经找到十五个失主了！全是发挥网络的作用，他们都喊我‘网络福尔摩斯’。”

老伴和同学们也过来向小伙子表示谢意，邀请他入席。一位大妈还关心地问：“小伙子多大啦？有对象了吗？介绍个南京姑娘要不要？”小胡脸红了：“有了有了。”

此时，湖边的灯刷地都亮了，整个西子湖湖光水影，万紫千红，好漂亮！海英感叹道：杭州不仅景美，人也美！

（《南京日报》“雨花石”2017年12月15日发表）

点赞新时达的“乌兰牧骑”

“昨夜大雪，冰冻路滑，今天的排练改期，安全第一！”

大清早，从某银行培训中心退休的队长在南师大校友“乌兰牧骑小分队”的群里发出信息，通知取消今天活动，并建议在网上对前几次到养老院的演出进行总结。

这个由十几个退休的南师大夜大中文班同学组织的文艺小分队，有机关、企事业的干部，教师，法官警察，编辑记者，平均年龄65岁，最大的74岁。每个人都有文艺特长，借用当年风靡草原的文艺轻骑兵“乌兰牧骑”的名称，以服务老人为中心，到养老院慰问演出。

“赞同！大雪天网上开会也是创举！我觉得选择老歌、样板戏给老人演出非常正确，引起了大家的共鸣！”

率先发言的是小分队的艺术指导“范爷”。她退休前是省电视台高级编导，小学二年级就在2000名报考“小红花艺术团”的人群中脱颖而出，目前是省文化厅老年大学“靓夕阳”合唱团的团长和“凤凰弦乐团”骨干成员，经常参加演出，经验丰富，同学们尊称她为“范爷”。她精心统筹了乌兰牧骑演出节目，并承担了女声独唱《大碗茶》，小提琴独奏《梁祝》，《沙家浜》选段中沙奶奶的演出。“乌兰牧骑”的特点就是多才多艺，一专多能，一辆马车走遍草原，“范爷”就是典型的代表。

“看到老人在台下为我们点赞，我真的很感动！觉得为他们演出非常幸福！”说话的是队里的“白毛女”扮演者蓝湾，她长得小巧玲珑，活泼可爱，其实也是六十出头了。她是江苏省朗诵协会的会员，2011年以来，已在著名的“派派朗诵网”上推发作品230篇，获得553万人次的点击率。当她深情地朗读完“干渴的老牛”这段母爱的故事，台下那位脑梗半身不遂不能说话的老妈竖起左手拇指点赞时，大家眼圈都红了。

“范爷”接着说：“我看最辛苦的是口琴‘一吹’，节目最多，最辛苦！向老金致敬！”

口琴“一吹”指的是原省电视台的记者老金，他二十来岁就参加县里汇演，口琴独奏《黄河谣》一吹几十年。他在“乌兰牧骑”小分队里是个“技术骨干”，演奏伴奏都是以他为主，一场演出下来，嘴角都磨出泡来。

“效果好的还是互动的节目！最后老人上场和我们一起唱鱼水情，高潮就出来了！”小分队的节目主持人“小神童”补充说。他在新华报业集团退休，是当年《扬子晚报》的著名记者，多篇报道得过大奖。“小神童”是他年轻时候的外号，聪明机敏，诙谐幽默，他主持的活动绝不会有冷场，还参加了男声三重唱，扮演了郭建光。那些耳熟能详的老歌激起了长者快乐的回忆，一些老人在他邀请下走上台来，大家共唱一首《鱼水情》。

农大老师白羽的发言跳上字屏：“其实，老人们并不在意你们的演出水平怎么样，有一腔爱心，尊重他们，和他们感情上进行交流，就非常开心了！”退休后才学习舞蹈、经常参加高校汇演的她带来舞伴，表演了优美的双人舞“歌唱祖国”。浅绿色的连衣裙，大红色的伴舞扇，随着激昂的乐曲翩翩起舞，获得老人阵阵掌声。

队员们争先恐后地谈感想，谈体会，连平时不怎么发言的摄影大师也参加了点评。

总结发言的是“乌兰牧骑”的发起人、校友会的秘书长。

“乌兰牧骑”的蒙语意思是红色的嫩芽，1957年创办，现在已经发展到有2000多人的40多支分队，依然活跃在草原牧民之间。秘书长说：“今天创办的为老人服务的乌兰牧骑文艺小分队，也是新时期的一个嫩芽，我相信这棵嫩芽一定会茁壮成长！”

秘书长曾是一个全国著名科普期刊的老总，退休后仍在发挥余热。2015年，当年南师夜大中文专业的一帮同学重新聚到一起，成立了校友会。

特殊的人群，特殊的时代，特殊的大学，产生了特殊的情结。毕业三十几年后，同学们重新团聚，抱团养老，共筑精神家园。大家组织了写作、诗词、书画、音乐、摄影、旅游、美食等各种小群的活动。还建立了“知音艺术团”，下设声乐队、器乐队、朗诵队和舞蹈队。“乌兰牧骑”文艺小分队就是在这个基础上建立起来的。从小就喜欢文艺的秘书长提出借鉴当年内蒙乌兰牧骑文艺小分队的形式，发挥南师大夜大同学精通中文、热爱文艺的特长，在老有所学、老有所乐的基础上，做到老有所为，到一些养老机构巡回演出，为党和政府的“推进老年精神关爱工作”，做点贡献。

小分队按照乌兰牧骑的特点，人员精干，一专多能，排练的多是小节目，以老人喜闻乐见的老歌老戏为主，引发长者的共鸣和互动，给养老院的老人们，特别是失智失能的老人们带来欢乐。

2018年，小分队分别在南京九如城清荷北园养老院、侨馨护理院、江宁沐春养老院进行了三场演出，反响热烈。在清荷北园演出时，恰遇一位86岁老人生日，小分队买了蛋糕和鲜花，“范爷”在独唱结束时还专门送上自己带的礼物，老人感动得热泪盈眶！

在侨馨护理院演出时，获得“2015年中国品牌建设十佳文化义工”的南京昆歌艺术团团长徐立梅（也是南师大同学，小分队的特邀队员），用昆歌演唱完毛主席诗词《采桑子•重阳》后，一位白发老人站起来带头鼓掌，高喊：“我是你的知音！感谢你们！”一旁的养老院院长介绍说，他是江苏的著名作家梅汝恺，今年90岁了。老作家的鼓励给小分队极大的鼓舞。在江宁沐春园养老院演出时得到了一百多位老人的热烈掌声。

窗外的雪越下越大，群里总结愈加热烈。

从小擅长画画、有“小画家”美称的队长用几笔勾勒一棵小小的树苗，接着又画了一棵茂密的大树，拍照发在群里：“祝愿我们这个退休老人组成的江苏的乌兰牧骑文艺小分队，在为老人精神文化服务的大路上不断成长，长成参天大树！”紧跟着，十几个大拇指排列在手机屏上：大家齐声为新时达的乌兰牧骑小分队点赞！

（《南京日报》“雨花石”2018年2月11日发表）

夕阳红党小组

我们这个机关退休的老同志有一百多人，与在职人数不相上下。

去年，我当了第八党小组的组长。原先的小组长老勾说："我都快80了，你们年轻同志也该出出力，为大家做点事了！为人民服务心情好，长寿啊！"

我们这个党小组有十个人，平均年龄74岁，三个80出头的，最大的老来87了。但是论精神，老来还是在最好的行列，她说："我们这年龄，热闹一天是一天，组长搞活动我一定参加！"

新官上任第一次活动，找了一家"悠仙美地"，请大家聚餐，交流退休生活。

在家围着孩子转的有三个。前办公室主任、军转干部老张，有两个孙女，小的三岁，天天接送，还管三顿饭，说是按菜谱烧。看人家新马泰美国欧洲到处跑，无比羡慕。双休日儿子媳妇把孩子接走，才出去转转。

老年大学继续深造的两人，都是60来岁的"年轻人"。从宣传处退休的殷处长报了国画班，一个星期一幅画，五六年下来，作品已经能拿到老干部局组织的画展上去亮相了！奶奶学画，还带动孙子的兴趣，耳濡目染，能对国画做个评价，什么前景、中景、远景、构图，都能说出个子丑寅卯来。

驾驶班长老徐的生活与众不同，他在碧桂园如山湖买了一套房子，在湖边开了一个菜地，当起了"地主"，一亩多地上种了十几种蔬菜，芹菜、辣椒、萝卜、白菜，还有山芋……四周还用旧竹子围了起来，并配了水泵和皮管，抽水浇地，还专门买了一辆三轮货车，拖菜运输。他说，天天是“两眼一睁，忙到熄灯”，累了，倒头就睡。每次回家都是大包小包，大部分都送人了。呼吸新鲜空气，享受自己的劳动果实，心情特别愉快！

谈到锻炼身体，住在公交一村的老来说：叫振友说说，他的高跷和花棍都上电视啦！振友退休前是机关的管理员，今年也70出头了。看着别的老同志打拳做操跳舞，他就自己发明了一套“踩高跷打花棍”，每天在城墙下的小广场上走几圈。高跷有七八十公分高，绑在腿上，音乐响起，伴着音乐挥动手中的花棍，做出各种动作，活泼有趣。每次活动都有不少大妈围观，有人要跟他学，振友不答应。说这个活动是要技巧的，万一出事负不了责。那天正好电视台的一位领导路过，觉得南京的群众锻炼有这个模式也很新鲜，叫振友留了一个电话，请了电视台的记者进行了采访和拍摄，后来在南京公共频道夕阳红节目里播了。我担心地说：“你都七十多了，万一摔一下可不得了！”振友嘿嘿一笑：“你哪天过来走几步，就知道有事没事了。”

老来介绍的是养生口诀，什么“一把蔬菜一把豆，一个鸡蛋加点肉；三素两荤七分饱，天天走路身体好”。她还教大家一个秘方治疗老年的腰腿疼：把艾灸剪碎，和生姜末一起泡酒，然后用纱布包起来，在微波炉里打热，擦拭疼处，效果奇佳。说她多年的腰椎间盘突出经过一个月的治疗就不疼了。

老勾对我说：“怎么样，我们党小组人才济济吧！你不是喜欢写文章吗，可以写一篇啊，新时代老人的夕阳红，不是有首歌叫最美不过夕阳红吗？”

我说：“写不写文章不重要，我们党小组的活动一定要丰富多彩，让每个老同志充分感受到新时代的夕阳红之美！”

几年来，我们党小组坚持半年活动一次，除了请机关的老干部处长来说说十九大的事、介绍介绍全市的经济发展情况外，我们还组织参观了青奥村和鱼嘴湿地，到江宁的农家乐去喝喝老鸡汤，秋高气爽的时候去栖霞山一日游，还专门驾车去了安徽的如山湖，在老徐的菜园里割韭菜，挖山芋。老同志们不亦乐乎！

今年春节，上级要求统计当过兵的老同志，准备给他们发放“光荣之家”的牌子。我们党小组有一半人是部队这个大熔炉里出来的，最早的原机关支部书记老杨，是抗美援朝的老兵了！因为腿脚不便，他和夫人一起住进了一家江宁的养老院。我曾经去看望过他，他显得特别开心，拉住我的手说了好多好多的话。他的儿子在国外，南京没有什么亲戚，把我当成了他的亲人。这次电话问询时，了解到他的生日，我突然心里一动：下次党小组活动，我们就去这家养老院，和他共度85岁的生日！看望老党员，慰问志愿军，参观养老院，共度夕阳红！

记于2018年5月3日

一位太极拳师的情怀

夏日的中山植物园，绿莹莹的草坪上，拳友们把一等奖的奖状和奖牌围成一个圆圈，摆出各种太极拳的招式，和他们的荣誉合影。大家又来到餐厅的演出台上，挂上黄灿灿的奖牌，捧着各自的奖状，一一和他们的老师合影。

王玉军老师40岁出头，一身黑色的拳服，神采奕奕。他是金陵老年大学太极拳班的教师，他带的这两个班学员在2018年南京市传统武术锦标赛中荣获集体项目一等奖，拳友们相聚到风景秀丽的中山植物园开庆贺会。

我的一个同学夫妻两个都是王老师的学生，他们特邀我参加这个活动，说你和他聊聊，说不准能发现点闪光的东西。一位被大家称为“教授”的拳友对我说：“我们这个老师，不仅拳打得好，人品也是一等，对我们这些老同志特别耐心、客气，在这上课，我们不仅学到了太极拳，锻炼了身体，而且心情特别愉快！”一大帮美女大妈们齐声附和。看得出来，王老师和这些“叔叔阿姨”们相处得十分融洽。

听说我要采访，拳师有点腼腆，连连摆手：“我就是一个普通人，不值得，不值得的！”

他是安徽和县人，父母是地地道道的农民，家里两个姐姐一个妹妹。小时候家里穷，上小学连5元的学费也交不起，下大雨，家里到处滴水，连睡觉的地方也没有。1991年，随着改革开放的大潮，16岁的他只身进了大城市，到南京学厨师。他自小喜欢武术，十来岁就跟着电视里武打片模仿。到南京后，听说有个拳师李阿根在雨花台打拳，他就天天大早来到雨花台，跟在后面学。他的诚心和坚持打动了李阿根，终于收他为徒。

跟着阿根师傅，他先后学了少林、形意、咏春、太极等各种拳法，以及各种器械，后来又拜名家周道武为师，打下了坚实的武术功底。早晨四点起床练拳，几十年不变。就是结婚第二天，他依然四点起床练拳。又要工作，又要习武当然很累，一次练拳回来，吃着饭就睡着了，碗掉地上摔得粉碎。

功夫不负有心人，2008年，他在省武术比赛中获得蛇鹤拳、乌龙刀第一名。这一年，也是他人生重大变化的一年。

年终，王玉军所在的单位看中他的武功，要调他去保安部。他想自己学武可不是为了打架，而是为了传承祖国的传统文化，延续师傅的拳艺。为了有更多的时间从事武术事业，他毅然辞去了原有的工作，走上了专职武术教师的道路。

一上来是在公园里教，后来选择了老年大学。他说：“现在我们国家每年有数千万人口进入老年，老人的生活对社会的稳定和谐有举足轻重的作用。老人学打太极，促进身体健康，给社会和子女减轻负担，对社会的稳定和谐应该是一种促进。”

虽然在老年大学从教工资待遇不太高，但是他感觉和老人一起学习，充实愉快。到目前为止，他已经在金陵老年大学，江苏省老年女子大学，工人文化宫，南京军区老干部活动中心，南理工，南航等院校等带了十个太极拳班，有学员二百多人，还在栖霞等区开了两个儿童武术班。已经成了南京地区比较有名的一个武术教练了，先后获得了中国武术六段，中国武术国家二级裁判等称号，担任了区武术协会秘书长。

“平时待我们客客气气，但学习上一丝不苟，动作不到位不下课。”一旁的班长介绍，“这次比赛，他专门新编了三十二式的套路，叫我们一个一个地独立过关，这才拿了全市的一等奖！”

“练拳德为先，习拳人必须有良好的品质和高尚情怀，这是我跟王老师学拳两年最深的体会。”另位挺漂亮的大姐补充说。她是一个国企的退休干部，很会概括总结。她说，老师就是很好的榜样，他带十几个班，从来都是早到迟走，一遍一遍地示范、讲解，其实打拳要用气，讲解是很费劲的。他没有光环，没有学历，就是一个普普通通的太极拳教，但他很敬业，尊重每一个学生，学生有问必答。学生肩周炎，他帮助推拿治疗。学生要拳服，他积极联系购买。每次的太极拳课，会使我们在浮躁的世间感受难得的宁静和淡然，使人放下负面的情绪和包袱，在太极拳中度过愉快而悠闲的夕阳黄昏。

王老师给说得不好意思了，连忙打断学生的介绍：“弘扬太极文化，让太极拳造福社会，让更多的人健康幸福，是我们当老师的职责，应该的。”他说，他感到来老年大学教太极拳是选对了路，他用自己的爱好和技能，为老人的健康和快乐做了一些力所能及的事情，为健康中国做出点贡献，也获得了应有的报酬，养活了两个孩子，这是两全其美的事啊。

我突然有了闪光的灵感：其实，我们每一个普通人都是社会稳定和谐的一块石头，看起来微不足道，但是就是这一块块石头，垒起了社会幸福生活的大厦！应该为每一个踏踏实实做好自己工作的普通劳动者点赞！

（《金陵晚报》“雨花石”2018年10月5日发表）

今夜有大雪

凌晨四点，醒来。非常安静。

突然想起昨晚大量信息提示，今夜有大雪，急急起身拉开窗帘：哦，下雪了！地上，树上，房上，一片花白，把天也映白了。雪还在急急地下，密密地从空中飘落，无声无息，把大地染白。窗外矮树丛上，积下一簇一簇棉花般的雪团，有几根树枝不堪雪压歪倒下来。

本来是约好，南师大同学“乌兰牧骑文艺小分队”今天要去排练节目，准备春节慰问养老院的。听说今夜有大雪，队长关照说：大家等通知！安全第一，如果下大雪，活动就改期。看这个样子，今天是去不了了。

对于南方人来说，遇到下大雪是一件欢乐的事。印象最深的是孩提时代的一次大雪了，是五十年代，那时我们还住在鼓楼小火车站东面的一条老巷子里，就是现在紫峰大厦的下面。鹅毛般的大雪连续下了三天三夜，积雪足足有半人多高，（也许那时我个子不高？）有半个月没有化干净。我们出来把路上的雪堆到路边的墙上，就好像走在高高的雪墙之中。堆雪人，打雪仗，玩得真开心。

七十年代初期，一场大雪以后，正在学写诗词的我，写了一首《念奴娇•江南雪》，记载了那年的又一场大雪。上半阕写了大雪的状况，还记得是这样写的：“漫空银色，喜迎来、大雪江南飞舞。千里米乡，只道是、撒落天宫白璐。糊隐苏杭，怒封长岛，又镀南京路。江山难辨，但风狂遍华陆。”

下半阕借雪抒情，以诗言志，写了一点联想："瑞雪喜兆丰年，且冲刷去．天下肮脏物。祭起玉龙三百万，驱尽环球妖雾。再借春风，化为雨水，润绿烽烟火。思情未断，急将银甲英伫！"

一个血气方刚的小青年的豪情壮志跃然纸上，当时的我们，不知天多高地多厚。

大雪有美好的一面，也有暴虐的时候。亲身感受大雪风险的是临退休那年组织去河南旅游的一段经历。

从云台山下来的时候，天气骤变，飘起大雪。大家思想准备不足，也没有带足够衣服，许多人只带了单衣。只好缩短行程，大客掉头往回开。雪越下越大，北方的雪不像南方，下了就化了，地面很快有了冰，司机不敢开快。偏偏广播说，回南京的高速公路因雪大，也封掉了。只能在省道上慢慢开。开到了洛阳附近一座立交桥时，前面一辆悬挂拖车在刹车时，拖车头来了个一百八十度的大掉头，冲断桥栏杆，因为拖车车厢拉着，没有掉下去。而我们的大客就在车厢后面十几米的地方，差点没撞上去。

后来就有了强烈的感受，大雪天千万不要开车出门！

现在年纪渐大，腿脚不利，下大雪天冷路滑，还是在家呆呆为好！

打开电视，南京新闻正在播送市政府关于组织扫雪和中小学停课的通知。紧跟着一条新闻，是高架路上有三十辆车追尾，呼吁大家开车外出要慢行。并看到了在凌晨的风雪中，环卫工人、警察、解放军、机关人员，还有志愿者上街扫雪的镜头。末尾的国际新闻中还说美国也是极寒天气，"炸弹气旋"引来暴雪，纽约进入紧急状态，连南方的休斯敦也连续一周零度以下了！在美国帮助带孩子的妻子发信说，好冷，后悔没有带大羽绒服，说三十年没有这样低温了。还说返程的四姐被封在纽约机场，还不知怎么样呢。这世界怎么了，不是说全球变暖，今年暖冬吗，依旧是到处寒潮，而且是“环球同此凉热”？

我不禁惦念在国外的妻子和孩子们了，那边出门都要开车，下雪结冰路滑，千万要当心啊。

今夜有大雪，牵动多少亲人的心哦。

七点钟，“乌兰牧骑”队长的微信通知来了：“大雪天安全第一，活动改期，希望大家不要外出，注意安全！”

门口有人声，探头一看，原来是小区保安开始扫雪了，并拿来准备好的一张张草垫子，铺在每家的门口。

（《南京日报》“雨花石”2018年1月7日发表）

图书馆的故事

退休以后，搬到奥体中心来住，靠金陵图书馆不远。很快发现，图书馆是个休闲读书陶冶性情的好地方。

位于河西的新馆是东南大学专家设计的，采用了“琢石成玉”的方案，弧形的草坡上是一块巨大的雨花石状的玉石，下面是报告厅，四周是硕大面积的水池，圆顶的倒影在阳光下熠熠生辉。走近图书馆就会被这宁静优美的环境感染，人顿时清凉安静下来。坐在宽敞明亮的开架阅览室里，会油然产生一种敬畏知识，渴望学习的心境。

办了一张借书证，定期借书还书。还经常去三楼的书刊阅览室，找上三五本喜欢的文学杂志，静静地看上两个小时，直到眼睛酸胀为止。上午在阅览室看书的人不多，大多数中老年读者。也看到有年轻人，在那里温习功课做作业。有的老人会带一个背包，一个水杯，一坐半天，中午就在楼下的餐厅吃个工作餐，一个大盘子，三菜一汤，十几块钱，省了在家做饭之劳。

一楼还有一个儿童阅览部，逢到双休，父母带着孩子来借书读书，人满为患，有时车都停不进来。说到停车，唯有这里是读者的天堂，四十分钟内不收费。老伴感慨地说，图书馆夏天不热，冬天不冷，停车不收费，是享受国民福利最好的地方。

我还会在晚饭之后，散步走到图书馆，走进一楼的报纸阅览室，翻翻喜爱的纸质媒体。大厅里松散地坐了七八个读报人，只有日光灯嗡嗡的声音。一百多种全国各地的报纸，对于喜欢看报的人来说，真是奢侈。我翻的大都是晚报的副刊，外地偏多，因为其他地方看不到。喜欢《新民晚报》的“夜光杯”，《人民日报》的“大地”。“夜光杯”的小故事都写得有滋有味的，有一种上海男人的“男人味”。“大地”的散文显得大气，大家、名家多多。有时也翻翻《羊城晚报》，那是我年轻时的所好，当个小工人，家里订一份广州的晚报，了解改革开放前沿的信息，经常有前卫时尚的感觉。

偶尔还会在图书馆里碰到多年不见的同学，甚是惊喜。一次是参观一个全世界图书馆建筑摄影展览，站在我一旁的是一位风度翩翩的穿呢大衣的男子，花白头发，高高个子，腰板直直的。感到有点面熟，但想不起来是谁。他也盯着我看看，似曾相识。最后走到出口了，他突然回过身子问：“你是不是鼓楼小学六一班的？”我一下想起来，他是我五十年前的小学同班同学G！小学毕业后没有太多来往，后来听说他当了大学教授，擅长诗词，有一首《水调歌头•赠友人》在同学中广为流传，最后一句我还记得：“来日喜相会，但见雄赳赳。”看上去，老同学真是“雄赳赳”了！

最有意思的一次巧遇，是在书架上找书的时候。退休后我对微小说比较感兴趣，到图书馆就喜欢在小说这个栏目的书架上转转。那天恰巧也有个穿蓝色连衣裙的高挑女士在附近转悠。从侧面看去，身材很好，脸部轮廓清晰，应该是那种漂亮，有气质的女士。当我们互相礼让地擦身而过时，不约而同地认出对方：“啊，是你？”

她叫HM，是八〇年我在南师大夜大中文专修科的同学，而且都是一班一组的。她比我们小十来岁，很纯真漂亮的一个女孩，一个国企的职工。当时我们是每周二、四的晚上和星期天上午上课，都是在职的，来去匆匆，我们没有很深的交谈，但彼此的眼神里会感到对方的关注。由于印象深刻，我在一个作品中曾经直接用了她的名字作为女主人公的名字。

我们在图书馆的茶室里聊了起来，她告诉我在一个公司里当办公室主任，先生是部队转业干部，也住在奥体这边，业余时间不忘初心，也喜欢看看小说，写点小文章。我高兴地说：“我们可以约好时间到图书馆来交流读书和写作啦！”

图书馆三楼期刊阅览室旁边的墙上，新年到来之际，专门开辟了一个表达新年心愿的专栏，由读者撰写并贴上美好祝愿的彩色纸条，每次路过我都喜欢停下脚步看看。“国泰民安，宝贝前程似锦！”“希望明年高考大吉，梦想成真！”“祝外甥的另一半早早到来，天下有情人终成眷属！”“鸡年多读书，能够追上她！”印象最深的是一个粉红纸条，写着：“对我的好，我记得住，祝你幸福！”署名是一个小小的h。

这里面有什么故事吗？我默默想了好久。

（《南京日报》“雨花石”2017年8月30日发表）

戒棋

喜欢围棋，几十年了。

下围棋不仅可以满足搏杀好胜的欲望，还是一种休闲放松的好方式，因为一旦进入了黑白世界，思想高度集中，世间一切纷繁杂事和烦恼，都会抛到九霄云外。特别是退休以后，每天几盘棋，是放松心情，享受生活的最佳时光。也正是如此，“新浪围棋”的网上，我下棋的累计盘数已超过了7800盘，以平均每盘20分钟计算，足有2600小时了！

在老妈脑梗发病初期的操劳之余，在太太去美国带孩子的几个月时间里，下棋帮助我松懈了紧张的情绪，帮助我打发了孤独的日子。电脑一开，鼠标一点，仿佛进入极乐世界。

但是近来我有点烦恼，思考着一个颠覆性的问题：是不是该把围棋戒了？源于发生了两件事。

一件事是太太去美国带孩子期间，一天晚上，对一个“江油八一”的对手我连输10盘，级别从二段降为一级了！输得不服气，又没人管束，就一直鏖战到夜里两点。上床时突感心慌眩晕，心脏明显不适。赶快找来速效救心丸，连服数次。家里没有他人，真害怕发生什么意外。

第二天急去医院检查，诊断心律不齐，医生说是否劳累了，吩咐一定要好好休息。太太得到消息，当即电话来叮嘱：不要下棋了！晚上十一点以前必须睡觉。我也痛下决心，戒戒棋瘾。

第二件事是太太回来后，有个互相照顾的伴了，便渐渐放松警惕，恢复了往日的鏖战。一次太太做晚饭，我抓紧时间约上一个棋友就“手谈”起来。结果晚饭做好了，棋局胶着，又舍不得放弃，太太几次喊吃饭，我嘴上应着，屁股不动。平时好脾气的太太发火了：“棋就是你的命吗？饭也不吃，觉也不睡，是不是想和我分灶吃饭啊？”

下棋上瘾确有问题，就是耗时太多，如果不节制，影响身体健康，影响夫妻感情，这可都是大事情噢。

我决定改变自己，规定每天只下三盘。但是没几天，便忍不住了，因为没有监督机制，上了瘾，停不下来。三盘完了，心想再下一盘吧，一下三四个小时过去了！一天又下晚了，太太过来看看：“几个三盘啦？都知天命的年纪了，一点自制力都没有！”

我脸一红：“我干脆戒棋算了，正好那本散文集还差些文章，把时间省下来读书写作。”

太太说：“我不是这个意思，玩玩可以，不能上瘾。”

考虑了三天，我决定戒棋！没有舍，哪有得？男子汉做事也要有点魄力，而且要一步到位！于是我一下把电脑桌面上的“新浪围棋”和“弈城围棋”两个软件都删掉了！到图书馆一下借足了八本书，准备好好用用功。

没想到戒棋也很难噢！晚上和太太散步归来，坐到电脑跟前，点点新闻，翻翻书，打开word，写个提纲，就顿住了，一会就打瞌睡了。实在坐不住，就去看看电视，但没有球赛的日子，晚上很难熬。没有棋下，失落多多。

几天下来，我有点后悔了。退休了，不就是做做喜欢做的事吗，干吗要自己折磨自己？正好读到借来的一本书中有一篇《快乐比第一更重要》的文章，给我很大支持。又看到《华盛顿邮报》评出的十大奢侈品之一，有一条是“享受真正属于自己的空间和时间”，也给我找到反悔的理由。

但“戒棋”是我自己说的，如果马上说“不戒了”，岂不自己打脸？

一个星期下来，我没写出什么稿子。看我每天晚上无精打采的样子，太太说：“是你自己要戒棋的噢，其实我觉得下下棋挺好，可以防老年痴呆呢！就是不要像以前那样，没完没了的。”

我借机下台：“你不早说，我桌面的软件都删了。”

太太是理工科的，电脑很溜。她坐到桌前，点开“回收站”，三点两点，那两个围棋软件就重新回到桌面上了。“我看你这个戒棋过程，就是一篇好玩的文章。记住，一个人的健康和快乐，离不开自制力噢。”

大家说呢？

（《金陵晚报》“雨花石”2018年6月7日发表）

穿 刺

“左边有个硬块，不像什么好东西。”

泌尿科的医生在我抽过血后，又给我做了直肠指检，证实了体检医生的判断。体检的老医生指检后，说你前列腺有个硬块，要到大医院泌尿科去复查一下。

要说听到这个判断一点不紧张，那是假的，即使是大心脏的男人。

去年体检只是有点“前列腺增生”，老年病，没当一回事，今年变成“硬块”了？百度“前列腺硬结”，其中一个说法，就是前列腺的癌性病变。当然，还可能是前列腺结核、前列腺炎等。

晚上立刻咨询一位做过前列腺癌手术的老同事。他说当时也是体检发现的，血指标PSA（前列腺癌的特异性指标）偏高，吃了半年的消炎药，但指标持续升高，最后做了核磁共振，穿刺活检，诊断为恶性，最后做了根除手术，三年了，情况良好。说你不要担心，就是前列腺癌，早期还是能治好的。

妻子说，不要紧张，去大医院检查一下。

第二天即找了两个当医生的同学咨询，选定了鼓楼医院泌尿外科，在网上挂了专家号。看病就像打仗，诊室里围了几拨病人，主任应接不暇，和医生谈不上几句话。好在前面全是开单检查，医生也不和你多说什么。验血，指检，核磁。

指检有硬块，但PSA正常。等核磁报告的那天，心里忐忑不安。超过取片时间了，报告就是刷不出来。护士说，报告要主任看一下。果然有问题："前列腺信号异常"，发现三个病灶，PI-RADS评分是3分，建议"必要时做穿刺活检"。

"病灶"！"穿刺活检"！回家路上，这几个字一直驱之不去。我父亲活到90，老妈还健在，87，都没有得过癌症。几个弟兄也没发现癌细胞，我这个老大，不要带这个头哦。前两年发现有个1.5cm的肠息肉，切除后活检是良性。虽说早期前列腺癌比较好治疗，但谁愿意摊上这个事呢！

我突然想起来，在德国科恩一个教堂里黑板上曾看过的一个留言填空，"before I die，I want to……"就是"在我死之前，我要……"如果得了癌症，应该在生命的最后时刻做点什么呢？放心不下的事还真不少：老妈，妻子，女儿，外孙女们，还有那本计划的散文集，离一百篇还差十几篇呢！不好意思对妻子说，但我的确这样想了。

最后找到了泌尿科李主任，他说："有硬块，穿刺一下好。良性的，你就放心了；如果有问题，我们积极治疗。"他告诉我，现在是从会阴部穿刺，技术很先进，住院三五天就行了，是局麻，不是很疼。

有朋友说，你不要过度检查啊，医院就会叫你们多检查，多收费。也有懂医的同学说，你PSA正常，定期复查就行，穿刺也有风险。妻子说，我看你还是穿刺吧，不然天天烦神，你睡不好我也睡不好。

住院了，泌尿科有三层楼，我们这层是前列腺和肾病的，年纪大的男同志为多，不少穿着病服挂着尿袋的病员在走廊里走来走去。同病房的26号是一个阴茎癌的病人，手术很成功。25号也是来做穿刺的，是个铁路上退休的职工，做排石手术后发现PSA高，就让他查前列腺。他说隔壁还有两个做穿刺，一个马鞍山的，一个连云港的。进了大医院病房，都是病人，大家交流也不忌讳。有个七十多的老人走进我们房间，直接说，我得前列腺癌了，你们有吗？交流交流！

检查之前又验血，做心电图。管床医生给我们集体上课，讲注意事项，一共七个人，都是六十岁以上的老同志了。还发了开塞露，要清一下直肠，因为B超镜要从直肠放进去。这时已经没有其他杂念了，就是按照医生的要求一步步做下去。

送我去手术室的路上，南医大毕业的管床医生很耐心，对我的询问有问必答。从会阴部穿刺是近几年才发展起来的，2017年做了1000多例，安全性很高。说活检阳性率一般占25-30%。

躺在手术台上，已经不那么紧张了。做手术的主治医生和我扯闲，说你不像六十多啊，干什么工作的。打麻药有点疼，但在打那个穿刺枪时，只听“扑”“扑”响，像装潢枪那种声音，没有疼痛感觉。我问；要打多少针啊？操作B超的医生说：你的一共16针，有两个病灶一针穿透了。另一个医生把穿刺取出来的样本放进一个个小玻璃瓶，这是要送去活检了，是决定我们命运的活检哦！手术室里还有两个姑娘，这时候谁还管是男医生还是女医生啊。

出来感到有点头昏，也许是麻药的后遗症？坐轮椅被推回病房。挂消炎止疼水，是预防感染的。唯一有感觉的是，小便带血，坐便器很快就变成混色的了。护士说，很正常，穿刺有伤口，几天后就会好的。

那天晚上我和铁路职工聊到半夜，我说七个人，30%只有两个人，大部分还是没有问题的，但愿我们俩都没有问题！夸奖他的爱人真贴心，每天烧了菜带过来让老公吃，自己吃医院的菜。用开塞露也是她主动帮忙。25号不好意思地说，他们结婚几十年就红过一次脸，还是刚结婚的时候，那时自己不懂事。所以他希望自己一定不要有什么问题，还要好好回报他的爱人呢！

第二天我们就出院了，一共花费7500元，自费700多。医生说结果三天后电话告诉你们。住院几天，病人见得多了，对比了病情，心情反而不那么紧张了。还有和朴实的25号聊天，很愉快。

建军节的傍晚，我正在洗澡，妻子接到一个电话，然后高兴地敲门喊："医院电话！说你良性！"

我连忙拉开门："太好了！那25号呢？"

很快我自己也觉得问得唐突。不过我坚信，这位同居三天的铁路老职工也一定没有问题！

（《银潮》杂志2018年12期发表）

在德国做医生

听到晓虹要去德国学医的消息，大伙儿吃了一惊。她已经41岁了，刚从部队医院转业。凭她的经历和关系，到地方医院，到机关，都是不费事的。是那年南外同学聚会，在德国定居的W一句话打动她，说你德语那么好，又会针灸，怎么不去德国发展呢？

晓虹从小的梦想是当一名医生，这也是当军人的爸爸所希望的。到部队就在医院工作，后来考上军医大，毕业后当了内科医生，还自学了针灸的技术。转业给她带来机会，为什么不可以到德国闯一闯呢？就这样，办好所有手续，带着700美元，晓虹登上了去法兰克福的飞机，那是1992年。

问题不那么简单。德国不承认国内医生的学历，一定要有德国医学院的毕业文凭才有当医生的资质。刚去的那几年，她烦恼不少，一边在一个德国人开的诊所里当助手，一边寻找读医科的机会。德国学医有名额限制，成绩要求很高，外国人的名额更少。报了几个大学的医学院，都被拒之门外。只好先报化学的生物专业，因为读书才有签证。后来诊所的德国朋友帮忙，推荐到黑森州的马堡大学。马堡大学是个名校，有四百多年历史了，对外国留学生比较友好。面试时看晓虹在中国当过医生，德语也好，就给了她一个学医的名额。

没想到，读书的五年，晓虹和德国的火车结下深厚友情，因为马堡大学的学生证在附近几个城市间可以免费坐车。她住在学校附近的一个城市，每天早晨五点起床打理，六点出发，背个双肩包，带一本德汉医学大辞典，在火车上看一小时书。

老师讲课语速快，一上来很难听懂，课间赶快查词典。德国大学生没有天天听课的习惯，有一天下大雨，就她一个人坚持来了。大胡子教授说："今天不上课了！"因为学校规定低于三人可以不讲课。晓虹笑着说："这么大的雨我坚持来听你讲课，你应该表扬我啊？我可以请教几个问题吗？"教授愣了一下，被这个年纪不轻但执著聪明的中国女生打动了，把这堂课变成了一对一的辅导课。课后教授还主动和晓虹聊起家事，说他父亲是个建筑师，在青岛参加过建设。他曾经带女儿去了中国，参观当年爷爷设计的房子。后来，这个大胡子教授成了晓虹的好朋友，毕业时还帮她写过推荐信。

学校考试很多，德国人对考试特别较真。一段时间晓虹父母身体不好，一拉警报，她这个老大就得买机票回国，耽误一些课程。有次考试，她刚从国内过来，身体和精神都非常疲倦，真是巴望自己生一场病，那样就有借口不参加考试了。待坚持考完回到家中，她关上门大哭一场，个中艰辛谁人能解！

通过了所有考试，拿到了德国医科大的毕业证书，那一年晓虹整整50岁了！在国内，很多这个年龄的女同志都退休了。

毕业以后，找工作也不那么顺当。晓虹先是在学校的医学院眼科帮助做博士课题，选题是"针灸在青光眼上的作用"，报上公布了消息，有700人报名参加试诊。但因为医院合并，项目资金不足而告终。

后来晓虹去了一家骨科医院搞针灸。那个院长很有钱，但为人苛刻，讲话不算数。在大学二年级到德国读书、后来在一家美国公司驻德国办事处任职的儿子的支持下，晓虹一气之下炒了院长的鱿鱼。

几经选择，晓虹最后在斯图加特市附近的一个公立医院当内科医生，至今已八年有余。这个医院在德国算中等规模，有两个分院，一个康复中心和八个养老院。当内科医生的同时，院长还发挥晓虹的特长，批准她开一个以针灸为主的中医门诊，接受预约病人。晓虹在内科门诊的同时，发挥针灸的特长，搞了一些“中医结合”。对胃脘痛、咳嗽的病人，在征得病人同意后，用针灸进行辅助治疗，效果不错。后来还对一位中风的老先生采用针灸的方法进行恢复治疗，效果明显。慢慢下地行走之后，老先生非常高兴，和老伴一起找到院长，要邀请这位“中国医生”去家里做客。

后来院长又要晓虹负责大内科值班等一些管理工作。开始一些德国医生有点不服气，怎么让外国人管我们？晓虹就带头在节假日值夜班，还通过中国同学办的旅行社组织同事们旅游，交了不少德国朋友，凭借着中国人的勤奋和友善得到大家的认可。德国是67岁退休，院长对她说：“虹，我希望你一直做下去，只要你愿意。”

在德国二十多年，晓虹体会最深的，就是中国人聪明勤奋，只要下决心，坚持做，完全不比德国人差！

晓虹还保持着当年的身材，皮肤白皙，当年班上金花之一，如今更显得平和沉稳，淡然优雅，一个中国籍的德国医生。

（《扬子晚报》“繁星”2016年12月29日发表）

诗人西子乔

一件深色的短呢子大衣，一双光亮的棕色皮鞋，一顶灰色的礼帽，一米八出头的他站在中山门的路口等我。我们约好去钟山脚下王安石的故居半山园走走，“也许能找到几根王安石的遗发，绑在琴弦间，弹出思古之情。”

西子乔，杭州人，南京作家协会会员，一位70岁的新诗诗人，西湖桥边出生，以此为笔名。著有诗集三本，《太阳雪》，《太阳鸟》，《太阳船》。几个晚上，我都在读这位退休后才开始写新诗的长者的诗集，看到好诗情不自禁地也会在书上涂上几句，用诗人的眼光去观察世界，感悟人生。

一个偶然的机会，刚刚从中学语文老师岗位退休的他，在书店里看到女诗人舒婷的诗集，翻阅后竟然爱不释手！“我从小就是一个‘激动分子’，就是那种看到美景会大喊‘啊！啊！’的人，大家都说我有诗人的潜质，没想到这一潜就是半个世纪。”他买下这本《舒婷诗集》，废寝忘食地反复阅读，用铅笔在诗的空白处加批，写感想，用诗的语言。很快空白页被填满了，书页卷起边。于是再买一本，相同的书，再读再批。直到买到第四本，西子乔自己的诗开始喷薄而出。三年一千多首，一天一首。

他在《拥抱美夜》中写道：“拥抱无灯无月的美夜/美夜也紧紧地拥抱我/我是无所不拥地抱/她是无所不抱地拥。”这是描述在大别山里一个山庄之夜的诗。写得很美，充满对大别山老革命根据地的深情。

我喜欢他的诗，是因为他的新诗内容多为生命中对美好事物的感受和追求，在贴近生活的一瞥中摄取题材。正如三本诗集的命名，太阳，是光明的象征。好诗人，应该是那种胸怀宽广，热爱生活的人，好的诗歌，应该境界高尚，努力展现真善美。西子乔的诗，是向这个境界进发的。他的《北极点有感》写道：“心没有极点/地有/情没有终点/海有/诗没有至高点/山有/金无足赤/爱有”。

西子乔的诗，多为十到二十行的短诗，语句凝练，轻盈，富有跳跃性，多用比喻，象征，有时是夸张的手法，注重在意境上下功夫。也许和他后来苦读台湾“诗魔”洛夫的诗集，受其影响有关。

“海天像一本书/打开着/繁星是宝石镶嵌的文字/我是孤独而胆怯的读者”（《仰望海星》），比喻得富有诗意。“一只老猫/爬到树上去欣赏日落/我在树下/从它眼睛里看到晚霞”（《黄昏与猫》），角度带来想象空间。诗人总是与常人有不同的眼光，他总是在追求一种与众不同的感受，发现别人没有发现的意境。

西子乔早期的新诗中，旅游风景的描写几乎有半壁江山。早晨听新闻说洛阳大雪，黄河封冻，他收拾两件衣服，马上打车去了火车站，登上去洛阳的车，去看“洛阳的雪，黄河的冰”。

2015年，他甚至做了一件后来自己都不敢想的事，一人购买了“歌诗达中国环球首航”的船票，和611个中国同伴，用了86天时间环游全球。他以每天在博客上发一首诗的形式，记录了从上海出发，经马六甲海峡到印度洋，穿过地中海和大西洋，再横渡太平洋回到上海的见闻和感想。一个人，一个海景房，一种冒险的，准备不归的想法。第一首诗的题目就是《我疯了》：“带三个本子/四支新笔/一腔冷血/冰凉而透明的海天/摸不着边的水晶棺/我疯了”。

花二十万，周游了世界，结识了台湾独行的追求旅途之爱的贵妇人，在船上天天跟他学习太极的温州亿万富翁，组织游船围棋赛的棋院院长和下了船就在异国他乡街头弹吉他，把所得的零钱一一包好以留念的富二代。印象深刻的是一个原准备周游世界后跳海自杀的癌症女患者，后在同行者，一位90岁的老中医劝导下，决心珍惜生命，好好治疗，在旧金山下船坐飞机回国了。

这些人和事，和途径的二十几个国家，三十个港口的世界绮丽风光，那震撼的巴拿马运河和苏伊士运河，阿曼伊斯兰城和沙漠，夜航红海的冰冷的大风，意大利西西里岛上埃特纳火山的雄壮，希腊爱琴海上圣托尼里岛的秀丽，牙买加热带雨林的奇特，以及纽约的豪华和白人眼中的冷漠……都成了西子乔的诗歌素材，这些都记入了后来的诗集《太阳船》。

环球游不仅使诗人感受了大自然的无穷魅力，还见识了生命的千姿百态，使诗人的眼界大开，灵魂得到淬火，境界得以升华。“海天是我师/无言而亲授/海天是我师/不语新开”（《海天我师》）。回国之后，南京诗界专门召开了“《太阳船》诗集研讨会”，一些诗歌的同行给予西子乔较高的评价。

“我现在想得多的，是怎么进一步突破自我。”已经年过七旬的他，在半山园的山间小道上畅吐胸怀。喜欢太极拳的他，至今“一高不高”，不烟不酒不牌，电视也很少看。每天凌晨四点，是他修心悟诗的时间，大脑血液充沛，思路清晰活跃。如果说《太阳雪》、《太阳鸟》是诗人创作的第一阶段，《太阳船》算是是心灵升华的过渡。下个阶段应该是打破自我，重塑自我的新征程。

突破重塑在于学习。找来洛夫72岁所著的3200句长诗《漂木》反复读诵，细心品味和揣摩老诗人的思维过程和方法，寻找诗人特有的心灵感应。

在最近扬州的两首诗里，我感到了他着力创新的努力："五亭桥亭角的铜铃声/肥肥的/把秋风撞痛/乱了我的心/瘦了她的羞/"（《五亭桥》）。诗人用拟人化的手法把铃声女性化，她高兴，兴奋，应该是肥的；害羞了，就瘦，就苗条了。

（《扬子晚报》"繁星"2018年3月29日发表）

我的同学“哆来咪”

“哆来咪”这个外号是刚进中学时同学们取的。第一次班会，班主任为活跃气氛，把坐在第一排的他喊上台，说你领大家唱个歌。12岁的他大方地走上台，说唱个《我们走在大路上》吧，随即挥起手，用谱子起了个头：“哆来咪……预备——唱！”没想到大家刚进校门，陌生腼腆，没有一个人跟着唱出声。调皮的同学就把“哆来咪”的外号戴到他的头上，一戴五十几年。

哆来咪聪明机灵，乒乓球打得好，特点是动脑子，发球刁钻。喜欢唱歌，会吹笛子。他的出名是参加《风雷之歌》的演出。这是当年学校在全市中学生文艺汇演中得奖的一个歌舞剧，哆来咪和我们班另外两个同学扮演三个非洲的黑孩子。“恰逢冬季，滴水成冰，候场时瑟瑟发抖。”这是哆来咪今天在微信随笔中写的，“穿上深棕色的秋衣秋裤，再把露在外面的脸、手、脚涂上棕黑色。一首《我是一个黑孩子》，让我和两个同学知名全校。”

他后来分到一个国有的机械厂，当工人、技术员、车间书记，厂办主任，再后来是在一家民办大学里搞管理。

退休之后，同学之间的走动频繁起来，各种同学群如雨后春笋，我们初二德班的同学也建了群。一上来哆来咪在群里潜水为多，偶尔点评数句。同学聚会时话不多，不像以前那么机灵和神气。我发现他明显见老，头发稀疏，左手不停抖动，是不是得了什么病？也没好意思多问。

去年以来，哆来咪突然在群里活跃起来！每次聚会，他都要写上一篇随笔，或小诗一首。同学们的活动，照片和文章，他都要逐一点赞和点评，还不断地给群主建议。诸如搞个“当年初二德班那些事”的征文，组织同学间的羽毛球、乒乓球赛，定期组织同学到歌厅K歌等等。他自己则是带头以“哆来咪随笔”开始写回忆文章，文笔诙谐幽默，充满真情。还经常在群里发表新写的诗词，和以歌曲名编成的《歌名情话》，促进了同学群的热闹和欢乐。

作为曾任老班头，我非常欣赏他的随笔，经常给他点赞和鼓励，赞赏他对同学群的热情。

“亲爱的老班头，你知道我为什么要不停地写，不停地动吗？”哆来咪用私信回答我。“同学，是没有血缘的亲情，越是老了，越需要互动！交流，倾诉，感恩！我是个帕金森病的患者，已经六七年了！所有治疗这个病的方法和细节我都看过了，我试过所有的药，不行，老吃药也怕副作用。现在我给自己开出的药方，就是不间断的运动，加上乐观开朗的心态！同学的互动给我带来快乐，不间断的锻炼延缓我的病情发展。我现在每天一场羽毛球，快走一个小时，每周三次K歌。同事夸我还有两个绝活：一是拿大顶，能倒立十分钟；二是在广场上写地书，可以用左手写反字。得病以来，我深深感到，我的健康，就是家人的快乐，我希望给我的家人、我的同学带来快乐，所以，我一定要坚持锻炼，坚持活动！”

我深深为哆来咪的顽强精神感动！我把哆来咪的每一篇随笔收藏，复制，加上照片，用美篇软件汇编成《哆来咪随笔》，在同学群贴出，我和群主商量，动员更多的同学参加他组织的球赛和K歌。

今年春节的同学聚会，哆来咪是在妻子陪同下来的。妻子比他小不少，还没有退休，显得年轻，漂亮，搀扶着他上了饭店的楼梯。轮到哆来咪表演节目时，他妻子站起来，很大方地说："他今天有点感冒，我来代他演一个！朗诵一下他用56首歌名编写的《歌名情话》。"

没想到哆来咪的妻子有播音员的嗓子！抑扬顿挫的朗诵把大家带入作者对人生的深刻品味：

"懂你，你的眼神，梦醒时分，驿动的心，我悄悄蒙上你的眼睛，祝你平安……忘不了，灰姑娘，从头再来，让我轻轻地告诉你，天不下雨天不刮风，天上有太阳！"

掌声雷动。哆来咪缓缓站起身："我昨天为《我们走在大路上》重新填了一段歌词，是写大家退休生活的，刚才在群里发了，大家把手机打开，我们一起唱一遍好不好？"

打开微信，我们看到了哆来咪的歌词；

我们走在大路上，我们快乐笑脸昂扬；自由自在享受生活，帅哥女神齐声歌唱……我们的道路多么宽广，重读大学又进课堂；学习知识陶冶情操，精彩老年充满阳光！……锦绣河山壮丽辉煌，中国老人势不可挡；走遍神州走向世界，无限幸福无限风光。向前进，向前进，健康的旗帜高高飘扬！向前进，向前进，向着美好的天堂！

我们重演了五十几年前的一幕：哆来咪把手一挥，起了个头："哆来咪……预备——唱！"

歌声嘹亮，响彻天穹。

（《南京日报》"雨花石"2017年3月28日发表）

让白雪作证

第一次见到老肖夫妇是在赴欧洲旅行团的预备会上。他俩手牵手地走进会议室，身材苗条的小敏是瓜子脸，一副白色的眼镜，头发梳得整整齐齐，脖子间围着一条带红点子的纱巾，显得恬静。浓眉大眼的老肖则是一股北方汉子的气质，他和小敏的同学一一打着招呼。

听说这个班要带着身患阿尔兹海默症的同学一起去欧洲，旅行社的女经理不放心，一定要见见本人。她的一个长辈就是这种病患者，不认人不记事，必须有人看护，到国外出个事就麻烦了。老肖对经理说："她是学德语的，讲了多少次了，一定要去莱茵河看看！你们尽管放心，有我呢，我二十四小时陪护六年多了！"

经理仔细问了小敏的情况，还亲自陪她上了一趟厕所，虽然语言不能交流，但感觉只要老公精心照顾，问题不大。加上老肖那种殷切、坚定的眼神，经理拍板了，并决定派一个最好的导游。

第二次见到他们是在欧洲游回来的照片上。

这是一次以德国为主要目标的欧洲游，以当时德语班的同学为主，也加了一些同学的朋友，我的爱人也参加了。十几天时间，游览了德国、奥地利、瑞士和法国，看到了他们在莱茵河上、国王湖畔、瑞士雪山下以及巴黎圣母院前的多张合影。

后来才知道，小敏这个病已经十来年了，她是一个中学的语文老师，教研室主任，50岁时有了阿尔兹海默症的症状，有时会忘了上课时间，上了讲台会记不得上次讲到哪一课了。回家做饭，菜端上桌子，才发现饭锅里还是生米。发展到后来，记忆丧失，不认识人，讲话也不清楚了，必须有人看护。老肖是一个转业干部，后来在机关工作。说起这个北方汉子对老婆的照顾，真是细心周到。每天出去，都把小敏打扮得漂漂亮亮，头发梳得齐齐整整，每天换不同的纱巾。两人路上都是手挽手，所有的照片都是两人的合影。吃团餐时，都是老肖匆匆吃好，再来喂小敏。每天到旅馆，要帮她捏脚，洗澡，洗衣服。当然后来团里的同学、团友也都主动帮忙，游览时牵着她走，陪她上厕所，每次都是让她排第一个。

小敏高兴的时候会手舞足蹈，她生活在同学和朋友们的亲情之中，脸上露出幸福的微笑。最感人的一幕是在德国科隆，她认出了接待大家的学校同桌、科隆大学的林教授。小敏喊出一个“林”字，还用拳头捶打着对方，眼泪慢慢流了出来。在场的很多同学、团友都感动地流泪了。老肖说，看到她高兴，我比她还开心！

第三次见面，是小敏的老班长陪我一同去了他们家。

老肖和她手牵手在小区门口迎接我们。见到小学时的老班长，小敏抓住他的手，手舞足蹈，嘴里叽叽咕咕，听出她在喊老班长的名字。

老肖说：看到老同学，她很开心，也会唤起一点记忆！其实，她现在也就是两岁的智力，什么都不清楚了。

老肖是山东人，比小敏大五岁，从农村当兵，后来从大别山调到南京的一个部队。

“我是在部队认识小敏的，就是她同学林教授当的红娘。”老肖和我们谈起往事。“第一次约会是在鼓楼大钟亭的门口，她是提前到的，谈话很朴实，我也是实在人，她后来说看中我就是实在。我们互相印象很好。她给我留了一张联系的纸条，一看那字，真是漂亮，很秀丽。

“她是南师大中文系毕业生，恢复高考那年考上的，算是高材生了，毕业就当了中学语文老师。她爸爸是个南下的老干部。我那时还没有大学学历，家也在农村的镇上。论学历，论家庭，论长相，她都比我强，她能看上我，我是非常感激的！最使我感动的是，我说我在部队，将来不知道会到哪里，也许留不到南京。她说：只要我们好，你到哪里我就跟你到哪里！印象最深的，是那年下大雪，我们一起到中山陵看雪景，草坪上是厚厚的白雪，她就拿了一根树枝，在白雪皑皑的地上写了‘让我们白头到老’七个大字，并认真地说‘让白雪作证！’真是永远忘不了！所以我下了决心，要一辈子对她负责，要实现她所有的愿望！”

我看到浓眉大眼的老肖眼睛里涌出了泪水。小敏和他并排坐在沙发上，一只手挽着他，静静地听着。

“经常有人安慰我，夫人得了这个病，你不离不弃这么多年，你真辛苦！要说辛苦那真是一点不假，二岁孩子的智力能做什么？从早晨起来，穿衣，梳头，上厕所，吃饭，一刻也不能离开人。二十四小时都不属于我的，她睡着了，我才能忙点我的事，她一醒，我就必须上岗，休息不好是我最大的苦恼。有人劝我找个保姆，我不放心，也舍不得，保姆能像我这样尽心尽力吗？”

“不过我倒觉得我很幸福，因为我和我爱的人天天在一起，我给她尽心的照顾，给她开心的心情，就能减缓她疾病的发展，延长她的生命，也给我带来安慰和快乐！现在最担心的是，如果我走在她前面，她就要吃苦了！所以我自己也要多多保重，保重自己就是保护我的家，两个人才是一个家！”

面对得了阿尔兹海默症的妻子，老肖这番由衷的谈话深深打动着我们。我眼前突然闪现了白雪皑皑的中山陵，用树枝划出的“让我们白头到老”七个大字。

夫妻深情，人间大爱，让白雪作证！

（《南京日报》“雨花石”2017年12月6日发表）

江边的夜色

走进河西国际青年文化公园，一条大道在两排青樟的护卫下铺向江边，巨大的“南京眼”耸立在前方。夜色初染，一牙弯月挂在“眼眶”的眉头，给游客一个侧面的笑脸。

我特别喜欢在夜色初上的时候，到“南京眼”的江边来散步。从公园大门走到江边的栈道，沿着不锈钢的护栏，穿越精致的夹江之窗，经过宽阔的嬉戏草坪，就是四十个玻璃柱子组成的“长江记忆”了。顶部尖尖的玻璃柱上，用深色油漆标记了历年大水的水位，最靠近岸边的一个柱子标着：“1998年10.14米”。那年，我们机关干部也参加了防汛，坐卡车来到决堤的棉花堤填抬麻包。车子开了好长时间，觉得离城区好远，是在这里吗？

从观景平台下面穿过，来到宽敞的滨江大平台，地处河西新城青奥中轴线的长江首座步行桥就在眼前了。两个巨大的圆形主塔就好似人的两个眼睛，被南京女孩卢晓艳在全球征集名字中夺魁，称之为“南京眼”。五十多米高的“眼眶”在射灯照射下缓缓变着色，羽翼般的斜拉钢索，振翅向上，犹如一架巨大的竖琴的琴弦。这里是长江的夹江，禁止航行，江水静静地淌着，桥上的灯光映在水中，不停地闪烁。夜色中可以远望到对岸黑黝黝的丛林，几盏灯火，在江水里拖出长长的倒影，微微晃动。

江边人不多，非常安静。一位年轻的妈妈带着孩子在骑自行车，一对老年夫妻在散步，一个小伙子架着三脚架在拍摄夜景。老夫妻似乎在交流什么，也许是怕破坏了幽静的氛围，讲话都是轻轻的。

我在江边栈道木椅上坐下来——我经常坐在这里，什么也不想，什么也不做，呆呆地享受着夜色中江边的宁静。听不到道路上车辆的喧嚣，只有江滩石缝里虫子的鸣叫，能辨出有蛐蛐的吟唱。看着“南京眼”巨大的眼眶慢慢地从蓝色变为紫色，变为绿色，变为红色……水中的倒影微微波动。江对面墨色的远山，好像藏着很多的故事。此时此刻，会情不自禁地想起诸葛亮的名句“非淡泊无以明志，非宁静无以致远”。宁静的时候，思绪飞到很远很远！

仰头望天，深邃色的夜空，深不可测，也不知道可以用什么颜色来形容。眼睛适应后，渐渐看到了星星，一颗，两颗，三颗……小时候听外婆说，天上星星是逝去的亲人，星星眨眼，就是亲人在和你说话。我看到一颗最亮的星星，应该是我九十岁逝去的老父亲吧，他好像在问我，有没有把那句“积财千万，莫过读书”的家训传下去了？再远一点，一颗闪烁不定的小星星，是否是我那病逝的前妻，前来和我倾诉衷肠？我们是同学同事，一路走来，在女儿大学毕业，日子渐好之后，于52岁的年龄离我而去，她在遥远的天上看着我，似乎在问，女儿好吗？你过得怎么样？一颗亮亮的星星慢慢移动远去，那应该是北去的飞机。

幽静的夜色中，没有了朋友圈的喧哗，没有了存在感的虚荣，一切是那么平静，感觉心灵在净化，思想在升华。

宁静是美，宁静是大美。

（《金陵晚报》“雨花石”2017年1月7日发表）

殷德华和他的神群

“我现在有两个职业，一个是电台房地产节目的主持人，一个是‘悦听越好房’群的群主，一个非常开心的工作。”

我面前的殷德华，这位南京人民广播电台房地产节目“家有好房”的著名主持人，开朗地大笑。我们是在南京玄武湖畔的曙光国际大酒店32层的旋转茶座里，聊聊他的这个“神群”。

之前我在网上搜了他的一些介绍，他是1996年从江北一个化工企业考进当时的南京经济广播电台的。1998年开始主持房地产节目，先后创办了“家有好房”和“买家时代”两档节目，从房改房到商品房，经历了我们国家房地产神奇发展的潮起潮落。

二十多年的工作经历使他和很多听众成了很好的朋友，“现在能买房吗？”是他节目中频率最高的话题。他的微信号叫“殷德华时段”，有满满5008个微友，如需要新加一人，则必须删掉一人。我们小区新建时，地产商请他来做了讲话，帅气的外貌，浑厚的男中音，熟悉的业务知识以及出色的演讲能力给我留下深刻的印象。

“我们这个群是2017年初建立的，起源是为了加强和听众的互动，想给听我节目的听众发个红包，呵呵。‘悦听越好房’这个名字也是从‘家有好房’发展过来，互联网吗，没有那么严谨，但今天看看，还是很贴切的，房子越听越好嘛！”回忆起群的创立，殷德华显得兴奋有加。

有了想法立刻付诸行动，这是殷德华最大的特色。他很快从自己微信好友中邀请了100多人建了群。他把这个群定位为一个特定的社会交流群。因为关心房地产投资的人群大部分是一些经济条件比较好的中产阶层，这应该是社会发展和稳定的中坚力量。

他认为，互联网时代，微信群的发展，使人与人的交往发生了颠覆性的变化。群生活改变了很多人的思考方式、价值观念和生活方式。虽然这个群是关心房地产的人群为基础的，但他要建的并不是炒房的群，而是一个社会中产阶层交流的群。实践证明，在房地产受到严控，房产不火的时候，这个群得到红火发展，展现了睿智有趣，祥和欢乐，互助向上的“群文化”。

建立在这个基础上的“群文化”，使殷德华感受到“群主”工作的意义和快乐，他甚至把这种工作称作“第二人生”。目前这个群已经有了360多位群友，有专业技术人员、教师、医生、律师、法官、公务员、商人、银行职员、健身达人、音乐家……唯独没有开发商。一年来，在殷德华的策划和领导下，群里组织了“春联大赛”，“饺子大会”，“朗读大会”和“查济古居游”；建立了群“公众号”，举办了有200名群友参加的“群年会”。快乐的群友们把这个像大家庭一般的群称作为“神群”。

楹联大赛，首战告捷

神群的第一个大活动是“楹联大赛”。

“悦听越好房”新建后，十分热闹，开始交流得最多的是关于房子的信息。不少群友是殷老师的老听众，他们交流了在房改房卖掉之后，几年换一次房，房子越换越好的体会，赞扬这个群名称取得好。一些群友不断向殷老师提出咨询，希望和殷老师交流和探讨；还有些群友把自己去新楼盘的过程用照片进行“现场直播”，与群友分享，加上自己的点评，俨然一个“专家”。

恰逢春节来临，搞个什么活动来增强群的凝聚力呢？殷德华想到了传统文化的元素，善于策划和出题目的他决定搞个楹联大奖赛。奖品由大家众筹，参加者每人出5元钱，只有付出，才会重视。他自己先出了100元，红包里清零截屏亮相。群里一呼百应，100多人报名参加，500元奖金很快悉数凑齐。

殷德华出了一个上联：“好房好人好房好人人有好房”，可以自己断句。有四十人次陆续跟出七十几条下联，经过民主投票评选，一条“强国强家强国强家家拥强国”和一条“良田良家良田良家家种良田”获得一等奖，另有二等奖三名，纪念奖多名。

群主用众筹的钱发了奖励，一等奖100元。神奇的现象出现了：获奖者立刻把奖励的钱又全部装入红包，在群里发出！参与者一片欢呼，那一刻春联和红包齐飞。

这个楹联大奖赛不仅丰富了群友的春节文化生活，还奠定了群文化的基础。这种体现睿智、和睦、欢乐的大家庭的模式自此贯穿群运作的整个过程。

一名群友说，我是冲着殷老师房地产专家的名声参加这个“悦听越好房”群的，去年我在为买不买6万一平方的学区房犹豫不决的时候，是殷老师坚定明确的态度打动了我，他说优质资源在任何时候都是值得投资的，建议你赶快买！我立刻把江宁一处房子卖了，买了市区一处学区房，没想到当年年底，这房子就涨到近8万一平方，资产增长100万！这种事在群里很多，但没想到殷老师还组织我们搞楹联大奖赛，加进了喜闻乐见的中国文化元素，使群生活很丰富，很开心！

饺子大会，初次见面

线上的热闹引发了群友线下见面的强烈愿望。一位群友建议："我们是否能举办一个饺子宴，请殷老师和大家见见面，顺便给我们讲讲房地产的形势？"2016年，殷德华在紫峰大厦做过一场有关房地产发展趋势的演讲，有800名听众到场，大家对这场报告会记忆犹新。

殷德华觉得完全可以，立刻就确定了聚会时间，并联系了地点，发出通知，愿者报名，并在群里征集志愿者。

饺子大会的核心人物"玺翠轩"是六八年的一位大姐，为"神群"的故事我和她微信聊了两小时。她说为了忙饺子大会，她带了十几个志愿者，买了几十斤的肉和菜，做了几大盆的馅子，包了两千多个饺子。有韭菜的，白菜的，还用菠菜、胡萝卜榨汁，做成不同颜色。

"我从小和妈妈学的包饺子，在兰州当兵时也经常包饺子，而且琢磨了一套经验或者说秘方吧。面粉是从陕西空运来的，参入的鸡蛋是真正散养鸡的鸡蛋。而且我们的饺子都是不放鸡精味精的，大家说特别好吃！那天从早忙到晚上六点，擀面擀得膀子都肿了，回家腰都直不起来。但是非常非常开心！"

饺子大会来了60个人，所有费用都是由群友们众筹。每一个人都做了一个胸牌，大家根据牌子上的网名上互相认识："啊，原来你就是XXX啊！"一片惊喜声。殷德华做了南京房地产行情的介绍，各位网友自我介绍，交流投资的经验，然后就是品尝饺子，其乐融融！

很快，饺子大会的照片就被一个专搞摄影的群友制作成精美的相册发到群里！后来才知道摄影师是南京摄影家协会的副主席"致远"，殷德华称他为"致远大哥"，说他是群里人人敬仰的“无名英雄”。后来我还看到一篇记载饺子大会的文章，题目是《我用饺子的滋味，凑齐人生的百味》，描述了群友第一次见面的场面，十分亲切！

饺子大会的效果不仅体现在群友的线下互动，几个睿智的年轻人，还凑到一起，投资办起了一个“喜小姐饺子馆”，在网上销售，生意还真不错！玺翠轩说：“这真是一个神奇的财富群噢！”

“群中央”和“纪委姐姐”

群的活动日益活跃，要求入群的人倍增。为了保证群的质量，避免出现很多微信群人员杂乱，链接横飞，低级庸俗，潜水过多等现象，殷德华的做法是，控制人数的增长，加强群的管理。要求新入群的群友必须先加他的个人微信，再填一张表格，有18项内容，说明只有群主掌握这些信息，用于入群时的适当筛选。并公开招聘群助理，协助群主做好管理工作。很快，先后有一个公司的办公室主任“贝贝”，转业干部“玺翠轩”和一个曾获“省直优秀青年律师”称号的律师“盼盼”成为助理，组成了“群中央”，在殷德华的策划和指挥下开展工作。

我问：“群里就没有人发乱七八糟的东西吗？”

殷德华笑了：“我们有个‘纪委姐姐’，她会严格管理的。”这位一身正气、满腔热忱的“纪委姐姐”就是在政法战线工作的玺翠轩，中共党员，老红军后代，本人部队转业，曾获市政法战线的劳模称号。看到有人说不文明的词语，发不合适的图片，她会毫不客气地制止，用“榔头”的表情图标去敲打，还幽默地说：“发个红包道歉！”对积极响应群主号召、主动为群友服务的好人好事，经常以“群中央”的身份发红包，彰扬正气。

群里有一位群友，平时不发表意见，只抢红包，还搞个外挂的抢红包软件，有点犯嫌。后来被“纪委姐姐”好好批评了一顿，说：“我们不是红包群，你再这样下去，就建议群主把你踢出去！”私下，纪委姐姐又找他谈心，说：“我们的群就是一个人工水库，360个人每人都要往里面注水，才能在某个人需要的时候舀上一勺，而不至于枯竭。这就需要大家首先要付出，要奉献！”

后来这个小伙子变化很大，主动发红包，积极参与活动捐款，还主动帮助咨询问题的群友查找提供信息。玺翠轩对我说：“这个群太伟大了！大家在这里，更多地表现出人性美好的一面，散发出满满的正能量！正应了一句老话，和优秀的人在一起，你也会慢慢优秀起来！”

“公众号”及业余编委

“悦听越好房”群的蓬勃发展超出了殷德华的预期，每天在群里的时间达到三个多小时，数千条的信息应接不暇。这期间，他举办了两次“群主接待时间”，在星期天晚上的八点到十点，由群友提出问题，当然主要是与房地产市场有关的问题，他来一一解答。没想到第二天大早，就有群友把昨天的问答全部整理出来，予以公布。

他想到应该建一个公众号，让这个群有个“出口”，扩大对外宣传。同时可以把群里的重大活动用文字记载下来，把精彩的语言提炼出来，对群的工作也是一个总结。

想好就做。公众号的名称就取名“悦听越好房”，在群里征集编委。有六个人报名，都是八〇、九〇后的年轻人，殷德华在看了他们的简历和试写的一篇文章后，全部录用，并进行了分工。

我进入了这个公众号的历史消息，26篇文章，除了一些投资房地产经历的故事外，还记录了群里的几次重大活动。

《未来常静好，前路永逢春》，这是记载7月份举办的“朗读大会”的。这个副标题为“品味书香，阅读人生”的活动，吸引了60多位“熟悉的陌生人”参加，由20多个群友上台进行了朗读，声情并茂，气氛热烈，还进行了评奖和颁奖。

《因为有你，查济比我想象的更美》，这是记载2017年12月神群组织的一次安徽古民居游的一篇文章。殷德华说，我的目的就是让大家体会到，在“房住不炒”的时代，房子的真实居住功能。古民居还记载着历史和文化。为此，律师“盼盼”专门做了一个有150张图片的PPT，为大家讲解安徽查济的古民居。编委郭健还留诗一首：“神交许久未曾谋，群友同赴查济游。古祠家训照今古，村宅流水映门楼。乐品乡间同道酒，聚享山村忘凡愁。好房传承千载久，友情群内万年留。”真切反映了大家的愉快心情。

六个编委，都是八〇后九〇后的年轻人。其中有喜欢写诗的保险公司职员，有爱好美式橄榄球的外企职员，有从事旅游行业的宅女，但都是爱读书爱写作，有多项业余爱好。

我采访了其中的一位编委，八六年出生的小董。他是英语专业的本科生，当过几年培训中心的教师，后来帮助家里打理生意。但他非常喜欢文学，喜欢写散文、诗歌和小说，公众号编委的工作给他提供了展现文学才华的机会。一篇《我与神群的第一次亲密接触》，让我细致地了解了他接到殷老师加他入群信息时的喜悦心情，以及对这个神群的向往、对群价值理念的理解。言语之中，充满对群主个人魅力的崇敬。

“殷老师没有名人的架子，对每一个听众都很真诚，耐心地回答每一个问题，他很聪明，会出很多点子，很有组织能力，发挥每个人的积极性。从他身上学到很多东西！”

神奇的年会

神群的“神”，突出体现在2018年年初召开的“悦听越好房”第一届年会。

是市摄影家协会的副主席“致远”先给我提供的信息。“我曾在市委宣传部工作，参加过各种各样的庆祝会、年会，但由一个民间的、松散的微信群能办成这样一个成功的大会，其中有灯光表演，有文艺节目，有游艺猜奖，还有主题演讲。200个不认识的群友，20桌，五星饭店，全部众筹AA制，气氛那么热烈，情绪那么高涨，就像一家人一样，真的非常少见！这个群值得好好写一下！”

我说殷德华我见过，天天开车听他的节目“家有好房”。他的声音略带磁性，很好听，对房地产的政策和南京的楼盘十分熟悉，回答问题也非常耐心，把每个听众都当成自己的朋友。

这就引发了我们在曙光国际大酒店旋转茶餐厅的这次聊天。谈起这个年会，殷德华依然十分兴奋。“很棒！为群友们的奉献感到骄傲！”

他说策划提出很早，但具体操作也就是半个月左右。从一个节目主持人到运作一个大型的综合性年会，而且是一个互相不太熟悉、十分分散的团体，对他是一个挑战。但殷德华充满信心，因为经过近一年时间的互动，群友们表现出来的积极向上的奉献精神和才华，一定能完成这个任务！

“采用的方法，用一个互联网时代时髦的词，叫做‘去中心化’，也就是发挥大家的积极性。核心就是四个群中央成员和六个公众号的编委，确定了九个部，演出部，财务部，采购部，迎宾部，志愿者部等，每个人挂个长。我是总策划，保持对全局有个冷静客观的判断。年会的前十天，天天晚上在小群里开会，落实每一项工作。实践证明，去中心化是个好办法，使每个人都是主人，都非常用心，尽最大努力完成各自的任务。我们自己组织了文艺演出，还招募了20个志愿者，十男十女，他们也非常给力，年会那天上午，志愿者就全部赶到会场了。”

活动的主题定为“这一年我最想认识你”，年会举办倒数第三天起，殷德华每天在群里发一张海报，文案都是他动手写的。题目分别是：“群友见群友，红包有没有？”“精彩神群，我的第二人生”，“光合作用，绚烂发生！”听到这里，我忍不住插话：“殷老师你真会煽情！”

殷德华还在群里征集了一些赞助，但明确必须是自己的产品。一个广告公司老总主动提出，我能不能提供一套开场的灯光表演？结果这场灯光秀大出风头，大大提高了演出的档次！

年会的当天，殷德华早早来到会场，站在门口迎客。他一个个和别上网名徽章的群友握手，各位群友非常高兴地和殷老师拍照留影，很多人是第一次见到他们可亲可敬的群主。很多人没有想到是这样一个场面：五星级酒店的大宴会厅，严谨的签到迎宾环节，巨大的LED大屏显示着“悦听越好房”五个大字，满场的灯光和音乐无不洋溢着神群喜乐丰盛的情绪和气氛！

“致谢神群，致意好房，致敬未来”。殷德华在年会上的演讲使晚会达到高潮。当说到“年度最佳成果：悦听越好房公众号；年度最佳成就：喜小姐饺子馆；年度优秀团队：群中央；年度精英团队：公众号六大编委”时，台下一片欢笑，掌声雷动！

殷德华在“致敬未来”的最后说道：“未来的不确定性是最大的确定，生活会变得简单，但我们要追求更高的质量。让我们更加热爱房子，热爱生活，热爱家庭！”

晚宴十分丰盛，酒也喝得酣畅，所有的群友都非常开心。殷德华说：“这个群的神奇就神奇在能给所有的群友带来超出一般生活的快乐！”看似初次相识，却是一群早已熟悉的陌生人，看似匆匆来去，却叫人依依不舍，整个会场就是一个暖暖的大家庭！

一位群友很快在群里发了一条信息：让我们在殷老师和群中央的领导下，为提升我们群文化的底蕴，增强群的活力，发展群的财富贡献自己的一份力量！争取把我们的群办成全市最具正能量的优秀群体！

“两条线”的交集

这个由关心房子，在殷德华串联下而走到一起的群体，组建了一个热爱生活，互助互爱的大家庭。在群主精心打造下，群里彰扬着一种积极向上，互助互爱，乐于奉献的精神，这种满满的正能量给大家带来快乐。经费众筹、发红包、公众号等网络手段运用以及去中心化的领导方式，和线下活动的组合，配合每天的广播节目，成就了殷德华和他的神群。在群活动中，殷德华展现了他出色的策划能力，组织领导才华，和谦虚无私的个人魅力。

我想起殷德华一开头对我说的，他现在有两个职业，一个是电台主持人，一个是“悦听越好房”的群主。就像群里所有人一样，一个是现实的生活，一个是群内的世界，这两者有交集吗？

殷德华说：“当然有交集！建这个群对我的本职工作有巨大促进，一是听众具象化，对象感升华了。第二是群友讲话更明确，需求更直接，给我们主持人传递了很多信息，用互联网的话说，就是用户创造了内容。第三是新交了很多朋友，相互促进，在方方面面给我提供了很多帮助。”

沉思片刻，他又补充说：“不过我感到最重要的交集应该是宏观方面的，社会在发生巨大的变化，进入了新时代，更要有正能量！不是一直强调社会主义精神文明建设吗？说实话，这也是我在我们群运作一年多时间里，越来越深刻的体会。微信群作为一个社交平台，也是一个精神文明建设的阵地，‘热爱房子，热爱生活，热爱家庭’是我们群的一个目标，也是我们社会主义精神文明建设的重要内容。通过线上线下的群活动，把一群志同道合的人组织到一起，在学习了解房地产政策、敏锐地面对市场、不断创造财富路径的同时，我们还努力营造了一个睿智有趣，祥和欢乐，互助向上，乐于奉献的群氛围，使大家的聪明才智有了更大的发挥平台，最终给大家带来快乐。这对于良好社会风气的建立，对社会的稳定、经济的发展是有百利而无一害的！从这个角度看，与我当主持人的根本目标是一致的。你说有没有交集？”

听殷德华谈到这个大方面的交集，一旁的“致远大哥”，这位宣传部的老同志也忍不住了，接过话题：“是的，现在互联网无孔不入，在微信群已经融入百姓生活的今天，群的文化建设也应该提到党的宣传工作的重要议事日程！应该好好总结总结！”

旋转茶餐厅已经转到了玄武湖的这个方向。冬日的阳光下，美丽的玄武湖安静地呈现在眼底，一草一木都是那么清晰可辨。我突然有一种豁然开朗的感觉，感悟到了殷德华神群的意义所在。

（写于2018年2月春节期间，转发于多个公众号）

播撒美的使者

他从办公桌前抬起头，那双明亮的大眼睛给我很深的印象。走到会议桌前的时候，看出他一只腿有点残疾。

一个同学介绍姜总来给我的散文集做装帧设计，说他的新作《南京城墙摄影集》刚刚荣获“第三十届全国城市出版社优秀图书”二等奖。

“我得先把您的书读一遍，才能很好地领会书的内涵。”我们攀谈起来，感觉这是一个很有思想的设计师，四十刚出头，却有二十年的设计经历，叫姜文国。

没想到他把我100多篇文章通读了一遍，每篇都做了概括提示，并提出更合适的书名建议。我不禁对他产生了兴趣。

“我原来是学财经的，”姜总倒是很愿意谈他的经历，“搞设计，完全是生活所迫。”

八个月的时候得了小儿麻痹症，药物治疗出了差错，一条腿留下残疾。上帝关了一扇门，就会开一扇窗，残疾带来了生活的不便，却磨练了他不服输的顽强意志。上学后，特别用功的他，成为年级的“学霸”，考试总在前三名，一只脚骑自行车，游泳，画画也很出色。财经学校毕业以后，被交通银行第一个挑去面试，结果被婉拒了。想当个会计，跑了多家企业也不肯接纳，没办法只好到街上摆摊卖报。一天赚个四五元钱。

看到不少广告公司要招收“平面设计师”，想想自身条件，觉得这是条出路。于是他买了些书，向同学借了电脑，开始自学平面设计，那是1997年，他20岁。

他先后在几家公司打工，由于十分珍惜这份工作，加班加点，干活卖力，一有空闲就去书店、图书馆，学习设计所需要的各种知识，很快成为公司最能干的设计师。后来被一家浙江企业的老板高薪挖去当设计总监。

由于生活的不便，在家人的劝说下，他于2002年回到南京，创办了自己的“百纳艺术设计中心”。

“创业初期的艰难，一言难尽！特别是我这个没有任何人脉背景的残疾人。”姜总说到当年的日子，充满感慨。

亲朋好友，一个个电话，联系业务。有点任务，哪怕价格再低，也要全力以赴，精心做好。一年下来刚站住脚跟，没想到父亲一场脑溢血，奔忙三个月，欠下20万的债务。

巨大的压力没有压垮他，2004年，姜总遇到了重大转机。

听说江苏省中医院要做建院50周年画册，他赶紧去医院联系，提出免费出设计方案，再由院方选择是否合作。在设计过程中，为了拍一张医院全景照片，他拖着病腿，独自爬上楼顶铁梯。几个昼夜的连续工作，很快拿出了设计方案。院方终于被这个不知名的年轻残疾人的毅力和完美设计所打动，签定了画册设计合同。

这是一份里程碑式的合同！凭着省中医院50周年画册的良好信誉，“百纳艺术”后来在省卫生系统有了很高的知名度。省中西医结合医院50周年画册、市第一医院70周年画册、市卫生监督所10周年画册……一本本大型庆典画册任务接踵而来。良好的口碑传播，后来又陆续接到广东、新疆等地医院的画册业务。

作为一名残疾人，每一个步伐迈出的背后，都是辛勤的汗水。一次加班深夜回家，下起瓢泼暴雨，他的残疾车进水熄火，在大雨中推行一个多小时才到家，残腿磨出了很大一块血斑。做南京一中校庆纪念册那段时间，恰好又有客户要举办2000

平米的货币展，姜总带着几个设计师，每天只眯一两个小时，终于拿出这两项任务的方案。一个年轻设计师说：我是周一上班看到天空，周六下班才又看到天空，整整一周都没离开过这幢大楼。

经过十几年的打拼，百纳艺术公司已经发展到具有十多个设计师、年营业额数百万元、在南京设计界颇有名气的文化企业。2012年，作为成功创业的残疾人企业家，姜总被国务院授予“全国就业创业优秀个人”称号。2016年被选为鼓楼区政协委员。

2014年在南京举办的青奥会，又给姜总创造了在世界舞台展示自己的机会。百纳艺术公司参加了青奥会南京新城新貌三个展馆的设计装饰招标，在多家有实力的广告公司中脱颖而出，被市领导和专家组一致选中。他们还承接了赠送奥委会主席巴赫先生的图书设计装帧。全体员工连续奋战15个小时，完成了140页的《2014年•不一样的南京》画册，第二天上午，巴赫主席在游览长江时，手中已拿着这本书。作为献给南京青奥会的礼物，它向世界展示了古城南京的历史底蕴和美丽风光。

在和姜总的交谈中，他那股积极向上、顽强奋斗的精神给我很深的印象。他父亲曾对他说：“你一条腿残了，但你的思想不能残，除了跑步跑不过人家，其他的都不能比别人差！”他从小就有一种不服输的劲头，腿残了，但意志顽强。

探讨起企业的经营管理，姜总心得多多。他非常喜欢读书，政治、哲学、历史、艺术都会涉猎。一个设计师，应该是个“杂家”，需要丰富的知识面。他和我谈起笛卡尔的方法论，谈起毛主席的著作。

姜总说一次业务忙的时候，一个月接了20笔订单，他就运用毛主席“集中优势兵力打歼灭战”的原理，每天开一个任务的方案讨论会，全体设计师参加，集思广益，确定方案，再由责任人去实施，顺利地完全当月所有项目。

在艺术上不断出新。这次在全国获奖的“南京明城墙画册”的设计，充分展现了对比的手法，过去的照片，现在的照片，宏观的，微观的，还加上了手绘的图案，有古有今，丰富多彩。他说设计师就是一个播撒美的使者。

我说，跨入了不惑之年，有什么特别的感想吗？

姜总深思了一会，说：“作为一个残疾人，能有今天的成功，从客观上来说，是生在这个好时代。从主观上来说，是知识改变了我的命运，我一直崇尚学习，有着强烈的求知欲。在人生的各个关口坚持学习，提高自己，从而克服了各种困难，一步步走下来了！”

2018年12月26日

旅途风景

石林对歌

有幸在“群峰壁立，千嶂叠翠”的石林，目睹一场与撒尼少女的对歌，真是大开眼界。

那是大学同学驴友俱乐部组织的一次云南游。4月份的石林，山石玉立，绿草如茵，加上曲径小桥，碧水清池，宛如人间仙境。我们一行四十多人分为两个组，各有一名身着鲜艳服装的撒尼姑娘导游引领。姑娘一高一矮，但都身材苗条，容貌清秀，身上佩环叮咚，头饰上有两个小尖，据说是未婚的标记。

当最后大家在“阿诗玛”石峰前的草坪上会师时，喜欢热闹的“老顽童”阿曾逗她们：“给我们唱支歌吧！”

显得更为神气的小个子姑娘大方地回应：“好啊，我们唱一个，你回一个，好不好？”能歌善舞的阿曾满口应承：“你们先唱！Lady first！”

小个子导游站到一个石阶上，面对阿曾甜甜一笑，立刻唱起来：“哎，要我唱来我就唱，我请阿哥把歌答。什么人生来不说话？什么东西无腿走天下？”

呵，这不是对歌吗？很多圈外的旅客也都围了过来。久经沙场的阿曾并不怯场，他扶扶眼镜，按对方的调子答上去：“要我唱来我就唱，阿妹出题阿哥答：哑巴生来不说话，飞机无腿走天下。”

“错了错了！”高个子姑娘银铃般地笑起来。“飞机有轮子！应该是铜钱无腿走天下！”大家鼓掌，笑了。阿曾的脸“刷”一下红了。这时一旁的同学“小神童”赶忙解围：“我唱一段，你们对！”

他清了一下嗓子，唱起一首老歌：“浏阳河，弯过了几道弯？几十里的水路到湘江？江边有个什么县，出了个什么人，世界把名扬？”他嗓音浑厚，有点男中音的份儿。

两位撒尼姑娘对了一下眼神，由高个子的那位姑娘回唱：“阿哥你唱得真是好，声音洪亮震云霄。这首歌来太简单，大家一起来回答！”这时大家齐声回唱：“浏阳河，弯过了九道弯……出了个毛主席，世界把名扬，伊呀哎子哟。”

这一问一答，你来我往，还挺有意思。“老顽童”吃了一个亏，急着要报一箭之仇，便选了一首维吾尔族的民歌《达坂城的姑娘》，用新编的词填进去，抢着唱起来：“石林的姑娘纯又美呀，石头大又多呀。撒尼的姑娘辫子长，两只眼睛真漂亮，你要是嫁人不要嫁给别人，一定要嫁给我，赶着你的马车，带着你的嫁妆，请到我们南京来！”一旁的游客还用手给他打起拍子。

这个歌小个子姑娘很熟悉，并无难堪之色，很快对过去：“阿哥谢谢你看上我，就怕你妻子要发火！你要是真心要娶我，带上你的妻子来找我！”

全场一下笑开了锅。阿曾没有赚到便宜，继续对下去：“姑娘你好似一朵花，歌也唱得真不差。就怕我明年到你家，姑娘你早已有婆家！拜拜啦！”

他手一挥，就往人群里钻。我连忙拉住他：“人家还没唱呢。”这时姑娘的歌声也起来了：“阿哥生来棒棒俏，为何胆子这般小？歌没对完就要跑，你说可笑不可笑？”

欢声笑语响彻石林上空，阿诗玛也露出会意的微笑。

（《金陵晚报》“雨花石”2018年9月8日发表）

黔灵山的喂猴人

选了元旦前后到贵州，就是想享受一下冬天淡季的黔贵风情。申请了那种由当地旅行社安排的散客团，自己坐飞机到达贵阳，一辆由他们叫的滴滴巴士把我们接到旅馆。

拿到住宿牌，13楼13号，西方忌讳的数字。第二天跟团去黄果树瀑布，一辆旅游大巴，美女导游把我们编成13个组，我们又恰巧被编为“13”号，真是邪了门了！我对西方这个忌讳倒不是很在意，但爱好西方文学的妻子却低声嘀咕：“你知道吗，拿破仑13号绝不用兵，罗斯福的秘书经常在最后一分钟被叫到白宫的宴会桌上，就是避免那个尴尬的13数字。”我说：“会有什么问题吗？当心一点就是。”

好在几天下来，去了黔东南的荔波小七孔，西江千户苗寨，古城镇远，都很顺利，而且“贵”有太阳高照，在“天无三日晴”的贵州，算是幸运了。游人也不多，非常开心。看来13在我们东方未必就是不幸运的数字。

最后一天在贵阳，决定去黔灵山看看。黔灵山是贵阳市内的一个综合性公园，以明山、秀水、幽林、古寺、圣泉和灵猴著名。

进门后直奔猕猴园，据说这里驯化散养了几百只野生猕猴，人们可以近距离接触，喂食嬉戏，享受和动物和谐相处的自然情趣。果然，山脚下的公园路上很快就看到了猴子，大的，小的，公的，母的，先是三三两两的，后来就是一群一群的了。从树上跳下来，又蹿上树去。黔灵山古木参天，植被茂密，为猕猴的生存提供了天然条件。中心地带，在路边用木框围了两个喂食点，一位戴灰色毛线帽，穿蓝色背带裙的大爷推了一辆手推车，上面放着两个竹框子，他不停地把框里的白菜边子，胡萝卜条，小橘子扔进木框里，一边招呼猴子们下来。这时，周边也有不少行人，拿出自己的食品，扔给猴子。这里猴子不怕人，跳来跳去，有的还从游客手里抢食物。有人把矿泉水瓶扔到地下，一个大猴子抓起瓶子，在底部咬了一口，接着就在缺口喝起水来。游人太靠近猴子了，喂猴子的大爷就会及时提醒："当心啊，不要太近，会伤人的！"

我们在一旁拍照，后来坐到路边木椅上休息，拿出水杯喝水，并和喂猴大爷聊起来。他说这些猕猴是文革中因工人马虎从动物园的笼舍里跑出来的，当时几只，后来慢慢繁殖，到了十几只，几十只。公园干脆就采取喂食诱导的办法，散养驯化，如今已有了七百多只，成为黔灵山一大景观。

"我喂食有三十年了！"大爷颇为自豪地说，"今年6月我就退休啦，领导不让回家，我也舍不得这些弟兄们，呵呵！"他依然一天两次喂食，和猕猴们都成朋友，一声口哨，猴子都跳下山来。

"看，猴王来了！"喂猴的大爷一声喊，游客一起跑过去。一只硕大的公猴大摇大摆走下山来，其他猴子呼啦一下全跑开了，猴王真威风！

后来我们又去看了一个麒麟洞，据说是当年囚禁张学良、杨虎城的地点，最后绕幽静的黔灵湖转了一圈。走到公园出口，天快黑了。妻子问："你杯子呢？"我一摸双肩包，不幸运的事终于来了，那个我非常喜欢的日本虎牌保温杯丢了！肯定是在猴园休息喝水时，急急忙忙看猴王，忘拿了。我解嘲地说："如果13的霉运就是丢个杯子，也还好啦！"

"终于等到你们啦！"喂猴的大爷给我们带来惊喜，他举着我的那个杯子站在出口处，很高兴地招呼。细看大爷中等个头，眼眶深凹，黑里透红的肤色，很像当地的侗族人。

我们很感动地说谢谢谢谢，问他贵姓。他直摆手：“小事小事。”妻子心细，看到他胸前的工作牌子，姓熊，0013号。

又是一个13号！可敬的贵州人，我们的幸运数字。

（《南京日报》“雨花石”2017年2月16日发表）

在德国喝啤酒

第一次在德国喝啤酒，是在慕尼黑市政厅广场旁边的大街上，坐在那种脚够不到地的高脚凳上，一个小圆桌，当然也是高脚的。一大杯黄灿灿的慕尼黑白啤，散发出浓浓的麦芽香味。

是2005年的秋天。恰逢德国的慕尼黑啤酒节，便入乡随俗，要杯啤酒，坐在街上看热闹，同伴是两个企业的老总，我们一起参加一个商务谈判。德国人给人的印象是严谨，认真，原则性和纪律性强，或者说刻板，缺乏幽默，但是啤酒节的街上，就不是这样的印象了，随处都可以看到德国人热情奔放和生气勃勃的一面。大街上到处是酒吧，桌子椅子搬到路上，男人女人都坐在路边，一人一大杯啤酒。有的酒吧还有自己的小乐队，欢快的乐曲伴着鼓点响彻整个街面。

走进因当年希特勒发动政变而声名鹊起的HB啤酒吧，更是座无虚席，人们随着音乐拍手，击掌，擂桌，就是一个欢乐！一个大胡子壮汉拿着硕大的啤酒杯，随音乐扭动粗壮的腰肢，热情地邀请路过的客人喝上一口，还主动搂着漂亮的女子让客人们照相。据说，慕尼黑啤酒节有600万人来观光，要喝掉600万公升的啤酒。

第二次去德国是2016年的夏天。退休后的南外的德班同学，相邀德国深度游，实现莱茵河一游的儿时梦想。我们去了法兰克福、科布伦兹、波恩、科隆、波兹坦、柏林、慕尼黑等城市，多次品尝德国的啤酒。印象比较深的是在波兹坦的大风车城堡露天酒吧喝德国的黑啤。

那个城堡紧靠普鲁士王朝的老皇宫——无忧宫。从宏伟宽阔的无忧宫参观出来，导游带着部分游客去当地商场采购了。几个不愿逛商场的老同学，便在城堡上走廊的露天酒吧找了一张桌子，一边慢慢地品着略带焦香味的德国黑啤，一边听着专程从汉堡过来的老同学W聊着德国的风情。关于德国的啤酒，博学的W教授告诉我们，德国是世界第二大啤酒生产国，有1300多家啤酒厂，5000种啤酒。啤酒有白啤、黑啤、清啤等六种，说德国的黑啤在世界上首屈一指，品味醇厚，苦中有甜，适合慢慢呷咽。

头顶是悠悠转动的大风车，远处是皇家花园绿茵茵的草坪，微微的小风从绿树丛中吹来，真是难得的放松休闲，而且是在万里之外的异国他乡！有人说，休闲是一种生命状态，体现了内心的从容和自在，城堡的酒吧的三个小时就是我们人生的一次体验。期间，老妈从国内发来一条微信：今天《南京日报》发你一篇文章，我给你留着了。难抑高兴心情，说今天我请客，你们就不要客气了！

最热闹的一次啤酒宴是在柏林我们下榻的旅馆里，那天在德国的三个同学都到齐了，加上国内来的七个，十人大团圆。我们从超市买了两箱“Berliner Kindl”牌的啤酒，在旅馆一个房间里大聚会。从各个房间找来十个杯子，人人斟满，开怀大饮。

我们是六十四年进校的初中同学，文革开始时读完初二，后来有一半同学提前离校，当兵的当兵，下乡的下乡，连一声道别的机会都没有就分手了。几十年以后，当年一起住校的老同学重新聚到一起，无比亲切！大家又相约，到德国走一圈，看看后来到德国定居发展的三个同学。愿望实现了，自然豪情横溢，这酒喝的，真是味道浓浓！

和柏林那位美女同学见面时，每人都和她来了一个欧式的贴面拥抱。我和她贴面时，悄悄问：“还记得我们吃饭是一个桌的了？”她也悄悄在我耳边回：“你那时也不肯帮我吃肥肉！”“你也没和我说啊？”“你没看到我眼神吗？还要我怎么说啊？”当年在食堂吃饭是八人一桌，按姓氏笔画排列分组，我们俩都是多笔画的姓，同一桌吃了两年饭。但男女界限明显，两年讲的话还没有我们到柏林喝啤酒时讲的多！

那天晚上，一箱啤酒光光，有一半同学喝多了。讲不完的话，叙不完的情，酒是情之媒，情在酒中传。有一对同学甚至抱头痛哭。女同学说：你为什么不早说不早说啊！

至今我还清晰地记得在德国喝啤酒的几个场景，特别是在柏林旅馆里的那一次啤酒宴，那句令人感伤又幸福的“你为什么不早说不早说啊！”

（《华人时刊》2018年第9期发表）

多伦多的牛排馆

从多伦多大学出来，已是中午，我对陪同的小娟和她朋友说，找个好一点的餐馆，我们好好吃一顿，感谢在多伦多期间你们的接待。

我们沿着ELM大街向前走，街道不宽，路边是异国他乡的建筑，有不少门店。突然，一个牛排标记的店名映入眼帘，店名叫“Barberian’s Steak House”，标明1959年开业的。我说，吃牛排吧，到加拿大来一趟，尝尝北美的特色菜。

推开厚重的玻璃门，我们进入到这个北美的牛排馆里。店不大，只有七八张桌子，店里层高不高，配上吊灯。但装修得典雅和庄重。墙上是一些小小的，由精致镜框包装的油画。有四五个男士在喝酒。

服务员是一个30岁左右的小伙子，长得壮实帅气，五官轮廓分明。

坐下后，小伙子送来冷水，明显感到他的诧异眼光。接着又感到他的冷淡，半天也没来问我们要吃什么。小娟笑着说，是不是看我们是中国人，怕我们喝杯咖啡就走啊？呼唤服务员把菜单拿过来。

果然，小伙子把厚厚一本菜单送过来，说了一句：这是吃正餐的地方。我说，牛排是正餐吗？就点四份牛排。小娟说，他这里牛排很贵的。一看菜单，果然一份要40多加元，折合人民币200多元。老伴说，就牛排吧！因为我们到多伦多一个星期了，住在小娟家，陪我们去了大瀑布和周边不少景区，本来就是要好好答谢她一下。

四份牛排加上一些蔬菜色拉和饮料，一共250加元。小娟对那个小伙子说：是否可以算正餐了？小伙子有点不好意思地跑步去厨房安排了。

牛排上来，我们大吃一惊：好一大盘！再一尝，鲜嫩无比，味道好极了！小娟说这是她到加拿大来吃得最好吃的牛排了。尽了最大努力，还是有一半的牛排被打包。我掏出300加元付了款。

等待找钱的时候，用手机网上搜索的小娟突然叫起来：哇塞，这是多伦多的一个名店噢！2013年全多伦多客户投票评选的最佳牛排店，很多文娱和体育名人，包括一些国家元首都在这里吃过饭！说现在的老板是个年轻人，继承他父亲来管理这个店的。一上任，就投资150万美元建了个酒窖，另一个店名叫Barberian酒馆。难怪先我们进来的几个老外就是在喝酒。

呵呵，我们误闯进了一个加拿大的名牌老店来了！

等了半天也不见服务员找钱，小娟说突然想起来：名店，小费就得15%—20%了！我说20%就20%吧，毕竟我们在多伦多的一个名店吃过牛排了！

年轻小伙子走过来，面带笑容。表示谢意后主动提出，你们想看看店里的酒窖吗？也是我们多伦多的一个景点哦。原来他就是老板。

老板带我们走过一个过道，用钥匙打开一扇古色古香的木门，下了几步楼梯，一座硕大的酒窖出现在我们眼前！有七八十平方，两层楼那么高，四壁全是高高的华丽的酒架，中间是一个巨大的仿古吊灯。老板说，这里藏有三万多瓶红酒，有的已经几十年了。我们用手机拍照，又和老板合影。这时，年轻帅气的老板可热情了！

离开时，我们才注意到店外玻璃窗上有一个广告，一张来过这里就餐的名人签名，足有五六十人。题头英文是：“猜猜看，谁来过这里就餐？”答案是：“二百五十万。”

（《金陵晚报》“雨花石”2016年6月17日发表）

布拉格黄金巷的邂逅

早闻捷克的布拉格是个非常美丽的城市，亲临其境，果然名不虚传！伏尔塔瓦河穿城而过，将布拉格分为东西两部分，城堡高耸的西部是行政办公区，东部的老街区则是商贸区，古老雄伟的查理大桥把新区老区紧密相连。徜徉在伏尔塔瓦河畔，千姿百态的各式建筑令人目不暇接，美不胜收，宛如欧式建筑的博物馆。导游介绍，布拉格是欧洲唯一一座没有遭受战火摧残破坏的城市，无论第一次世界大战还是第二次世界大战，只要战火逼近，城市领导就宣布投降，目的是保证城市不受战火破坏，或许这也是一种小国的睿智？查理大桥上，集中了各色皮肤和各类着装的旅游者，熙熙攘攘，好不热闹。

布拉格城堡后面有一个幽静古朴的小巷，因为早期是炼金者的居住地，称为“黄金巷”。小巷后来被恢复了中世纪的原貌，展现了当年居民的居住情况，房间里的家具和一些用品摆设都是“原汁原味”的，别有一番风情。也有部分房屋改成了旅游纪念品的商店。

进了“黄金巷”，大家就分散活动了，喜欢闲逛的我一人转到一个小小的书店。门面不大，二十个平方吧，有几个书架，桌面也放着一些书，就像家里的书房。售货员是一个挺漂亮的捷克中年女子，看我进来，立刻从书架上取下一本书，递了过来，原来是一本大开本的相册《布拉格——金色之城》，烫金封面，中文版的，照片大气，印刷精美。她把相册翻到35页，指着上面的建筑说：“Our home，Chinese.”她又指着房间墙上一戴眼镜的年轻男士照片说：“弗兰兹·卡夫卡。”

她的英语不是很地道，但我是听懂了，她告诉我，相册里有他们这个房子，是中文介绍。仔细一看，噢！原来这个书店是著名捷克作家弗兰兹•卡夫卡的故居，黄金巷22号。

还是在南师大的课堂上认识的这位西方现代派文学的鼻祖。

生于1883年的卡夫卡是个保险公司的职员，业余时间从事写作，1924年病逝，享年41岁。奠定这位大作家为本世纪现代文学开拓者的，是他的长篇小说《诉讼》、《城堡》，以及短篇小说《判决》、《变形记》、《乡村医生》等。《乡村医生》就是他1916到1917年间在这间房子里写的。

卡夫卡的作品复杂深奥，曲折晦涩，看起来比较吃力，所以那时也没有花很多精力去仔细阅读。只是在本子上摘录过他的一些富有哲理的“名言”，如：“心脏是一座有两家卧室的房子，一间住着痛苦，另一间住着欢乐。人不能笑得太响，否则笑声会吵醒隔壁房间的痛苦。”

卡夫卡勤于思考，受尼采哲学影响比较大，曾在日记里写道：“要把世界重审一遍。”所以他的作品有独到的认识，深刻的批判，只要读进去，受益匪浅。为纪念这位独特的先驱者，在卡夫卡圣诞辰100周年的1983年，欧洲把新发现的小行星“3421”以“卡夫卡”命名。没想到四十年后我误闯了他在布拉格的故居。

女售货员看出我的兴趣，她去拿来一枚印章，在35页照片下面的空白处“啪”一下盖了一个戳——是卡夫卡故居的纪念戳。又找来两元欧元的硬币，原来价格是8个欧，她把零钱都准备好了。

我拿着那本相册，站到卡夫卡相片旁边，请那位漂亮的捷克女售货员帮我照了一张照片，记录了我和大作家卡夫卡在布拉格黄金巷的邂逅。

（《金陵晚报》“雨花石”2017年6月7日发表）

在休斯敦上幼儿园

女儿接乐乐回来，说老师通知，下周幼儿园要举办个联欢活动，每个孩子要穿自己国家的服装，每个家庭带一个特色菜或点心，聚餐。

姥姥说，那我们乐乐可以穿旗袍了？上次在唐人街买的那件红点子的旗袍，很漂亮的，还没机会穿呢。女儿说，我们带什么菜呢？妈妈，你的红烧肉最拿手了，可以带吗？

休斯敦的这家名叫“Primrose school”的幼儿园，中文意思是“迎春花学校”，是经过美国国家系统认证的私立幼儿园，全国连锁。在它的宣传册上写着：“我们领导团队、员工和家长密切合作，提供育儿经验和儿童早期教育，帮助孩子打好未来学习和生活的良好基础。”

当时女儿女婿为二岁的乐乐选择幼儿园可没少跑路。看中了这所私立幼儿园，除了校园大，设施新外，就是胖胖的黑人院长亲自热情的接待和介绍。按照我们国家的说法，这是一个国际性的幼儿园，除了美国孩子外，还有十几个国家的孩子，有白人孩子，有黑人小孩，也有亚洲人的肤色。孩子的分班是按年龄分的，6周到5个月，5月到8月，8月到1岁，1到2岁，3到4岁，4到5岁等，收费按年龄不同而不同，年龄越小，费用越高。乐乐的费用是每周280美元。入园时间早晨6:30到下午6:30，有早饭。老师的配比，年龄越小，配比越高。2到3岁是一个老师最多带12个孩子。

在美国还有一种学习型的幼儿园，2岁入园，以学习为主，教授各类知识，三点半接人。有一个学校甚至可以一直读到初中，这里的孩子比其他幼儿园的孩子要提早学习不少东西，也可谓“赢在起跑线”了！

幼儿园老师年轻姑娘居多，也是肤色各异。乐乐刚入园时，哭着赖在地上抓住妈妈裤腿不放，班上的女老师用一个大公鸡玩具哄着她，把她抱进教室。教室门口墙上贴着老师的照片和简介，原来是个古巴女孩，古铜色的皮肤，两个眼睛大大的，很漂亮。后来，乐乐和她的古巴老师建立亲密的关系，也喜欢上幼儿园了。幼儿园的标记是个大公鸡，每天去幼儿园，乐乐就会说：去公鸡啦！春节回了一趟中国，再去幼儿园时，那个古巴老师已经不在了，是读书去还是待遇不高跳槽了？不得而知。乐乐哭了几天。

姥姥烧了红烧肉和女儿一起参加了幼儿园的联欢活动。两条长桌上放满各个国家家长带的点心和菜盒。穿着各式服装的孩子们，一个比一个漂亮，像是世界儿童服装展示。孩子们一个个顺着草坪的走廊走过来，像是“走秀”表演。走过来一个，胖胖的黑人园长就报一下孩子的名字和国家名称。美国的居多，还有墨西哥的，印度的，沙特阿拉伯的，俄罗斯的，越南的等，又像儿童奥运会的入场式。

乐乐是唯一的来自中国的女孩子，穿了一件红点子的旗袍，真有点东方美女的味道。她摇着姥姥给她准备的一面五星红旗，带着一年幼儿园生活培养出来的自信，大大方方地走过来！园长喊：“乐乐，笑一下！”并带头鼓起掌来，来自各国的家长们也一起鼓起掌来。

（《金陵晚报》“雨花石”2016年10月25日发表）

拉斯维加斯的养老小区

拉斯维加斯是全球著名的旅游城市，一条街可以体验威尼斯、巴黎、纽约、埃及等各国风情，有一流的表演，闻名遐迩的美食，琳琅满目的精品，加上豪华的旅馆和赌场，充满活力。但一般游客并不清楚，这里还是美国养老的首选城市之一。

去年6月，我在拉斯维加斯的三姐家住了一个星期，她家在城郊的一个叫“太阳城”的养老村。养老村很大，都是一幢一幢的平房别墅。除了去豪华的市中心，我们还去了拉斯维加斯周边的一个名叫“红石谷”（Red Rock Canyon）的山区。这里的山体有一部分是铁锈红的，据说是铁矿石，在阳光下远远望去，非常壮观。附近还有一个大山叫“春山”（Spring Mountains），绿树明显增多，冬天积雪，有一个很大的滑雪场。

红石谷是美联邦政府的自然保护区，是收费的。收费处就是路边的一个小房子，工作人员是个73岁的老人。服务中心也有几个穿蓝色工作服的老年义工在做服务工作。表姐和其中一个负责讲解的漂亮的老太太聊起来。表姐告诉我，她是一个退休的老师，今年68岁，是在小区会所游泳认识的。以前在洛杉矶，退休后看拉斯维加斯房价便宜，就移家到这来定居了。现在每周三天在景区做义工。美国做义工没有报酬，可享受的福利就是每年可以安排一次免费旅游。

三姐夫，一个美国老兵开车带我们出去的。接近70岁的老人了，车开得还挺猛。

回家路上，他们还带我们去看了一个美国的老人居住区。三姐说，美国65岁以上老人已占13%，养老也是美国社会关注的主要问题之一。养老方式一是社会养老，就是老年公寓一类，二是居家养老，建立很多的养老村，以社区来组织养老服务，这种方式占多数。拉斯维加斯地方政府明确提出建设美国老年人天堂的口号，大力建设老年村，用种种优惠和良好服务，吸引美国各地的老人到这里买房养老。

“你看，”表姐指着车外一片新的建筑群说，“这些房子都是近两年新建的！”

这些养老村，整洁安静，井井有条，提供50岁以上的老人居住，规定年轻人在这居住不得超过三个月。拉斯维加斯有严格法律，治安良好，而且没有“州所得税”，房价只有洛杉矶的1/2和旧金山的1/3，难怪很多美国老人退休以后到这里来买房养老。如今住在这里的老人已占到城市人口的20%了。

“我们也是五年前从加州过来的，”表姐说，“一套1600平方英尺（约150平方米）的平房大约20万美元。小区提供老人活动中心，有健身房，游泳池，还定期组织party和旅游，每月的物管费才60美元。”到达的那天我们就去了他们的活动中心，50米长的室内游泳池，健身馆运动器械齐全，还有图书室、瑜伽馆、棋牌室。那天恰好看到四个美国老太太在棋牌室里打麻将，看到我拍照，还友好地和我“嗨”一声。

“这里的赌馆还为老人的娱乐提供很多优惠，”表姐补充说。“每周有一天老年人活动日，免费咖啡，半价餐饮，10元的赌券，还可以参加游戏抽奖。我经常和你姐夫在活动日去赌场，在老虎机旁边悠闲地度过一天。”

我担心这里气候是否太热了。三姐说：“拉斯维加斯除了夏天，气候还是很好的，风湿及气喘病到这里不治而愈。就是夏天，都是空调房，也没有什么不适的。”

一旁开车的美国老兵看我们谈得热闹，忍不住插了一句：“你们是否考虑到这来买套房子养老啊？”

（《金陵晚报》“雨花石”2016年7月12日发表）

在我 die 之前

从贝多芬故居出来，我们走进一个教堂。

东方看寺庙，西方看教堂，西方的教堂有的要盖上三四百年，集建筑、绘画、雕塑，艺术之大成，是西方历史的见证。不过波恩这个教堂不算很有名气，建筑也一般化，倒是入口和出口的两块黑板，上面的内容给我们留下深刻印象。黑板上用英、德两种语言写着：“在我死之前，我要（希望）（Before I die，I want to）”后面是一条长长的横杠，可以自由填写内容。

是一种民心调查？两块黑板的横线上，已被白粉笔填满了。大都是英语表述，大家全能看懂。这里摘录部分：在我die之前，“我要尽可能地快乐”；“我想尝试我喜欢的所有事情，从而不后悔”；“我想看看那不勒斯和阿拉加斯”；“我想成为一个好父亲和好丈夫”；“我想变得很有钱，有很大的房子，有很多车”；“我希望世界各地都和平”：“我想开开奔驰S级车”；“我希望看到英格兰能获得世界杯冠军”；……也有比较极端的非正能量的回答，如“我想尝尝所有的毒品”。

我猜想，往黑板上填写内容的人应该年轻人居多，因为年轻人才有填写的冲动和热情。教堂放两块黑板，出这么个题目，看来是想借此了解教民，特别是年轻教民们的想法吧。

我想起来，1985年，因工作关系，组织过一次35岁以下青年工人的思想生活情况的问卷调查。选了不同行业和规模的十多家工业企业，发了1000分问卷表。记得当时有一题是询问年轻人对流行歌曲的看法，选择“喜欢”和“比较喜欢”的人数高达

92%！当时参与调查的五〇后和六〇后，如今大多退休了，正在广场舞的音乐声中享受着年轻时候的“喜欢”。

细想一下，波恩教堂出的这个题目倒是很有意义，也是一个人生价值观的问卷。如果是问已过耳顺之年的我，该怎么回答？在die之前，还有什么想做还没做到的事？经常考虑这个问题，可以让自己的人生目标更明确一点，让自己存在的价值更清晰一点，抓紧把要做的事做好。

当然如果问一个年轻人，他的回答可能就要丰富多了：事业的成功，财富的丰厚，家庭的美满，世界的风光，还有各种生活的体验，或许还有人希望看到中国足球进入世界杯……

那天，我问一个一起吃饭的八〇后，在你die前，你最想做的事是什么？这位美女精英严肃起来，考虑了一下回答说：“我首先要把我们公司做好。然后在适当的时候开始享受生活，希望能在die前做到思想自由，资金自由，时间自由。”

旁边的同伴惊呼：“神仙啊？那你永远不会die了！”

后来我又把这个问题说给我85岁老妈听，当了一辈子小学教师的她很轻松地说：“人活着，健康愉快就行。我就希望在die之前，多做一些有益的事，给亲人多一点温馨，给别人多一点欢乐，给社会多一点温暖，应该就可以了。”

（《南京日报》“雨花石”2016年1月5日发表）

不寻常的飞行

飞机一起飞，我就感到不太正常。平时穿过气流层，有个几分钟的颠簸，就会恢复平稳。但今天平稳几分钟，又颠簸起来。感到左右晃动，机舱哗啦啦地响个不停，而且是连续的。二十多分钟过去了，依然晃动不止。机长亲自广播，说遇到气流，请大家系好安全带，不要下来走动。空姐也一个个坐在座位上没有动弹。

我有点紧张。这辈子坐过几十次飞机，也有过几次颠簸厉害的经历，但持续时间都不太长，一般十几分钟就平稳了。今天怎么了？一直在晃动，机舱嘎嘎直响，像要解体似的。飞机是大飞机，航线是老航线，是天气问题，还是飞机驾驶或机械问题？相对其他交通工具，飞机出事的概率还是很低的，我们能中这个大彩？

我很后悔一人坐到最后一排来，这个时候还是应该和妻子坐在一起，互相有个安慰。我和老伴是在新年的前后到贵州来旅游的，八天跑了七个地方，收获颇丰，今天是回家的路上。因为飞机没有满员，后两排是空的，我原来的位子是中间的B座，感觉夹在两个人中间有点挤，就一人坐到后面来了。起飞前还和前排的一个美女白领抬了几句杠，搞得心情不太愉快。我想颠簸好一点就回到妻子身边去，有什么事两人必须在一起。

我往前看看，大家都是默默坐在座位上，没有任何喧哗，估计各人心里都不平静了。倒数第三排的那个三十多岁的美女白领脸色苍白，双手紧紧抓住前排的座椅，再也没起飞前和我抬杠那副神气。飞机等待起飞那会，她回过头不停地给后面两个年轻部下讲着他们大区的工作远景，做着指示，一副踌躇满志的口气。我有点嫌吵，调侃说："领导，你们开会到办公室去开，飞机上就放松一下吧！"谁知她反应挺快："我们是二十四小时工作制！"我有点火了："公众场合，那你不要影响别人啊，讲话那么大声音！"伶牙俐齿的她又戗我一句："你可以另外找位子啊！"我也堵她一句："我就坐这，参加你们会议！"还是她的部下打圆场，说我们轻点说，轻点说。

飞机颠簸得厉害，脑海也颠簸得厉害，胡思乱想起来。想起平时出远门都要在手上戴一串梨花木的佛珠，念上几遍平安无事，今天因天热，脱衣服时取下放包里没有戴上，是不是迷信显灵？想起当年马航MH370，当时机上的乘客是不是有此感觉？甚至想到，如果我们飞机出事了，最伤心的是什么人？我还有什么放心不下的人或事？如果飞机空中解体了，坠落下去，我喊吗？喊什么？

突然，飞机在颠簸中猛地下落了几十米，机舱内一片惊叫声，一个孩子"哇"地哭起来！大家不约而同地抓住前椅靠背。我的心都要跳出来了！

前面那个女白领双手紧紧抱住前面靠椅，把头埋在身体中间，那种紧急着落的姿势。我突然同情起她来，她可能比我女儿还要年轻，她还有辉煌的事业和美好的生活等待着呢，如果……岂不太可惜了？我毕竟活了60多岁，辉煌过享受过，即使发生什么，遗憾是遗憾，也说得过去。年轻人，太可惜了！我突然觉得之前和她生气抬杠真不应该。

整整颠簸了一个多小时，漫长紧张的一个小时！飞机渐渐稳定下来，机长浑厚的声音响了："我们即将到达禄口机场。飞机开始下降，请大家系好安全带。我为本次航班因为气流影响造成的服务不周表示深深的歉意！"机舱里恢复了动静，空姐也开始走动检查和服务起来。

“砰”的一声，起落架安全着地了！大家心里的石头也落地了。有人鼓起掌来。

那个美女白领回过头，朝我亲切地笑笑：“老同志，Sorry，我前头态度不太好，差点没有机会道歉了。”

我也亲切地笑笑：“领导，你又可以开会了。”

（《扬子晚报》“繁星”2017年3月3日发表）

德国游中的同学情

我把同学刘大做的“德国游”美篇发到朋友圈，不少朋友点评：“南外多才子，浓浓同学情！”悉尼的同学W不过瘾，要我再写一篇“绝唱”，女才子M倒是通情达理，说写作是要有欲望和冲动的，给大公子我下台。欧洲回来，我本来是想做个美篇的，有照片有评论，没想到刘大高激情，好身体，在我们时差没过来前，就把大作弄出来了，还那么精彩，无奈叹息：“绝唱公子不敢写，刘大美篇在前头！”

这次的德国游，我们初二德班十名同学及其家属亲友，前后十七天，先后游览了法兰克福、科布伦兹、波恩、科隆、汉诺威、波茨坦、柏林、慕尼黑等城市，还途径了奥地利、捷克、瑞士、法国等地，重圆了五十年前的“莱茵河梦”，非常成功，非常有意义！策划人除了大刘，应该还有老班头B等。除了游览了欧洲五国的绮丽风景，更主要的是同学们朝夕相处，同吃同行同住，延续了五十二年的浓浓同学情。尤其是我，因为单身出行，方便和每位同学接触交流，更是体会深深！

接触最多是B了，我们两个“老班头”同居了十五天。他的热心、低调，给我深刻印象。其实他也是当初策划人之一，休闲时他给我介绍了当时谋划的全过程，谁谁怎么表态的，谁谁不来时他坚持打电话去做工作，但他从来不在公众场合表白。本次出行，其实他家里有要紧的事处理，是走不开的，欧洲也去过了，但是念着浓浓的同学情，他坚持参加了！

大刘是杰出的组织者，热心的活动家。非常欣赏的是他用“另类人”的自嘲，恰到好处地扮演了团长的角色。燕燕主任评价：自嘲是一种境界，我加一句：自嘲也是一种艺术，是处理人际关系的高超艺术。大刘运用得炉火纯青，难怪他人缘通四海，处处受欢迎呢！临行之前，他突然要把“团长”的帽子给大公子，实在是高明之举，既体现了德国游组织架构的公正原则，也体现了一种在同学中谦虚谦让的品德，是自嘲艺术的延伸运用。更为佩服的是大刘的“脱口秀”，车前一坐，话筒一拿，全车就热闹起来。他的插科打诨，妙语连珠，堪比“海派清口”！

在德国生活三十多年的王教授是这次德国游的明星。他的博学、绅士，和超强的语言能力，在同我们相处的一周中表现得尽善尽美。他还客串导游，在旅途中用德语和中文给大家说段子，说的小段子言简意赅，风趣幽默，雅俗共赏。他模仿的地方方言，惟妙惟肖。用南京话说的德语你好“骨疼托克”，后来成为每天早晨问候的经典。他是从汉堡乘车五百多公里赶到法兰克福机场来迎接我们的。途中耐心地回答每一个团员的问题，当翻译，帮助大家购物，不厌其烦。分手时，他动了感情，拿着话筒哽咽地说不出话来。从王教授的身上，我们深深感觉到了浓浓的同学情！

雪梅同学是在柏林参团的，我们在旅馆见面时来了一个欧式的贴面拥抱。我说，还记得我们是一桌的？她立刻俏皮地说，你以前也不肯帮我吃肥肉！我们都是笔画多的姓，在一桌吃饭两年多，但总共没说过几句话。印象中的她，清高的干部子女，不和男生啰嗦。今天的她，爽朗活泼，和我并排坐，讲不完的话。走在景区，也是紧紧和我相伴，说雇用你了，你负责给我们拍照！我第一次了解了她的家庭，到德国的过程，和她的生活经历。最后一晚，她托大刘买了许多啤酒，一定要请大家喝一顿。回柏林以后，她给我发来一段微信，说这次和同学一起旅游，真的好开心！和你交流最多，讲的话比过去五十年都多？我回信说，我们有浓浓的同学情噢！看看你的照片，每一张都是笑盈盈的！

我们是在慕尼黑热闹喧嚣的市政广场上和杭晓会合的，她从另一个城市斯图加特坐火车赶过来。一见面她就怪大刘：不是讲有十几个人来的吗？迫切见老同学的心情可见一斑。我有幸和这位美女同学在德国和奥地利边境美丽幽静的国王湖畔漫步，群山怀抱的湖水如镜，心情也是那么安详恬静。她打开话匣，讲述了在39岁那年来到德国读书、创业的经过。德国不承认国内的主治医生资质，她重新在德国考上医科大，苦读五年，硕士毕业。她说，好艰难哦，考试的时候，她真希望自己身体不好，可以为不考试找个理由。终于通过了所有的考试，她拿到了德国当医生的资质！如今在该地区的一家中型医院当内科医生，考虑她在国内推拿针灸的特长，院长还同意她开了一个康复的门诊，预约看病。我深深为老同学的奋斗精神和超强学习能力而感叹！她还没退休，是浓浓的同学情促使她利用休假来会老同学的！

旅途中，我们还聆听了国防大学教授、博导孙教授做的“关于各国军事实力和战争能力”讲座，虽然是在车上，教授风度依在，条理清晰，出口成章，经典战例，信手拈来。勤学好问的姜校长，在屡屡提问之后，也一展歌喉，用美声唱法献上对同学的美好祝愿。大家的歌声（包括亲友团的帅哥靓女们）从德国，唱到奥地利，唱到捷克和瑞士。连大专家燕燕主任，也走上车前，唱了一首《又见炊烟》。

刘大说：“七匹狼一块肉，一个美女不够分。”意思是七个男生，大部分时间就她一个美女，男同学一个个争相献殷勤，宠不过来。在王教授先期离开后，单身的大公子得天独厚，成了她的陪同。一起看景，一起逛街，互相摄影，不亦乐乎。尽管刘大时有微词，但毕竟刘夫人同行，不敢造次。和这位专家级同学相处十几天，深深感觉，她不仅是个医学经验丰富的专家主任，还是个性格随和，善解人意，体贴温柔的“小女人”，特别好哄！和她在一起，愉快，温馨。王教授也深有体会吧？当然，我们是浓浓的同学情！

这次德国游，和我们班三位女同学进行了深入的交流，可能是大公子最大的收获了！谁让你们成双成对，比翼双飞，令人羡慕呢？你们夫妻情，我们同学情。

以刘大美篇开头，结尾还是回到刘大。我说刘大是初二德班的奇才，大家可赞同？平时他口口声声说喜欢躲在后头看，这次终于憋不住，冲到前面来了！德国游的同学情他表现得最抢眼，每天的微信他第一个发，一发好几条！唱歌用上伴奏带，看他深情的样子，好像上春晚。回家两天不到，一个五十张照片，五十段文字的美篇就出来了，震惊群友！他也自嘲地揶揄自己，说没上过大学，但其敏捷的思路，诙谐的解说，鲜明的议论，使我这个中文系的毕业生也难望其项背。当然我私下也提醒他，一些过于尖锐的议论已经不适合我们这个年龄的人所关注了。我们的主题是同学情，我想表现的，就是德国游中的同学情！

南外多才子，浓浓同学情。

改于2016年9月9日夜

古北水镇登长城

车过密云，古北水镇的指示牌开始展现。终于进入了一个硕大的停车场，上午十点，已经车满为患了。

三姐从美国归来，几个姊妹聚会北京。老北京的四姐夫建议到这个古北水镇来看看，说这是北京的一个新景点，一个温州老板把浙江乌镇的模式搬到了北方，在著名的司马台长城下建了一个水乡古镇，打造了一个集历史的雄伟与水乡的秀丽于一身的旅游度假区。

第一个感觉是门票价格不菲，150元。如果加上长城的40元和索道的90元，这个消费就是280元。尽管如此，鱼贯而入的车辆已将停车场基本停满，还有几十辆旅行社的大巴，从景区往里走的人群，熙熙攘攘。暑假来临，青年人居多，还有许多年轻夫妇带着孩子来度周末。当然比我们的乌镇还是要好一点，当年在乌镇参观，排着队往前走的情景印象深刻。

青石板的老街迎面而来。古朴，典雅，鳞次栉比的房屋，悠长的胡同，但都是北方的建筑。看到了河道，顺着古镇延伸，摇着橹的小船晃悠悠地过来——这真像我们江南水乡了！

还有长廊、楼台、亭阁、拱桥、宝塔，都有点江南古镇的味道。镇子中间，是一个宽敞的日月广场，一个大戏台正在演出京戏，台下四五排石凳坐满年轻的游客。据说这里还有舞狮舞龙、河北梆子、三弦杂技等表演。

在商业街上漫步，两旁多是旅馆、饭店和小吃店，北方的烤肉串、冰糖葫芦，南方的豆角包、桥头糕，都排着队。永顺染坊，司马小烧，镇远镖局和八旗会馆，好像都是新建的。拱桥边还有一个“乌镇大酒店”，走进门去，一色江南的家具和装饰。服务员说，我们都是从乌镇原套搬过来的，原汁原味。

四姐夫介绍说，古北水镇的总设计师陈向宏是当年乌镇的规划和设计师，2010年来到北京，和中青旅等公司联合开发了这个北方水镇。除了有鸳鸯湖水库的水外，最大的亮点是背靠著名的司马台长城。

穿过古镇，我们来到了司马台长城的脚下。抬望眼，司马台长城沿着陡峭的山势，背依蓝天，横贯东西，绵延不断，气度非凡！

司马台，是北京的东北门户，位于燕山余脉的丘陵地带，距市区120公里，是华北通往松辽平原和内蒙草原的要塞之一。司马台长城建于明代洪武初期，抗倭英雄戚继光负责长城的加固，据说他特地从浙江移民数万户，参与长城修筑。长城用大石块和城砖砌成，敦实坚固，全长5.4公里，有城垛35座，其工程浩繁和险峻壮观，被长城专家罗哲文誉为“中国长城之最”。最高的“仙女楼”，高达100多米，坡度85度，几为垂直。造就这一奇特雄秀的长城景观，归功于燕山的险峻地势和戚继光等古代将士的智慧与创造。

我们是坐缆车上去的。约有七八分钟，来到了五楼与八楼城垛之间的一个平台，往上500米可以登上八楼的城垛，是45度的石台阶。不想爬山，可以往下走到五楼的城垛。年纪大了，我们选择了去五楼。

司马台长城，60多岁的好汉们上来了！站在高高的墙城上，一览群山小，蓝色的鸳鸯湖，像万山中间的一颗巨大玛瑙。山风徐徐，十分惬意。

城垛上有一个值班的当地小伙子，提醒游客注意安全，提示从哪个角度拍照，还帮我们照了几张集体照。他用地道的北京腔给大家介绍古北水镇四季特色，还挺有文学范儿：“春季碧水初融，嫩柳始发；夏季蝶舞鲜花，星光熠熠；秋季层林尽染，红叶遍地；冬季银装素裹，汤池如春！”他说，最好是在镇上住一晚，长城的夜景，是古镇精心打造的一个特色，到了晚上，长城的灯都亮了，就像一条闪光的蛟龙，和天上的星星交相辉映，超凡脱俗，冷峻中有温馨，十分惊艳！

这个1.8米的帅小伙子真是天生的导游人才！我们不禁和他攀谈起来。一聊，他竟然是当年戚家军的后代，老家在温州。一听说他是抗倭英雄的后代，游客们纷纷聚过来和他合影，小伙子也十分配合，摆好“炮斯”还带头喊“茄子！”

几个刚从八楼城垛走下来的老外，也兴奋地凑过来和小伙子合影，一个老外还高兴地用生硬的中文说：“我们是英雄加好汉！”

下得山来，正是午饭时分，古街上弥漫着浓浓的油烟和美食香味，不免有煞风景之感。转而一想，似乎又是水镇景区神来之笔，这不就是几百年前边塞守卫将士烽火台上炊烟的延续吗？令人遥想，令人感慨！

山河依旧，换了人间。

（写于2018年7月17日）

内蒙九日

——呼伦贝尔大草原游记

一大家八口人，一辆九座福田面包车，8月1日至9日，从沈阳赴呼伦贝尔，在内蒙走了九天，历程3800公里。蓝天，白云，绿地，蒙古包，白桦林，牛羊成群，骏马奔驰，美不胜收！

据说这条线路是刚热起来的，又是自驾游。有许多独特的见闻和感受，用日记的方式记下来，供朋友们去内蒙古参考。

8月1日出发，扎兰屯

六点钟从沈阳出发。

从沈阳到海拉尔（呼伦贝尔市府所在地）1258公里，面包车要开两天。为给第二天留点游览时间，第一天赶个早。

面包车是新买的，里程表才200多公里。“团长”是我们的亲家，沈阳的一个企业家，某“驴友会”的秘书长，爱好广，朋友多，尤擅长摄影，每年必长游一次。按他的话，钱是赚不够的，有了钱要好好享受人生，出去旅游就是一种享受。驾驶员由他和其弟担当，用GPS导航，线路设计是：沈阳->彰武->通辽（内蒙古）->乌兰浩特->扎兰屯->牙克石->海拉尔->满洲里。

到彰武是高速，一马平川。进入内蒙是111国道，也挺好走，就是不封闭，时有拖拉机、摩托穿出，甚至反道大大咧咧行走，所以开车得当心才是。

过了通辽，就陆续看到草地了。天开始蓝，云开始白，地开始绿。见到了零散的牛羊。

在内蒙插过队的“团长”介绍说，草原大多盐碱地，一度破坏严重，这些年国家退垦还草，生态好多了。这一带还是以农业为主，要到了呼伦贝尔，那才是真正的大草原。他按下车载CD开关，一首龙梅的《陪你一起看草原》缓缓响起：

“因为我们今生有缘，让我有个心愿。

等到草原最美的季节，陪你一起看草原。

去看那青青的草，去看那蓝蓝的天……”

晚上六点赶到扎兰屯。十二个小时连休息开了700多公里，面包车的平均速度也就在60多公里左右。

这是呼伦贝尔的一个县级市，一个环境优美的北方小城，依傍着清澈的雅鲁河水，静卧在大兴安岭的东麓。街道旁一排的新楼房，色泽艳丽，绿树成荫，我们就宿的“兰雅宾馆”是一个奶白色的三层楼，干净，整洁。团长说，扎兰屯号称“塞北苏杭”，有一个“吊桥”很有特色，明天早晨可以去看看。

8月2日，吊桥——海拉尔广场

扎兰屯的早晨，五点多天就亮了。带着初到大草原的兴奋，我和妻子起了个早，直奔“吊桥”而去。打个车，5元钱。

到了目的地一看，原来是一个公园，以一个独具特色的“吊桥”命名。

吊桥有七八十米长，乳白色的桥身，中间两根石柱，悬挂下来两条巨大的斜拉索，映衬在蓝天和碧绿清澈的水中，倒影清晰可见。42根铁索承载着木质桥面，走在桥上微微晃动，犹如水上泛舟，飘然欲仙。这座欧式的吊桥是当年伴随着中东铁路建造由俄国人设计并建造的，有近百年历史了。

跨过吊桥，是一个内藏亭桥阁的森林公园，园内满目葱茏，绿色辉映，有树木四十余种。还有一个“一柱亭”和“三向桥”，宛如到了苏杭的园林。令人肃然起敬的是吊桥边的一座高高的苏联红军烈士纪念碑，刻有1945年在解放扎兰屯战斗中牺牲的五名苏联红军战士的姓名，最高军衔是名中校，最年轻的是名中尉，时年22岁。

公园八点前免费开放，是当地居民晨练的地方。纪念碑下成群的中老年美女们在跳舞，森林中有人在打太极、舞剑，还有人在拉二胡、唱歌。真是一个有南方风情、适合居住的北方小城，漂亮、宁静。

十一点出发，从扎兰屯到海拉尔。330公里，耗时八个小时。是根据GPS定的路，但一出城就走错了一条路，是一条旧路，路面不平，颠簸厉害，开不快，多走了八九十公里。GPS也有滞后的时候啊！

海拉尔地处内蒙东北部，大兴安岭的西麓，因海拉尔河得名。蒙语是“野韭菜”之意，建于1734年，又称呼伦贝尔城。2001年海拉尔随呼伦贝尔撤盟建市，海拉尔也由市改成了区。

海拉尔是呼伦贝尔的政治、经济、文化中心，20多万人，铁路、机场俱全，素有“草原明珠”美称。

团长家的一个亲戚、他们称“姐夫”的当地人热情接待了我们。晚上，在海拉尔著名的“蒙古王”大酒店，品尝了蒙古特色的大餐。印象深的是“手把肉”，这是草原牧民最常食用最喜欢的食品。红烧羊肉，用手而不用筷子。这里的羊肉一点也不膻，鲜嫩，好吃。酒是当地产的“豪酒”。还好都是自家人，没有出传闻中你不喝，他就把酒杯高高举在头上，唱着歌，你不喝誓不罢休的“逼酒”情况。

姐夫好酒量，从头喝到尾。说中午也是接待的，才送走一拨客人。酒文化一段又一段，一顿饭吃了三个多小时。领导身份、又有着丰富人生体会的他给我们印象深的一句话，是人生要像“鱼跃”一样愉悦，跳到空中，“日”的一下，穿入水中。

吃完饭已经九点多钟，按团长计划急急赶到海拉尔著名的成吉思汗广场时，灯已经熄了，夜色中只见矗立的三十米高的“无言柱”上，石雕的成吉思汗骑马昂视远方，气度不凡。

广场也是海拉尔的中心公园，规模宏大，气势雄伟。场内花岗石和鹅卵石甬道或舒或展，绿树与草茵相映生辉。四周是政府大楼、医院等中心建筑。市政府大厦的楼顶都是蒙古包式的圆顶，蒙古建筑特色。

8月3日，海拉尔反法西斯战争公园，额尔古纳根河湿地

早饭后我们首先去了世界反法西斯战争纪念园，那是海拉尔的一个著名景点，在当年日军修建的地下工事原址上建起这个公园。山头上停立着几辆老式的苏军坦克（是苏联红军打下的日军基地），山坡下，有几十名持冲锋枪的苏军战士跟着一些仿制坦克向山头进攻的雕塑，远远看去，十分逼真。我们爬上坦克像胜利者一样欢呼，一种赶走侵略者的高兴。从沈阳“九•一八纪念馆”过来，对日本鬼子痛恨倍加！

走出海拉尔，就是大草原了！两边均是绵延不尽的绿色，因为是丘陵地带，绿色是起伏的。时而也有大片的油菜花地，开着鲜艳的黄花。不时可以看到成群的牛羊在草地上吃草。团长找了一块平坦的草地，把车直接开上了草原，让我们和牛羊在一起游乐，照像。

各种颜色的奶牛成群成群地在草地上吃草，牛尾巴悠闲地晃来晃去，走近了它们也不害怕。团长让我们在草地上跳跃起来，他俯在地上向上拍，有一种天高空旷的意境。我也和大家一样，助跑、跳跃、扔帽……可毕竟年龄不饶人，腿不够劲，落地腿一软，跪在草地上，膝盖恰好压在一堆牛粪上，引起大伙哈哈大笑。——童心未泯，旅游之乐啊！

海拉尔到额尔古纳128公里，午饭后就到了。

这是内蒙古最北面的一个县级市，在呼伦贝尔的最北端，和黑龙江的漠河一样，是我国地图上的“鸡冠”，与俄罗斯有500多公里的边境线。

额尔古纳是蒙古人的发祥地，有2.8万平方公里，8万多人口。原始森林覆盖面积达70%。还有780万亩天然草场，是呼伦贝尔大草原的主要部分，著名的三河牛、三河马的养殖基地，就在这里。其中的室韦镇，是著名的俄罗斯民族乡，是个历史、人文、生态俱佳的旅游胜地，也是我们这次路线的“亮点”。

姐夫委托接待我们的黄经理在收费站接车，拉到了一个叫“王哥”的豪华宾馆，一座四层的办公室改造的新大楼。“王哥”过去在政府部门工作，后下海到一煤矿当上矿长。经营多年，贡献颇大。去年煤矿兼并，他把矿转让了。一个大楼改造成宾馆，大的房间有一百五六十平米。楼上还有健身房、台球室。

下午，黄经理领我们去了根河湿地。这是额尔古纳的一大景点。把车直接开上西山山顶，俯瞰湿地全景（当然不能是“全”，此湿地绵延600多公里呢！），真是如诗如画！

向东，是3.8万人的边境小城。街道宽阔整齐，楼房错落有致；北面，是根河，岸边是一道“绿色防风林”，山脚下是巨大的根河河道，与对面俄罗斯山坡间宽约十多公里，视野辽阔。根河之水在繁茂的灌丛和杨柳绿荫中左旋右转，时隐时现地缓缓流动。远处的高山、群岭，天上的白云，湿地中间点点出现的牛群，构成了如诗如歌的巨大画卷。这片湿地是全国面积最大、保存最为完整、物种最为丰富的自然湿地保护区。站在山顶上看湿地，就像站在美国大峡谷的边上眺视。所不同的，那里更显宏伟壮观，这里则是壮阔而柔美！我们忘情地在这里拍照，拍了一张又一张，流连忘返。团长的三脚架、打光板都用上了。

额尔古纳河长约900公里，源自海拉尔，流入黑龙江。蒙古民族就在这河边生息、发展。这里有繁茂的森林、肥沃的良田、优良的牧草，是古今的福地。传说成吉思汗当年在出兵受挫时，曾回到额尔古纳的室韦休养生息，重聚力量，最后打下半个世界，成为骄人的“一代天骄”。

晚上又是“被请”。王哥十分豪爽热情，摆了一大桌酒菜款待远方来的朋友。杯酒交错中，年过六十的他和我们叙起旧来，说他是东北知青，夫人是北京知青，到这一干就是四十年。原来和我一样也在经委干过。去年退休，把煤矿转让了。得的钱捐了1500万，子女该安排的也安排好了，又在北京买了房子，以后准备两地住住。在本地盖了个大楼做宾馆，但并不以赚钱为目的。“钱够用了，这辈子花不完。”他说，“每天找些朋友喝喝酒、聊聊天，挺好！”这个季节，主要任务就是接待朋友，老朋友、新朋友，喝酒，聊天。这也是一种活法啊！

那天晚上上了当地许多蒙古菜。用在美国留学的女儿的话说，最好吃的就是土豆烧牛肉。满满一大盆，牛肉十分鲜嫩，土豆也十分爽口。难怪有人把此当成共产主义的标志呢。

8月4日，室韦镇，临江屯

早晨被王哥拉到街上饭店喝奶茶。圆桌中间一个火锅，用壶倒满奶茶，烧得直翻滚，面上浮着厚厚的奶皮。用木勺子舀到木碗里，再配上包子等点心。尝了一碗，味道挺正，但我平时不喝牛奶，没敢多喝。王哥一连喝了十几碗，一边喝一边出汗。他说奶茶好，养人，天天喝身体好。看上去他的身体也真是特别好，过六十了，身体魁梧，红光满面。

今天的任务是看白桦林，探边境线，游俄罗斯民族村。按当地的话说有五卡、七卡、临江屯，是内蒙深度游的一个重头戏。

黄经理的小车前面引路。经过一段草原，就进入了林区，路边都是高高直直的白桦林。标牌上介绍，这里是大兴安岭林区，7万公顷全是白桦林。走进静静的白桦林，看着那一株株笔直、高耸的白桦树，顿有一种崇敬，心灵被洗涤一净的感觉。银白的树干，灰绿的树冠，如少女窈窕身躯，亭亭玉立。阵阵山风，摇曳着身躯和手臂，仿似在低低吟唱。阳光从树梢缝隙中折射下来，可以看到一条条金色的光线，好美！就像在油画中一般。

团长抓住各种角度，“啪啪”猛拍一气。还叫团员们摆出各种姿势，给他做模特。几辆旅游车的游客也是四处看景，流连忘返。有的导游急了，就大喊：“黑熊来啦！赶快回来！”

中午，经过了一个俄罗斯民族村。整洁僻静，各式俄罗斯风格的板式建筑，还有一个民族村展览室，陈列了俄罗斯民族使用过的家具、农具，以及各种手工用品、装饰品。当地居民还专门开了家庭旅馆。我们一行就在旅馆餐室里用了午餐，一张长方形的原木桌子。挺有意思的是，街边一个派出所，外面的墙上刊登着这个镇的党委书记、纪委书记、镇长，以及派出所所长、副所长的所有领导人照片和姓名，好像政务挺公开的。

车子先到室韦镇，然后去临江屯。那段路是个砂石铺的“摇摇路”。路面坑坑洼洼的，还有不少积水的坑。车子晃来晃去，胃里的东西都要翻出来了。但还是有不少低底盘的小车往里开。七公里的路足足开了一个多小时。

临江屯，是一个地图上找不到的美丽小村。隶属室韦镇，有80户人家200多人，多是俄罗斯血统，大多为华俄后裔第三代、第四代，是个原汁原味的民族村落。

屯里街上是条土路，刚下过雨还有不少泥地。当地的房屋都是木板房，也叫“木格楞”，就是在木头缝里塞满苔藓，长起来后密不透风，能很好地抵御冬天零下四十度的严寒。街上有住宿的家庭旅店（问一下价格，每人每晚三四十元），卖俄罗斯纪念品的商店，还不时有俄罗斯面孔的小伙子兜售骑马，50元一小时。他们也不时自己驾着马结伙奔驰而过，马蹄踏踏，威武潇洒。

有自驾游或租车过来的游客会在这原汁原味的小屯里住上一天，早晨看日出，白天骑马，钓鱼，挤奶，品尝当地的列巴、酸黄瓜、野果酱，喝自酿的红豆酒，晚上洗俄式桑拿。

小屯紧傍清澈的额尔古纳河，河道有百米宽，可以清楚地看到对面的界碑，还有远远的哨塔，木头搭的。

很遗憾，我们行程中没有安排在这个小屯子里住上一晚，可能是考虑到居住条件。我们的车又摇摇晃晃一小时回到了室韦镇上。

相比临江屯，室韦镇就是一个历史悠久、热闹发达的镇子了。史料记载，隋唐时期，蒙古室韦部落就在此过着游牧渔猎为主的生活。多年来，因其风景优美、民族风情独特，被公尊为中国“十大魅力名镇”，吸引众多游客观光。

室韦一条主街足有一公里长，两旁都是木制的建筑，饭店、旅店、商店，一家挨一家。街旁的横道上，停满各式各样的轿车、旅游车，正是傍晚时分，街上游客如织，好不热闹！

走到街道尽头，是一个依额尔古纳河而建的市民广场。广场边上是几个大一点的俄罗斯纪念品商店，披肩、服装、套娃、镜子，还有成吉思汗头像的皮酒囊……与后来我们到满洲里看到的都差不多。

我们住的是一个叫“西博利雅”的酒店，漂亮的两层新楼房，比较整洁干净。房间墙全是木板拼的，在厅里可以上网。和老板聊聊，他说投了200多万，每年也就是两个月的旺季，所以价格较贵，标房360元。晚上就在饭店的餐厅用餐，点了狍子肉、狼肉等多种野味。

饭后散步到广场，好多人啊！全是游客，有人自娱自乐在跳舞。广场坡下是静静的额尔古纳河，落日时分的各种云彩，相互辉映。一些摄影爱好者架起三脚架，摆弄着长枪短炮，拍得好过瘾。我也用G11照了几张落日晚霞。

回到酒店，站在屋边草地上，可以清晰地看到夜幕中满天星星，能清楚地点出那闪烁的北斗七星。久违了，多少年没这么清晰地数星星了！

8 月 5 日，边境游船，中俄联欢

晨起，阳光明媚。饭后到后面草地上骑马。

在内蒙插过队的团长骑马是高手，缰绳一拎，马头昂起，“驾驾”两声，那匹高头三河马就奔跑起来。我也过了一段瘾，初登上马鞍，还有点紧张，溜了一圈，胆也大了。把缰绳一举，两腿一夹，那马也能跑上十几步，颠呀颠呀，好爽！最有意思的团长夫人，溜得得意，在草地上高歌起来：“……去听那悠扬的歌，去看那远飞的雁看那漫漫长长的路，能把天涯望断……”她的嗓音特好，余声在广阔的草原上回荡。

随后驱车去边境游船。沿中俄边境的额尔古纳河，一直开到中俄友谊桥，来回四十分钟。那是一个通关的公路桥，边贸的重要出口，九十年代造的。在桥口有个哨卡，不知算几卡。沿中国岸边，多有彩旗和着各式服装的中国旅客，四处停放的大小旅游车，以及新建的有着鲜艳屋顶的各式建筑，显得充满

生气。俄罗斯那边则是空空旷旷的，少见人影，偶尔见到饮水的马群和小路上开过的拖拉机。

回到码头，一名工作人员告诉大家：今天有个中俄民间的联欢活动，在老的渡口那边，你们可以去看看，说三年才一次。

“三年一次？”我们赶紧驱车赶去。果然，100多米宽的老渡口两岸都插上彩旗，联欢已经开始了。我方一位胖胖的着俄罗斯民族服装的大娘正用话筒唱着一首俄语歌，两个大音箱传出优美的歌声。我方岸边还摆了两排简易桌椅，桌上放着一些水果食品。对方平坦的岸边则并排停着七八辆吉普和面包车，可以隐约看到十多个身着鲜艳民族服装的俄罗斯人，也用话筒和音箱回应着。两边都有主持人，用俄语和中文互问互答，节目也是你一个我一个，演完了能听到对方的掌声。旁边的人给我们介绍，正在演唱的这个老大娘，是当地一个老板娘，曾作为室韦民族村的选手，上过我们中央电视台呢。她唱完了，我们这帮人都跑上去，抢着和她合影。

额尔古纳的市领导也参加了，讲了几句友好的话，现场气氛很热烈，电视台在摄像。最后是两岸同时合唱，一首《莫斯科郊外的晚上》，一首《喀秋莎》。我们这个团的人也都加入了合唱的队列，一边摇着挥手一边跟着拿着话筒的人唱。哈哈，摄像机把我们也摄下来了！

黄经理在回来的路上告诉我们，额尔古纳市电视台来人的，那个摄影的是他同学。他已叫同学把这段录像刻个光盘，晚上给我们送来。这个节目，第二天晚上将在呼伦贝尔市的新闻中播出。

后来看了光盘，我们的镜头还不少呢。我当时戴着一顶咖啡色的牛仔帽，穿着大红的T恤，很抢眼的。没想到去内蒙一趟，还上了电视了！

8月6日，满洲里，国门，套娃广场

今天去满洲里。

满洲里是著名的边境城市，地处呼伦贝尔大草原腹地，东依大兴安岭，南濒呼伦湖，西邻蒙古国，北接俄罗斯，是我国最大的陆路口岸。人口26万，住着20多个民族。是寓中、俄、蒙三国风情，中西式文化交融的口岸城市，素有“东亚之窗”美誉。

从额尔古纳到满洲里的路非常好开，两边都是大草原，时而见到鲜艳的蒙古包群。

途中，我们专门拜访了一个蒙古包群。这家人有四个蒙古包，有卧室三个，儿子女儿大人各一个的，还有一个是厨房，专门做饭的。一台300瓦的风力发电机提供电源，十几岁的女儿正在蒙古包里看电视，一台十四寸的电视机。包里有一张小床，一张桌子，很干净的。他们牧羊、牧牛为生，一头牛可卖七八千元。聊得高兴了，蒙古大娘就问我们要不要吃饭，她说备有牛羊肉和蔬菜。

下午二点到满洲里，真没想到这个边境小城那么漂亮，那么繁华！满街是车，满街是人。姐夫托了人的，在这旅游旺季竟然也只找到一个只有公共卫生间的小旅馆。

满洲里的街道很好记，一道街、二道街……直到五道街。楼房大都色彩鲜艳，多为商店商场。服装、鞋子、首饰、皮货、小食店，应有尽有。印象深的，又看到了“温州服装城”——内蒙几天里，各个地方都有温州人的店铺，好个会做生意的温州人啊！随便逛一个鞋店，问小老板询问货的产地。小老板狡黠一笑：“问这干嘛？”不过还是告诉我们，广东的，主要是卖给俄罗斯人的。

街上四处可见漂亮的俄罗斯小伙和姑娘，也有拎着大包小包采购的俄罗斯商人。据说满洲里的边贸居全国口岸之首，有

10亿美元的能力和规模。结构也由过去进口废钢、化肥，出口蔬菜、水果、服装、家电，向进口木材、石油、化工原料及科技，出口成套设备转变。

满洲里的一天多时间，主要看了套娃广场和国门。

套娃广场是满洲里标志性的景区，有中俄蒙三国交界的风情特色。广场主体建筑是个高30米的大套娃，外部是中、俄、蒙三国美丽女孩的彩绘，内部是俄式餐厅和演艺厅。广场周边置放着200多个代表世界不同国家地区的小套娃和色彩缤纷的俄罗斯彩蛋。音乐喷泉周围还有中国的十二生肖铜雕。我在兔子旁照了一张像，但总感不像，或是一只洋兔子？夜晚，在千盏彩灯的映射下，广场流光溢彩，仿佛是一个五彩缤纷的童话世界，煞是好看！

国门则是在中苏边境线的我方一侧的一座高大的乳白色拱门。高30米，宽40米，庄严肃穆。门体上方嵌着“中华人民共和国”七个鲜红大字，国徽闪着金光，国旗迎风飘扬。国门前石岗上有威武站岗的边防战士。许多人在国门前伴着战士照相留念。一辆国际列车徐徐开过，车窗里露出俄罗斯等外籍人的友善面孔。游人如梭，据说国门已成了4A景区，年接待人员达200多万。

登上国门，俄境内贝加尔斯克区的车站、街道、行人尽收眼底，对方国门上的“Россия”六个金色字母，对应相望。

国门旁边的楼上还有个展室，介绍了满洲里的历史。仔细看了一圈，长了不少知识。这里一百多年前就有了铁路，也称发达地区了。

总的印象，开放城市，繁荣华丽，东亚之窗，名不虚传。就是旅游旺季，旅馆不好找，一房难求。

8月7日，金帐汗，达赉湖，牙克石

今天的景点是金帐汗和达赉湖。

金帐汗蒙古部落是呼伦贝尔唯一一个以游牧部落为特色的景点，位于“中国第一曲水”的莫尔格勒河畔，是个中外驰名的天然牧场。当年成吉思汗就在这里秣马厉兵，与各部落争雄，最后占据了整个呼伦贝尔草原。

金帐汗景点就是当年大汗行帐的缩影再现，建于九十年代，集蒙古族的传统文化、民族风俗为一体，有各种蒙古包群，和博克擂台，歌舞篝火晚会等。还设有马队迎宴、套马、驯马等表演。许多游人会在这住上一两天，尝蒙古食品，玩各种游戏，享受少数民族风情的生活。

我们的车从蒙古包成群的达翰尔山庄掠过，直接驰上了可以俯视九曲十八弯的莫尔格勒河的山头，从山顶上俯瞰金帐汗的全景。蓝天白云下面，茵茵绿草，群群牛羊，点点毡房，袅袅炊烟，弯弯的河水盘绕数圈，缓缓流淌……团长捧着相机不断拍，团长夫人的歌声又悠扬响起：

美丽的草原我的家，风吹绿草遍地花；

彩蝶纷飞白鸟儿唱，一弯碧水映晚霞；

骏马好似彩云朵，牛羊好似珍珠洒；

牧羊姑娘放声唱，愉快的歌声满天涯……

正陶醉之时，我们所在的山头草地上奔来一群骏马，有200多匹，一名牧马人策马扬鞭，驱赶着马群冲我们这边奔驰而来！真的就像电影中万马奔腾的镜头！大家惊慌起来，团长不拍了，夫人也不唱了，一时都愣在那里，不知何处躲避。牧马人高喊：“不用怕！不用怕！”果然，群马奔驰到我们面前，自然地分成两批，从我们左右分驰而去！真是有惊无险。团长再举起相机，马群已拐一个大弯，直奔山下蒙古包那边去了。

下午到了达赉湖。达赉湖又称呼伦湖，是我国第五大湖泊。处于中国地图的“鸡冠”部。是一个由湖泊、河流和沼泽组成的湿地生态系统。已有一亿多年历史了，2000多平方公里。像一颗晶莹硕大的明珠镶嵌在大草原上。这里有众多的稀有鸟类和野生动物，是著名的丹顶鹤和黄羊的故乡。

今年夏天，湖水退出很远。湖区门口排着长长的车队。团长熟门熟路，带着车子，直接从右边的一条小路向山上开去，绕过山头，来到湖的另一侧。从这里可以近距离地看到湖泊全貌。远远不见边际，湖水闪闪烁烁。有一些游艇在湖面飞驰。在满洲里的展室里，有呼伦湖的多张摄影照片，有几张夜景特别地漂亮。到实地一看，气势更加广阔。

为了能在9日早点返回沈阳，从达赉湖过去，我们就开始赶路程。从海拉尔经过，多走了一百多公里，就宿在另一个（旗）县级市——牙克石。

牙克石，满语是“要塞”之意。38万人，却有2.76万平方公里土地，是全国第六大的县级市。自然资源丰富，林业发达，全市森林面积占61%以上。

我们选住在火车站旁的一个北方宾馆，房价130元，带网线。牙克石的火车站整洁漂亮，广场上陈列着一个粉刷一新的老式火车头，前面鲜花丛丛，供人们照相之用。我发现东北铁路发达，老火车头作为装饰的也多，满洲里的国门旁也有一个。

牙克石的晚餐也给我们留下深刻印象，是饭店服务员介绍我们去的。那是个叫“牧羊人”的烧烤店，吃的烤羊肉、牛肉串，硕大的实实在在的肉串，一串1.5元。还有一只烤羊腿，3.5斤重的，105元钱。味道真是好极了！还便宜，8个人才花了300元。连不怎么吃烧烤的我，也吃了一二十串肉串！最后胀得胃疼，跑到外面街上跑步“消食”。

同志哥，如果你们有机会到牙克石，一定建议你们到这家“牧羊人”去美食一顿哦。

8月8日—9日，返程沈阳，白音胡硕

8日，面包车在牙克石市一家福田汽车专卖店做了一保的基础上，放心地开了700公里，经过扎兰屯、乌兰浩特，在科尔沁右翼中旗的一个城镇——白音胡硕停下来。这里离沈阳还有400公里。

我们是在晚霞满天时到达这个城镇的。一条主街道很宽阔，十字路口中有立式的红绿灯。市中心有一个很大的广场，周边的饭店灯火通明。广场上传出跳舞的音乐声，全国各地到处都有自娱自乐的人群。

寻找到一家最好的宾馆——君悦酒店，标房150元，设施俱全。去一家特产专卖店，买了些内蒙特产——牛肉干、牛初乳奶片。这里的牛肉干不加防腐剂，味道鲜美，但保质期很短，回家必须放在冰箱里。然后找了一家哈尔滨饺子店吃了水饺，也不贵。

自驾游，找一些小城镇休息是比较好的，旅馆好找，吃饭也方便，还便宜。

9日，向沈阳进发。

内蒙境内，基本都是国道、省道，双向大多分开，还是比较好走的，面包车平均车速是六七十公里。沿途都有收费站，基本上是一个旗（县）一个，一次10元钱。但因路口不封闭，经常可以看到逆行的拖拉机和摩托车，旁若无人地猛开，这可是要命的。途中，就看到一辆轿车冲到左边的道沟里，旁边摔了一辆摩托车。还有一男一女躺在地上，估计伤势不轻，估计是从路口拐入时碰上迎面快速行驶的小车。过了五分钟，看到

一辆120救护车从反道向事故现场疾驰而去。

进入辽宁，就有高速了。从彰武到沈阳，到长春、大连，牌子指示明确，车速也提到了100公里以上。下午两点，车子进入沈阳。正值台风影响，天黑下来，下起大雨。但是我们到家了，呵呵。

难忘的内蒙九日游！来到了美丽的呼伦贝尔大草原，看到了祖国的大好河山，尝到了没有吃过的野味，见识了姐夫“鱼跃”，王哥的“活法”，又是和家人亲人一同旅游，心情特别愉悦！

旅游是发现新鲜事物、崇拜大自然的极好方法，是拓展人生空间、宽阔心胸的美妙过程，也是体验人生、历练心境的独特手段，会给人带来幸福的精神享受！退休了，有时间了，更应该好好享受哦。

回到南京，在车上装了三盘“草原情”的CD，听着一首首歌唱草原的情歌，十分亲切，特别是那首《陪你一起看草原》，经常缭绕在耳边：

因为我们今生有缘，让我有个心愿，
等到草原最美的时候，陪你一起看看草原，
去看那青青的草，去看那蓝蓝的天……

（写于2011年8月16—30日南京）

大美青海和敦煌游

7月28日至8月6日，到大美青海和敦煌一游。大西北的确值得一看，她的原始，她的神秘，她的粗犷，她的壮美，时时给人以震撼的感觉！

坐火车从南京27小时到西宁，在西宁五天，游青海湖、塔尔寺、坎布拉森林公园、祁连和门源。再从西宁乘大巴到兰州，换火车奔敦煌。敦煌两天，游鸣沙山、莫高窟，看玉门关、雅丹地貌。兰州自行游览一天，最后由兰州飞南京，行程十天。旅行团由我们两家四人组成，康辉旅行社全程安排。青海的气温在16到26度，我们避开南京高温，度了十天凉夏。

一、西宁感受

我们是傍晚六点半到达西宁火车站的。因大雨，火车从上海出发就晚点了，在南京火车站等车时心里掠过一丝不良预感。沿途天气还好，火车赶回不少时间。到西宁时，天还大亮。地接的驾驶员把我们送到住宿的酒店。

一路上，这位姓吴的无锡老乡热情地给我们介绍了不少情况。青海地大物博，72万平方公里，528万人口，其中西宁占了一半。青海是个多民族的地区，全国56个民族中这里占有54个。汉、藏、回、土、蒙古、撒拉族都有万人以上。

我们住在市中心的青藏假日酒店，挂三星，是个伊斯兰教的酒店，服务台的小姐都戴着头巾。最特别的是，卫生间里都有一把水壶，专用于便后冲洗的。

门口热闹繁华的街上都是伊斯兰教的餐馆，还有一个漂亮的清真寺。不少戴着白帽子，穿着白袍子的男子，正赶往清真寺去做礼拜。我们选了一家“老字号”的餐馆吃晚餐。四个蔬菜冷盘，一盘手抓羊肉，一盘烤羊肉，四碗面条，才150块钱。这里的羊肉特别好吃，香嫩可口，没有一点膻味。

吃好饭，在青海高原的习习凉风中，沿大街散散步，好爽！

二、青海湖和塔尔寺

青海是以青海湖命名的，西宁两天，主要景点就是一湖一寺。

青海湖是我国最大的内陆湖，4456平方公里，湖面海拔3260米。湖四周被四座巍峨雄伟的高山环抱，烟波浩渺的湖面，像一盏巨大的翡翠玉盘，平嵌在高山草原之间，构成一幅山水、草原相映的壮美景色。这里地域辽阔，草原广柔，河流众多，水草丰美，特别在夏季，起伏的草原，金黄的菜花，加上蓝天白云，碧波万顷，说多美就有多美！

第二天直奔青海湖，走的是东线，翻越日月山。沿途路上可以看到自行车的爱好者，背着旅行包，沿湖骑进。青海湖环湖360公里，每年有个世界自行车环湖赛，我们到来之前，刚刚结束。

途中，参观了两个景点，一个是湟源县的丹葛尔古城。古城建于明洪武年间，距今有六百年历史，曾是中国西部的经济文化军事要地，素有“茶马商都”、“排灯之乡”、“小北京”之美称。古城经纬交织的街道小巷，结构独特的居民院落，气势恢宏的寺院庙宇，展现农耕文化和游牧文化交汇融合的奇异景象。但在我看来，大多建筑都是新建的，反倒失去了大西北粗犷的美感。

另一个景点是离古城不远的“赞普林卡藏文化展览馆”，

这是松赞干布为文成公主进藏修建的行宫，建于唐贞观十五年，也是世界上唯一的一座藏王园林。宏伟的大殿内保留的127幅壁画和唐卡，反映了从吐蕃王朝建立到文成公主进藏后汉文化的传播和藏区的发展。我很喜欢看这类的展览，对文成公主进藏的贡献印象深刻，由此想到，当时做出这个历史决策的皇帝何等伟大！

翻过海拔3800米的日月山，就看到青海湖了。二郎剑景区在环湖公路151公里处，所以也叫151景区。湖边有大片的油菜地，金黄的油菜花，浩瀚的湖水，色彩对比还是很明显的，那天是阴天，看到的是灰灰的云层，感觉不那么振奋。小美女导游说，要是晴天，蓝天白云，在阳光下，湖水蓝蓝的，水天一色，配上黄澄澄的油菜花，那才是美丽壮观呢！

景区有电瓶车，湖边修了一条木栈道，搞了几个雕像，和一般景区无两样。离湖不远的中间还有个鱼雷实验基地，很久历史了，也许这个景点就是依托这个基地发展起来的？喜欢摄影的老李对着湖边油菜花地以及湖面啪啪猛照一气，也算不枉此行。

从景点走回停车场是一段上坡，因赶点走快了一些，气喘起来，高原反应明显。其实我们在去青海之前一周，就开始天天吃红景天了，有胶囊，还用买来的红景天泡水喝。上了高原，刚开始有点头涨涨的感觉，休息过后缓解。但一走快，用力，就会气喘。我就不断深呼吸，增加吸氧量。

也许因为天气不好，青海湖没有想像的那么让人兴奋。

第五天，去看了著名的塔尔寺。吴师傅用小车送我们过去，在城西南30公里。

塔尔寺是我国藏传佛教格鲁派创始人宗客巴大师诞生地，是青海和中国大西北地区的佛教中心和黄教圣地，建于1379年。十几座高大别致的殿堂依山叠而建，错落起伏，气势磅礴。寺内古树参天，佛塔林立，景色壮丽。中心的大金瓦殿，绿墙金瓦，灿烂辉煌。殿内佛像造型生动优美，超然神圣。栩栩如生的酥油花，绚丽多彩的壁画，色彩鲜丽的堆绣，被誉为“塔尔寺艺术三绝”。寺内还珍藏了许多佛教的典籍和历史、文学、医药等方面的专著。每年举办的“四大法会”，更是热闹非凡，游人如潮。

门票80元，附一个光盘。（老人票40元。）奇特的是整个寺院没有围墙，游人在导游带领下，一个个殿堂参观。这里是青海的著名古迹，游人都要来看看，好多好多人哦！中午十一点高潮时有的殿堂都进不去了。

殿堂多，佛像也多，有的人逢佛就拜，换了一元一元的纸票，放进功德箱（青海不用硬币，多用纸币）。还有在殿堂门口磕长头的，铺一条长毯子，一个接一个地全身趴下膜拜，据说要磕一万个，但不限时间。有的人住在这，每天来磕，能住两三个月。我们的导游是一个藏族小伙子，叫扎西，旅游学校毕业的，已经结婚了。小伙子给我们介绍了许多当地的风情。我向他学了那六字真言：“唵嘛呢叭咪吽”，一路嘴里念个不停，可是到宾馆还是忘了。

出国看教堂，国内看庙宇，宗教力量无穷啊！不信也得信！塔尔寺，雄伟壮观，难以忘怀。

三、坎布拉森林公园

去青海之前，我们做了一些功课，查阅了青海湖周边的景点，除了一湖一寺必去景区之外，还选了坎布拉、祁连和门源三个景点。一张“大美青海，神奇坎布拉”的明信片把我们引进了这个神奇的国家地质森林公园。

坎布拉位于青海黄南藏族自治州尖扎县，距西宁130公里，在青海湖的东南面。她由奇特的“丹霞”地貌、茂密的森林植被、古老的宗教文化、绚丽的峡谷水库所构成，集自然景观和人文景观为一体，是旅游观光、野营度假的理想胜地。

我们大早从西宁向南驱车两个多小时，翻过一座高山来到森林公园门口时，还是没赶上头班进去的景区巴士。因山路崎岖陡峭，外面的车都不让进，只能等里面的巴士出来。天下起雨，我们穿着冲锋衣，在山里还是寒嗖嗖的。又碰上了当地藏民因为公园管理处不让他们的车带客进山，用三辆小车把门给堵了。明显感觉这里开发较迟，管理还有待加强。导游说这是块大肥肉，藏民也要分享，已经闹了三天了。后来来了七八辆警车，一位精干的女警官开始做藏民的工作。焦急，不满，愤慨，好奇，无奈，等在门外的游客在雨中观看着，也是旅游中的一道风景吧。

一直等到十一点半，藏民让路了，山上巴士也下来了，我们才欢呼地上车进山，此时雨也停了。

盘山路绕来绕去来回有60公里！怪不得不让外面车进呢。山上有三个观景台，越往上风景越好看，李家峡水电站围成的高峡平湖就在脚下。

中午过后，天气晴朗了，太阳从云层后面露出了笑脸！这真是塞翁失马，焉知非福啊！早晨下雨，雾气蒙蒙，肯定看不到湖面。我们惊呼着，像在长白山看到天池一般高兴！远处，是著名的丹霞地貌，十八座群峰耸立，山柱或如塔，或似堡，或似人，或似兽，鬼斧神工，千奇百怪，犹如仙女聚会；近看，眼前的山头有红色砂砾构成，丹红如霞，雄浑壮丽，阳刚之极，有震撼的感觉！大家无不庆幸到迟了一步，赶上太阳出来，看到了丹霞地貌的奇特美景。所以世事无常，有时是快而不达啊！

景区女导游指着很远的一个山峰说，山顶上有个尼姑庵，只有一条在岩石上琢出的小道可以爬上去，上面住着两个漂亮的尼姑，说谁想上去看看，可以住下来，明早爬上去。告诉我们这里不仅风景优美，也是宗教之乡，有不少寺庙，是藏传佛教后红弘期的复兴地。说将来开发成功，可以由山路进，水路出，不走回头路。我们问什么时候可以建成。答：四五年吧。

我们顺着一段氧吧之路，沿着林间小路走下山去。四围都是花草绿树，可以听到树丛中的虫鸣鸟叫，这就是森林公园了。据说这里森林面积很大，占了坎布拉地区的28%，有800种植物和几十种珍禽异兽。因时间有限，我们只能浅尝即止，匆匆听从导游的呼唤，直奔停车场而去了。

神秘的坎布拉，好地方！而且刚刚开发不久，可以细细品玩的地方还很多。倘有机会，我真想住上半个月，一定爬上那个山顶，见见那两位漂亮的尼姑。

四、门源和祁连

门源、祁连是海北藏族自治州的两个县，在青海的东北部。选中这两个点，是看中门源的百里油菜花，祁连的“东方小瑞士”之美。我们是参加的当地旅行社的两日游，在祁连住一晚。

早晨从新宁广场出发，经青海工业重镇大通县城、老爷山、黑泉水库，穿越亚洲最高海拔的隧道，一个多小时后到达坂山观景台，这里可以远眺“银盆金花”之美景。再行100多公里，站到最佳的“观花台”上，美景尽收眼底！

门源西起青石嘴，东到玉隆滩，南起大坂山，北到甘肃的冷龙岭，油菜花地绵延几十公里。每年七月，是门源的人间天堂，60万亩油菜花的金黄海洋，形成博大壮阔的奇特景观；尽管我们来迟了几天，由于下雨，一些菜花已经伏倒，但看上去花海波浪起伏，依旧如金色的地锦，百里流金，百里醉人。加上蓝天白云，遥相对持的冷龙岭、大坂山的雪峰，在金黄的油菜花的烘托下，更显山韵的巍峨壮丽。沿途可以看到众多蜂箱，养蜂人从四面八方来到门源。置身其中，心里似乎灌满蜜糖。好一片大自然的净土啊！

我们在观花台上摄影留念，流连忘返。恰遇一名从张掖独自骑车到青海湖的旅游者，他自带了帐篷、炊具，准备到青海湖绕湖一周。那么高的山，又是高原，一人骑车真不容易啊。我们纷纷和他合影。

下午三点半到达祁连县城。还是孩童时期在小说中看过祁连山这个词，实际中的祁连山比我想象中的大得多。“祁连”是古匈奴语“天山”之意，它是一座由多条平行300公里的山脉组成。祁连山水系丰富，冰川面积1300平方公里，是众多河流的发源地。

全县四万多人，少数民族人口占76%。这里是世界上生态保留最完整的地区之一，生物种类丰富，生态系统多样，形成以自然风光为主的旅游风格，素有“东方小瑞士”美称。主要的景点有牛心山、卓尔山、黑河峡谷，以及古代留下的古城遗址——峨堡城等。山下的祁连大草原和多样民族风情则形成当地的人文景观。

车到宾馆休整一下，立刻向卓尔山出发。时间有限，只能选择一两个点看看，而卓尔山是开发最成熟的一个景点。旅游车把我们送到山下，把照相器材背上，帽子护具戴好，女同胞们涂上厚厚的防晒霜，开始爬山！

山不高，有200多米吧，电瓶车可以开上去。但大家都选择了走路，沿途可以慢慢品味啊。山坡上修了木制小道，山顶有个砖瓦结构的烽火台是观景最佳处。

四十分钟后我们站在台顶上。视野极为开阔，景色一览无遗：山对面是一山尽览四季景色的牛心山，传说中牛心山和卓尔山是一对情深意重的情侣，默默守卫在八宝河两岸，共同护佑着祁连山的山山水水；左右两侧是拉洞峡和白杨沟景区，有绿绿的草地，草地上点点牛羊，有金黄的油菜花，阳光下色彩绚丽；背面则是绵延起伏的祁连山脉，远远可以看到诸多白色的雪峰。靠近一点，是卓尔山具有丹霞地貌的山体，由红色砂岩、砾石构成，一种原始粗犷的美感，山脚下滔滔的八宝河像一条洁白的哈达环绕在县城周边……处处美景，宛如仙境！这是到青海我们看到的最美的自然风光了！同时看到这么多景观，而且层次分明，色彩对比鲜艳，真的很震撼很震撼！我没去过瑞士，但想象中，既然这里能称“东方小瑞士”，瑞士也不过如此了？

摄影师老李使出全身本领，或卧，或立，或跪，各种带来的器材都用上了，还不过瘾，嘴里不断说：“太美了！太美了！我还要来一次！下次再来！”我们也不歇火地用各种相机、手机狂照一气。现代人对美景的喜欢，更多地是用多拍照来表现，也不管照得怎么样，呵呵。

晚上，我们漫步在县城的街道上，在大排档，吃了当地的羊蹄、羊肉串，尝了藏人做的酸奶，买了从甘肃张掖运来的西瓜，很是休闲。这里的早晚是很凉的，在宾馆房间里，都离不开外套。

回西宁路上，我们经过了一段“十二盘”的著名山路。看上去还是很险要的，也算一个景点了，让我们下来拍照。还有个景点叫“互助风情园”，这里是土族人的一个寨子，在这吃的中饭。土族人勤劳纯朴，能歌善舞，有自己独特的文化。其妇女的袖子用红、黄、黑、绿、白等不同颜色拼成，恰似天上彩虹，所以这里被誉为“彩虹的故乡”。她们用歌舞、杂技欢迎游客，加上青稞酒、民族风味小吃，为我们旅游增加了色彩。

跟团就是时间紧，不能尽兴和休闲地游玩，但也算见识了旅游的行情。祁连，这个东方的小瑞士，自然风景一等！如有机会，还应该再来转转，最好是自由行，时间宽松一些，就当是到瑞士、到欧洲去啦。

五、敦煌及玉门关

本来想在青海呆七天，再看看贵德或塔尔木的，深度游嘛。但旅行社说贵德那边下雨塌方，不方便去，塔尔木两天又不够。恰好通行的其他三人均没去过敦煌，对这个有五千年历史的文化古城仰慕已久，就把最后两天安排去兰州，到敦煌看鸣沙山、莫高窟，到玉门关看雅丹地貌了。

从西宁坐大巴去的兰州，清一色的豪华大巴，一小时一班，还有个专职的实习生，在车上倒水服务。时速开到110公里，三个半小时到达。然后直接去火车站，K9667次专列赴敦煌。

敦煌位于青海、甘肃、新疆的交汇处，以辉煌的历史和博大精深的文化内涵闻名于世。南枕祁连山，西接罗布泊，是靠近沙漠戈壁的天然小盆地。

我是四年前去的敦煌，对鸣沙山和莫高窟印象深刻。还是下了火车就直接去景点，唯一不同的是恰遇阴天，天气很凉快！沙漠哦，太阳一照，沙子烫脚。

鸣沙山在敦煌南郊，由沙堆积而成，东西40公里，南北20公里，高数十米。沙丘下有一层沙土层，风吹沙粒振动，声响引起沙土共鸣而得名。天气晴朗，也时有丝竹弦之音，犹如奏乐，叫“沙岭晴鸣”，誉为寨外一绝。

游人很多，花10元钱租一副橘红色的布脚套，排队骑骆驼（100元/人）。骆驼都是当地人养的，统一组织起来为游客服务。每队有5到10头。用缰绳连起来，沿一条路子行进，在金黄的沙漠里，煞是好看！虽是阴天，我们还是全副武装，戴着帽子，围着脖子，系好脚套。随着骆驼的步子，一晃一晃上沙山。整个沙山上，恐怕有几百头骆驼，远远望去，壮观之极！

这种场景下，大家都很兴奋，做出各种的姿势，请牵骆驼的主人帮我们照相。到了沙山顶上，把红旗拔起来挥舞，吼叫。山顶风很大，把细细的黄沙吹起，像浪潮一样推向远方。又从山顶坐着滑板玩“滑沙”，一种是竹板的，下行很慢，要靠手划，但可以随意拍照；一种是用轮胎做的，速度很快，“哗”一下，就哧下去几十米，很刺激！这时，旅游者的情绪得到最大的释放，再多的烦恼也弃之云外，五六十岁的老人也无例外，忍不住开怀大乐，也许这就是旅游的魅力吧。

月牙泉很奇特，在鸣沙山的脚下，长100米，宽25米，弯弯如新月。风沙再大，这里也常年水盈盈，湖水碧蓝，远看像一块晶莹剔透的翡翠。为保护景点，四周围起栏杆，游人已经碰不到水面了。

中午吃了一顿当地的驴肉黄面，是一种拉面，细如龙须，煮熟为金黄色，伴上鲜嫩的驴肉，很好吃。

莫高窟给我们的印象就是阳春白雪了。这个以精美壁画和彩塑闻名于世界的千佛洞，建于前秦的公元366年，距今一千六百多年历史了！是世界上规模最大的佛教艺术圣地，有735个洞窟，4.5万平方米的壁画和2400尊彩塑，辉煌之极。

但对大部分对佛教艺术不太感兴趣的游客来说，也就是跟着导游进出一个个洞窟看看热闹。现在讲解也高科技了，一个组30人，每人一个带频率的耳机，导游轻轻讲，本组人听见，室内还不喧哗。看了一半下起小雨来，美丽的女导游惊呼：“今年真是百年不遇了？”因为这里很少很少下雨，不然这些泥塑像能完整地保留一千多年？说雨再大一点，就要封门停止参观了。

我们住在市中心的敦煌大酒店，是挂三的。出来之前对旅行社的一个要求就是要保证住三星宾馆，因为外出劳累，一定要休息好。为此不断加钱，对方说旅游旺季，房源紧张。

晚上在敦煌的沙洲美食城，吃了一顿很惬意的晚饭。这是个饮食中心，各种风味的餐饮店汇聚一起，中间空地上还搭起一排排的遮阳棚，吸引众多游客来这吃饭。点了当地的黄河啤酒和一盘特色菜“雪峰驼掌”，驼掌的筋肉为主菜，再用蛋清做出雪山模样，很好看，也很好吃，嫩嫩的。

还有伴唱助兴的，背个电吉他，两人一组。一对是小夫妻，男的比女的唱得好；一对是丈母娘和女婿，是丈母娘唱得好，说是专业下来的。坐在凉棚下，品味着特色菜，喝着冰啤酒，欣赏着流行歌曲，放松休闲，神仙的日子啊！这正是旅游度假的乐趣了，呵呵。

饭后逛了敦煌的夜市，各种小商品，琳琅满目。市场管理得井井有条，看上去比我们夫子庙还好。从街道的清洁程度，从出租车不敢随便停车，以及小商贩的文明态度，给我们良好的印象，敦煌这个古老的城市完全适应了改革开放和现代文明的发展。

第二天去看玉门关和雅丹地貌。

我们对玉门关的了解，大概来源于那首唐诗：“黄河远上白云间，一片孤城万仞山。羌笛何须怨杨柳，春风不度玉门关。”玉门关位于敦煌西北80公里的戈壁滩上，是古代丝绸之路北路的必经关隘，因著名的和田玉从此入中原而得名。

一个半小时车程来到这个大名鼎鼎的关口时，有点失望。只看到戈壁滩上一个孤零零的城垣，二十多米见宽，十米高，已无了当日的威严和繁华，只有关前大石头上王之涣的那首唐诗，吸引着喜欢探古的旅游者的眼光。

倒是几十公里开外的雅丹地貌令我们惊叹不止，流连忘返。

雅丹是维吾尔语“陡壁山丘”之意，雅丹地貌是指干燥地区风力侵蚀后的一种特殊的地形地貌，我国的罗布泊戈壁滩上多处呈现。由于公路的不断延伸，从敦煌向西北100多公里，也能看到雅丹地貌了。这一段公路凹凸不平，还在不断修缮，可见天气对公路损坏明显。

进入景区，我们换乘了景区的旅游车，在指定的几处景点下车观赏。这里的景色也深深地震撼了我们！

神奇的雅丹淋漓尽致地表现了大自然的塑造力：眼前数十公里的戈壁滩上，从东北向西南排列了无数个黄色的土丘，大小不一，形状各异，有的拔地而起，如柱，如伞；有的匍匐在地，似狮，似虎；有的怪异奇形，像魔鬼；有的肃穆庄重，像城堡。而那些“土丘林”的沟壑中，鹅黄色的沙堆，蜿蜒起伏，金波粼粼，如匹匹锦缎；每当云影飘过，或细风卷起细沙，土丘仿佛缓缓移动，像万船起航！其扑朔迷离，变化无常，给人无限遐想。这里的第四个景点名称就叫“万舰出海”，十分形象！

我们奔入黄沙中，跳跃，呼叫，摆出各种能表现自己高兴心情的姿式照相留念。置身在高大耸立的土丘之中，感到天那么高，地那么阔，人那么小，神奇的愉悦感难以用语言表达！这也许就是人们喜欢旅游的真谛所在吧。

六、兰州印象

我们坐9668次返还，次日上午回到兰州。是晚上回宁的飞机，还有半天时间，决定在兰州转转。

兰州是中国西北重要的中心城市、交通枢纽，360万人口。

滔滔黄河从城中穿流而过，城市依山傍水而建，绵延百里。两边层峦叠嶂，体现西北边关的浑壮雄阔。看过一篇文章，题目是“中国西北游，出发在兰州”，说以兰州为轴心，以河流、山川、宗教文化等元素为纽带，连接西北、青藏、西南三大旅游区，形成了七大经典旅游路线，每年吸引着数以十万计的国内外游客。

我们把行李寄存在车站，租了一辆别克轿车，在城里转转。驾驶员是个小伙子，自己的车，价格比出租车便宜。我们沿黄河边的外滩风情线，看了黄河母亲、古水车、中山桥、白塔山等沿河景点。印象深的是那座黄河大铁桥，有一百年历史了，依旧那么雄伟，是车道，也可以人行，在桥上观赏、拍照。在桥上看脚下滚滚黄河，十分壮观。今年雨水多，水位很高，把河边的一些娱乐设施都淹了。

中午，小伙子带我们去了一家兰州面馆，吃了当地的兰州拉面，5元一碗，再要一斤牛肉，美美一顿。小伙子还主动帮我们到瓜果批发市场买了一大袋子白兰瓜，1元一斤，可以带回去尝尝了。这里日照充分，瓜果特甜。

下午四点小车送我们去机场。兰州的中川机场离城75公里，开了一个多小时。算算车费加过路过桥费，他赚不了多少钱。小伙子一笑：我回来再带一位，就赚了！生意人哦。

但兰州总的印象是车站比较乱，城里到处修建，堵车。也许现在中国的大城市都是这个样子？

经西安回南京的飞机晚点到十二点才到禄口机场，于是在外出的第十一天凌晨，我们疲惫不堪地，但还是心满意足地回到了我们温馨的家。

大西北，值得一去！倘有机会，约了再去！

写于2013年8月12—18日

昆明大理自由行

暑假里女儿要我陪她带孩子去大理住几天，并买好机票，定好旅馆。于是，7月26号到8月3号，我第三次去昆明、大理，头尾九天。每天在微信上发点随笔和照片，记录了旅途的见闻感受。

（一）

又到禄口机场，一个明显感觉：人多！放暑假了，都出笼啦！

南京飞昆明的航班，直飞约二小时四十分钟。朋友的车接到旅馆，网上定的昆明锦江大酒店，靠近火车站，四星。一间套房，加一个单人床，850元一天。昆明第一餐，过桥米线。在酒店对面的老滇过桥米线馆，有25元、45元、88元的不同档次，以加入的料菜的品种和分量不同而区别。我们要了一份88的，有肉片、火腿、鱿鱼、香酥鸡块、鸭块、韭菜、豆腐皮、榨菜等。放完拌菜数了一下盘子，16个！前面是一道云南特色的汽锅鸡，一个小小的瓦罐，蒸汽熬的鸡汤，味道极好。以至于吃完了，瓦罐撤下去了，才想起来，忘记拍照秀美食了。

（二）

在家就听住昆明的同学介绍，到昆明，翠湖公园要去看看。

虽说已近傍晚，我们还是打车来到这个城中的公园。进园到处是翠绿，大片的荷叶，其中点点红花，一排桂花树，浓郁的清香，昆明的桂花比南京要早开两个月。一圈一圈的人群，看着自发的歌舞表演，有唱有跳，舞者身着鲜艳的民族服装，乐队阵容强大，甚至有架子鼓。据说，白天的演出更精彩！不要票，是昆明老百姓自娱自乐的好场所，和南京玄武湖差不多。自由行嘛，不就是体验一下当地人的普通生活！

（三）

带孩子到昆明，民族村就是必须去的地方了。西山脚下，滇池之滨，汇集了云南26个少数民族的村寨，展示了各民族的建筑、服饰、文化和习俗，每天都有歌舞和各种表演。一个下午，我们走了十几个村寨，看了基诺拉祜寨，彝族，景颇寨，以及傈僳族小伙子爬刀杆的表演，大开眼界。还看了大象表演，小朋友们特别开心。表演的最后，游客们纷纷走进广场，和少数民族的小伙子和漂亮的姑娘们围上圈子，跳起舞来，体现出全国各民族的融洽和团结，真是快乐的天堂。

（四）

西山滇池，我还是十几年前去过的，印象很深，今日再次登临，还是颇为震撼。

这次是坐索道过湖上山的，到了龙门石窟的大门，又坐吊椅式的索道到山顶（总共95元），然后顺着悬崖边的石梯，返程观景。天气不太晴朗，滇池云雾腾腾，倍觉浩瀚。到了天台，探头栏外，数百米的悬崖，险峻无比。古人的此工程何其伟大噢！参观时每人配了一套电子介绍仪器，打开后是轻音乐，到一景点，自动开始介绍，真是不错！到出口交还即可，不收费。下山后，看到一个稻草编的聂耳像，是为聂耳墓宣传用的。想起出生在昆明、才华横溢的聂耳23岁在日本游水溺亡，不禁唏嘘。沿途还看到用稻草编的各种历史人物和卡通人物，这倒是昆明景点的又一特别之处。

（五）

南京酷热之时，恰是昆明阵雨凉爽之日。雨中我们游览了九乡溶洞景观。“不游九乡，枉来云南”。九乡距昆明90公里，离石林34公里，以溶洞景观为主体，拥有大小百座溶洞，号称国内规模最大、数量最多、景观最奇特的洞穴群落体系。目前开放的四个大溶洞分别是白象、仙女、卧龙和蝙蝠洞，各有特色。最大的雄狮厅，可以容纳万人。洞中有洞，洞中有瀑布，恰逢大雨，洞内的流水汹涌澎湃，瀑布声震慑人心！其路线设计也很科学，基本不走回头路。坐电梯入洞，参观完了，坐缆车返还。

（六）

昆明也有烤鸭，你听说过吗？从九乡景区出来，驱车半个小时，我们来到宜良烤鸭城。宜良是昆明的一个县，烤鸭是当地一道特色菜。我们来到的这家店，店头上写着“北有全聚德，南有兰老鸭”的大字，门口停满小车，时已下午二点，店内依然满座。还有个“排队等号处”，牛吧？朋友说，如是休息日，会排好长队。烤鸭上来了，脆酥香色，真的不亚于北京烤鸭噢。只是没有小饼，直接蘸甜酱吃。一盘只有40元，配一盆汽锅鸡，一盘蘑菇，一盘菠萝脆饼，好一顿云南美餐！

（七）

我们选择坐火车去大理，是文化旅游专列，12:10开，17:10到达。硬卧，睡个午觉，起来聊会天就快到了。没想到睡下铺的一对老夫妻，是昆明兵器298厂退休的老军工，和我这个机关的老军工越聊越亲切，直接要我到他大理下关的家里去吃饭。他是大理人，白族，退休回老家了。儿子在昆明，做普洱茶的，两边跑跑。看那幅齐齐整整的服装，猜想是个干部，果然，谈到后来，说自己是搞党委工作的，后来当了纪委书记。

我们的客栈是在南京定的，是个园林客栈，叫怡和居，院子里有些绿化，有一个石头小桥，环境还是不错的，离古城南门约一里地。标间280元，我们三人住的是两室一厅的套房，装饰得古色古香的。走出门来，抬头就可以看到云雾腾腾的苍山。

（八）

落下行装，稍事休息，直奔大理古城。

大理的头衔颇多，历史悠久，文化发达，唐朝宋代就是云南的政治经济文化中心，还是我国西南丝绸之路和茶马古道的枢纽。始建于公元779年，后毁于战争，重建于明洪武十五年（1382）。城墙高二丈四尺，砖表石里，周长6000米。城门远看十分雄伟，但走进南门，多处在维修，到处是工地，印象不佳。走入古城街区，人流如潮，街边各色商店，琳琅满目。外孙女拉着我手说：公公，和夫子庙一样！

更有热闹之处，是音乐酒吧街，嘈杂非凡，灯光闪烁，年轻人的世界。我用手机拍了多张照片，竟没有一张能用的。只是那酒吧街的中间，用不规则的青石筑成的一条溪流，从坡道上游潺潺而下，构成一道艺术的风景，弥补了我对酒吧街过于喧嚣的不良印象。

（九）

在客栈包了一辆小车，环洱海一日游（400元）。洱海是高原上的一个湖泊，海拔1972米，长40公里，最宽处9公里，因形状像个耳朵而得名。洱海水质优良，水产丰富，风光旖旎。我们沿环海西路，一路游经了崇圣三塔寺、海舌公园、喜洲古镇、双廊渔村，再经下关、洱海公园，转回大理古城，一圈约130公里。

三塔是大理的标记景点，后面重建了号称东南亚最大的佛都，但径深太大，走一半就累了。海舌公园是深入湖中一个小小半岛，脚下软绵绵的，有点沼泽味道。喜洲古镇上看到一个名为6301的流浪小乐队在表演，四五个二十岁左右的年轻人，唱得挺不错，游客纷纷捐钱，据说他们边演边玩。

双廊渔村是新开发的景点，不要太热火噢！临近海边，风景较佳，在南诏国风情的概念下，车流为患，人流熙攘。各类客栈在新建之中，小街上大车小车混行，小商小贩成排，怎一个乱字了得！

驾驶员是从玉溪一个央企辞职回来的，给我们说了不少当地的故事，带我们去一个渔家吃了一顿地道的渔家菜，这也是自由行的乐趣吧。

（十）

上午去天龙八部影视城，都是人工造的，觉得没有特别可介绍的。倒是在回来路上，走过大理当地的一个赶集地（逢农历初二，九，十六，二十三是赶集日），拍了一些照片。集市很大，粮食，蔬菜，水果，茶叶，烤烟，服装，农具，小吃……应有尽有，大多是身着民族服装的白族人。看到大量火把，预示火把节即将来临。买了一斤茶叶，叫苍山雪绿，说是当地最好的茶叶，120元一斤。走了好远了，突然想起来也没还一下价。女儿说，农民也不容易，总比景区东西便宜吧。吃了一碗当地豌豆凉粉，黄颜色的，味道还挺不错，5元一碗，比景区10元起价的任何小吃要便宜。最令我兴奋连连拍照的是，七八个年轻的学生和老师，在集市为老人理发，旁边的树上挂了一个条幅：“免费理发”。

（十一）

我们这次可是把古城大理逛熟了！四晚五天，因为住在南门边上，天天去吃饭，逛街，主要街道上留下我们反复的足迹。

大理古城有七百多年的历史，方圆12里，道路保持明清棋盘方格结构，九街十八巷，多为白族民居，古色古香。南门城头有郭沫若写的“大理”两字。街道人气最旺的，南北是复兴路，东西有红玉井、人民路和洋人街。酒吧最多的是红玉井，沿一条溪水，两边都是各式各样的酒吧，八点刚过，隆隆的音乐就震耳了！洋人街精华部分也就100多米，一家家中西餐馆、咖啡厅、工艺品商店，招牌大都是洋文，酒吧把座位搬到街上，一对对老外扶着酒杯，看着来往的中国游客发呆。最有人气的当数人民路，一公里长的街上，一个个小店摩肩接踵，吃的喝的玩的看的（书店），想要什么有什么。一家手绘T恤店的圆领衫上写着“没有老婆我很快乐”，来这里逛街的，大都持这种心情吧？

（十二）

“没吃过的都要尝尝”，女儿的理念给我很大启发。在昆明尝过当地的云南过桥米线，汽锅鸡，宜良的烤鸭后，大理五天，几乎吃过所有当地特色菜。红烧罗非鱼，青蒸弓鱼，砂锅洱海鱼，烤乳扇，茉莉花蛋饼，洱海泥鳅，苍山菌菇汤，大理黄焖鸡，香丝菜，树皮树花炒腊肉，水性杨花菜……实话说，也不是所有菜下次会再点。例如，水性杨花，就是洱海里的海菜，有点像我们的芹菜。考乳扇，是牛奶做的，也算小吃，饭桌上点了一盘，35元，也就吃了两片，味道不习惯。倒是在洱海农家吃的罗非鱼、洱海弓鱼，味道好极了。一种香丝菜，女儿特喜欢吃，点了两次。客栈里的早餐，是稀饭馒头或米线，我们一致选的米线。有朋友发信问大理攻略，包括吃饭价格，三人每顿三四个菜，平均150元左右，贵吗？

（十三）

想象中的苍山，好像是一座高山，实际上，苍山是由19座山峰组成的山脉，绵延数十公里，巍峨雄壮，与秀丽的洱海形成对照。海拔在3500米以上，最高的马龙峰4122米，山顶白雪皑皑，终年不化，被称为“苍山雪”。两个山峰之间，水流成溪，共18条溪水流向洱海。苍山的景点有洗马潭、清碧溪、七龙玉女、玉带路等，都要靠索道上去。最长的一条索道有5500米，是上主峰洗马潭的，号称中国最长索道。价格连山下的天龙八部影视城套票，要292元/人。我们选了从感通寺索道上山，80元，没有任何优惠。门票40元，但60岁以上的和学生，可以减半。下索道，再爬100多米的石阶（此段路比较险峻，气喘吁吁），就可以看到清碧溪和大峡谷了，还有一个巨大的棋盘，是借用金庸小说中的故事搞的人工景点。从山景的特色看，苍山不如黄山和其它一些山。山腰有条三米宽的玉带路，可以在各山峰之间行走，总长有18公里。也许年龄大了，又是高原（海拔3000米），感觉累，照了几张照片，就坐索道下山了。同行的一位中年人不无遗憾地说，就这点景啊？

（十四）

八日的自由行就要结束了，感谢诸位微友关注我的昆明大理行！感谢大家的点赞和评论！旅途中有朋友的关注感到非常温暖。

再谈几点体会：

1. 还是选淡季，人少时来。暑假人太多，再好的景人一多，就没心情了。如大理双廊，现在是热门景点，日均5万人，高速下来路口堵车十多里，客人在一公里外下车拖行李步行进镇。我们的感觉就是乱，开发过度了，管理服务跟不上。问客栈老板何时人少，答春节前后一个多月比较清淡。

2. 景点不求全，心情好就行。以前旅游，追求个“到此一游”，所有的景点都要跑到。现在的景区，景点太多，又大，又贵，只能选而择之了。为了孩子的兴趣，选了民族村和九乡。大理的蝴蝶泉没去，洱海的大船也没坐，因为朋友和当地人说，蝴蝶泉只有一汪水，没什么看的。大船上只顾卖茶叶了。包车环海一圈，虽然贵了一点，但自由，想停就停，想走就走，如同自驾游。带孩子到村落的海边，灌一瓶海水，捡两个贝壳，也有不少情趣。

3. 网上购票更便宜。苍山感通寺，缆车加门票120元，网购88元。因为有孩子，到门口去买学生票，结果缆车80元不优惠，门票半价20元，加起来100元，比网购成人票贵12元。还不如网购三张成人票。

4. 事先做足功课，玩得更尽兴。景点百度都可查询，当地人的介绍也很有价值。那天去影视城，驾驶员告诉说有集市，出来逛了半天，回家一看地图，就是有名的大理三月街！另外，带孩子出行，最好办个身份证，否则定了票，取票还要排大队的。

整理于2015年8月18日

北美四十天

2015年5月27日到7月6日，我和妻子先后在休斯敦、温哥华、多伦多、纽约、拉斯维加斯等十个城市探亲访友，玩水游山，体验观察，别样生活。用手机记了48篇日记。

1. 休斯敦

暴雨龙卷风狂虐德州，休斯敦人惊魂未定。手机上传来强暴雨袭击美国第四大城市的消息，市中心已成为泽国，我们差点赶上休斯敦的大水。不过女儿住的地区没被淹，只是听了一夜可怕的巨大雷雨声，他们都没好好睡觉！小车接我们过去的一路上还有许多积水和被大水淹过的痕迹。

2. 出租公寓

女儿家住在休斯敦一个专供出租的公寓房小区。有十几幢三层楼，木头板房。小区由公司经营，有健身房、室内篮球场、小型游泳池，物业管理很到位。据说，美国这种供出租的公寓房很普遍，较好地解决了买不起房子的人的居住问题。

3. 农贸市场

下午即去了附近的一个农贸市场（Ranch Market），超市性质，食品多是包装好的。价格（美元/磅）：香蕉0.49，草莓1.99，天津鸭梨0.99，韩国高新梨1.69。最后是简餐价格，4～7美元。应该不贵。

4. 小偷

晚上就让我们感觉了美国的治安问题：公寓小区一住户的车子晚上被人光顾了！好在在美国大家防范意识比较强，车里没有什么值钱的东西。小偷反倒是留下了一个打火机和装潢用的钉扳机。报警二小时后，一辆警车到达，全副武装的警察来看了看，最后的判断是车门没锁，有人进去睡了一觉。

5. 幼儿园

上午和家人去看了两个幼儿园。其中一个胖胖的黑人院长十分热情地给我们介绍了半小时。十来个房间一个个看过来。有十来个老师，没有中国人，几十个孩子也都是黑、白、棕色皮肤，没有黄色的。一个教室的十几个三岁左右的孩子（都是大眼睛，很漂亮的baby），在看电视。幼儿园的每个年龄段都有上课的要求，两岁就要学会26个字母！谁说西方孩子只玩不学习？和我们那个“不输在起跑线上”的口号如出一辙。750美元一个月，不含吃饭。另一个商业区的幼儿园则要950美元一个月。听说还有1000多的。这里不是华人区，没有看到中国孩子。但是黑人院长在分手时，用不太听得懂的中文说了一声：“谢谢！”

6. 公园

傍晚去休斯敦烈士纪念公园转转，说这是该市最大的公园了。沿公路两边都是草坪和树林，没有围墙。有高尔夫球场，不少爱好者在练习发球，有儿童乐园，还有一条长长的沙土路，很多老外在夕阳中跑步。

7. 大商场

周末去了休斯敦最大的商场，据说规模美国第四。横向长度有六七百米，里面有多个百货商店和专卖店，人气很旺，体现美国的繁华。高档的如金鹰，一件男外套要795美元，一双女鞋275美元。中档的mzcys，应该像新百中央吧，一件品牌T恤59美元。地下一层有餐馆，还有一个溜冰场，天下商场大差不差。十几个黑人青年在耐克专卖店门口排队等新款球鞋，据说要排一天，旁边有警察在执勤。

8. 宇航局

今天去了休斯敦东南郊的美国国家宇航局（NASA）控制中心和宇航展览馆。和巨大的宇航飞机合影时非常兴奋，深深为美国人的高科技和人类的发展而骄傲！展览馆里有很多实物，大屏幕的影片，98米高的火箭……很是令人震撼！控制室和各种宇航设备实验室也令人眼花缭乱。沿途都有介绍，只是听不懂。问服务台有没有Chinese的介绍耳机，答：no Chinese！

印象深刻的还有，在去控制中心的草坪上一二十棵树木，每棵树下立着一块精致的墓碑，刻着为宇航事业牺牲的宇航员的名字。观光车经过的时候，要停下来，讲解员用缓慢的语调，向他们表示哀悼。众心皆被感动！美国人的英雄观值得崇尚。

9. 唐人街

晚上去唐人街吃饭，据说休斯敦的唐人街是美国的唐人街中最整洁干净的，主要是没有那么多小商小铺。道路的命名很多都是中文，有好运路、吉顺路，还有个企业路。吃东西也不贵，有中国人，也有美国人，星期天晚上车位还不好找。一些店铺还很及时地挂出了“六一儿童节快乐”的横幅。

10. 飞机上

第二站是去加拿大的温哥华，从休斯敦向西北飞五小时。是美航的飞机，看不到中国人了。对于英语不行的我们也是考验。登机时有家人帮助，没有麻烦，托运行李要钱，付了25美元（中国目前不要钱）。机上填入关表，也是家人先做好的稿子。全程没有午餐，几个空姐都是大妈级的，但个个风韵犹存。饮料是免费的，有咖啡、橙汁，还有两种易拉罐，看不清是什么。恰好前面老美要了一罐，加冰块的。轮到我了。手一指：I like too！到手一看，是tomato juice！番茄汁，呵呵。

11.初到温哥华

在温哥华我们住在一个南京朋友家里，是个有品位的别墅。旁边就是著名的Deer Lake公园，是一个经雨污分流后雨水汇聚的湖，幽静而美丽。周边是各种树木和花草汇集的森林，一条木头栈道环绕蓝色的湖面，夕阳下，三三两两的老外在跑步或行走。草坪上十几只大雁在悠闲漫步。温哥华真是农村中的城市，城市中的花园！晚上，恰逢朋友生日，在一家日本海鲜餐馆，新老朋友欢聚一堂，不亦乐乎。我们代表家乡的父老乡亲，祝我们的朋友健康常在，幸福快乐！

12.伊丽莎白公园

今天去了海边的斯坦利公园，英吉利海湾公园和山顶的伊丽莎白女王公园。虽然已过了最美的花季，但大片的草坪，绿茵茵的森林，幽静的环境，加上蓝天大海，还是给我们留下极其深刻的印象！在伊丽莎白公园，一群身着庄重漂亮的礼服的高中毕业生正在山顶美丽的喷泉池旁摄影留念，据说这是温哥华的传统风景。温哥华真是个风景优美的花园城市，是个享受生活的好地方！

13.维多利亚岛

美丽的维多利亚岛，古老的省府大楼，著名的布查特花园。从温哥华开车过去，再坐两小时海轮。此花园是一对老夫妻在废旧的采石场上建造起来的，花了两代人几十年的时间，最后交给国家了。为加拿大留下一个美丽的遗产！特别特别特别漂亮！

14. 去班芙途中

加拿大西部奥根纳根湖，苏士威湖，坐落在温哥华去班芙国家森林公园的途中。虽是内陆湖，却像海湾一样宽阔。传说中的奥根纳根湖怪给游客增添了神秘感。晚上就宿在苏士威湖边的一个小镇上，在微微晚风中到湖边走走，感受到她的宁静和深远。饭后在镇上散步，拍了一张市政厅标牌的照片。有个巨大酒瓶标记的，是途中一家生产冰葡萄酒的酒庄。抿了一口冰葡萄酒，甜入心肺，味道美极了！

15. 滑雪场

坐大巴穿越落基山脉，目标是班芙小镇。落基山脉是北美的“脊梁”。纵贯加拿大和美国，全长4800公里。海拔2000—4000米，四处可见山顶的积雪和冰川。我们乘缆车登上世界最高的滑雪场，踏在雪冰块上，遥看雪山中间的路易斯湖，十分壮观！奇怪的是，山上气温并不低，一件外套足够了，但有很多冰块就是不化！我站在冰块上，挥手拍了好几张照片。

16. 班芙小镇

班芙小镇是班芙国家森林公园中的中心镇子，被控制在8000人左右。有一个太平洋铁路公司早期修建的温泉酒店，一百多年历史了，还是很壮观。街道上都是商店，游客多多。雪山的水流下来，有一段落差较大，形成一段汹涌的瀑布。进镇子时，路边一只野鹿，不慌不忙地踱步，似向旅游大巴的客人表示欢迎。

17. 路易斯湖

路易斯湖是班芙国家森林公园精华景点，在海拔2000多米的雪山下，是一个翡翠色的大湖。在雪山、蓝天、白云、青松和草地的映衬下显得优美宁静，恍若仙境。湖边建有一个古老的酒店，一楼是商场，供游客们参观和采购。

18. 冰川

哥伦比亚冰原是落基山脉第一大冰原，也是落基山旅游的最大特色！这个冰川有一公里宽，六公里长，最厚的冰层有400米。我们坐专门的冰雪车上冰原（轮子特别高大宽），顿时寒气逼人，幸亏准备了棉衣，得以多呆十分钟。冰水在不断融化，形成条条雪水河。在冰原上呆着，十分刺激！据说由于天气变化，每年向后退缩，一百六十年间已经推后了几百米！回来路上，有幸在森林的路边看到一只黑熊，驾驶员把大巴停下来，让大家拍照。黑熊是这里的保护动物，并不怕人，它抬起头，不慌不忙地看着我们，欣赏着它的风景。

19. 魁北克

魁北克是北美的古城，是法国人先发现和占领的，后来被英国人打败。但这里95%的人说法语，建筑是欧式的，漂亮且无一幢相同！天气很好，古堡的小街上，世界各地的游客如织。广场上的萨克斯手吹的是邓丽君的《甜蜜蜜》。艺术长廊上都是当地居民自己创作的画。恰逢周六，市里举办自行车比赛。在古堡里的道路上绕行，我们不时停下脚步，鼓掌加油。这里的生活真是丰富多彩！魁北克的汽车没有前车牌，后车牌上，用法文刻着：“永远不忘记”。旗杆上，飘着的多是他们的省旗。

20. 大瀑布

到加拿大多伦多，尼亚加拉大瀑布是必去的。大瀑布位于加拿大和美国交界的尼亚加拉河中段，有世界七大美景的美誉。它以宏伟的气势，浩瀚的水汽震撼世界各地游客。瀑布分美国和加拿大两大部分，美国段长约230米，加拿大段长约760米，是个马蹄形，水从悬崖上直冲而下，落差有60多米，水的轰鸣声在几公里之外就能听到！河中间一条彩虹桥连接美加两国。我这是第二次来看瀑布了，再次登船，在瀑布的水汽中遥望浩瀚的天上来水，依然是兴奋不已！

21. 渥太华

加拿大首都渥太华地处安大略省和魁北克省的交界处，英国女王精心选此地方为首府是为了照顾英法两个民族的感情融合。在国会大厦的前面，有一个水火相容的池子，象征着英法两国战后的团结。铁桥的两面分别是两省各自的文字了。我们还看了加拿大的战争博物馆和历史文明博物馆，但这个只有四百年历史，且没有什么重大战争的北美大国的博物馆，实在没有什么可以恭维的地方。

22. 千岛湖

加拿大也有个千岛湖，在多伦多去渥太华的中间，圣劳伦斯河与安大略湖的交接处，有大小1800多个岛屿，大的有数英里，小的只是一块礁石，多被私人购买了。千岛湖连接美国和加拿大，其中有一个岛有一座世界最短的跨境桥，四五米的桥连接了美加两个国家。还有一个岛上建了一个漂亮的城堡，非常漂亮。但我们路过的那天是个雨天，灰蒙蒙的天气，没有太多的震撼。

23. 多伦多大学

多伦多大学排名世界第十四，加拿大第一。大学坐落在市中心地带，没有围墙，周围很多花园，风景秀美。恰逢毕业典礼仪式，学校中心草坪上，穿正装和戴博士帽的学生在聚会拍照。看到一些中国学生和家长，有一家是南京的，一问住靖江花园，母亲是14所的！我们热烈祝贺她女儿硕士毕业，并为他们照了全家福。走出校园，看到一个挂听诊器的雕像，大家不约而同喊出声来：啊，白求恩！

24. 曼哈顿

从多伦多我们直飞纽约，我的老同学接我们住到他在皇后区的家里。第二天，我们去了曼哈顿，这个世界金融和商业的中心，世界500强的总部大都集中于此。在老同学的陪同下，我们坐公交，坐地铁，到此自由行，凭一张地铁图，游览了中央公园、第五大道（看到苹果公司大楼）、时代广场、百老汇街、唐人街、市政大厅、联邦法院、华尔街、大铜牛、911遗址和新世贸中心……大厦林立、人流如织、繁华热闹，无愧世界老大的风貌。这里的街道按数字排列，多少街，多少道，只要明确大小，就能知道怎么走，确实科学先进，值得我们新建的城市学习。

25. 地铁

在纽约，我们亲身体验了美国地铁的快捷和方便。纽约地铁始于1904年，有一百多年历史了。现有26条线路，460个站，1000公里运程。工作日一天运送500万人次。每次2.75美元，但可以任意乘坐，包括内部转线。买一张地铁卡就可以了，我们尝试了买卡和充值，很方便。交换线路的指示非常清楚，不懂英语的人也能很快看明白。而且换乘的线路很短，不像我们南京有的站要走好长的路。地铁内部，因时间长了，有些陈旧的感觉，但不少车厢已经更新换代，有了一站一站的数字显示。和我们不一样的是，他们每个车厢是独立的，互相不好走动。看到地铁里有拉手风琴的，车厢里有吹笛子的，要钱。看来这是世界性的问题？

26. 911遗址

我们专程去看了911遗址。在新耸立的两座世贸中心大厦旁边，有两个方方正正的大理石方坑，瀑布从大理石的坑壁哗哗流入坑内，坑内是一个小点的方坑，水流又流入进去。大坑边深色大理石的扶壁上，刻着3000多名遇难者的名字。不少名字上，还有悼念者插上的白花。进纪念馆参观的人群静静地排着长队，个个神色庄重。爱管天下事的美国政治家尽管有时令人讨厌，但911事件中遇难的数千无辜者令人痛惜！特别是冲进大楼救人，因大楼倒塌后牺牲的400多名消防战士，更令人难以忘怀！恐怖分子的罪行不容宽恕！

27. 机场故障

从纽约回休斯敦，在纽约的拉瓜迪机场，我们因飞机机械故障，停留了六个小时。下午二点，已经在登机口排队，看到机组人都上去了，却听到广播说飞机要维修，登机时间另行通知。两小时后每人发了一张晚餐券（7美元），并表示抱歉。后来没修好，换了一架飞机，到晚上八点半才重新登机。回到休斯敦已经是深夜了，非常疲倦。

感触比较深的是，在场的乘客，包括后来取消的一个航班的旅客，没有一个人喧哗争议，最多是耸耸肩，表现出无奈的神情，都在静静地等待。那个取消航班的旅客，安静地排起长长的队，等待安排住宿或改签其他航班。要么是他们经常遇到此类的事故，见怪不怪，要么，的确是素质比我们好许多！

28. Outlets

今天是父亲节，孩子们拖我们去了休斯敦最大的Outlets店，也就是品牌折扣店。美国人都喜欢逛这种店，因为是直销，平时就比大商场便宜，到了节假日，在平时基础上又有个六折七折的，难怪人满为患，有谁和钱过不去呢。什么Nike，A/Xcoach，Polo，鳄鱼……这里有吃的有玩的，一转就是一天。我在孩子的促弄下，也买了两件鳄鱼T恤，一件Adidas运动裤，每件也就二三百元人民币，不亦乐乎。

29. 到达赌城

短暂休息后，我们又应邀去亲戚所在的拉斯维加斯，对这个沙漠里的现代化赌城进行了一次深度游。飞行过程中，下面一片黄色，但临近时，有大片房屋了，据说这里已有200万人口。下飞机就觉得不一般，豪华的候机厅里，老虎机迎面而来！取行李要坐轨道交通车。机场内有一只巨大的兔子，不知什么寓意。属兔的我赶忙走上去，和神兔合影，想沾点财气！

30. 赌城夜景

晚饭后，家人驱车带我们去拉斯维加斯的市中心。室外温度是华氏102度，根据（102-32）除以9乘5的公式，是摄氏39度。但因为沙漠是干热，人的感觉还好。夜幕降临，赌城的风采尽展，六颜七色的灯光，华丽而又风格各异的hotel，熙熙攘攘的世界各地游客，构成赌城独特的繁华。尽管每个hotel都开设了赌场，但看夜景，看音乐瀑布，瀑布墙，室内大花园，金字塔，埃菲尔铁塔等特色建筑的游客更多。市里的小火车，旅馆的停车场，都是免费的，吸引游客滚滚而来。有谁会想到，过去这里是荒凉干燥，寸草不长的大沙漠呢？拉斯维加斯是美国人的奇迹哦。

31. 胡佛大坝

从拉斯维加斯驱车东南方向40公里，来到著名的美国胡佛大坝（Hoover Dam）和北美最大的人工湖米德湖（Lake Mead）。冒着华氏114度的沙漠高温（摄氏45度），我们登上了离大坝数百米远的高速公路人行桥，遥望了高220米，连接两座山之间的混凝土大坝的雄姿。胡佛大坝建于1931年，竣工于1935年，用主持建设的总统胡佛命名。是世界上著名的水利工程。建坝后形成的米德湖，景色优美，在灌溉农田和水力发电中起到重大作用，被誉为“沙漠之钻”。有意思的是，胡佛是共和党的总统，对建坝有很多反对意见的民主党上台后，把大坝改成了鲍德大坝。待共和党再次上台，又把名字改成了胡佛大坝。

32. 赌场大道

再次去赌场大道，首先看了欧洲风味的威尼斯大酒店。蓝蓝的室内天穹下，意大利着装的帅哥划着小船，哼着歌剧的咏叹调，一副悠闲自得的样子。三个音乐表演者在小舞台上，一个长笛，一个手风琴，一个吉他，看到我们走过来，欣然奏起我们的国歌！看我们给予微笑和掌声后，接着又来了一首《茉莉花》！在拉斯维加斯听到家乡的歌曲，好不亲切！很自觉地付出了掌声和美元。一路走下去，海盗船，新建的WYNN大酒店，都给我们新奇的感觉。拉斯维加斯用宏伟漂亮、风格各异的建筑和良好的服务，给世界各地的来客留下美好的印象。

33. 天街

晚上，我们跟着居住在拉斯维加斯的亲戚从威尼斯人酒店驱车20分钟，来到赌城北区的老区，热闹非凡的天街。足足有500多米长的街上，盖起拱形的圆顶，灯光和录影打上去，配上震耳欲聋的摇滚音乐。九点整，天街里一片欢腾！舞台上摇滚歌手激情演出，台下年轻人和着节拍扭动起来，有年轻黑人的街舞，有化妆成各类电影人物和比基尼女孩拉着行人照相，头顶还有几根钢索，时而有飞人从头顶掠过！街两边是赌场和廉价商场，还有很多吃喝的小摊。相对宏伟华丽的大赌场，这里是人们放松和欢乐的天堂，人们自娱自乐，互相娱乐！

建议去拉斯维加斯的同胞，也要去天街去看看，真的很热闹，很好玩！

34. 红石谷

拉斯维加斯的周边，还有一个红石谷（Red Rock

Canyon），一个春山（Spring Mountains），都是美国联邦政府自然保护区。红石谷的山体一部分是铁锈红的，据说是铁矿色，曾经是海洋。春山的海拔较高，绿树明显增多，冬天积雪，有一个滑雪场，是旅游区。旅游中心的旁边有一个撞坏的飞机螺旋桨，一架军用飞机曾在这里坠落，有14名士兵为此牺牲。因保密的缘故，当时没有公开，如今建了这么一个独特的纪念碑。

红石谷是收费的，收费服务员是个73岁的老人。旅游中心还有几个老人服务员，都是义工。据说，州政府鼓励老人做景点义工，做义工累计一点时间，可以安排免费旅游。这个政策我们倒是可以借鉴。

35.养老事业

这次深度游，我们还感受了拉斯维加斯养老业的发展。在城郊部开发了大量的养老小区，有的也叫太阳城小区，都是适合50岁以上老人住的平房（据说年轻人住不能超过三个月），价格不算贵，一套1600平方英尺的平房大约20多万美元。小区提供老人活动中心，有健身房、游泳池、棋牌室、图书室，还定期组织Party和旅游，包括物业费一月才60美元。附近的赌场还提供针对老人的优惠活动，免费咖啡，半价午餐，10美元的赌场券，还可以参加游戏抽奖活动。

当地政府和社区用种种优惠和良好服务，吸引美国各地的老人到这里买房，定居，养老。我们看到，亲戚家的小区旁边，又有大片在建房产。拉斯维加斯除了夏天，气候还是很好的，夏天呆在空调房里，也没有什么不适应的。应该是适合老人居住的地方！亲戚笑着问："你们是否考虑在这买一套房子啊？也就20多万美元。"

36. 排队

在北美呆了一个多月，转了大小十来个城市，住在亲戚家，朋友家，同学家，也算深度游了，除了景色外，也有些其他方面的见闻，例如说排队。在机场，在商场，在饭店，在地铁和公交站，到处也可见排队的地方。和我们国内不太一样的是，这里的人排队都会自觉保持一定的距离，缓缓跟进，不急不忙，绝不会紧贴着前面的人。据说，在办理其他有关事项的过程中，也是绝对按先来后到的规则办理的，不需求人和不容许"压队"。体现出的就是一种社会管理有序，人人平等，有礼貌的，互相谦让的感觉。对比一下，我们就是有点急，凡事总要抢先，排队也是一种等不及的感觉，会一味向前挤。凡事也总是急功近利。也许当年毛主席的那句"一万年太久，只争朝夕"对我们影响太深？延伸到我们的政治生活，经济建设，社会心态，处处有"急功近利"的影响。排队，是人类生活中有次序，有文明表现，相信我们国人的文明程度和心态会一天天好起来。

37. 开车

在美国和加拿大出门就要开车，我在国内也天天开车，有何不一样呢？

一是他们不敢轻易变道，不仅高速上，城里也按道走。因为变道是事故的高发因素。高速上车速快，只有画虚线的地方才可以变。一次大雨，亲戚开车看不清地面划线，就一直不敢变道。要我早就拐过去了。

二是到交叉口，必须stop，不管有没有红绿灯。以前是听说的，来后实际感受了，他们每个人都养成了习惯。没有红绿灯的，先到的先走，一边走一辆。这个习惯对行车安全很有必要！

三是次道让主道。主道车速快，次道的车必须等主道车走完才进主道。我坐前座时，发现有次道车想进主道，看我们车没减速，十分紧张，朋友说不用害怕，他们不会进的！果然如此。

另外停车场都有残疾人车位，有的超市门口还有带儿童来的专门车位。残疾人车位的标牌上写明，如果无证占了车位，罚250—1000美元。

老美还是有很多值得我们学习的地方啊！

38. 姚餐厅

休斯敦火箭队，姚明，多么美好的记忆！姚明回国了，姚餐厅却留在了休斯敦。外孙女过生日，孩子们选到这里。店内面积很大，装潢精致，可惜人气不旺。菜式中国菜为主，也有美国菜。我们吃了一只北京烤鸭，味道还是很地道的，只是只有包煎饼这一吃，把鸭架带回家烧汤去。我问壮壮的老美服务员：Is姚明here boss？答：No，no. 再问：姚明come here？老兄很得意地答：sometimes！

39. 超市

美国的超市很多，而且有专门的中国超市，多是早期来美国的香港和台湾人办的。周末为了买榨菜和香干，我们去了这个叫“百佳”的中国超市。超市很大，以副食品为主，肉类，水产，蔬菜，面食，水果，应有尽有，多是洗净包装好的。蔬菜、面食的品种比我们超市还多，例如有各种包装好的饺皮、馄饨皮，面条不仅有国内的，还有日本和韩国的，体现了国际化。还看到了冥币。我们想吃的中国特色食品，一个个都找到了！价格相对美国人收入来说，应该是比较便宜的，拿了几十袋半车子的食品，结账时不过六七十美元。看来，中国人在国外的生存能力超强啊！

40. 团友们

北美四十天，跟过两个团。一个是美亚旅行社的加拿大班芙国家公园四日游。一辆大巴，五十个人，组成一个大家庭，不仅看景，也见识各国各地的朋友（主要是华人），拼桌吃饭是交流的好机会。最多的是香港来的十几个人，比较熟悉，叽叽喳喳，闹声不断。

一位黑人和黄种人妻子坐在第一排，吃自助餐时恰好安排我坐那黑人对面，我一上来还不太愿意，吃饭时主动搭讪一句：do you like chineses food？谁知他立即用流利中文和我交谈起来，说在中国呆了五年，在北京和浙大教书，来过南京，现在在多伦多一个大学教环境化学，这次到温哥华开会，把夫人和岳父母一起带出来玩玩。

北京一家三口坐我们前面，女儿在蒙特利尔读大学，毕业典礼请父母一起到加拿大看看。广东一家四口，则是儿子在温哥华工作，父母一起来玩玩。广东男孩到底成熟多了，说自己正在创业，而那个北京女孩显然不出趟，父母还要处处照顾她。我说将来工作怎么说。母亲回答，准备回国了！

太原一对85岁的老夫妻由女儿和孙女陪同来加拿大，穿得比较土气，看上去倒像老干部，但身体很硬朗，真叫我们佩服！女儿说，他们兄妹几个，每年一家轮流陪老人家出来走走，令我们肃然起敬。

还有个台湾老婆婆，由女儿陪同，出来转转，她每天晚上不吃晚饭，坚持了二十年了！晚饭时就要个饭盒，带些菜回旅馆，早晨吃。问我们南京有什么好吃的。我顺口说盐水鸭、板鸭。老婆婆说，板鸭不好吃，一次人家送她的板鸭，生虫了。我说，不会吧！心里有点郁闷。她还客气地邀请我们去台南玩，说台南比台北好。

41. 自助洗车

今天去洗车，见识了一下美国的自助洗车场。面积很大，有十几个洗车和吸尘的车位，没看到管理人员，是投币后自己洗的。洗车要投1.25美元，冲洗四分钟，然后涂清洗液，再冲干净。然后去另个车位，投币一元，吸尘，也是四分钟。时间不够再投币。我们洗了一辆车，共5美元。但全部要自己动手，包括最后用毛巾擦干。好在也是一种运动，特别是用喷枪冲时，有很大的快感！

42. 墨西哥湾

7月4日是美国国庆节，连双休放假三天，孩子们带我们去海边看看。休斯敦临近墨西哥湾，有好长的岸线，不过海滩上拍过来的海水有点浑浊，是不是与英国钻井油台事故有关不可得知。（网上最新消息，英国石油公司答应赔偿187亿美元。）望远看去，应该连接大西洋了，浩浩荡荡，海水就是蓝色的了！

海边宾馆里度假的美国人在漂流，打沙滩排球。海边有情侣着三点式晒太阳，还见到一个胖人俱乐部的活动，一个比一个巨大，但活动也很灵活。也是一道风景！

43. 华人活动中心

7月4号是美国国庆节，街上，路口都插上美国国旗。老百姓都放假了。女儿女婿安排去吃广东早茶，却是越南人开的。偌大的一个餐厅，生意不要太好噢！五六十张桌子，几乎爆满。然后来到附近华人区的一个活动中心。华人区还是很大的，范围有十来个街区，世纪广场，百利大道，餐饮，公司，医生，律师，都是中国字的标记。这个活动中心在偏一些的街区，里面有十几个房间，有美术学院，提琴学校，曲艺社，合唱团，夕阳红俱乐部，看到四五个孩子在一个大大的画室里学油画，听到音乐教室里传来小提琴的练琴声。门口大厅里，是几个送孩子来上课的家长，有年轻的妈妈，也有上年纪的爷爷公公。仿佛回到了国内。

临出门时，看到一个通知，7月5号，全天，乒乓球比赛。妻子说，你明天来看看啊？

44. 一些可借鉴的地方

在美国加拿大呆了一个多月，觉得他们在社会管理和商业模式中有不少科学、人性化的细节值得我们学习，这里略举二三。

超市中有个收集零钱的机器，把各类硬币投入后，可以打印个收据给你，用于结账付款！想到我们每家谁没有大把硬币？如果用此方法，不仅可以把各家的零钱都用了，还可以为国家回收大量金属资源？（一分二分五分硬币市场已经不流通啦。）不知我们国家是否有生产这种机器的厂家。我觉得有市场前景。超市里还有自动付款机，就是货物少时，自己称重量，自己付款。那个放各种杂粮的玻璃漏斗瓶也很方便，一按开关，黄豆小米就落下来，进入你放好的袋子了！破骨头有电锯，不用人工拿大刀砍。

我们住的几处房屋，共同特点是壁橱多。卧室有，厨房有，卫生间，凉台都有！壁橱比家具容量更大，利于出租，实际上也方便生活！我们的房地产商不能得到一些启发吗？

还有自助洗车场，停车的残疾人车位，（我亲历过公交车停下，为残疾人车开动特种车门。）公共场所的狗粪垃圾桶。我还看到一个公园里的饮水机有三个水源，大人、儿童和一个矮矮的给狗喝水的。人性化的设计处处可见！

中国，要好好加油哦！

45. 治安忧患

美国也不是天堂，要说不如我们的地方，就是治安和安全的顾虑。平时开车出去，停车时主人总是提醒我们把包带走，车里有货，吃饭时也要停个可以看到的地方。在一个超市，我们亲眼看到一辆车窗玻璃被砸坏的小车。一天晚上，我们小区一辆车子就被“客人”光顾了，拿走了车内的零钱。说经常有人会一辆辆拉车门，顺手牵羊。还听说一个开鞋店的，被两个黑人小伙子，夜里敲碎玻璃门，盗走不少名贵球鞋。在美期间，休斯敦还发生过枪击案。十字路口，经常看到有人（黑人为多）举个牌子要钱，多是中年人，身体好好的。朋友们都不开窗，并提醒我们不要拍照，不要搭理和惹怒他们。一次在超市付款，我抢在女儿前面，拿出皮包，从里面抽出两张百元票子，说“我来付”，吓得女儿一把我拉到旁边，说：“你怎么敢拿大票子公开晃啊？”说没几个美国人敢这么做的，怕有人抢。他们几块钱买个汉堡也都是刷卡。

46. 垃圾袋

还有一件小事一吐为快。每家一个垃圾桶，里面一个垃圾袋，每周三次收垃圾。不同点在，每个垃圾袋是可以收口的，像短裤一样，垃圾袋口有一圈红色塑料带，抽出来是根塑料绳，一系，就封口了！想想我们那个小区，也不算低档了，垃圾大袋小袋全是开口的。也真是难为清洁工了！我们有那么多高技术产品和人才，垃圾袋加个系绳应该不难解决吧？小小垃圾袋，环保大意识。

47. 尾记

北美四十天，十个城市。探亲访友，玩水游山，体验观察，别样生活。过完平淡的美国独立战争纪念日，今天打点行装，准备返程了！

昨晚听到外面的鞭炮声，孩子们回来说，是放烟花的，不过很少，还没有自己在国内放得多呢。我们不看美国电视，感受不到他们国庆的热闹，只是中文报纸上看到前几天同性恋法律通过后大游行的报道。

“好山好水好寂寞”，有人会这样形容到美国探亲的中国老人。妻子要帮忙带孩子，有时还要做饭，当然不寂寞。我是吃喝玩乐加写“北美见闻”，也算不太寂寞。看到写的豆腐块文章，有大把朋友点评特别开心！（48篇，一万多字，400张照片。）在此表示深深感谢！

但是准备归去了，心里还是非常高兴的！外国再好，也不是我久留之地。我是中国人，我的亲朋好友大多数在中国，朋友圈也是中国人多多。中国再穷，再落后，再有多多的不如意之处，也毕竟是生我养我的地方。何况，中国这几十年也在进步，在改善，还需要包括我在内的中国人的努力。

一个奇特的想法愈来愈成熟：人类的大同绝不会靠战争来实现，而应该是在和平竞争中各种社会制度的取长补短，合二而一。

写于去休斯敦机场的前夕

2015年7月5日

欧洲行笔记

一、出发

如果说，七夕节从南京出发，飞行9000多公里去法兰克福与在德国的三位中学同学聚会是一个巧合，那么与机场来欢迎的王民同学的热情拥抱就是实实在在五十年同学情的体现了！这是南外初二德班同学精心策划并实施的一次德国深度休闲度假游，圆了大家五十年来一直心心念念的德国梦。沿着美丽的莱茵河，在德国要跑七八个城市，深入感受发达的德国的文化和历史，实现当年德语学习的美好夙愿。同时，我们还将穿过奥地利，探访瑞士和捷克，最后来到巴黎，度过这团聚、休闲，时而发呆的美好的十六天。

因为时差，当地时间凌晨一点就醒了（北京时间是早晨七点），在法兰克福的一个四星酒店里，记下来到德国的第一篇笔记。

二、法兰克福

秋高气爽，罗马堡广场中心，法兰克福市的市政厅前，正义女神雕像，一手举着一杆秤，一手持剑，以示公平和正义。60万人口的法兰克福不仅是欧洲的交通枢纽，也是欧洲乃至世界的金融中心。帝国大教堂高耸入云，是罗马帝国国王加冕圣地之一。我们还去看了德国古典诗人歌德的故居，二战中这里曾遭战火破坏，1951年重新修复至18世纪原貌。参观券7欧元，故居中有他的名作《浮士德》和《少年维特的烦恼》初稿。美因河的大桥上，有中年手风琴手在演奏，问其会不会中国歌曲。答：不会。街边的酒吧席位空空荡荡，说下午晚上就有人来喝啤酒咖啡了。

三、科布伦兹

下午从法兰克福驱车135公里，到达美丽的科布伦兹市，这里有著名的“德国之角”，即摩泽尔河和莱茵河的交汇口，有一座历史悠久和宏伟的威廉大帝的雕像，周边还有不少古代的建筑。天气晴朗，白云朵朵，凉风习习，爽人心肺。休闲地漫步在河边以及街区，在广场边的露天酒吧坐了下来，德国同学给每人点上一瓶黑啤，有滋有味地品着酒，回忆着学校的往事，大胆地开着玩笑，其乐融融！看看我们的全家福，是不是满满的幸福感？

四、莱茵河

五十年的梦想终于在一个阳光明媚的秋天实现！我们德班的同学相聚来到美丽的莱茵河上。这是德国的父亲河，全长1320公里，是一条充满柔情的河流，河面宽阔而平静，两岸山岗青翠葱茏，一座座古老巍峨的城堡依山而建，美丽古雅。当年我们的课文中就学过一个“罗雷莱”的传说，诗人海涅为此写了一首叙事长诗，使莱茵河添了几分神秘的色彩。

五、波恩

没想到前西德首都波恩只有30万人，历史悠久并是欧洲有名的大学城，全城大学生有三万余人，有20个博物馆！

我们初二德班七个同学在著名的波恩大学主楼前合影。波恩的市政厅前的集市广场已有九百年的历史，水果蔬菜琳琅满目。贝多芬的故居就在广场边的一条街上，房屋已经破旧，据说是十二个居民出资买了下来，建立了贝多芬博物馆，里面陈列着他当时用过的钢琴和乐器，以及创作手稿。同学们一个个在这位伟大的音乐家雕像前留影。室内不许摄影，参观券是6欧元/人。

六、科隆大教堂

早闻科隆大教堂是仅次于梵蒂冈教皇所在地的欧洲第二大教堂，走进一看，还是十分震撼！双塔高157米，有无数大小塔峰的古老建筑显示出欧洲人的才华。据说该建筑先后建设六百余年，至今有七百年了。下着小雨，更显出大教堂的肃穆庄重。看到旁边大铁桥的铁栏杆上，密密麻麻拴着的“同心锁”。几个同学争论起来，是中国传过去的，还是我们向他们学的？不过不管谁在前，爱情是全人类的共同主题噢。

七、汉诺威

从科隆向北300公里，来到下萨克森州首府汉诺威，德国北部水陆交通枢纽，工业城市，展会城市，大众汽车总部设在这里。我们在细雨中游览了占地50公顷的海恩豪森皇家花园、豪华高大的市政厅、没有大门的火车站，在步行街的百货商场购物。

八、波茨坦

波茨坦是柏林边上的一个小城市，30万人口，因为二战后的1945年《波茨坦公告》而闻名。今天我们游览了世界文化遗产——无忧宫，这是1745年普鲁士国王修建的皇家花园，颇为壮观。天气晴朗，白云朵朵，我们几个外语学校老同学在大风车下的露天酒吧端着啤酒杯坐了三个小时，微风轻轻吹着，你说有多写意？还给在德国的老同学照了一张怀旧的黑白照片，是不是令人浮想联翩？

九、柏林

五十年的梦想，终于来到了柏林。这个德国第一大城市，有七百五十年历史，其建筑多姿多彩，蔚为壮观。沿着著名的菩提树下大道，我们看到了古典和后现代风格融合的国会大厦，红色砖墙的市政大厦，宏伟的柏林大教堂和凯旋柱碑，感受到日耳曼民族的聪明与伟大。我们还怀着探索的心情，穿过了勃兰登堡大门和柏林墙的遗址，他们是东西柏林分裂的历史见证。在柏林墙的遗址画廊中，一张两位政治家的亲吻照片特别醒目（前苏联和东德领导人）。最后我们来到马恩雕像跟前，在我们信仰的崇敬的老祖宗面前合影留念。

柏林真是个令人感慨和思考的地方！

十、德累斯顿

德累斯顿是德国东部具有文艺复兴风格的一座城市，古老的皇家广场古朴沧桑。战后重新恢复的大教堂用上了许多当年被炸塌时的旧墙砖，一幅长达一百零二公尺的瓷砖画嵌在皇宫的外墙上，至今已有二百多年历史，瓷砖画的第一幅画至最后一幅画讲述着奥古斯特皇家近七百年的历史，一幅幅画一场场景，一段段历史，无声地向你叙述。习习的凉风，静静的易北河缓缓流去，雄伟的歌剧院，欧式风格的艺术学院，庄严的大教堂，充分体现了这座美丽城市的文化底蕴。广场中心有一块标记着“N”的地砖，传说是当年拿破仑站立演讲的地方，我也去站了一会，呵呵！

十一、布拉格

从德累斯顿向南170公里，我们来到了美丽的捷克首都布拉格。

早闻布拉格是个非常美丽的城市，亲临其境，名不虚传！

伏尔塔瓦河穿城而过，将布拉格分为东西两部分，西部城堡高耸为行政办公区，东部的老街区为商贸区。一座古老的查理大桥把新区老区紧密相连。徜徉在伏尔塔瓦河畔，抬眼四望，千姿百态的各式建筑令人目不暇接，美不胜收，宛似欧式建筑展览馆。听导游介绍，布拉格是欧洲唯一一座没遭受战火摧残破坏的城市，无论第一次世界大战还是第二次世界大战，只要战火逼近布拉格，城市领导者就宣布投降，唯一目的保证城市不受战火摧残，民众不受磨难！也许对小国来说也是一种睿智？著名的布拉格广场上，有一座天文钟，也是布拉格的象征。桥面和广场上，人流熙熙攘攘，集中各色肤色和着装的旅游者，堪比我们的夫子庙！

临近傍晚，我们去看了著名的查理大桥。此桥已有七百多年历史，至今完好如初。桥上游人如织，风情万种。高高的雕像是查理四世，他在1357年创建了欧洲的第一所大学，对欧洲发展贡献大大。

在布拉格城堡后面有一个幽静典雅的“黄金巷”，我无意在一个小店里买到一本中文版的《布拉格—金色之城》，售货员给我盖了枚印章，回来仔细一看，原来这个小店是捷克著名作家弗兰兹•卡夫卡的故居，他在这间小屋里写下了《乡村医生》等多篇作品。

好难忘的布拉格之行！

十二、慕尼黑

从捷克的CK小镇驱车350公里，我们又回到德国巴伐利亚州府，德国南部最大的城市慕尼黑。慕尼黑是一个有八百年历史的文化古城，有众多的博物馆，也是德国重要的工业城市。我们参观了宝马公司的新旧车展览馆，远眺了奥林匹克运动场，看了各式建筑的老市政厅，穿过热闹非凡的皇家啤酒馆。充分感受了这颗“欧洲灿烂的明珠”，“百万人口超级村庄”的风采！可惜没有时间去看看“拜仁慕尼黑”的主场，我和几个南外同学都是“拜仁”的球迷噢！

十三、国王湖

我们在蒙蒙细雨中向奥地利进军，进入山区后，风景渐变：两边群山列队，层峦叠嶂，白云在山间缭绕，时见红顶的乡间小屋点缀其间。国王湖是德国和奥地利边境上的一个狭长的湖泊，在巴伐利亚南部的群山环绕之中，由阿尔卑斯山上的雪水汇聚而成。湖水清澈，水平如镜，四面环山，山势险要。乘船在湖上漫游，犹如天上人间。船行至峭壁前面，关掉发动机，帅气的德国船员面对山壁吹起圆号，回音缭绕，别是一番风味！五十年前的老同学在湖畔餐厅品尝了奥地利的鱼餐后，兴高采烈地留下合影。

十四、萨尔茨堡与莫扎特

萨尔茨堡是奥地利第四大城市，人口二十余万，是奥地利历史最悠久的城市。萨尔茨河从城中穿过，把城市分为新旧两个区域，老城教堂众多，建筑各异，和阿尔卑斯山的绮丽风光交相呼应，很早以前就评为世界文化遗产。萨尔茨堡的出名还在于她是天才音乐家莫扎特的出生地和居住地方。拥有600多不朽作品的莫扎特36岁的生涯，有一半以上是在这个美丽的城市度过的。莫扎特广场，莫扎特出生地，莫扎特旧居，莫扎特雕像，游人络绎不绝，一位艺术家在广场雕像前的演奏吸引了不少游客。据说，每年莫扎特音乐会，全球音乐爱好者和粉丝会齐聚萨尔茨堡，热闹非凡。我给正在学习小提琴的外孙女买了一个小提琴模型，可以播放8首莫扎特的名曲，希望她从小接受音乐大师的熏陶。

十五、哈尔施塔特小镇

奥地利的山地占国土70%，阿尔卑斯山贯穿其西部和南部，森林覆盖率达47%。其间有很多漂亮的小镇。今天大巴车把我们带入了闻名世界的萨尔茨卡默古特湖区，在迷人的哈尔施塔特小镇度过难忘的半天。依山而建的各式木屋，宽阔而平静的蓝色湖面，山间白云缭绕，白天鹅和野鸭在湖边嬉戏觅食，我还拍到了两只吃草的小山羊，环境极其优美，无愧于世界自然风景遗产的称号！我们坐在湖边观景，看着老外在这休闲晒太阳，下露天国际象棋，用快艇牵引滑水冲浪……发呆的我们同样享受着人间仙境带来的愉悦。

十六、苏黎世

中午还在奥地利因斯布鲁克的街区转悠购物，傍晚已到瑞士的苏黎世。冒着蒙蒙细雨，漫步在利马特河两岸，穿行于鹅卵石铺就的老城区街巷，来到著名的班霍夫大道。苏黎世是瑞士的首府，是欧洲和世界的金融中心，是世界上最富裕的地区，人均收入居世界前列。听说苏黎世火车站是欧洲最美的火车站，因时间关系这次是来不及看了，更听说火车站购物街长达1.4公里，热闹非凡，只能遗憾了。

十七、铁力士雪山

采纳大家的提议，今天从苏黎世直奔铁力士雪山，感受了阿尔卑斯山的全景。铁力士山海拔3040米，有永恒的冬季奇景。我们坐缆车而上，分为三段，从绿草茵茵，牛铃声声的山麓，节节攀升，最后达到白雪皑皑，雾气蒙蒙的山峰。最后一段坐的是世界首架旋转缆车，一次可以载60多人，在五分钟的行程中，缆车车厢正好旋转360度，无死角地欣赏裸露的岩石断崖，冰川裂缝和海浪般铺陈开去的山峰。山顶是一座五层楼的建筑，有电梯送到楼顶的观景平台，室外温度在零度左右，山坡上满满的积雪，游客兴奋地在雪坡上攀登，撒野，拍照，有人脱了外套，光着膀子和雪地亲密接吻。晴天，山顶上一会云雾弥漫，一会露出层层山峦，十分壮观！此时此地，许多同学忘乎自己的年龄，和年轻人一样在山上撒欢。

十八、琉森

从铁力士雪山下来，驱车四十分钟，我们来到了著名的琉森市。雨后的琉森，充分给我们展现了瑞士的大气美丽。这里有鲜花簇拥的卡佩尔廊桥，有雕刻精细、体现瑞士人忠诚顽强的“垂死的狮子”雕像，还有各式漂亮的历史建筑，与美丽的自然景观交相辉映。时值星期天，只有钟表店和瑞士军刀店开门迎客，大批的世界各地游客在街上观赏和购物。劳力士、欧美加等名牌表店，走进走出一批批中国游客，展示了超强的购买能力。服务员不少都是中国人，流利的华语促进了交易进行。我也搞不清，中国人怎么这么有钱，这几万到几十万的一只手表，说买就买！我坐在湖边靠椅上，望着碧绿的湖水和远山白云，悠闲地和同学聊了半天，也很快乐。

十九、巴黎（一）

午后我们的大巴开进了巴黎市中心，导游惊讶今天路上没堵车。说可能巴黎人休假还没回来。巴黎是法国政治经济和文化中心，法国人的浪漫在巴黎体现得淋漓尽致。漂亮的时装，醇香的美酒，古雅的建筑，美丽的田园，给来访者留下深刻的印象。我们去看了著名的巴黎圣母院，重温了雨果小说的一个个细节；我们登上了56层的蒙帕纳斯大厦，俯瞰整个巴黎的景色；城市巨大，但灰色一片，似乎不如南京。我们还乘坐游船，沿美丽的塞纳河观赏了埃菲尔铁塔、卢浮宫、协和广场等著名景点。尽管有多次社会治安不良的报道，尽管导游反复提醒大家提高警惕，景区的游客依然熙熙攘攘，中餐厅的就餐宛如打仗。总的感觉，巴黎比其他四国乱，旅馆里房间的上网要9个欧元，早餐的食品也远远没有德国丰盛。只是高速公路是否因为收费，上洗手间免费。而在德国，休息站的洗手间要收费0.5欧元。

二十、巴黎（二）

32度的蓝天下，我们来到法国人引以骄傲的戴高乐广场的凯旋门，这是拿破仑为纪念自己的战功而建造的，雄伟壮观。广场上的方尖碑高高耸立，刺向蓝天。接着我们驱车来到著名的凡尔赛宫，这是法国帝王的行宫，建于十六世纪，规模宏大，内部设施和装潢更富有艺术魅力，处处金碧辉煌，豪华非凡！是世界文化遗产的重点文物。其建造者路易十四大帝，5岁登基，77岁逝世，在位七十二年，是世界上最长时间的统治者了！法国在他的带领下走向辉煌。但是随着路易十五的衰败，路易十六被革命送上了断头台，这段历史给人深深的感慨！

下午，我们和众多的游客一样，来到市中心的老佛爷百货商场，在人挤人的大超市里购物，人看人。巴黎的繁华略见一斑。

记于2016年8月10日至24日欧洲五国游的途中

后记

2018年的10月7日晚，校对完最后一篇游记，我的心终于放松下来，书稿成型了。一共105篇文章，22万字。其中有七十年代末的四篇小说，是年轻时梦想的痕迹。另有90篇，大多是2015年11月以来的作品，其中各类报纸杂志发表的80多篇，这是64岁以后“圆梦”的作为。

坚持梦想，丰富阅历，贵人相助，是成就这本集子的三个支柱。在印刷机械厂电工班油拉拉的写字台上写下了“人物谱”的第一篇文章，一首“不信人生行万里，非得名府高船中”的诗句，激励着自己四十年的学习和奋斗。18本人物谱、15万字的练笔，南师大夜大学和南京大学的学习，不仅为后来的企业管理和机关工作奠定了基础，也为后来的文学创作提供了极大的帮助。

这里要重点说的是，在我退休后重圆“作家梦”过程中贵人的相助。用2015年11月发表的《兰花》作为这本书的“头条”，一是因为这是我退休后重拾文学爱好发表的第一篇文章，二是因为我非常喜欢这篇微小说的立意。文章的最后一段话是：“云端之上，俯瞰窗外的万家灯火，我心里涌上一阵暖流：滴水之恩当涌泉相报，兰花之举，弘扬了浓浓的感恩之情！我在想，我是否也应该排一下六十多年来，曾经抚养、教育、帮助过我的贵人呢？”

一个人的成长和成功离不开贵人相助。在我实现作家梦的过程中，南师大夜大同学的建群和同学们的激励是一个起点，应该感谢群主祁柏，以及王晓阳、陆蔚东、王增陵等同学，鼓励我写作，帮助我联系报社编辑，督促我做出书计划和提供各种支持。在写作投稿的过程中，我得到了扬子晚报、南京日报、金陵晚报副刊编辑邹小娟、顾红梅、蒋海燕、储笑抒、王峰、王雪梅等老师的关心和指导，一度时期，写一篇发一篇，一个月能发四五篇，提升了我的信心，促进了我写作水平的提高。

整理书稿的时候，我又遇到了一位贵人——《雨花》资深编辑、省作协的原办公室副主任姚忠瑞老师。1977年，我的代表作《龙腾虎跃》就是在姚老师手上发的，四十年后，又是他帮我策划了全书的规划，并挑灯夜战，帮我完成了全书电子版的集成，还为我写了四千多字的序。南师大新闻与传播学院的顾永林书记过去是学校的校友处处长，对我们南师大夜大同学十分熟悉和欣赏，他仔细读完了我的书稿，做了全面和中肯的评价，给予我很大的鼓励。“南京百纳艺术设计中心”的姜文国总经理亲自为这本书做了精美的装帧设计。

在此，谨向给予《老团长与新房客——韩今文学作品集》一书出版支持和帮助的贵人表示深深的谢意！

此书的写作出版过程，还得到了妻子、女儿和“金银铜铁锡”（弟妹）等家人的大力支持。我的梦想也就是我们全家的梦想，在养老院的老母亲、九泉之下的老父亲，也会感到欣慰的！老父亲生前一再教育我们：“积财千万，无过读书。”我会把这本书带到老父亲的墓前，告诉他老人家，你的这份遗产，我们传承下来了！

改毕于2018年12月30日碧瑶花园